ЕЛЕНА УСПЕНСКАЯ

ОСТОРОЖНО, ЛЮБОВЬ

ПОВЕСТИ И РАССКАЗЫ

БОСТОН • 2025 • BOSTON

Елена Успенская
Осторожно, любовь... (повести и рассказы)
Elena Uspenskaya
Careful: love... (Novellas and Short Stories)

ISBN 978-1-970342-01-7

Печатается по изданию:
Успенская Елена Борисовна Осторожно, любовь...
Повести и рассказы. М., «Молодая Гвардия», 1964

Оформление художника В. Пензина
Заставки художника С. Куприянова

Published by M•GRAPHICS | BOSTON, MA
   www.mgraphics-books.com
   mgraphics.books@gmail.com

Отпечатано в США

СОДЕРЖАНИЕ

Об авторе 7

Первенец города 11

Зёрна 20

Письмо от шестнадцатого июля 29

Отец 37

Голос за сценой 49

Старшая сестра 60

Четверо у костра 74

Я звоню с аэродрома 87

Донька с реки Бирюсы 115

Никита и его друзья 161

ОБ АВТОРЕ

Елена Борисовна Успенская печататься начала рано.

С 1942 года Елена Успенская работает сначала в «Пионерской правде», затем в «Комсомольской правде» разъездным очеркистом. Разъездной очеркист — человек, который много ездит по стране, много встречается с людьми. Это определило и дальнейшую её жизнь как писателя, который не устаёт искать новое, не может жить оторвано от людей.

С первых лет войны Успенская систематически выступает с очерками и рассказами в «Правде», «Комсомольской правде», «Огоньке», «Смене».

Очерки за двадцать с лишним лет Успенская собрала в книгу «Вчера. Сегодня. Завтра». Они связаны с раздумьями автора. Это своеобразный отчёт о публицистической работе.

Первая часть книги, «Вчера», посвящена войне и послевоенным годам. «Завтра» — самому главному в будущем — детям. «Сегодня» — это сегодняшняя жизнь страны и автора. Тут и повесть о молодых прядильщицах, очерки о грандиозных стройках Сибири и Конгрессе мира.

В соавторстве с поэтом Львом Ошаниным Елена Успенская написала две пьесы — «Твоё личное дело» и «Я тебя найду».

Но главным для писательницы остаётся проза, лучшие произведения собраны автором в эту книгу. О ней я и хотел бы поговорить.

Предмет живописания Елены Успенской — самая доподлинная, каждодневная советская жизнь, раскрывающая своё внутреннее содержание, свой высокий человеческий смысл в каждом проявлении, каким бы малым оно ни казалось на поверхностный взгляд. Автор не нуждается ни в каких внешних эффектах, чтобы привлечь внимание читателя к своему повествованию. Автор не декламирует, не декларирует — она просто рассказывает, и всё, что она имеет сказать, без остатка растворено в тексте. Искусство не нуждается ни в авторском комментарии, ни в полиграфическом подчёркивании. А ведь у нас есть ещё немало писателей, которые, что называется, шагу ступить не могут без восклицательного знака или разрядки, маскирующих невыразительность текста и эмоциональную вялость автора, не способного ни сильно любить, ни сильно ненавидеть.

Е. Успенская любит людей — не людей вообще, как некую категорию, а живых, в живом обличье, во плоти и крови, — девушек Доню и Варю, чистые, ясные души; старого врача Ивана Даниловича; «строгого юношу» студента Никиту Орехова, лётчика Шуру, верного человека; и во имя этой любви она страстно ненавидит дурных людей, состоящих как бы в хитром заговоре против добра и красоты. Именно в этом скрытый пафос её писательского труда.

Меня особенно привлекает в творчестве Елены Успенской «обыкновенность» её персонажей, «обыкновенность» их человеческих путей и судеб — при «необыкновенности» их душевных, моральных качеств. В этом есть большая и простая правда, традиционная в русской литературе, как ни велико различие между старой, дореволюционной моралью и новой, советской. Автор досконально, душевно знает то, о чём пишет, она и сама испытала все трудности, радости, печали, утраты, восторги, боль поражений и счастье побед — словом, всё то, что пришлось на долю последних двух поколений советских людей. Отсюда и та достоверность и та добрая улыбка, с какой она живописует своих «больших маленьких» современников.

Я не ставлю себе задачу «отозваться» на все произведения данного сборника, подытоживающего четвертьвековую писательскую работу Е. Успенской. Скажу только, что все они носят на себе явственный след времени, в какое написаны, отражают его стремления, думы, мечты, страсти, деяния, его душевный опыт. Автору интимно знаком внешний и внутренний «быт» многих профессий: биологов, геологов, строителей, врачей, медсестёр; пейзажи, люди и особенности Дальнего Севера, Юга, Сибири, Средней России, — видимо, автор много ездила и долго, «внимательно» жила на местах; сложная университетская жизнь, которой посвящён роман «Никита и его друзья», каждодневность больницы, школы, театральных кулис. Об авторе можно смело сказать, что она знает жизнь в её широком разливе, знает страну, людей. И всё это не понаслышке, а в подробностях, с точностью и тонкостью, обязательной для художника, дорожащего доверием читателя...

Если читать произведения Е. Успенской в порядке их написания, то отчётливо видишь, как увереннее становится рука автора, крепнет уменье, утверждается лаконизм, слово обретает всё большую силу и выразительность. Но неизменным остаётся одно: редкий дар видеть «в обыкновенном необыкновенное», дар, присущий лишь человеколюбцу, лишь тому, кто умом и сердцем постиг самую душу нашей советской современности. Не случайно книга названа «Осторожно, любовь...». За светлые чувства, чистую любовь, верную дружбу активно борется писательница.

Хочется пожелать автору и в дальнейшем — говоря её же словами — «трудное, тревожное, радостное, непрерывное движение вперёд».

Ю. Нагибин

ПЕРВЕНЕЦ ГОРОДА

Алёша проснулся внезапно. Комната выглядела как-то необычно, хотя всё было на своих местах: книжный шкаф, медвежья шкура на полу, темноволосая голова Никиты на подушке, поставленной углом, как сугроб. Оглядевшись, Алёша понял, что этот необычный свет идёт из приоткрытой двери столовой. Там было тихо.

Только потрескивали в печке дрова и громадная тень отца колебалась на стене. Он работал за столом.

Мамы Алёша не видел, но знал, что она дома. Он чувствовал это по какому-то еле слышному шелесту, по спокойствию в позе отца. Алёша лежал, притихнув, наслаждаясь ощущением тепла, которое исходило от жёлтого луча света, полный того радостного ожидания, какое всегда бывает накануне праздника. Наверное, сегодня они будут украшать ёлку.

— Так-так, — сказал отец и со стуком положил на стол лупу.

Видимо, они говорили о чём-то ещё тогда, когда Алёша спал, и отец не мог оторваться от работы. Теперь он встал, тень на стене тоже поднялась. Щёлкнула дверца шкафа: отец прятал свои камни. Алёша хорошо знал этот шкаф. Там лежали лучшие находки отца, гордость геолога: зеленоватые, словно посыпанные сахаром, апатиты и угловатые куски голубых нефелинов — камней, ради которых в горах за Полярным кругом родился и вырос их город.

— Так ты говоришь, дерзит? — снова заговорил отец.

— Да, — голос у матери был огорчённый. — И знаешь, как-то небрежно, глупо дерзит.

У Алёши сразу кровь прилила к щекам. Как это он сказал сегодня маме? «Мне не до твоих дров, у меня география, все реки будут спрашивать…» И за географию тройку принёс, а дров так и не наколол.

— Это возраст такой, — снова услышал он голос отца. — У песцов называется — недопёсок… Это пройдёт, Маша. Я тоже такой был, честное слово.

«Недопёсок»! Алёша обиделся на отца. Тоже придумал!

— Балуешь ты их, Маша, — продолжал отец. — Они дерзят, а ты вот костюмы гладишь, не спишь. Подумаешь, женихи какие!

— А ты на завтра всё купил? — невозмутимо спросила мама.

— Купил. Да, ты шампанского велела, а я не достал. Говорят, завтра на станции будет. Съезжу, — сердито, но послушно сказал отец и прибавил: — Вот ты даже не слушаешь, я тебе дело говорю, а ты про подарки.

Алёша сел в кровати, чтобы получше слышать, но они молчали.

«Интересно, что купил отец? Для Никиты подарок, наверное, лучше, ведь ему не только к ёлке, ему завтра шестнадцать лет. Счастливец этот Никита!.. Мало того, что родился под Новый год, — это тоже не всякому удаётся, — он ещё первый мальчик, который родился в городе, — первенец города. Его так ещё в детском саду звали». Алёша спросил как-то маму: «А я второй мальчик в городе?»

Она даже растерялась. «Куда там! За год полный город мальчишек набрался, и откуда только взялись!»

— Я знаю, что надо построже, — виновато заговорила мать. — И с тобой надо построже и с мальчишками, все вы у меня избаловались… Только ведь я не умею строго. Люблю я вас всех очень.

Алёша спустил ноги с кровати. Сейчас он пойдёт в столовую и скажет: «Мама, ты прости…»

— А с ним особенно не могу, — продолжала мать. — Понимаешь, не могу. Ведь он всё-таки сирота. Как вспомню Наташу и как она мне сказала: «Береги мальчика, пусть будет счастливым…» Помнишь? Помнишь, как мы сюда приехали, все вчетвером жили в палатке? А ту ночь помнишь, когда прибежали и сказали, что Колю засыпало? Наташа платок на голову накинула, бежит к обвалу… А как её оттуда вели? Вся в снегу, руки ледяные и молчит… И мальчик маленький такой родился. Она потом всего две недели жила.

Алёша вдруг почувствовал, как у него озябли ноги, и поджал их под себя. Его кровать скрипнула.

Послышались мягкие шаги отца.

— Ты с ним завтра будешь говорить? — спросил он, прикрывая дверь.

Что ответила мать, Алёша не слышал.

Теперь свет в их комнате, которую до сих пор звали детской, был такой, как всегда: сумеречный, серый. Стало тихо. Алёша услышал, как за окном позвякивает цепью ручная волчица Томка. Он подошёл к окну. Томка сидела на голубом снегу — чёрная, с острыми ушами, очень маленькая и одинокая.

Холодно там... Как это он хотел сказать? «Мама, прости...» Его мать звали Наташей, и отец погиб под обвалом! Значит, его отец — Николай Тимченко. Геолог. Герой. Он хорошо помнит лицо отца. Его портреты висят в школе и в городском клубе. Алёша попытался вспомнить лицо матери. Он часто видел её карточку, но так ни разу и не всмотрелся как следует. Он сирота, приёмыш. А Никита — родной. Вот почему мама пожаловалась отцу на него, на Алёшу. И в воскресенье в кино не взяла — за двойку по алгебре. И в магазин его посылает. И на почту — его... Только и слышишь: «Никита старше, у Никиты уроки трудные». А у него лёгкие?..

Утром, когда Алёша вышел в столовую, там уже стояла высокая разукрашенная ёлка и пахло хвоей. Снова горел свет, и мать накрывала на стол.

— Завтракать, мальчишки! — позвала она и побежала на кухню: подгорало молоко.

Мама сидела спокойно только по вечерам. С утра она бегала: сначала по дому, потом к сараю, колодцу, потом в школу вместе с ними — она была учительница.

Отец склонился над тетрадью, а Никита с озабоченным видом стоял подле него. Алёша покосился на них. Конечно, будешь отличником, если помогают готовить уроки! Алёша, громыхнув стулом, сел за стол.

— Не даётся тебе, брат, литература. Всё не то, — сокрушённо говорил отец, пыхтя трубкой. — Поди помоги матери, — обернулся он к Алёше. — Чего сидишь как в гостях?

«Попрекает... — подумал Алёша, направляясь в кухню. — И правда, в гостях...»

Он принёс самовар и уселся за стол. Никита уже ел, не отрывая глаз от учебника, который прислонил к кастрюле.

«Ему всё можно», — опять зло подумал Алёша.

— Ты бы дров наколол, — сказал отец.

Он смотрел на Алёшу исподлобья, натягивая длинный меховой сапог. После ранения нога у него не сгибалась. Ему, видимо, было больно, и он морщился.

Алёша демонстративно отодвинул тарелку и, не одевшись, вышел во двор. Он возвращался из сарая, когда на пороге показался отец.

— Чего раздетый бегаешь? Давно не болел? — спросил он. — Вы дурака валяете, а мать потом волнуется и ночей не спит.

Алёша остановился, подбородком придерживая верхнее полено. Он нарочно взял так много дров, чтобы было потяжелее.

— Если будет воспаление лёгких, — ответил он, — можете положить в больницу.

Отец вспылил:

— Разговариваешь! Вот уложу под Новый год спать, тогда узнаешь! Распустился…

Он прошёл мимо Алёши и, прихрамывая, стал спускаться по тропинке, которая вела на улицу. Их дом стоял на пригорке.

Алёша начал колоть дрова, раздражённо всаживая колун в полено. Мимо него, на ходу затягивая платок, пробежала мать.

— Поди поешь сначала, макароны стынут! — крикнула она и, как девочка, на ногах съехала по тропинке, догоняя отца.

Алёша завтракал один. Теперь он уже твёрдо знал, что уйдёт. В школе он покажется, чтобы дольше не хватились, а с последнего урока уйдёт. Он вынул из ранца приготовленные с вечера книжки и уложил туда хлеб, консервы, копилку, смену белья.

Теперь всё… Двери из спальни и детской в столовую открыты. Было очень тихо, пусто и просторно. Сейчас он возьмёт карточку Наташи — своей мамы, она висит в спальне. Но карточки там не было. Алёша не заметил, когда её сняли. Проходя мимо ёлки, он задел за нижнюю ветку, и ёлка закачалась, зазвенела, тускло поблёскивая бусами и золотой канителью. С тихим шорохом ему под ноги упала игрушка. Это была очень старая ёлочная игрушка, сделанная из ваты: крошечное гнездо с жёлтыми птенцами.

Сколько Алёша помнил себя, эта игрушка всегда висела на ёлке. И каждый Новый год, даже тогда, когда Алёша был совсем маленький, она была для него воспоминанием детства. В кухне стоял холодный запах самоварного дыма, пригоревшего молока, вчерашней еды. Сегодня мама с утра не топила, она придёт из магазина и будет печь пироги к вечеру. Алёша вышел и плотно закрыл за собой дверь.

Томка рвалась и выла ему вслед. Алёша прикрепил лыжи, оттолкнулся обеими палками и, не оглядываясь, побежал. Томкин вой и звяканье цепи слышались всё глуше и глуше.

* * *

Алёша решил идти не на вокзал, где можно было встретить знакомых, а на соседнюю станцию, за девятнадцать километров, и там сесть на ленинградский поезд. Он добежал уже до окраины города. Здесь стоял недостроенный дом. Сквозь окна в противоположной стене падал лунный свет, пронизывая дом насквозь. Казалось, что он освещён. Теперь Алёша будет жить в городе, в котором светло зимой и который уже весь построен. Сколько Алёша помнил себя, всегда вокруг него стучали молотки, гудели землечерпалки, громоздились горы брёвен, кирпичей, корыта с известью. Его дом был первым на улице, её началом. И учиться Алёша начал в маленькой бревенчатой школе, а второй класс уже заканчивал в новой, с широкими окнами. Теперь он поступит в ремесленное училище, получит форму и будет жить совершенно самостоятельно.

Город кончился. Перед Алёшей лежало белое, холодное, насквозь пронизываемое ветром пространство, за ним была станция, за ней — людный большой Ленинград. В низком сером небе висели бледные крупные звёзды. Сейчас, в декабре, они были ещё видны и днём, но ночью делались гораздо ярче. С января они исчезали на всё более долгое время, всё отчётливее делалась разница между днём и ночью, всё розовее становились рассветы. Солнце ещё не появлялось, но отсветы от него, горячего, плывущего где-то за горами, окрашивали белые склоны в бледные перламутровые цвета. Свет, тепло, пробуждение гор — всё это было ещё впереди. До этого были долгие северные, похожие на сумерки дни. Но Алёша не боялся их и любил. Любил в этих сумерках бежать на лыжах в школу и потом возвращаться домой, к тёплому голубому окну… Этого никогда больше не будет.

Где-то очень далеко раздались стук и свист, такой тихий, что казалось, свистит человек, а не паровоз. Алёша остановился и вслушался. Что-то тёмное преградило ему дорогу. Мимо него прошёл олень, за ним другой, третий… Олени шли не спеша, далеко и плавно выбрасывая вперёд мохнатые ноги, а Алёша всё стоял, и поднятый ими снег зыбкой стеной крутился перед ним. Он хотел вслушаться, но стук поезда заглушало другое приближающееся движение. Чей-то голос крикнул: «С дороги!» — и Алёша, узнав этот голос, инстинктивно и сразу же рассердившись на себя за это, крикнул:

— Папа!

Запрокинутая назад натянутыми вожжами морда лошади с длинными белыми ресницами замерла над ним. Алёша сразу узнал её… Это была Метелица — гордость конной базы города, маленькая, белая, как снег. Она остановилась, потому что натянутые вожжи велели ей остановиться, но вся она ещё была движение: копыта её переступали, ноздри дышали порывисто, как на бегу. Отец приподнялся в санях, громадный, запорошённый снегом.

— Ты откуда взялся? — спросил он недоуменно.

Алёша пробормотал что-то невнятное. Он совсем растерялся.

— Ну лезь, дома разберёмся.

Алёша молча снял лыжи, сунул их в сани и сел рядом с отцом.

— От меня попало, так матери надо праздник портить? Тоже нашёл время для прогулок!

По тону отца было слышно, что он очень огорчён.

Алёша молчал. Отец чуть-чуть опустил вожжи.

Метелица, нетерпеливо переступив ногами, нагнула голову и пошла.

Пустое запорошённое снегом поле стремительно откатывалось назад. Где-то очень-очень далеко свистнул паровоз.

— Продрог? — отец старался перекричать шум ветра. — А я, брат, шампанского купил. — Он обнял Алёшу одной рукой, чтобы согреть его.

Недостроенный светлый дом промелькнул мимо них. Начинался город. Длинная вереница больших и маленьких домов тянулась к тёмной полосе гор, в которых светилась цепочка рудничных огней. Снег, лежащий по самые окна, был ярко, разноцветно освещён. Хотя было ещё рано, ребята не утерпели, и во многих домах уже зажигали ёлки.

Подле тропки, ведущей к их дому, Метелица остановилась.

— Тащи домой. — И отец подал Алёше две большие бутылки. — Смотри не разбей! — крикнул он вслед, увидев, как Алёша, неловко взяв лыжи под мышки и в обе руки по бутылке, стал карабкаться в гору.

Все окна их дома были освещены, но ёлку ещё не зажигали. Это происходило торжественно, всегда в одно время, и мальчиков, так же, как и тогда, когда они были совсем маленькими, на это время запирали в детской.

Дверь была приоткрыта, и на Алёшу сразу пахнуло теплом и праздничным запахом горячего теста. Мама выглянула из кухни.

— Я так и думала, что папа тебя с собой взял. Достали? — Она взяла у него из рук холодные тяжёлые бутылки.

Она говорила спокойно, но Алёша видел, что она чем-то взволнована. На плите зашипело, и мама кинулась туда, на ходу поставив бутылки на стол. Томка по случаю праздника была допущена в дом и лежала, вытянув перед горячим пламенем плиты узкое, гибкое тело. В столовой Никита накрывал на стол. Он озабоченно расставлял на скатерти приборы.

— Где ты пропадал? — оглянулся он на Алёшу. — Мама тревожилась.

Алёша с удивлением увидел, что Никита тоже взволнован и глаза у него какие-то подозрительные. Это было странно: Алёша ещё никогда не видел, чтобы Никита плакал. Алёша с облегчением снял тяжёлый ранец и спрятал его за сундук. Было очень тепло.

— Мальчики, идите в детскую! — крикнула мать. Она вышла из спальни, преобразившаяся, в чёрном блестящем платье, и сказала с таинственным, счастливым выражением, так же как говорила и двенадцать, и десять, и пять лет тому назад: — Подите на минуточку, сейчас что-то будет. Ну! — Она махнула рукой и нечаянно уронила платок. Алёша с удивлением увидел, как Никита каким-то совершенно новым, бережным и взрослым движением поднял этот платок и подал матери. Дверь в столовую закрылась. Мальчики сидели в тёмной детской. Послышались шёпот отца, звяканье ёлочных украшений. В наступившей тишине Алёша услышал какой-то новый, непривычный шум. Это тикали часы.

— Тебе что, часы подарили? — спросил он, стараясь заглушить в себе вновь нахлынувшую зависть.

Никита подвинулся к нему поближе.

— Алёшка, слушай, я сегодня узнал очень важную вещь. Это часы моего отца Николая Тимченко. Вот… У меня были ещё мама и папа… Ну, Наташа и Коля, знаешь? Так вот, я их сын. Их карточки теперь у меня… — И он показал две фотографии над своей кроватью и взял Алёшу за руку своей большой горячей рукой. — И моя мама, Наташа, велела мне об этом сказать, когда мне минет шестнадцать лет, и подарить часы отца.

— Мальчики, готово! — Дверь в столовую широко распахнулась. Тонкая, с лёгкими волосами, освещённая сзади колеблющимся светом ёлочных свечей, на пороге стояла мать.

— Мама зовёт, — сказал Никита и потянул Алёшу за руку.

ЗЁРНА

Р айон этот был освобождён весной, несколько месяцев тому назад. Пассажирские поезда ещё не ходили
здесь, и состав наш полз медленно, громыхая теплушка-
ми, до отказа набитыми людьми, осторожно прощупывая рельсы, а на подъёмах паровоз фыркал и задыхался,
словно старая лошадь.

В дверях теплушки, опустив ноги в изношенных, запылённых сапогах, сидел солдат. Сзади он казался совсем молодым, по-мальчишески ещё узкоплечий, с лёгкими, тонкими, очень светлыми волосами. Но когда на станциях люди спускались из вагона, то видели, что лицо у него гораздо старше, чем казалось, — серое, утомлённое.

Сначала думали, что ехать ему недалеко, потому что он не устраивался, как все, в вагоне, не спорил из-за места, а сидел у дверей, положив подле себя вещевой мешок. Но пошёл уже второй день пути, а он по-прежнему сидел. И даже ночью люди, проснувшись, видели огонёк его цигарки и светлую голову в чёрном пролёте дверей.

Солдат ни с кем не разговаривал, однако скоро в вагоне уже знали, что он контужен, освобождён от службы под чистую и теперь возвращается домой. А что там — неизвестно. Фашистов прогнали весной, но писем ни от жены, ни от соседей не было.

И на каждой станции люди вопросительно и тревожно смотрели на солдата: не здесь ли? Потом подходили к дверям и, столпившись, загораживая свет, молча разглядывали разрушенные дома и прямые чёрные трубы.

Мы раньше никогда и не думали об этих трубах, скрытых внутри наших домов. И только во время войны оказалось, что именно они остаются на месте пожарищ, длинные, закопчённые, верстовые столбы военных дорог.

Во время остановки в теплушке становилось жарко, сухая, как пепел, пыль нависала в воздухе, и слышалось только тяжёлое дыхание людей. И в этом молчании, и в толпе у дверей, и в глазах у солдата было одно и то же — горечь и злоба.

— Ничего, отстроятся... Вон и брёвнышки подвезли, — сказал старик, который сидел подле солдата.

Старик дымил старой, похожей уже на уголёк трубочкой, и слова пробивались сквозь усы с дымом. И так же, как дым, разлетались по теплушке, проникая в дальние её уголки, неуловимые, настойчивые и тёплые.

Был старик коренастый, с голубыми, вкось прорезанными глазами, а брови — как широко расставленные усы: жёлтые, жёсткие, нависшие. Гимнастёрка вся выцвела, но была аккуратно выстирана и заправлена.

От него-то — старик оказался словоохотлив — все в вагоне узнали о молодом солдате. Они были из одного колхоза, и воевать им тоже пришлось в одной и той же части. Старик отвоевался, как он говорил, по «сроку жизни» и ехал домой вместе с молодым. Он всё уговаривал того лечь уснуть, а на станциях долго бродил среди женщин, продававших печёную картошку, молоко, яйца, и, вернувшись, совал молодому то лепёшку, то луковицу, то круглый, тёмный, готовый брызнуть соком помидор.

Молодой ел молча и смотрел на блестящую зелень деревьев, уцелевших в чёрных, словно срубленных морозом садах, порой говорил тихо:

— Вот уцелел же дом… И тоже подле путей…

Но потом снова затихал неподвижно, борясь с усталостью, в напряжённом ожидании беды.

— Ну сиди, сиди, ладно уж, — говорил старик и шептал кому-нибудь из соседей, словно оправдываясь:

— Молодой… привычки нету… — И, хотя соседу было лет под сорок, добавлял: — Вы, молодые, как росли? Под солнушком…

На одной из станций старик вернулся с базара, бережно прижимая к себе большую корзину.

— На развод дали. По пятёрке штука, — торжественно сказал он и приоткрыл крышку. Там в рябом полумраке щебетали и двигались вихрастые худенькие цыплята. Порой среди сплетённых прутьев высовывались чешуйчатая лапа или тоненький, словно бумажный, полуоткрытый клюв. Старик то и дело наклонялся к корзине, вслушивался в живой её щебет, и долго потом его лицо хранило лукавое и счастливое выражение.

Даже молодой, увидев цыплят, уселся на пол подле корзины и улыбнулся — всё лицо его осветила эта улыбка. Пошарив в корзине, он вынул одного цыплёнка. Тот сразу обжился на большой открытой ладони — переступил лапками, ища равновесия, распустил редко оперённые крылья, потом собрался в комочек и стал старательно и деловито выклёвывать из складки на рукаве что-то видимое ему одному. Потом солдат снова опустил цыплёнка в корзину, но долго ещё сидел подле неё, да так и уснул, положив голову на пол.

На минуту освободился он от своей тревоги, и его сразу же сбило сном. Косые узкие полосы света сквозь корзину падали на его лицо. Полосы шевелились, скользили, потому что цыплята двигались в корзине. То ли от этого зыбкого солнечного света, то ли оттого, что уснул он в спокойную минуту, лицо его было совсем мальчишеским и безмятежным. Но, как ни странно, старика, который сам уговаривал товарища отдохнуть, это не обрадовало.

— Не ко времени уснул, — сокрушённо сказал он. Наклонился над молодым, но, видимо, пожалел будить и снова вздохнул: — Не иначе, проспит.

Впрочем, трудно было теперь разбудить молодого. Даже когда поезд остановился и ритмичный стук колёс сменился шумом и говором большой станции, он не шевельнулся. Старик ещё раз взглянул на него и, спустившись из вагона, прошёл несколько шагов вдоль путей. Там, под тонкой, очень белой берёзкой, вокруг небольшого холма росла пшеница. Она уж совсем созрела, и стебли не выдерживали тяжести колосьев. Тяжёлые головы их клонились вниз, казалось, зерно сейчас осыплется на землю. Колосья сухо, жарко шуршали. И, наверное, оттого, что их было так немного среди зелёного луга и росли они необычно, не на поле, каждый колос был виден отчётливо, отдельно и казался особенно большим сквозь густую листву дерева.

— Могила, — недоуменно сказал кто-то.

Старик снял шапку, постоял неподвижно, потом начал осторожно срывать колосья и складывать в фуражку. Какая-то женщина подошла к нему, а потом, присев на корточки, стала выбирать из травы осыпавшееся уже зерно. Колосьев оставалось мало. Она что-то сказала старику, что — мы не слышали, слова относило ветром. Старик слушал её серьёзно, внимательно, подняв голову и приложив руку к уху. Когда он вернулся, сосед его, очень высокий — это было видно, даже когда он сидел, — тоже в военной одежде, тот, которого старик называл молодым, спросил:

— Куда ходил, дед?

— К могиле ходил. — И старик протянул ему руку. На ладони лежали колосья — такие тяжёлые, так напоённые солнцем, словно земля отдала им всё тепло и свет, поглощённые ею.

— Чистое золото, так и светит, — понимающе и уважительно сказал высокий сосед.

— Правильно, золото, — подхватил старик и указал на спящего. — Это вот он, Василий, сеял.

— Да чья же это могила? — послышался с верхней полки любопытный женский голос. Но старик даже не поднял головы.

— Чья может быть на путях могила? Бой у нас за эту станцию был. Похоронили мы солдата, дружка Василиного. Ну, вот и посеял он этот хлеб — другу на память. Хорошо солдата помянули, что говорить!

— Хлеб богатый, вот я про что, — упрямо повторил высокий.

— А такого хлеба на земле-то ещё вовсе и не было, — медленно сказал старик.

Видно, давно хотелось ему рассказать эту историю.

Молодой спал крепко, и рука его, ослабевшая во сне, шевелилась в такт движению поезда. И всё-таки старик опасливо покосился на него — наверное, тот не любил лишних разговоров, — поглубже затянулся дымом: слушатель попался дорожный, неторопливый…

— Я его с малых лет знаю. Особенный был мальчонка, чудной, тихий. Другие больше в горелки, в «казаки-разбойники», а он всё в лес. Я сам охотник, лесные порядки знаю. Только в сравнении с Васей я в лесу как слепой.

Бежит, бывало, впереди, то под куст нырнёт, то через бревно перелезет, то щеглом щёлкнет, то сойкой свистнет, а птицы ему откликаются. Лёгкий такой, быстрый: бежит — травинку не сломает. Всё он в лесу знал. И как выдра с горки в ручей катается, наблюдал, и как лиса лисенят охоте учит… Не боялись они его, что ли? По-

мню, шли мы с ним как-то, видим, лежит птенец, чуть
не раздавил я его. Птенец голый ещё, орёт, глаза затяги-
вает, а сам так и норовит клюнуть. Мать над ним плачет, летает взад-вперёд, только крылья свистят. Тогда
Вася птенца в листья обернул, чтобы его потом птицы
не обидели за человеческий запах, влез на дерево, разы-
скал гнездо и положил обратно. Вот за что его птицы
любили.

Старик снова раскурил трубочку и покосился на друга. Тот спал, раскинувшись, приоткрыв рот, светлые волосы прилипли к потному лбу. И успокоенное это лицо
было молодо, похоже на лицо того мальчика, который
пробирался, посвистывая, сквозь густую горячую листву
с лёгким птенцом за пазухой.

— Я тогда пасечником в колхозе был, — продолжал
старик. — Мне на пчелу удача. Дело тихое. Мёдом пахнет. Жарко, трава звенит. Вася всё ко мне бегал: любил
очень. И вот как-то приносит он мне листочек от календаря. Спереди число, а сзади портрет, и написано про какого-то учёного. Будто выбирал он самые сортовые ябло-
ки или те, что морозы перенесли, и потом в своём саду
растил. Прочитал мне Вася этот листочек, мёду поел
и убежал. Больше мы об этом не говорили, и я про учёного забыл.

Но только на будущий год мне Вася как-то говорит:
«Пойдёмте, я вам что-то покажу». Повёл меня, а на поляне колосья растут. Вася, как тот учёный, выбрал самые полные колосья после засухи — а год был сухой —
и посеял. Гордый такой! «Это, — говорит, — моё опытное
поле. Хлеб будущего растёт». А я над ним не смеялся:
вижу, человек мечту имеет.

Так он и вырос, и женился, а всё с этими колосьями
возился. И книжки читает, и к агроному ходит, и колпач-
ки какие-то из бумаги на колос надевает.

Жену он себе взял тоже тихую — дочку сторожа на путях. Девочка у них родилась.

А перед самой войной посеял Василий свою пшеницу
на целую сотку. Из всех колхозов ходили эту сотку смотреть. И он всем семена пообещал.

Тут война. Враги ведь — они всегда норовят к урожаю. И они близко, а мы в армию ушли.

Много времени прошло, и как-то я Васе говорю: «Урожай-то твой фашисты сняли». — «Нет, — говорит, — я свою сотку пожёг».

Я промолчал, но осудил. Как же, думаю, ничего не оставил? Ведь не навек ушли… А когда эту станцию освобождали, после боя похоронили Васиного дружка и сели подле могилы. Достаёт Василий кисет. А табаку у нас не было, я обрадовался: приберёг, думаю, скорей за трубочкой этой полез. Только достаёт Василий из кисета тот листок, где про учёного написано, и высыпает на руку зерно.

А время было весеннее, земля тает.

Вася на меня посмотрел, спрашивает: «Самая пора?» Я говорю: «И время и место здесь твоему хлебу».

Посеяли мы зерно вокруг могилы и пошли дальше. Не пришлось тогда домой зайти — стороной наша часть шла. Генералы очень спешили — сеять время, а фашист мешает.

А теперь, говорят, к могиле все ходят. На пробу берут. Вот проснётся, расскажу.

— Жив, значит, хлеб… — сказал высокий. — Давай-ка, дед, посею на пробу.

— На, милый, не жалко. — Старик подал ему горсть колосьев, подумал и прибавил ещё. Со всех сторон к нему потянулись руки, и он, даже не глядя в лица, щедро клал колосья в эти протянутые заскорузлые, усталые от войны руки, руки, которые так истосковались по труду на земле. Потом осторожно ссыпал оставшиеся колосья в чистый холщовый мешочек, подобрал несколько обронённых зёрен и бросил туда же. Стал завязывать мешочек, но глянул в дверь теплушки и охнул: «Подъезжаем». Он сунул мешочек за пазуху и выронил трубку. Теперь он растерянно шарил по истоптанному полу тёмными жилистыми руками, не глядя и не отрываясь от плывущих за дверью чёрных труб, и всё твердил:

— Добрались мы до своего места.

Высокий подал ему трубку, он опомнился.

— Вася, вставай, голубчик, приехали!

Молодой вскочил, спросонья метнулся к двери.

И сразу мучительная мысль, притаившаяся в самой глубине сна, пронзила его. Он понял только слово: «Приехали», — увидел чёрный остов дома и прыгнул вниз. Прыгнул неловко, не рассчитав, против движения поезда, и упал на бурую от пыли траву откоса.

Старик бросился было за ним, но, увидев, что тот уже поднялся и снова побежал, кинул ему вслед вещевой мешок. Но молодой не оглядывался, а бежал к чёрному остову маленького дома неподалёку от путей.

Состав наш замедлил на подъёме ход, и старик тоже соскочил, но обстоятельно и спокойно и прошёл ещё немного рядом с вагоном, принимая мешок, чайник, корзину, которые передавали ему на ходу. Потом отстал, поднял мешок товарища и пошёл вслед за ним.

Чей-то крик — не то плач, не то смех — послышался нам. Навстречу молодому бежала женщина. Она бежала, распластав тонкие загорелые руки, закинув голову, и все мы видели её худое, счастливое, большеглазое лицо. А из-за чёрной пустой трубы всплыл живой дымок. За развалинами виднелся сложенный наскоро сарай, а подле дверей на штабеле новых досок, как на крыльце, стояла девочка. Она растерялась и не знала, бежать ей навстречу или ждать. Кажется, она всё-таки побежала…

Мы уже не видели больше ни солдата, ни жены его, ни старика, только дымок ещё поднимался над лесом, и все успокоенно следили за тем, как он растворяется в небе, мешаясь с низкими быстрыми облаками.

— Ничего, отстроится, — сказал высокий. Он сидел теперь на месте молодого солдата, опустив длинные ноги, и завязанный вещевой мешок лежал подле него — видно, тоже было близко до дому.

— Ничего, — повторил он, и все знали, что сказал он это для самого себя. И теперь, когда поезд подошёл к станции, никто уже не смотрел на трубы, и разговоры в вагоне не умолкали, и вечерний ветер заносил в теплушку влажный запах травы.

Поезд шёл всё быстрее. Уже расплывались в сумерках очертания деревьев, острые углы колодезных журавлей, лежащие в отдалении светлые полосы пшеницы. И чем дальше в глубь страны уходил наш поезд, тем больше её было.

И казалось, всюду здесь прошёл невысокий светловолосый солдат с застенчивой улыбкой. И всюду, где он проходил, мир ложился на землю, дым взлетал над жильём и высокие золотые колосья поднимались из брошенных им зёрен.

ПИСЬМО ОТ ШЕСТНАДЦАТОГО ИЮЛЯ

Ворота так же, как и до войны, висели на одной петле. Ветер покачивал их, но они были тяжёлые, железные и едва двигались под его напором. Из окон во двор падали полосы света, и в них медленно и легко, совсем низко над землёй, словно белая сухая пыль, кружился снег. Было уже поздно, и видно, что по двору давно никто не проходил. Снег лежал белый, нетронутый, как в лесу. В центре двора росло несколько деревьев, их тоже сильно занесло снегом. От этих деревьев и нетронутого снега Алексею Николаевичу казалось, что он далеко от города, и трудно было поверить, что позади него, на улице, ярко горят фонари, шуршат автомобили и стучат по-зимнему торопливые шаги прохожих.

Алексей Николаевич подошёл к своему окну. Оно было тёмным. Легонько, чтобы не напугать мать, он раз, потом другой стукнул в окно. Мать всегда спала чутко, и его удивило, что в комнате не зажигается свет. Он постучал сильнее, подошёл к двери. На стук и звонки тоже долго никто не откликался, потом послышались шаги. Кто-то, сильно скрипя ступенями, спускался с лестницы от соседей.

В домике было всего две квартиры: одна внизу и другая, такая же маленькая, наверху. За дверью долго гремели цепочкой, потом отворили, и он увидел соседку, сонную, в накинутой на плечи шубе. Она всмотрелась в него и, узнав, вскрикнула:

— Алёша!

Одной рукой она обняла его, а другой всё запахивала старую, с оторванными пуговицами шубку.

— Анна Михайловна-то как расстроится! — заговорила она о матери, сразу поняв его вопросительный, тревожный взгляд. — В деревню к сестре, к Марье Михайловне, в гости поехала, дня через три будет. И не ждали тебя пока. Совсем, что ли, отпустили? — спрашивала она, обметая с него снег.

Ключ висел, где и раньше, на гвозде у дверей.

Он открыл дверь и вошёл в комнату. Окно не было завешено, и мягкий голубоватый свет, такой, словно он исходил не от луны, а от снега, заливал комнату. Всё здесь стояло на прежних местах: стол посередине под висячей лампой, кровать матери за шкафом и его диван подле дверей. Он зажёг свет и сел на валик дивана. Соседка стояла на пороге. Кошка, спящая на диване, проснулась, горбом выгнула спину и на вытянутых костлявых рыжих лапах подошла к нему. Щегол в клетке под окном, решив, что уже наступил день, засуетился.

Это было возвращение.

То самое возвращение, о котором каждый день в течение долгих лет говорили, а ещё больше думали столько людей. То самое возвращение, которое столько раз казалось невозможным, в которое немыслимо было поверить и в которое всё-таки верили все, потому что перестать верить — значило не вернуться и не дождаться. То самое возвращение, о котором написано столько стихов и песен и о котором так трудно сказать словами. Потому что оно — в родном запахе, который разом пробуждает воспоминания, в заштопанной занавеске, висящей на окне, в том движении, с каким человек, много лет не переступавший родного порога, привычным движением, не глядя, поворачивает выключатель.

И только возвращение было концом войны. Потому что тот день, когда прогремели последние выстрелы и когда упали последние убитые этими выстрелами люди, был только началом конца войны. Конец этот приходил к людям в разное время: одни знали о нём тогда, когда ещё была война. Те, которые воевали, узнали о нём в ожидании следующего выстрела, уже не прогремевшего никогда. К тем, которые ждали, конец войны пришёл позже, чём о нём было сказано: в письме, написанном уже после войны. А к скольким конец войны так и не пришёл никогда! Всегда в комнате будет пустовать чьё-нибудь место, карточка будет висеть на стене, и всегда будет пуста подушка подле той, которая не дождалась, навсегда в этой комнате останется война. Не пережитая и оставшаяся лишь воспоминанием, а реальная, отнявшая у жизни её суть. Потому что первое слово войны — разруха и последнее слово — возвращение. Ко многим ещё оно идёт. Спешат шаги за дверями, цепляются женские руки за осыпанные снегом плечи, зажигается свет в комнатах, просыпаются дети, кошки и щеглы. Тогда наступает конец войны.

— Дрова лежат в сенях, а картошка — в мешке за шкафом, — сказала соседка.

Алексей Николаевич видел, что она хотя и рада ему, но устала, озябла и хочет спать.

Он сказал ей, чтобы она не тревожилась — завтра они обо всём поговорят. Ещё раз проскрипели ступени, и он остался дома один. В комнате было холодно. Открытое окно, пыль, пустой, с гладко расправленной скатертью стол делали её нежилой.

Он завёл часы и затопил печь. Сколько раз за эти годы он так начинал свой отдых! Где бы он ни ночевал, он всегда заводил часы, потому что любил их тиканье. Он зажигал огонь в чужих печах с незнакомыми заслонками, заводил часы с незнакомым заводом, а наутро уходил. Чужая печь с открытой дверцей оставалась позади него, и часы тикали в пустой незапертой комнате.

Сейчас он зажёг огонь и завёл часы навсегда. И треск дров, и знакомый с детства чирикающий, чуть запинающийся ход часов снова вернулись в его жизнь. Мало-помалу возвращались, а вернувшись, уже оставались навсегда знакомые вещи: полотенце, вышитое матерью с витиеватым вензелем посередине, старый лыжный костюм, который он носил дома, чашка с узкой длинной трещиной, продавленное низкое кресло. Когда он умылся, сел в это кресло и налил себе крепкого чаю, к нему на колени забралась кошка. Было уже очень поздно, но спать не хотелось.

Со всех стен на Алексея Николаевича смотрело его собственное лицо. Большая карточка, последняя, присланная из Вены, стояла на письменном столе подле чернильницы — бронзового оленя, — которую он почему-то забыл. На столе по-прежнему были разложены ручки, пресс-папье и стопкой лежали те книги, по которым он готовился к государственным экзаменам в лихорадочные ночи перед выпуском.

На узких висячих полочках у окна были расставлены маленькие горшки с кактусами. Неизвестно, за что, наверное, за нелепость, он их очень любил. Всё здесь ждало его и жило в ожидании его.

И он, сидя в кресле, вдруг отчётливо понял и представил себе, как час за часом, день за днём, год за годом здесь вечерами сидела мать. Так же тикали часы и было очень пусто и тихо. Он представил себе, как она медленно двигалась по комнате, терпеливо ухаживала за кактусами, которые ненавидела, перебирала книги, штопала чулки, слушала радио и неотрывно, непрестанно думала о нём.

А он? Боже мой, как невероятно далеко был он! Как странно сейчас представить себе, что он прошёл, прежде чем вернуться сюда! С какой силой надо было любить его, чтобы беречь к его возвращению эти кактусы, о которых он вспоминал так редко, а с грустью только однажды, когда увидел кактус в доме немецкого пастора! Но эти круглые, смешные, а тот колючий, тёмный, и рос он в узком иноземном глазированном вазоне. А как страшно, наверное, было матери в этом домике во время тревог, как плакала соседка, как было холодно и темно... Здесь горела тогда керосиновая лампа и топилась не эта изразцовая, а маленькая железная печурка. Форточка всё ещё была забита железным листом с дырой для трубы.

Да, трудно было ждать его. Ждать шагов почтальона. Мелко семеня старыми ногами, бежать на каждый стук, торопясь отворить дверь и смотреть, что принесли: извещение или письмо?

Алексей Николаевич подошёл к шкафу и открыл его. В деревянной резной шкатулке он нашёл свои письма, сложенные одно за другим от первого и до последнего. Тогда он снова сел в кресло и стал перечитывать их. Но сейчас он перечитывал их, уже не помня о том, как и в каком состоянии писал их. Он перечитывал их глазами матери, волнуясь и переживая за неё, каждое слово, когда-то написанное его рукой. Как он мог прислать такую короткую первую открытку? Почему в этом письме забыл написать «целую»? Почему здесь не спросил о здоровье? Она сидела сгорбившись, поправляя очки, и руки, узловатые в суставах пальцев, наверное, дрожали, перебирая эти письма. Зачем он написал в этом письме, что уходит на задание? Разве могла она уснуть потом? Наверное, вертелась с боку на бок, вздыхала, зажигала и снова гасила свет. Милая, старенькая...

Вот письмо от десятого июля. И тут он внезапно остановился. Что же было потом? Ведь одиннадцатого он был ранен и попал в плен. Шесть месяцев мать не имела от него известий: шесть месяцев вечер за вечером она была одна, и шесть месяцев день за днём почтальон проходил мимо. Ему стало очень страшно: здесь, в этой комнате, в этой тишине, в этом пустом кресле что пережила она, думая о нём, и как у неё хватило сил пережить это?

Он вспомнил, как встретил в одном маленьком городке женщину. Она пришла в амбулаторию и молча встала в очередь на запись. Вся она была как каменная: и лицо и рука, зажавшая листок бумаги. Она подошла к окошку, но тут в лице её что-то дрогнуло. «Зачем же я пришла? — спросила она очень тихо. — Зачем?»

Она подходила то к одному, то к другому и всех спрашивала всё громче и громче:

«Зачем? Мне почтальон в дверях извещение подал, — отрывисто говорила она. — А я прочла и пошла сюда. Зачем? Зачем мне теперь лечиться? Жить зачем? У меня один сын был...»

И по её лицу было видно: только сейчас она поняла, что написано в извещении.

Она вышла на улицу, твердя это слово, и пошла по тротуару, не видя, куда идёт, и долго ещё Алексей Николаевич слышал, как она говорила: «Зачем?»

Сюда не принесли извещения. Но как страшно было шесть месяцев ждать его! Он снова взялся за пачку. Сейчас будет его первое письмо после плена. Он хорошо помнил его. Оно было написано на плотной голубоватой бумаге и начиналось словами:

«Мама, а я жив».

Но следующей в пачке лежала открытка. «Шестнадцатое июля» — стояло на её уголке. Незнакомым почерком, круглым и немного детским, было написано: «Мамочка, добрый день, я ранен в руку неопасно, лежу в медсанбате, и пишет тебе под мою диктовку сестра».

Алексей Николаевич ничего не понимал. Письмо за письмом, милые, ласковые, весёлые. Он читал их, перечитывал, спеша, и всё ещё ничего не понимал.

«Рука в прежнем положении, но настроение бодрое, отдыхаю, как ты?»

«Ты пишешь, что я стал писать ласковые письма. Просто лежу, брожу, спешить некуда. Много думаю о тебе. Может быть, сейчас впервые понял, что ты значишь для меня».

«Не волнуйся, рука загноилась, вот и затянулась эта история. Руку не велят тревожить. Видишь эти каракули? Пробую писать левой рукой. Больше не буду. Смешно и ни к чему. Лучше буду диктовать».

«Ты спрашиваешь, здесь ли девушка из санбата, о которой я часто писал тебе? Разве часто? Уж не помню что. Напиши мне, что я писал тебе о ней, будь добра. Да, она здесь. Если бы ты знала, какое у меня сегодня замечательное настроение. День такой славный, и опавшие листья на дорожке совсем золотые — весь день от них кажется солнечным».

Алексей Николаевич ещё раз перечитал это письмо. Теперь ему всё стало ясно. Их писала Галочка. Ну конечно! Ведь ни с кем больше не разговаривал он о доме, о матери, потому что разве кто-нибудь в мире умел так слушать, как она, широко открыв круглые серые глаза? В течение нескольких месяцев Галя всегда была подле него. И во время операции, деловая и очень молоденькая, больше похожая на девочку, которая играет в больницу, чем на медицинскую сестру, и в короткие часы отдыха. Как она понимала его, оказывается! Разве могла бы она иначе писать такие письма, что даже мать верила им? Всё в них было его: и его жизнерадостность, и любовь к матери, и вопросы о кактусах. И как это она запомнила о кактусах? И почему она вообще запомнила всё, что рассказывал он ей? Почему она так внимательно слушала его, почему так сердито кричала: «Доктор, уйдите из-под огня…»

Он схватил следующее письмо.

«Помнишь, как мы летом жили на Мете, и я ловил карасей?»

Ну, конечно, это ей он рассказывал про карасей. Они тогда сидели на пороге медсанбата, и она так слушала его, будто всю жизнь её интересовали только рыбы, и притом караси. Заходило солнце, она была вся розовая, и лёгкие волосы завитками падали на шею.

Галенька!

Потом он поцеловал ей руку, а она расплакалась и убежала… Дурак! Какой же он дурак!

Подумать надо, что на другой день он извинялся и дал слово, что больше это никогда не повторится. Что всё это время он так старательно и безуспешно забывал о ней.

Дурак!

Он взял последнее письмо, написанное круглым почерком.

«Дорогая Анна Михайловна, простите меня за то, что я писала Вам письма вместо Вашего сына. Теперь я уже знаю, что Алексей Николаевич жив, бежал из плена и находится в другой части. Мы его больше никогда не увидим. Я писала Вам письма, потому что верила в его возвращение. Знала, как он любит Вас, и хотела, чтобы Вы были спокойны, чтобы у Вас хватило сил его ждать. Я не знаю, что бы сделала, если бы он так и не вернулся. Я была бы виновата перед Вами за свою ложь. Теперь он уже, наверное, написал сам. Может быть, мои письма сберегли Вас для него за это время. Я только прошу об одном, дорогая Анна Михайловна, Вы ему никогда не пишите и не говорите о моих письмах. Хорошо? Я была у него медсестрой. Только когда он вернётся, а он обязательно вернётся к Вам, Вы поцелуйте его один раз от меня, только так, чтобы он не знал, от кого это. Будьте счастливы и Вы и он».

Алексей Николаевич положил письмо и взял следующее. Оно было на плотной голубоватой бумаге и начиналось словами: «Мама, а я жив».

Застало бы оно мать, если бы Галя не писала ей?

Милые круглые глаза смотрели на него, и впервые он понял, что было в этих глазах.

Теперь нужно отыскать их в маленьком приволжском городке, о котором ему рассказывала Галочка. Он приедет туда, постучит и услышит шаги за дверью. Галя откроет ему дверь, а он будет весь в снегу.

ОТЕЦ

Перед дверью Пётр Сергеевич остановился. Он был почти уверен в том, что это та самая дверь, хотя лестница показалась ему незнакомой. Надо ли ему идти сюда? Ему было одиноко и грустно. Он никогда не думал, что может быть так грустно в Москве. Москва стала ещё более людной, красивой, новой. Она была полна воспоминаний и близка по-прежнему.

Но раньше, в студенческие годы, здесь был ещё и знакомый шум в длинных коридорах института и уютная тишина зелёных ламп Ленинской. Это тоже была Москва. И Семён, сосед по комнате, в общежитии, который все ночи, бормоча, читал книги, освещая страницы карманным фонариком, чтобы никого не будить, — это тоже была Москва. И Валя… Её быстрые шаги в передней, всплеск рук, возглас: «Ты!», такой радостно удивлённый, словно он пришёл неожиданно, и она целый час не высматривала его, сидя на окне.

Потом была другая Москва. Военная, молчаливая, с ночным грохотом танков по асфальту, без разноцветных весёлых окон. Тогда Москва была долгожданным привалом на военном пути и, где бы он ни ночевал, — домом. Тогда он был москвичом. Сейчас он был транзитным пассажиром. А он не хотел быть транзитным пассажиром. Он хотел, чтобы его встречали, ждали. Ему было нужно, чтобы кто-нибудь шёл рядом с ним, сворачивая в переулки, обходя площади, улыбаясь улыбкой, полной воспоминаний. Ему был нужен тот особенный, необходимый каждому человеку разговор, в котором любая фраза начинается словами: «А помнишь?» Ему было нужно, чтобы женщина, увидев его на пороге, всплеснула руками, заторопились детские шаги, распахнулись двери, праздничной скатертью накрылся стол и женщина села, подпершись рукою, слушая его рассказ.

Но в Москве его никто не ждал. Семён был в отпуске. Тогда он вспомнил о Вале.

От далёких двух лет, когда они встречались, у него осталось хорошее, светлое чувство. Ему было тогда легко и радостно с ней. Потом наступил тот самый вечер, о котором ему всегда было неприятно вспоминать. И сейчас, поднявшись по лестнице и остановившись у Валиной двери, он снова с неожиданной отчётливостью вспомнил тот вечер. Они сидели у Вали в комнате. Он — в кресле у окна, Валя — на широком подоконнике, поджав под себя ноги. Только что прошёл дождь, пахло мокрой прибитой пылью и тополиной листвой. Тополь рос под самым окном. Когда Валя была ещё девочкой, её отец посадил этот тополь, и Валя, шутя, называла его братишкой. Она наклонилась, чтобы сорвать веточку, но не достала и ещё дальше потянулась из окна. Пётр Сергеевич вскочил и удержал её за плечи. Валя всё же уцепилась за ветку, но ветка вырвалась, и в руке у неё осталась только горсть мокрых листьев.

Она протянула ему листок:

— Понюхай, как пахнет вкусно!

— Девчонка, — с упрёком улыбнулся он, — так и разбиться можно.

То, что она, тоненькая, со светлыми волосами, была похожа на девочку, нравилось ему, и он ещё раз повторил: «Девчонка».

— Какая уж девчонка! — возразила Валя. Она всё смотрела в окно, но за руку удерживала его подле себя и вдруг спросила: — Петя, Петя, а ты бы хотел, чтобы у нас был маленький? Кого ты хочешь? Мальчика, девочку?

— Трёх мальчиков и трёх девочек… — шутя, отозвался он.

— Нет, я серьёзно… — Она продолжала смотреть в окно.

Он отошёл и сел в кресло. Его охватила досада. Зачем она портит хорошее настроение.

И, не скрывая и не стараясь скрыть своей досады, он заговорил о том, почему считает этот разговор ненужным. Валя слушала его молча, и он, решив, что она слушает внимательно, ободрённый этим вниманием, чувствуя себя старше и опытнее её, рассудочно и подробно, длинными округлыми фразами объяснял ей, что он ещё не кончил института, не знает, куда его пошлют на работу, и не считает себя вправе создавать семью, пока не сможет обеспечить её. Он говорил с удовольствием, потому что любил говорить (в институте его всегда просили выступать на собраниях и диспутах), и очень удивился, когда Валя вдруг тихо сказала:

— Уходи. Сию минуту уходи!

Он очень удивился, попробовал пошутить, приласкать её. Но она всё молчала и, отвернувшись, смотрела на тополь, который казался уже совсем чёрным и колючим из-за своих острых вечерних листьев. Тогда он рассердился и ушёл.

Валя очень нравилась ему, но порой казалось, что чувство к ней ещё не самое настоящее. Он думал о том, что его ожидает большое и сильное чувство. Он не понимал того, что его душа не подготовлена для этого чувства и нечего даже ждать его. Но всё-таки, ожидая его, он любил Валю трезво, скупо, боясь связать себя с ней лишним словом; он почему-то считал, что близость с женщиной не связывает мужчину так, как слова. И то, что Валя любила его горячо, самозабвенно и открыто, сначала тяготило и пугало его. Но, ближе узнав Валю, он понял, что она не будет мешать его свободе, и ценил это в ней.

Разговор о ребёнке встревожил его, так как это был разговор не только о ребёнке, а и обо всех их отношениях. А он считал преждевременным решать этот вопрос. Обиженный на то, что она не хочет понять его и стремится связать, он был доволен, что ответил ей правдиво и ничего не обещал. Валя поймёт это, оценит его честность, благоразумие, и всё пойдёт пока по-старому.

Но на другой день, вернувшись из института в общежитие, он нашёл на тумбочке около своей кровати записку: «Видеть тебя никогда больше не хочу». Это обидело его. Он считал себя красивым и красноречивым, и Валя должна была бы больше ценить его любовь. Рвать отношения только потому, что он не разделяет её неблагоразумное желание так рано создавать семью, он считал глупым и нелепым. Правда, если бы он серьёзно поссорился с другом, то был бы огорчён гораздо сильнее. Он знал, что не может понравиться товарищам только за высокий рост и умение красиво говорить, и поэтому с мужчинами был гораздо прямее, честнее, лучше. Он и сам не мог понять, откуда пришло к нему это отношение к женщине. Но так или иначе, считаясь хорошим товарищем, только в одном — в своих отношениях с Валей — он почему-то предъявлял к себе меньше требований, чем во всех остальных своих отношениях н поступках. И всё же немного спустя он написал Вале письмо, затем второе. Она не ответила ему. А потом началась война.

И вот теперь, ясно вспомнив всё это, он понял, что, конечно, не следует идти к Вале. Но ему было очень одиноко, и он успокоил себя тем, что Валя давно уже забыла свою любовь к нему, вышла замуж и они встретятся просто, как добрые старые друзья.

Дверь открыл Валин сосед. Он был всё такой же худой, сердитый, с бородкой клинышком. И Пётр Сергеевич сразу вспомнил, как он боялся этого соседа, когда приходил к Вале. Сосед, конечно, не узнал его. И не мудрено. Прошло больше шести лет, и Пётр Сергеевич возмужал, стал шире в плечах, отпустил гвардейские усы. На его вопрос, дома ли Валентина Александровна, сосед молча ткнул пальцем в сторону Валиной комнаты и, шлёпая калошами, надетыми на босу ногу, ушёл к себе, тщательно заперев за собой обитую чёрной клеёнкой дверь.

Вали в комнате не было. За столом сидел мальчик и, прикусив губу, строил домик из карт.

— Мама скоро придёт, а вы садитесь. — Он говорил осторожно, отвернувшись от стола, чтобы дыханием не разрушить карточный домик. Пётр Сергеевич невольно усмехнулся его серьёзности. По любопытному, искоса брошенному взгляду он понял, что мальчику хочется разглядеть его, но он боится испортить лёгкое сооружение, которое стоило ему стольких трудов.

До войны Пётр Сергеевич не замечал детей и не интересовался ими. Впервые он начал замечать их во время войны. Тогда он видел их мёртвыми и ранеными, встречал голодными, испуганными, осиротевшими, и чувство мучительной жалости и боли было первым чувством, которое он в своей жизни испытал к детям.

Этот мальчик вызвал в нём совсем новое, особое чувство. Увидев его, Пётр Сергеевич понял, что давно уже он хотел приехать в Москву и увидеть спокойного, здорового ребёнка, который сидит в светлой комнате и занимается своими делами. Он поймал себя на том, что напряжённо ждёт, когда у мальчика кончатся карты и можно будет заговорить с ним.

Лёгкий шелест прервал его мысли. Дом в конце концов рассыпался, и теперь мальчик внимательно и восхищённо оглядывал Петра Сергеевича.

— Сколько тебе лет? — спросил Пётр Сергеевич.

— Шесть, седьмой.

Пётр Сергеевич вдруг почувствовал, что у него сильно застучало сердце, и опустился на стул, не сводя глаз с мальчика.

Он уже думал об этом. Думал.

Как-то в первый год войны в землянке, в минуту затишья, шёл обычный фронтовой разговор о жёнах и детях. Особенно о детях. После того как все уснули, Пётр Сергеевич долго лежал без сна. Он вдруг совершенно отчётливо понял, что Валя спросила его тогда о ребёнке потому, что знала — ребёнок будет, но не решалась сказать правду. Именно потому она так обиделась на него. Это было настолько очевидно, что он даже не мог понять, как тогда это не пришло ему в голову. Он сейчас же написал Вале письмо, но оно вернулось обратно: Валя эвакуировалась. Постепенно волнение улеглось, и он решил, что, если бы ребёнок родился, Валя всё же известила бы его.

Мальчик молчал и вежливо ждал, когда гость снова заговорит с ним. «Похож, похож», — подумал Пётр Сергеевич. Это слово билось в его мозгу горячо, как кровь.

Совсем таким же, курносым, со складкой между бровями, он представлял себя самого по карточкам и рассказам матери. Он оглядел комнату. Сразу было видно, что в ней живут только женщина и ребёнок. Даже пепельницы он не увидел.

— Где твой папа? — наконец спросил он.

— Погиб на войне.

Мальчик сказал это спокойно. Видно было, что он уже давно привык к этой мысли. Почему Валя решила, что он погиб? Или, может быть, потом Валя вышла замуж, и ребёнок считал своим отцом какого-нибудь другого человека?

— Давно? — спросил Пётр Сергеевич.

— Давно, как только началась война. И у Петьки папа тоже погиб. Тоже был герой.

— А ты его не помнишь?

— Откуда же? — Мальчик сел против него на диван и обхватил руками колени. Ему было приятно всерьёз поговорить с майором о своих личных делах. — Папа ушёл воевать, когда я был ещё очень маленький. Конечно, ему было жалко со мной расставаться, но что же делать? — Мальчик замолчал. Он озабоченно покусывал нижнюю губу. Пётр Сергеевич и за собой знал эту привычку в минуты раздумья.

Знакомым, сразу вспомнившимся звуком щёлкнула дверь в передней. Послышались шаги. На пороге стояла Валя. Она была всё такая же — так по крайней мере показалось ему с первого взгляда: лёгкая, стремительная, такие же были у неё глаза — очень голубые, под чёрными колючими ресницами. Пётр Сергеевич встал ей навстречу. Брови её удивлённо взлетели, но улыбки не было, и принуждённо, словно она хотела спрятаться, сдвинулись плечи.

— Тут к тебе товарищ, — сказал мальчик.

— Вижу. Ты, Федя, пойди посиди у тёти Маши, я сейчас за тобой приду.

Мальчик взглянул на взволнованную мать, на растерянного усатого майора, хозяйственно забрал с собой карты, кубики, цветные карандаши и вышел.

Несмотря на волнение, Пётр Сергеевич улыбнулся. Он подумал, что Федя взял с собой и карандаши и кубики, чтобы майор проникся к нему уважением и понял, сколько у него забот, и сам удивился, до какой степени каждый поступок и мысль этого ребёнка значительны, понятны и милы ему.

Теперь, когда Пётр Сергеевич увидел, что Валя не хотела разговаривать с ним при ребёнке, и то, как она села подле стола, не снимая плаща, словно от его присутствия собственная комната стала чужой для неё, он сразу понял, что Валя прекрасно знала о том, что он жив, или вовсе ничего не знала и не хотела знать о нём. Он понял, что Валя нарочно сказала сыну о его смерти, но не мог понять, зачем она это сделала, и стоял перед Валей, удивлённо глядя на неё.

— Да, это он. Сейчас я тебе всё объясню, — сказала Валя и замолчала.

Ей было трудно собраться с мыслями, и слово «тебе», которое она произнесла естественно и нечаянно, сразу пробудило воспоминания, взволновало, и она не могла начать говорить так холодно и спокойно, как хотелось бы.

Слово «тебе» взволновало также и Петра Сергеевича, но совсем иначе, чем Валю. Он понял его как Валино признание в том, что он всё ещё дорог ей. И признание это сейчас, после долгих лет войны, поездов и одиночества, охватившего его в Москве, после того как он узнал, что у него есть сын, было необходимо. Он принял его как согласие продолжать те отношения, которые были когда-то между ними, и отчётливо, до мелочей представил себе, как он будет жить с Валей и сыном в этой комнате. Он понял, что уже давно мечтал об этом, хотел этого. И хотя, думая о семье последнее время, почти не вспоминал о Вале, но именно с ней эта жизнь должна была получиться хорошей и прочной. Прошло уже много лет, и молодость была позади, и он уже не ждал больше того сильного чувства, которого ждал тогда, и не знал, каждый ли человек обязательно должен пережить его и как именно любит он Валю. И то, что сейчас, когда он устал и мечтал о семье, вдруг нашлась Валя, которая осталась одинокой и вырастила его ребёнка, поразило его. Он вспомнил последний вечер, запах мокрого тополя и с волнением посмотрел на окно.

— Стол я сожгла в сорок первом году, было холодно.

Пётр Сергеевич не помнил, был ли у окна стол и где он стоял, но кивнул головой так, словно действительно думал о том же. И, кивнув, он сразу же почувствовал, что так нельзя. Сейчас даже малейшее непонимание между ними казалось недопустимым.

— Нет. Я не о столе, я об окне вспомнил. — Он понимал, что это может только усложнить разговор. И он с тревогой посмотрел в Валины глаза, впервые не замечая, что они красивы, а видя в них только усталость и волнение. И только с этой минуты он стал по-настоящему близок к ней, так близок, как не был ещё никогда. Вероятно, поэтому Валя заговорила с ним легко и свободно. Она вспомнила всё — с того вечера, после которого они уже больше не виделись.

Когда он ушёл, она хотела броситься вслед за ним, остановить, сказать о том, что ребёнок будет, что он уже есть. Ей было нужно, чтобы снова возникло чувство близости, более чем когда-либо необходимое ей. И она представила себе его лицо и разговор, который должен был успокоить, облегчить её волнение. Но лицо это, в котором не было любви, лицо, раздосадованное даже разговором о ребёнке, уже стало чужим. И тут же рядом появилось другое, ещё непонятное ей, смутное маленькое лицо. В нём было всё лучшее от человека, которого она любила. Самые любимые и добрые его улыбки, его привычка покусывать губы, щурить глаза над книгой. И лицо это, маленькое, незнакомое и родное, было уже необходимым. И тогда Валя поняла, что не разговор о ребёнке осложнил их жизнь, а жизнь эта и отношения были неправильны сами по себе. И разговор о ребёнке только помог ей понять это. До сих пор она не удивлялась тому, что они не живут вместе. Оба они были ещё студентами и чувствовали себя в пути. Через несколько месяцев начиналась новая жизнь, и Валя была уверена в том, что эту новую жизнь они начнут вместе.

Она не спала всю ночь, думала, плакала. Но она слишком любила Петра Сергеевича для того, чтобы сразу поверить в то, что поняла, и утром пошла к нему, чтобы сказать правду. Она шла, уверенная в том, что, узнав правду, он всё поймёт, и даже винила себя за то, что обидела его.

В общежитии уже никого не было. На тумбочке подле его кровати стояли стакан из-под кофе и сковородка с остатками картошки. На подушке лежала свёрнутая бумажка. Валя долго не могла понять, что это такое. Бессонная ночь и волнение делали всё особенным и значимым и в то же время мешали сосредоточиться. Почему-то ей казалось, что эта записка для неё. Но бумажка была перевязана бечёвкой, бечёвка цеплялась за тумбочку. Она отвязала и развернула бумажку, это был просто клочок газеты. А на кровати спал рыжий котёнок. Тогда Валя поняла: он играл с котёнком. Значит, эти ночь и утро, такие тревожные и значительные для неё, для него были обычными, несмотря на их ссору. Он выспался, пил кофе, жарил картошку, поиграл с котёнком и ушёл в институт. Он провёл спокойное утро, и поправить это было уже нельзя. Тогда она написала на измятом клочке газеты: «Видеть тебя никогда больше не хочу».

Она чувствовала себя виноватой перед ребёнком. Пока он был маленьким, отец ему был не нужен. Но он рос быстро, и всё ближе становился тот день, когда сын мог спросить её об отце, а отца у него не было. И когда он, наконец, спросил её, она, глядя ему прямо в глаза, сказала, что отец ушёл на войну и погиб. Так у её ребёнка появился отец.

…За тяжкие годы войны на земле выросло много детей, никогда не видевших своих отцов. Отцы были далеко, на войне, но они присутствовали в жизни своих детей порой больше, чище и выше, чем если бы они жили рядом. Эти дети никогда не видели своих отцов раздражёнными, усталыми, хмельными, не слышали их ссор с матерью. Светлые, чистые и сильные шли отцы рядом со своими детьми. И те из них, которые не вернулись домой, всё равно пройдут рядом с ними всю жизнь. Такого отца дала своему ребёнку Валя.

Валя рассказывала сыну о том, как любил его отец, как прощался с ним, и сын говорил: «Так сделал бы папа».

Валя замолчала. Пётр Сергеевич молчал тоже. С той минуты, как Валя сказала о сожжённом столе, он всё время представлял себе эту комнату и Валю. И в тот вечер, когда он ушёл и она плакала одна, и долгие другие вечера, когда она, сидя подле ребёнка, думала о нём, а потом уже разговаривала с сыном об отце. И сейчас Пётр Сергеевич всё время чувствовал присутствие этого другого отца, созданного ею для ребёнка, который заменил его здесь. Он слушал Валю так, как должен был слушать её тогда, — не думая о том, пришла ли, наконец, его настоящая любовь и удобно ли ему будет подле Вали, а всем своим существом понимая и разделяя её волнение и одиночество. И её глаза, лицо, руки и движения уже не были для него глазами, лицом и движениями красивой женщины. Это были любимые глаза, постаревшее лицо, натруженные руки и единственные дорогие движения близкого, нужного и усталого человека.

За время войны Пётр Сергеевич совсем разучился красиво говорить и стал даже стыдиться того, что когда-то умел это делать. Поэтому сейчас он молчал. Он не мог сказать, что понял Валю и что чувствует этого созданного её любовью человека так полно, потому что он сам за эти трудные годы стал во многом похож на него. Именно потому, что теперь он был похож на этого человека, он понимал, что не может не только оставаться здесь с Валей, но даже сказать, как хочет этого.

Он уже знал, что сегодня же уедет в тот город, куда направлялся работать на завод, и будет жить там один, далеко от них. Он думал, что Валя так никогда и не скажет мальчику о том, что его отец жив и сейчас был здесь, и его сын всю жизнь будет любить другого, придуманного матерью отца. И письма, которые он будет писать Вале, она тоже не будет показывать сыну, а подарки и деньги, которые он будет посылать ему, наверное, отошлёт обратно. Пётр Сергеевич думал о том, как он одинок, и о том, что сам виноват в своём одиночестве. Он ничего не мог сказать Вале, потому что понимал: она не может верить ему. Он встал и неловко, так как это движение ничего не могло выразить, подал Вале руку.

Тёти Маши, к которой Валя послала Федю, не было дома, и поэтому Федя скучал. Кроме того, его мучило любопытство. Мать никогда ещё не высылала его из комнаты, когда к ней кто-нибудь приходил.

Поэтому Федя сидел у двери и подсматривал в переднюю. Он видел, как открылись двери комнаты и вышел майор. Несмотря на то, что в передней было почти темно, он уверенно прошёл к двери, открыл её и остановился на пороге. Федя подумал, что, должно быть, майор хочет попрощаться с ним, но, если бы Федя вышел, стало бы ясно, что он подглядывал. Военный стоял в дверях, сутулый, неподвижный. Зависть и восхищение, которые он вызвал у Феди, почему-то сменялись сочувствием. Но вот майор шагнул через порог, и дверь захлопнулась.

Мать долго не шла за Федей, и он вошёл в комнату. До сих пор Федя только один раз в жизни видел, как она плакала, — это было в День Победы. Тогда она сказала, что плачет от радости, и улыбнулась мокрыми глазами. Сейчас она плакала опять. Она плакала громко, навзрыд, всхлипывая, как девчонка из квартиры напротив. Почему она плакала? Федя растерялся. Он встал подле неё, ещё не зная, надо ему тоже плакать или нет.

— Это папин товарищ приезжал, — сказала мать. — Он очень на папу похож, — прибавила она тихо. — Тоже молчаливый такой. И детей любит. Только строгий… Феденька, — она вдруг всхлипнула так беспомощно, что Федя сразу понял: он уже большой, и ему сейчас плакать не следует. — Феденька, оказывается, наш папа жив.

ГОЛОС ЗА СЦЕНОЙ

Кассирша выдала Ане билет и захлопнула окошко.

До поезда в Москву оставалось сорок пять минут. Зал ожидания казался почти пустым, хотя народу было немало. Он слишком велик, не по городу. Вообще всё в этом городе было слишком велико, как этот зал в ожидании будущего: и вокзал, и театр, и магазины на главной площади.

В зале ожидания, хотя никто не курил, горько пахло дымом. В театре никогда не разбирали всех билетов, а в магазине продавали белые босоножки, которые мгновенно пылились, а простых резиновых сапог не достать. А без них, когда театр выезжает в район, обойтись невозможно, в этом Аня уже убедилась.

Антон Петрович, режиссёр, сказал ей, когда приглашал сюда на работу:

— Город наш, Анна Владимировна, правда, ещё маленький, но это временно, зато театр большой.

И то ли оттого, что её впервые в жизни назвали по имени-отчеству, то ли оттого, что вспомнился маленький, поросший сиренью городок, где она родилась, то ли оттого, что симпатичен был Антон Петрович, Аня сразу же согласилась.

И всё оказалось не так. Не было тихих улочек, заросших палисадников, самоварных дымков по вечерам — всего того, о чём Аня помнила, как о детстве. В этом городе вообще не было окраин. Город строился с середины, с главной площади, с театра, магазинов; всё было большое, жёлтое, с колоннами. От площади квадратами расходились улицы. Дома, похожие друг на друга, четырёхэтажные, кирпичные — красить их не успевали. Не успевали за домами и деревца, которые высаживали вдоль улиц. Они были такого же роста, как подпорки. А на одной из улиц, той, которая вела к вокзалу, получилась вообще ерунда: высаженные липы погибли, но зато прижились подпорки, проросли, выбросили ветки и оказались тополями. Но и они были маленькие и такие пыльные, что Ане всё время хотелось помыть их.

Аня мечтала, что она снимет комнату в маленьком домике, по утрам до ухода на репетицию будет возиться с цветами в палисаднике, а хозяйка, добрая старушка, после спектакля напоит её чаем из маленького шумливого самовара. В городе скоро все узнают её, и, когда она будет проходить по улицам, школьницы будут дружески улыбаться и шептаться ей вслед…

Когда-то, ещё маленькой девочкой, Аня с матерью зашла в магазин, и мать приветливо улыбнулась молодой женщине с задумчивыми глазами. Потом мать объяснила Ане, что это актриса, которая замечательно играет Нину в «Чайке». Вот Аня подрастёт, и сама увидит её. Но «Чайку» Аня так и не увидела. Началась война. Вся труппа и красивая актриса уехали. Потом в одну из бомбёжек сгорел театр, а в траншею, где прятались Аня с матерью, попала бомба.

Аня очнулась в санитарном вагоне. По тому, как ласкова была с нею сестра, Аня поняла: мамы нет. Аня пыталась кричать, плакать, но не могла. Рот был не её: горячий, большой, и шевелить им было нестерпимо больно. Только несколько дней спустя Аня узнала: осколком ей рассекло губу.

— Легко девица отделалась, — сказал доктор и погладил Аню по голове. Доктор был большой, белый, навис над Аниной койкой, как сугроб…

В детском доме Аня всех дичилась, прятала лицо, молчала.

Год спустя, когда драмкружок ставил «Золушку», ей вдруг поручили главную роль. Сначала она не поверила, даже обиделась, решила, что над ней смеются. Но Нина Васильевна, директор, убедила Аню, что шрама под гримом никто не заметит и роль она сыграет отлично. Аня и в самом деле как будто неплохо сыграла Золушку, ей долго хлопали, подарили букет цветов. А после спектакля в тёмной цепкой аллейке малинника, совсем уже осенней, где паутинок было, казалось, больше, чем листьев, Витька, который играл короля, поцеловал Аню в холодную щёку, и они поклялись друг другу в том, что будут дружить всю жизнь. Вите было уже четырнадцать лет, через несколько дней он распрощался со всеми в детском доме и уехал в Магнитку. Он прислал Ане две открытки с дороги, а потом больше не писал. Вероятно, с головой ушёл в работу. Спросить Нину Васильевну, знает ли она о нём, Аня стеснялась и про Витю постепенно стала забывать. Аня не знала, что Витя решил ей написать только тогда, когда станет знаменитым мастером, а это оказалось трудно.

Не подозревала Аня и о том, что всю историю с «Золушкой» Нина Васильевна затеяла из-за неё. Аня с тех пор перестала стесняться своего лица, прятаться от ребят, успокоилась. Время было тяжёлое, надо было сажать картошку, добывать дрова, ремонтировать дом. Каждый день привозили новых ребят. Они не спали, плакали по ночам, и Нине Васильевне было совсем не до спектаклей.

«Золушку» сыграли три раза: в детском доме, в школе и у шефов в колхозе. Потом костюмы переделали для маскарада на Новый год, и драмкружок распался. Заново он образовался только через полтора года, когда жить стало полегче и ребята окончательно устроились на новом месте. Но с тех пор Аня твёрдо решила, что станет актрисой. Из-за этого она выдерживала мучительные сражения с физикой и математикой, так как без десятилетки в театральный институт не принимали.

На экзамене она прочла басню и письмо Татьяны. Читать было страшно, но Аня старалась смотреть на одну старую, очень известную актрису, которая всё время ей одобрительно кивала. Когда она кончила, актриса улыбнулась — видимо, уж очень Аня мало походила на Татьяну — и сказала глубоким, чудесным голосом, настолько знакомым по радио, что он стал уже совсем родным:

— А попробуйте-ка, голубчик, сыграть такую сценку: вы сидите дома, шьёте; вдруг звонок, и входит ваш давнишний друг.

Аня зажмурилась, замолчала. Помолчала ещё. Актриса сказала:

— Не волнуйтесь, соберитесь, голубчик.

Аня представила себе: сидит она в столовой, в детском доме, у окна, вышивает и вдруг видит: идёт Витька, большой, высокий, взрослый… Вскочила со стула, бросила платок, который изображал рукоделие, и, распластав руки, через всю сцену перелетела к двери. Глаза у неё были мокрые от слёз.

— Умница, — сказала актриса.

К Москве Аня так и не привыкла. Ей всё казалось, что она в гостях, приехала ненадолго, что надо успеть посмотреть все музеи, побывать во всех театрах; и все годы, что училась в Москве, так терялась в толпе и спешке, словно приехала вчера. Только в ночь, когда кончили институт и все пошли на Красную площадь, Аня долго стояла, запоминая очертания Кремля, Исторического музея, всё смотрела, старалась запомнить и поняла: очень полюбила Москву. Москва была тихая, ночная, прозрачная.

Зачем Аня ехала в Москву сейчас, она не знала. Ровно ничего хорошего её не ожидало. Куда там! Было страшно представить себе, что её ждёт, когда выяснится, что она удрала из театра. Конечно, она скажет, что поедет куда угодно: в Магадан, на Чукотку, на Сахалин, — но после вчерашнего провала здесь оставаться невозможно. А может быть, она вообще не актриса? Ну что ж, она пойдёт вожатой в детский дом и организует там потрясающий драмкружок.

Не удалось, всё не удалось ей в этом городе. Ни у какой старушки Ане селиться не пришлось. Ей просто дали маленькую комнатку в большой квартире нового дома. В этой квартире жили директор универмага и его жена Матильда Егоровна, которая очень обижалась, что им дали только две комнаты из четырёх. Матильде Егоровне некуда было девать мебель, привезённую из Курска, и она поставила часть её к Ане в комнату. В какой-то степени это даже устраивало Аню, так как ни мебели, ни денег на её приобретение у Ани не было. Но с этим были связаны кое-какие неудобства. Матильда Егоровна поставила к Ане в комнату тахту. Тахта была широкая, но очень старая. Пружины все из неё вылезли — наверное, на бороне, перевёрнутой зубьями кверху, спать всё же куда удобнее. Аня предложила Матильде Егоровне перебить тахту за свой счёт, но Матильда Егоровна сказала, что такой гобеленовой обивки в этом городе не достать, а обивать антикварную вещь дерюгой она не позволит. У антикварной вещи был ещё один крупный недостаток: в ней жили клопы. Это были ещё курские клопы, которых Матильда Егоровна привезла с собой в новый город. Это были злые клопы — вероятно, они тосковали по родине, — и вывести их было совершенно невозможно: они не боялись ни кипятка, ни керосина, ни ДДТ, и уже давно и Аня, и её косы, и платья пропахли ДДТ, а клопы всё жили и жили. Кроме тахты, в комнате стоял ещё секретер красного дерева, очень большой. В нём было много ящиков, но все они были заперты — в них хранились хозяйские сувениры. Когда к Ане кто-нибудь приходил в гости, Матильда Егоровна без стука входила в её комнату и напоминала, что на секретер нельзя ставить чашки с горячим чаем. Аня ставила чашки на подоконник, потому что для стола места в комнате уже не оставалось. Впрочем, был угол, куда втиснулся бы столик, но Матильда Егоровна поставила туда кадку с большим фикусом.

Когда Аня входила в кухню, Матильда Егоровна старалась загородить от неё своего мужа и обязательно спрашивала:

— Что вам здесь надо? Готовить-то нечего...

А готовить и в самом деле было нечего. Аня сама не понимала, куда девается её зарплата, и к концу второй недели у неё просто ничего не оставалось. Совершенно неизвестно, что бы она делала, если бы её не подкармливал Федя. Федя занимал вторую комнату в их квартире и был самым богатым человеком в театре — он работал электромонтёром. А для человека с такой профессией всегда много дела в новом городе. Даже Матильда Егоровна относилась к нему снисходительно. Во-первых, он был мужчина, а во-вторых, бесплатно, по-соседски сделал ей всю проводку и безотказно чинил плитку и утюг, когда они перегорали. К Феде Матильда Егоровна и мебель поставила более пригодную для жизни: диван, круглый стол и два кресла. Правда, стол она велела застилать байковым одеялом и клеёнкой, но всё же есть на нём было куда удобнее, чем на Анином подоконнике.

Когда Аня и Федя возвращались из театра, Федя зазывал её к себе, угощал чаем, сушками, колбасой, а потом читал ей монологи Гамлета. Федя мечтал стать актёром, и Аня добросовестно занималась с ним. И то ли оттого, что он на самом деле был талантлив, то ли просто хороший человек, Аня верила, что его мечта обязательно сбудется. Она всё собиралась поговорить о нём с Антоном Петровичем, но с каждым днём это становилось всё менее возможно.

Когда Антон Петрович приглашал Аню в театр, у неё создалось впечатление, что ей сейчас же отдадут все главные роли. Но ничего подобного не произошло. Правда, Антон Петрович давал ей роли в каждом спектакле. Но что это были за роли! Аня играла то мальчишек, то старух, то горничных, то лаяла собакой… Труппа была небольшая, и порой Аня играла две, а то и три такие роли за вечер. Придирался к ней Антон Петрович ужасно, муштровал, гонял, а когда она однажды заявила, что старухи не её амплуа, он усмехнулся и сказал добродушно:

— Вы ещё и сами не знаете, мой друг, что вы за зверь.

Когда выяснилось, что театр будет ставить «Ромео и Джульетту», Аня взволновалась не на шутку. На выпускных экзаменах в институте она показывалась именно в Джульетте. Но роль Джульетты Антон Петрович отдал Алисе Александровне, актрисе лет под сорок, которая всё время моргала длинными приклеенными ресницами. Правда, если не смотреть на неё, а только слушать, было гораздо лучше, — в этом Аня не могла не признаться. Голос у Алисы Александровны был глубокий, гибкий, и удивительные стихи Шекспира звучали у неё как-то особенно полнокровно. Когда в вечер премьеры Антон Петрович увидел зарёванную Аню за кулисами, то улыбнулся и сказал проницательно:

— Рано, рано! Стихи-то какие, а вы забормочете. Вас, матушка, в пятнадцатом ряду не слышно… Рано… — И пошёл. Разговаривал он при этом авторитетно, словно был народный артист республики, а самому-то едва минуло тридцать. Конечно, идти к нему после этого хлопотать о Феде было просто смешно.

Но вчера Аня убедилась, что Антон Петрович совершенно прав: никуда она не годится. Её ввели в «Доходное место», и роль хорошая — Юленьки. Правда, ей всегда больше хотелось играть Поленьку, но это уж никого не касается. Спектакль был выездной, на шахте. И Аню так растрясло на грузовике по грязной дороге, так ока волновалась, так страшно скрипели в зале стулья, что она и сама не помнила, как играла. Как она провалилась! С треском! Она много готовилась к этой роли, но всё оказалось напрасным. Какое уж тут вдохновение! Ане казалось, что именно тогда, когда она на сцене, стулья скрипят просто невыносимо, мальчишки громко чавкают мороженым, а парень во втором ряду перестаёт смотреть на сцену и начинает обнимать свою соседку.

После спектакля она забилась к самой кабине грузовика и села ко всем спиной. Конечно, все избегают её, жалеют и стесняются сказать, что играла она отвратительно. Аня проплакала полночи. Даже дружеские утешения Феди ничем не могли помочь ей. Тем более что он не видел, как она играла, — в этот вечер работал в стационаре. Кроме того, Федя никак не мог сочувствовать ей: он был слишком счастлив. Театр ставил «Гибель эскадры», мужчин не хватало, и Феде поручили роль одного из матросов. Поэтому он, утешая Аню, всё время глупо ухмылялся и так разозлил её, что она попросила оставить её в покое. Может быть, если бы на другое утро Аня была занята на репетиции, то ей и в голову не пришло бы уехать. Но когда счастливый Федя убежал в театр, Аня осталась наедине с запертым секретером, проваленной ролью и курскими клопами. Тут-то ей и стало всё ясно: надо уезжать. Актрисы из неё не вышло. Антон Петрович в неё не верит. Город неуютный. Будь что будет, она уедет. Да вряд ли в театре огорчатся. Кому нужна бездарная актриса?

Время тянулось медленно. До поезда оставалось ещё двадцать минут. Аня побрела в сквер. Было жарко и пыльно. Липки стояли поблёкшие, смятые, жалкие. Не будет она ждать, пока они вырастут. Не будет она ждать, пока в город наедет столько народу, что театр будет всегда полон. Пускай Антон Петрович сколько угодно говорит, что у неё, как у кошки, нет чувства перспективы.

На рекламном щите висела афиша сегодняшнего спектакля. Две школьницы остановились подле неё.

Из-за их гладких причёсанных головок Аня прочитала афишу. Уши у неё покраснели. Вот оно: «Голос за сценой — А. Щукина».

Голос за сценой! Не угодно ли вместо Джульетты?

И вдруг Аня отчётливо вспомнила свой голос. Тот, который за сценой. Это начало второго акта: «Мама!

Мама!» — кричит отчаянный детский голос. А по сцене мечется обезумевшая мать. Так начинается война.

— Спасибо, девочка. Великолепно кричали, очень помогли,— сказала ей после репетиции Алиса Александровна.

И она вспомнила, как сама волновалась, когда кричала это «Мама!», притаившись в тёмной пыльной кулисе. Это слово, оставленное в детстве. Слово, которое не могла прокричать тогда, зов, который так и остался в ней лежать притаившись. Шрам вот зажил, его почти нельзя заметить. А этот крик жив. И болит, болит…

Аня присела на скамейку. Поставила чемоданчик. Значит, сегодня «голос за сценой» будет не А. Щукиной, найдётся другой. Но кто? Она же не предупредила! А вдруг забудут проверить? И голоса не будет совсем или будет новый, непривычный. И Алиса Александровна будет ждать крика, одна на сцене перед большим тёмным залом. Как же так? Сегодня, сейчас, через пятьдесят минут. Кто же крикнет «Мама!»? Никто не крикнет. Зал начнёт хихикать, расшумится, его потом не соберёшь. Молодёжь в городе ещё не привыкла к театру, ведь он здесь так недавно.

Аня пошла было к театру, но остановилась. Нет, туда она не пойдёт. Там все знают о вчерашнем провале, все будут смеяться над пей или ещё хуже — сочувствовать. Антон Петрович перед спектаклем всегда уходит домой обедать. Вот ему она всё и скажет…

Дом, где жил режиссёр, Аня знала. Это был такой же дом, как и все, но подле него росли две высоченные сосны, которые остались с тех времён, когда здесь был лес. Эти сосны придавали дому обжитой и уютный вид. Аня всегда проходила мимо него с завистью. Антон Петрович появлялся в театре такой свежий, выбритый, пахнущий одеколоном, в безупречно чистой рубашке — как на праздник. Вот у него-то уж, наверное, уютная мама, которая заботится о нём и после спектакля поит чаем из самовара, и в комнате стоят цветы на столе, и шкаф с ящиками, которые можно открывать, и любимые книжки. Правда, жена его всё ездит. Он как-то сказал: «Бывают люди, не сошлись характерами. А вот мы с моей женой не сошлись профессиями. Она геолог, её место там, где городов нет, а моё там, где уже совсем взрослый город с театром».

Но всё равно жена приезжает к нему, пишет письма. Ему-то хорошо покрикивать на беззащитных девушек, которые совсем одни на белом свете.

Дверь Ане открыл маленький мальчик.

— К Антону Петровичу? Вот его комната.

Аня постучала. Ей никто не ответил. Постучала ещё раз и тихо приоткрыла дверь. Комната была чиста и пуста. Ещё никогда в жизни Аня не видела такой пустой комнаты. Комната бывает пустой, когда перед ремонтом из неё выносят мебель. Но то другая, временная пустота. Пустота этой комнаты была жилой и постоянной. Аккуратно заправленная койка, маленький стол, табурет. В углу — брюки в зажиме. Вот и всё. Это была комната человека, которому некогда думать о себе, человека, который весь круглые сутки поглощён большим, важным, любимым делом. Жили в этой комнате только стены. Над кроватью склонилось милое женское лицо. Афиша «Ромео и Джульетты». А затем листки, листки, приколотые булавками к обоям, мысли, которые родились, когда человек ходит ночью из конца в конец, думая, работая. Стены, превращённые в письменный стол: «Не забыть начало третьего акта»; «Катерина — главное, сила и чистота, никакой истерии», «Попробовать Федю-монтёра». Эти листки бумаги дышали, спорили, сердились: «Четвёртый акт — очень плохо. Переделать». Это были мысли, которые нельзя забыть. Непрерывное творчество. Последние мысли перед сном и первые в момент пробуждения.

Так вот как он живёт... Без самовара, без мамы, в разлуке с женой.

В углу на плитке на полу стоял чайник, очень маленький — на полтора, от силы на два стакана. Он видал виды, этот чайник, мятый, с кручёной проволокой вместо ручки. Но сам он был отнюдь не жалкий. Он даже несколько заносчиво задрал свой облупившийся нос.

«Ну, что смотришь? — казалось, говорил он. — Так вот и ездим, кипим, греем...»

Аня ещё раз оглянула говорящие стены. А вот и та афиша, которую она только что видела на улице. И после обидных слов: «Голос за сценой — А. Щукина», — стоит плюс и восклицательный знак! Хорош плюс! Тут человек думает о нём, хвалит его, вставил в афишу, а плюс пока что, уложив вещички, собирается удирать. Аня дружески кивнула чайнику и вышла из комнаты.

Так. Значит, ей казалось, что здесь всё останется так же. Так же будет спросонья вскакивать Антон Петрович и прикреплять листок с новой мыслью, с новой записью, так же будут трястись её товарищи на грузовике по грязи, чтобы люди на шахте отдохнули, посмеялись, задумались, по-хорошему погрустили. Так же будет Алиса Александровна переодеваться в холодных клубных уборных и, вернувшись со сцены, спрашивать тревожно:

— Ну как, ничего сегодня?

И Федя будет кому-нибудь читать монологи Гамлета и сыграет первую роль, и достроят и этот дом, и этот, и тот, для которого сейчас роют котлован. И в городе будет всё больше людей, а в театре — всё меньше пустых рядов, и зацветут липы. А она-то думала, что может без всего этого.

Когда она бежала к театру, начал накрапывать мелкий дождь. Липки отмылись от пыли, и крупные их листья бодро шелестели, шевелились под дождём, словно круглые зелёные цыплята. Через открытые окна послышались аплодисменты, голоса, шум. Конец первого акта. Успела!

— Отвратительно сегодня кричали, — сказал после спектакля Антон Петрович. И никак не мог понять, почему у этой девчонки счастливые глаза.

СТАРШАЯ СЕСТРА

Над виноградом жужжали осы. Смуглые женщины сердито отгоняли их, но осы всё летели на терпкий и сладкий запах. Покупать виноград ходили втроём: Митя, Оля и её брат Алёша. Оля называла его Ёршиком. Эта нелепая кличка была терпима, пока Алёша был маленький, но теперь она роняла его авторитет. Алёша нарочно не откликался, пока сестра не сдавалась: «Алексей, поди сюда». Вообще Ольга нарочно командовала им при других: «Ёршик, вымой руки!», «Ёршик, высморкайся!», «Ёршик, войди!», «Ёршик, выйди!» Нестерпимо! Если бы не получалось неприятностей с родителями, Алёша давно бы избил сестру. Но отец всегда говорил, что мужчина не должен злоупотреблять своей физической силой.

— Ёршик, не ешь виноград, он немытый.

— Он же с лозы, чистый! — И Митя отщипнул ягоду.

Алёша тоже.

Уж Мите-то Оля не посмеет сделать замечания. Он старше её на целый год. Он приехал из города на далёком Севере, где полгода день и полгода ночь. Он сам ездил на оленях и сам видел настоящее северное сияние. Ещё никому не завидовал Алёша так, как Мите. Ясно, что даже и через пять лет, когда Алёше тоже минет восемнадцать, он всё равно будет ниже ростом, чем Митя. И неизвестно, сможет ли построить такой планёр, какой буквально на его глазах в два вечера смастерил Митя, и будет ли так знать геологию и ботанику, а уж северного сияния ему наверняка не увидеть. И вот при этом-то человеке Ольга в первый же час знакомства назвала его Ёршиком. А ещё за минуту до этого Митя сказал:

— Ну-ка, Алексей, нырнём!

И Алёша пробыл под водой так долго, что Митя даже удивился, какая у Алексея великолепная ёмкость лёгких. Когда они вылезли на берег, обнаружилась Оля. Алёша не успел даже подмигнуть ей, пригрозить, попросить в крайнем случае, как она сказала:

— Ёршик, домой!

Алёша оглянулся: Митя уже вылез из воды и подходил к ним. Увидев его, Ольга, конечно, прибавила:

— Сколько раз тебе говорила: без меня не купаться — утонешь.

Утонет? Это он-то утонет? Алёша даже побледнел от обиды.

— Раз ёрш — не утонет, — миролюбиво вмешался Митя.

Значит, он всё-таки слышал!

— А и в самом деле похож на ерша, — улыбнулся Митя и прибавил по-мужски великодушно: — То-то он и плавает как рыба.

Алёша сделал безразличное лицо. Пусть Ольга видит, какой человек оценил его. Но сестра молчала и сосредоточенно выковыривала из песка раковину. Раковина была самая обыкновенная. Таких они сгоряча набрали целую коробку в первый же день приезда в Сухуми и давно уже выбросили, нашлись получше. Митя стоял и внимательно смотрел, как Оля роется в песке. Неужели он не видел таких раковин. Ольга взглянула было на Митю и, видимо, совсем не оценила его, снова занялась раковинами. Ах, так! Алёша сказал басом:

— Познакомьтесь: Ольга — моя сестра, Дмитрий — товарищ из-за Полярного круга.

В Олиных глазах вспыхнуло, наконец, любопытство: ещё бы, не у каждого брата такие знакомые! Но Алёша торжествовал недолго. Очень скоро Оля знала о Мите всё то же, что знал он сам. Может быть, даже больше, потому что пока они плавали, Алёша остался на берегу стеречь Олины часы, и, вероятно, в море Митя рассказал ей ещё что-нибудь, так как, выйдя на берег, Ольга сказала:

— Да, это очень интересно.

С этого дня они всё время были втроём. Вместе бродили по улицам, удивлялись рододендронам, осыпанным душистыми розовыми и белыми цветами. Вместе купались и загорали на пляже, вместе ходили в кино, замечательное тем, что оно находилось в саду, под чёрным южным небом… Потом Митя пришёл к ним в гости, и они повели его в обезьяний питомник. Сюда была командирована с работы их мать.

Едва познакомившись с Митей, Алёша уже начал мечтать о том, как поведёт его в питомник, покажет обезьян и расскажет о работе, которую проводит здесь мама. Она испытывает на обезьянах новое лекарство. Результаты положительные. Обезьяны — последний этап. Теперь этим лекарством начнут лечить людей.

Но рассказала обо всём этом Мите сестра. Она даже вошла при Мите в клетку к Урсу. Урс был очень страшный на вид. С острой, похожей на собачью мордой, с синими складчатыми щеками, рыжей бородой и с густой гривой волос на плечах. Митя смотрел на Олю с глубоким уважением. Ведь он и не подозревал, что Урс родился в питомнике: мать его погибла, и сторожиха тётя Маша выкормила его из соски. Несмотря на свой страшный вид, Урс был безопаснее любого котёнка, а Ольга вошла к нему с таким видом, словно она, как Ирина Бугримова, входит в клетку со львами. Урс бросился к ней, обхватил громадными лапами и что-то ласково залопотал. Улыбаясь, он сморщил губу, и отчётливо стали видны его громадные жёлтые клыки.

— Молодец у тебя сестра! — не выдержал Митя.

И Алёше пришлось согласиться:

— Она у меня ничего.

Но Митя не слышал его. Он пристально смотрел на склонённое Олино лицо и очень светлые волосы. Урс растрепал их, и они золотым облаком окружили Олину голову. Оля покраснела, высвободилась из лап Урса и вышла из клетки. После случая с Урсом Митя слушал Ольгу уже с таким почтением, что Алёше не удавалось вставить в беседу ни одного слова. Даже когда Ольга напутала и назвала новорождённого макаку Петькой, тогда как на самом деле его звали гораздо интереснее — Банан, и Алёша хотел было поправить Ольгу, Митя и не оглянулся на него. Они шли чуть впереди Алёши: Оля была намного ниже Мити, но тоже казалась высокой — очень тоненькая и длинноногая. Оля загорала гораздо быстрее, чем Алёша, и сразу тёмным матовым загаром, а когда загорает, то глаза у неё делаются ещё светлее. Вероятно, Ольга загорает так быстро потому, что она световолосая. Хотя Митя совсем тёмный, глаза карие, но и он тоже загорел здорово. А вот Алёша не загорел, а обгорел, стал весь красный, и веснушки, которым, по его соображениям, следовало давно исчезнуть в загаре, стали ещё отчётливее, и нос лупится… Алёша вздохнул. Они уже спускались по лестнице, ведущей к выходу из питомника, когда увидели внизу маму. Вот тут Алёше, наконец, повезло. Ольге попал камешек в туфлю, она остановилась, чтобы вытряхнуть его, и Алёша первый подошёл к маме и успел сказать:

— Познакомься, мама, мой новый друг Дмитрий, из-за Полярного круга. С Крайнего Севера.

Алёша был вознаграждён за все обиды, потому что мама с явным одобрением оглядела Митю и крепко, как взрослому, пожала ему руку.

— Очень рада познакомиться, — сказала она серьёзно.

И когда Ольга, наконец, управилась со своей туфлей и подошла к ним, было уже совершенно ясно, что Митя — друг Алёши и к Ольге он никакого отношения не имеет. Ольга увидела, что маму ей уже не обмануть, а так как Ольга не любила попадать в глупое положение, то сейчас же сделала вид, что ничуть не претендует на дружбу с Митей. Она и не взглянула в его сторону, словно это не она три часа подряд показывалась, как могла. И пока они шли с мамой домой, даже с Алёшей Ольга говорила вежливо и не называла его Ёршиком. Алёша видел, как мама одобрительно посмотрела на Олю. Алёша всегда знал, что Ольга хитра. Эх, был бы Алёша девчонкой и ябедой, он обязательно сказал бы маме, чтоб не очень-то верила Ольге! Всё уже было: и Ершом называла и замечания при Мите делала…

Дальше Алёшины дела пошли ещё хуже. У Мити с Олей оказалось множество тем для разговоров. И как-то получалось, что они говорили или о книге, которой не читал Алёша, или о предмете, который не проходили в пятом классе. Митя уже давно звал его не иначе, как Ёрш, а порою далее «Чудо-юдо рыба Ёрш». Оля смеялась, и Митя звал его так всё чаще и чаще. Алёша заметил, что, стоит Оле насупиться или повздорить с Митей, он сейчас же начинает злоупотреблять этим дурацким именем и фальшиво-заботливым голосом говорит:

— Ты, брат Ёрш, помыл бы руки…

Было похоже на то, что Митя просто подлизывается к Ольге, а это недостойно мужчины. Мало-помалу Митя стал казаться Алёше не таким замечательным, а поэтому Алёша легче переносил его насмешки. Утешало Алёшу и то, что Митя, который ни в какой зависимости от Ольги не находился, слушался её, пожалуй, побольше, чем он, Алёша. Ольга хотела купаться, и Митя шёл купаться, хотя только что собирался в Ботанический сад. Митя звал к морю, но Ольга заявляла, что хочет пройтись по городу, и Митя поворачивал на горячий асфальт. Алёша плёлся позади. Ему-то было совсем худо. Мама сказала: «Без сестры ни шагу!»

Но окончательная катастрофа постигла Алёшу примерно за неделю до того, как они должны были уехать из Сухуми. Они собрались в кино на шестичасовой сеанс, но Ольга так долго гладила платье и причёсывалась, что Алёша с Митей успели сыграть две партии в шахматы. В третьей партии у Алёши были явные шансы на выигрыш, но появилась Ольга, сказала: «Пошли», — и Митя, который всегда утверждал: «Никогда не сдаваться — вот мой девиз», — торопливо пробормотал: «Сдаюсь» — и бросился за Ольгой так, словно она тонула. Впрочем, то, что Митя сдался, очень подбодрило Алёшу. Всё-таки не сухой счёт. Это уже ничего. Мите вчера проиграла даже мама, и вечером можно будет, не вдаваясь в подробности, небрежно сказать ей: «А я, знаешь, сегодня у Дмитрия выиграл одну из трёх». Надо сказать именно так, скромно: «Одну из трёх».

Алёша так размечтался, что очнулся только тогда, когда они стояли у дверей в кино и Митя предъявлял билеты. Контролёрша была знакомая, старенькая, симпатичная, Алёша всегда здоровался с ней и, уходя, говорил: «Спасибо вам». И вдруг она сказала:

— Вы, барышня, и вы, молодой человек, проходите. А ты, мальчик, иди домой. Ведь знаешь правило: после восьми детям нельзя.

Митя и Оля растерянно переглянулись. Оля шагнула из двери, но Алёша уже бежал не оглядываясь.

Он остановился только за углом и видел, как они искали его в толпе. Потом Митя что-то сказал Оле и взял её за руку; она нерешительно взглянула на него снизу вверх и, что было очень на неё не похоже, послушно пошла в кино.

Алёша в самом мрачном настроении отправился домой. Хорошо ещё, что мама уже вернулась с работы. Они условились, что завтра вместе пойдут на эту картину, уселись за шахматы, и, что было совсем удивительно, мама, хотя и после упорного сопротивления, проиграла. Впрочем, чему же удивляться, если Алёша выиграл у самого Мити! Кроме того, внимательно выслушав Алёшины соображения (он не то, чтобы жаловался, а именно высказывал соображения), мама, наконец, сняла запрет ни на шаг не отходить от Ольги. Теперь это условие касалось только купанья. Правда, Алёше пришлось дать множество честных слов: осторожно переходить улицу и есть на завтрак кашу и молоко, а не мороженое. Деньги на кино и прочие расходы он тоже будет получать отдельно от сестры. Словом, это был вечер крупных реформ.

И, наконец, Алёша первый узнал новость: мамина командировка затягивается. Они пробудут в Сухуми до середины сентября. Мама уже говорила по телефону и с его, и с Олиной школой и обещала, что они нагонят пропущенное. А обратно они поедут на замечательном пароходе «Украина» до Одессы, а оттуда поездом в Москву. Одним словом, обрывочек лета, который исчислялся уже днями, вдруг развернулся ослепительно, как павлиний хвост. И Митя будет счастлив: ведь он должен пробыть здесь ещё месяц. Его родители получили отпуск впервые за три года, на одну дорогу ушло больше месяца, и Митин отец ещё перед отъездом договорился с директором школы об опоздании. Это было нетрудно, ведь Митя круглый отличник.

Послышались шаги, голоса. Мама замолчала и вслушалась. Но шаги прошли мимо, и голоса оказались незнакомыми. Мама покачала головой и сказала негромко, озабоченно, словно продолжая разговор:

— Мне, когда я познакомилась с вашим отцом, было всё-таки восемнадцать.

Алёше очень хотелось самому оглушить Олю новостью и сообщением о маминых реформах, но он заснул, так и не дождавшись сестры. А утром, когда он проснулся, оказалось, что Ольга уже всё знает. Алёша думал, что сестра рассердится за то, что он ускользает из-под её власти. Но Ольга, видимо, поняла, что, хотя в кино его и не пускают согласно общим правилам, у матери брат уже пользуется полным доверием. С этого утра разговор сразу же пошёл иной. Ольга сказала:

— Алёшенька, ты не можешь выйти на террасу? Я хочу пол помыть. — И посмотрела на маму виноватыми глазами.

Было ясно, что мама, наконец, объяснила сестре, как следует относиться к брату. Оля весь день просто лезла из кожи. Вечером, когда мама пришла с работы, оказалось, что бельё постирано, пол вымыт, Алёшины рубашки починены и обед сготовлен. Весь день Оля разговаривала вежливо: «Алёша, ты не мог бы провернуть мясо?», «Алёша, будь добр, принеси воды…» И он охотно помогал ей. Раз просят по-хорошему — пожалуйста! Лентяем он никогда не был.

Но вечером Оля опять ушла в кино с Митей. На этот раз они не опоздали, а нарочно пошли на восьмичасовой сеанс. Но вернулась Оля гораздо раньше. Подошла к Алёше, прикрыла его одеялом, поцеловала и сказала: «Спи, маленький». И почему-то это «маленький» на этот раз не обидело Алёшу. Потом она села подле мамы у окна и долго что-то шептала, положив голову к ней на плечо. Алёша так и уснул под их шёпот.

Последние дни августа Алёша провёл в гордом одиночестве. Конечно, если бы он с самого начала лета не ходил по пятам за Ольгой, то успел бы подружиться со здешними ребятами и подключиться к какой-нибудь футбольной команде. Но он не успел, а дружил он не так, как Ольга, — каждый день с новой девочкой. Алёша выбирал себе товарищей не торопясь, вдумчиво, придирчиво и каждый раз на всю жизнь, на крепкую, мужскую дружбу. Только с Митей он решил подружиться сразу, но из этого ничего не получилось, вероятно оттого, что Митя намного старше его. Правда, мама успокоила Алёшу, объяснив, что с годами это сгладится, и, когда Алёше будет лет двадцать пять, а Мите — тридцать, разницы уже не будет никакой, если, конечно, из Алёши к двадцати пяти годам что-нибудь получится. Из Мити же, по маминому мнению, выйдет отличный человек. Алёша решил, что у него ещё пять лет впереди, чтобы стать таким же. Это успокаивало.

Оля окончательно перестала звать его Ершом, а иногда звала только «Чудо-юдо рыба Ёрш», и получалось это у неё как-то по-новому, ласково и необидно. Оля гладила ему рубашки и даже подарила карманный фонарик. Словом, Алёша уже почти был готов смириться с тем, что у него есть старшая сестра, и стать её преданнейшим другом, как вдруг Ольга совершила предательство. Да, этому не было другого названия! Не было…

Первого сентября они решили ехать на катере. Ольга принялась печь какие-то особенные оладьи в дорогу, а Алёшу послала в магазин. Но когда он вернулся, то не обнаружил дома ни Ольги, ни долгожданных оладий. На столе лежала записка: «Мальчики, я решила идти в школу, на катере поедем в воскресенье. Купаться пойдём после школы. Привет. Оля». Через несколько минут явился Митя. Он имел весьма франтоватый вид, голубая рубашка была отглажена. Его провожала мама, Анна Петровна, которая хотела дать им последние напутствия для дальней поездки. Митя прочёл Олину записку, и на лице его изобразилось полнейшее недоумение.

— Не понимаю, зачем ей это понадобилось? — пожал он плечами.

— Покажи-ка! — И Анна Петровна через Митино плечо заглянула в записку. — Какое удивительное чувство долга! — восхитилась она. — Митя! Ты видишь, девочка моложе тебя и догадалась, а я-то мучаюсь, что ты пропускаешь занятия. Ты завтра же пойдёшь в школу и попросишь директора, чтобы он разрешил тебе её посещать.

— Нет, — решительно заявил Митя, — бывают в жизни дни, которые не повторяются! Ты же знаешь, что я всё догоню.

— Я твоё упрямство знаю, — рассердилась Анна Петровна, — делай, как знаешь.

Когда она ушла, мальчики переглянулись, и Митя сказал решительно:

— Я прекращу это немедленно, обещаю тебе.

Это была минута полного единения чувств. Алёше было ясно, что поступок Ольги наведёт маму на совершенно определённое решение относительно его собственной судьбы. Поэтому он с самым живым вниманием наблюдал из окна, как Митя ходил перед дверями школы, которая как раз находилась по ту сторону улицы, как выбежала оттуда Ольга, сияющая, в тёмненьком платьице, и начала что-то рассказывать Мите. Разговор продолжался целую перемену. Алёша не видел Митиного лица, но Ольга всё больше мрачнела и что-то горячо доказывала Мите, очевидно не замечая, что вокруг них уже собралась толпа девочек с любопытными чёрными глазами. Потом она круто повернулась и вбежала во двор школы. Митя появился в комнате с весьма мрачным выражением лица.

— Твоя сестра сошла с ума, — сообщил он Алёше. — Она, понимаешь ли, видела из окна, как девочки бегут в школу, какие букеты несут учительнице, позавидовала этому счастью и решила, что самое интересное, что можно сделать в Сухуми, — это ходить в сухумскую школу.

Алёша сокрушённо вздохнул. Митя встал.

— Я терпеть не могу этих старательных девиц, которые подлизываются к взрослым и считают, что самое интересное на свете — это решать уравнения. — Он помолчал и прибавил: — Да, братец ты мой, подвела она нас. Ну ладно, идём купаться. Больше я у вас бывать не буду, я плохих товарищей не люблю. Встречаться будем на пляже.

Никогда ещё пляж не был таким пустым, как в это утро. На нём были только взрослые и самые маленькие ребята. И как бы далеко ни заплывали Митя и Алёша и как бы глубоко они ни ныряли, никто не обращал на них ни малейшего внимания. Им казалось, что уже три часа дня, но, когда они возвращались в питомник и проходили мимо школы, прозвенел звонок, толпа мальчиков высыпала во двор.

— Большая перемена, — сказал Митя.

Мальчики во дворе играли в какую-то игру, незнакомую Алёше и Мите. Но сквозь изгородь, заплетённую цветами, трудно было понять, в чём её смысл, а войти во двор неудобно.

Оля пришла из школы весёлая, раскрасневшаяся, очень солидная, с большим маминым портфелем и вопросительно поглядела на Алёшу. Чтобы подразнить её, он рассказал, как весело они купались.

— Ты-то хоть маленький ещё… — сказала она и перебила себя: — А учительница по географии — красавица, косы — вот! — И Оля провела рукой ниже коленей.

— Оля, Олечка! — раздались голоса под окном.

И Оля, схватив полотенце, помчалась на пляж со своими новыми подругами. Вечером она с дочкой тёти Маши готовила уроки.

На другой день Алёша с Митей снова встретились на пляже. Так и пошло.

Оля казалась счастливой, весёлой, довольной. Она успевала купаться и бегать в кино и выучила новые очень красивые абхазские песенки. Но однажды поздно вечером Алёша проснулся от шёпота.

В комнате было светло от луны, и Алёша видел светлую Олину голову и мамину смуглую руку, которая взад и вперёд скользила по этой светлой голове.

— Я думала, он настоящий, — жалобно шептала Оля. — Я думала, он мне верит… И ты пойми. Ну, он не хочет, его дело. А зачем же со мной ссориться? Он мне говорит: «Ты сухарь и образцово-показательная». А мне, честное слово, интересно в эту школу ходить.

— Всё образуется, — шептала мама. — Он и правда хороший, просто он ещё очень юный, вспыльчивый, мальчик ещё.

— Я тоже ещё молодая, — сказала Оля. — Это ничего не значит. Вот из Алёши тоже такой лентяй выйдет, и он так же будет людей обижать, и ни одна девушка его не полюбит.

Мама засмеялась. Утром Алёша проснулся весьма озабоченный. Он ещё никогда не думал о том, хочется ему, чтобы его полюбила девушка, или нет. Пожалуй, хватит с него и Ольги, чтобы командовать.

На пляже Мити не оказалось. Это было не по-товарищески. Он знал, что Алёше без него купаться запрещено. Дома Мити тоже не было. Возвращаясь домой, Алёша постоял под открытым окном школы. Какой-то мальчишка читал басню «Ворона и Лисица». Алёша мог бы прочитать её ничуть не хуже. Раздался звонок, и вдруг Алёша увидел Митю.

— Пойдём, — сказал Митя, — я уже предупредил в учебной части, что ты придёшь. Только, Алексей, дай честное пионерское, что ты не скажешь сестре… И родители не знают, что я хожу в школу.

— Почему? — не понял Алёша.

— Они думают, что я из-за неё записался, — пояснил Митя мрачно. — А я сам захотел, помимо неё. Надоело болтаться. И вообще твоя сестра неважно разбирается в людях.

С тех пор каждое утро Алёша заходил за Митей, и они вместе отправлялись в школу. Митя шёл мужественно, твёрдо, как солдат в строю. Алёша плёлся за ним весьма понуро. Как бы там ни было, не стоило затевать всю эту историю. Можно две недели и без школы прожить.

Оля по-прежнему смеялась и пела днём и шепталась с мамой по ночам. Она похудела, лицо у неё вытянулось, а глаза стали большие и такие зелёные, словно в них плеснули морской воды.

Накануне отъезда, вечером, она вдруг стала долго причёсываться, надела самое нарядное платье и предложила Алёше пойти в кино. Алёша понял, что сегодня нужен ей. Он шёл рядом с сестрой, и у него было такое чувство, что он охраняет её от какой-то беды. И когда она прошла мимо кино, даже не оглянувшись, Алёша промолчал.

На главной улице они, наконец, встретили Митю. Митя остановился под цветущим рододендроном и вопросительно улыбнулся. Оля чуть наклонила голову и быстро прошла мимо. Алёша хотел было заговорить с Митей, но Оля была уже далеко. Он догнал её и взял под руку. Оля не смотрела на него, и он снизу увидел, как вздрагивает её загорелый подбородок и завитки волос дрожат, словно медные пружинки.

Утром они нашли на полу под окном большой букет роз. Оля уткнулась в розы лицом и отошла от окна. Но мама не трогала её и продолжала собирать вещи. Алёша тоже собирал вещи и делал вид, что не слышит Олиных вздохов. И только тогда, когда пора было уже ехать в порт, он молча помог ей завернуть розы и, приподнявшись на цыпочки, подал пальто.

Он даже не успел осмотреть пароход, потому что в толпе сразу же потерялась Оля. Он нашёл её на самой верхней палубе. Она стояла тихо, облокотясь на поручни, и смотрела на берег. Она плакала отчаянно и сердито утирала кулаком слёзы. Волосы её трепал ветер, но она не поправляла их. Алёша тихо стал подле. Сестру надо выручать. В конце концов действие честного пионерского слова может считаться недействительным с того момента, как давший его человек отплывает от берега, на котором это честное слово дано. Это было совершенно новое понятие честного слова, чисто территориальное, но Алёша считал, что иного выхода у него нет.

— Жалко школу, — сказал он без всякого выражения. — Привык. Хорошие ребята. И дерутся здорово.

Оля перестала плакать и даже, кажется, дышать.

— А Митя, — Алёша чуть не задохнулся: впервые в жизни он нарушил честное пионерское слово и впервые в жизни спасал утопающего, — а Митя уже круглый отличник и уже трёх самых силачей побил. А завтра у него на пионерском сборе доклад о Заполярье. — «Утопающий» задышал, ещё прерывисто и неровно, но всё же задышал. — А учиться после школы Митя приедет в Москву.

Алёша вздохнул с облегчением: «Слава богу, хоть кончится, наконец, этот рёв». Но он ошибся. Рёв только ещё начинался. Оля плакала и всхлипывала, и обнимала его, и махала рукой уже далёкому берегу, и улыбалась. Потом она исчезла так быстро, что Алёша снова потерял её из виду. Он ещё плохо ориентировался на пароходе и увидел Олю только часа через два. Она стояла за высоким столиком против окна с надписью «Почта» и писала. Подле неё стоял молодой моряк. Моряк смотрел с восхищением на Олю и с нескрываемой завистью на стопку исписанных листов, которая всё росла и росла.

Алёша вздохнул с облегчением. Наконец-то он снова принадлежит самому себе! Он вышел на палубу. Сухуми уже не был виден, и только можно было догадаться, где здание гостиницы, где пальмы, где школа. Сейчас там, наверное, уже звонок. И в Москве тоже. Пароход шёл всё быстрее, чайки гнались за ним, но, устав, падали на белые гребешки волн. А белые витые гребешки всё догоняли и догоняли пароход, наплывая друг на друга, словно с берега кто-то щедро и грустно бросал вслед пароходу пушистые снопы белых цветов.

ЧЕТВЕРО У КОСТРА

Иван Данилыч, «старый доктор», как звали его в городе, вышел из военкомата и остановился в сенях, чтобы закурить. В сенях был тот стоялый, пыльный, табачный запах, какой всегда бывает в учреждениях, где за день проходит много людей в верхней одежде. Иван Данилыч остановился, и плечи его ослабли и опустились. Спичка всё время гасла. «Задувает...» — сердито пробормотал он и жадно вдохнул сухой, свежий запах снега, который намело под дверь. Теперь курить уже не хотелось, он шагнул в колкий, несущийся по узкой улице снег. Он шёл ссутулясь, потому что уже не чувствовал за собой жалостливых глаз председателя комиссии.

Ветер пролетал по улице с воем, как в трубе, и где-то далеко внизу вырывался из её узкого жерла, стихая, снижаясь, замирая, низко распластываясь над тихой белой Камой.

И каждый раз, когда новый порыв ветра налетал на Ивана Данилыча, швыряя ему в лицо снежинки, он останавливался и поворачивался спиной к ветру. Потом снова трогался в путь, взбираясь по крутой, засыпанной снегом улочке мимо знакомых ему холмиков, деревьев и вывесок.

Хотя все вывески залепило снегом, он знал их наизусть. И даже те, которые были до революции на их месте. Всего на пять лет уезжал он из родного городка — учиться в Казанский университет, и с тех пор вот уже сорок лет жил здесь безвыездно.

Весной, зимой, осенью он проходил по этим улицам, и всегда навстречу беде, на помощь. И часто мать ребёнка шла сзади него, не попадая в такт его шагам, причитала, вздыхала: «И глазыньки не откроет, и сыпью всего высыпало, и хрипит…»

А он размышлял: «Ну, наверное, корь! — и сердился на себя: — Стоит идти ночью, да ещё в непогоду», — но всё-таки шёл. Переступив порог, отогрев дыханьем красные большие руки, осмотрев ребёнка, говорил ворчливо: «Корюшка, так и есть». Потом смягчался и клал ребёнка животом на свою большую, ещё прохладную ладонь. Ребёнок стихал сразу.

«Плачет, говоришь? — оборачивался доктор к матери. — А ты полежи на спине сутки, тоже заплачешь! Вон вся спина красная».

Успокоив мать и сказав ей, что надо делать, на обратном пути Иван Данилыч уже мог думать о том, о чём хотелось. Но выходило так, что думал всё о завтрашней операции или о каком-нибудь тяжелобольном. Он привык и любил думать на ходу.

А вот сейчас, как раз тогда, когда особенно нужно было подумать, мешал этот проклятый ветер.

Дом был всё ближе и ближе, а он так и не успел додумать то, что его мучило. Он даже постоял немного на лестнице, соображая, но Грач — чёрный сеттер-гордон — узнал его, залаял, завизжал. За дверью сразу же послышались торопливые шаги.

Он не разобрал, кто открыл ему — Сонюшка или Капушка, и прошёл в столовую.

…С той самой минуты, как Костя предстал перед комиссией, Ивана Данилыча охватило это смешанное горькое чувство тревоги. Сын стоял худой, сутулый, щуплый и вопросительно смотрел на отца. Какая-то просьба почудилась в его взгляде.

Председатель шепнул тихо: «Не в тебя, а, Данилыч?» А когда Костя вышел, другой — майор, которого Иван Данилыч знал мало, — сказал: «Слабоват… и нервный, вероятно, а, доктор? За вами слово». Он чувствовал на себе вопросительные, сочувственные и настойчивые взгляды и знал, что они значат. Всем было известно, что старший его сын, хирург, на фронте с первого дня войны, а теперь призван младший, такой слабый, нервный, трудно ему будет в солдатах.

Старый доктор сердился на эту жалость. Но лицо у него было, как всегда, спокойное, коричневое, очень уже старое, словно выточенное из дерева, и глаза на этом тёмном, старом лице казались особенно светлыми, промытыми.

— Он только с виду такой, — сказал Иван Данилыч, — а вообще он ничего, крепкий. Сердце, лёгкие, всё в порядке. И нервы ничего. Просто тихий…

После Кости перед комиссией прошло ещё человек пятнадцать, и Иван Данилыч всё время чувствовал и во взглядах, и в словах, с которыми к нему обращались члены комиссии, особенное внимание и теплоту. Поэтому он шутил, смеялся и выпрямился уходя.

В квартире было тихо. Белые, выкрашенные масляной краской двери, которые вели из столовой в спальню и детскую, были закрыты. С каких это пор в их доме стали запирать двери? Раньше они всегда были открыты настежь, и тёплый воздух комнат смешивался: пахнущий лекарствами и табаком — из его кабинета, домашний, запах еды — из столовой и какой-то особенный запах — из комнаты мальчиков: то засушенных цветов, то красок, то глины. Запахи менялись в зависимости от увлечения детей. Свет из кабинета падал в столовую, и он, сидя поздно вечером за чаем, слышал, как они дышат и бормочут во сне, как в комнате налево стучит машинкой Сонюшка, как, звеня спицами, плетёт свои бесконечные кружева Капушка, как трещат дрова в кабинете, и ему хотелось идти туда и работать.

Быть может, от этого по вечерам ему было не так тоскливо и не так отчётливо и горько вспоминалась Валюша.

Теперь же, когда он возвращался домой поздно и ужинал в столовой с запертыми дверями, он чувствовал себя очень одиноким и, хотя прошло уже десять лет с того дня, как Валюша утонула, вспоминал о ней с острой болью.

Это всё она виновата, Тина. С тех пор как Костя женился на ней, всё в их доме пошло кувырком. Костя стал волком смотреть на Антона, Антон косился на Тину, Сонюшка стала ссориться с Капушкой, вместо его любимого шиповника теперь заваривали чай и пили его не из старинных чашек, а из зелёных пупырчатых стаканов, а чашки берегли для гостей.

«Распустили бабёнку», — подумал Иван Данилыч и налил было молока в кашу, но есть не хотелось. Взял из буфета чашку — свою любимую старинную синюю, налил чаю покрепче и снова сел к столу.

«Завтра Костя уезжает, — размышлял он, — наверное, выйдет попрощаться. Если уйти в кабинет — решит, что сплю».

Он вслушался. Из спальни раздавался сердитый напряжённый шёпот. «Плачет, — подумал он. — Нет, не плачет, ругает». Потом что-то тихо заговорил Костя. «Успокоит и выйдет», — подумал Иван Данилыч.

Да, всё эта Тина разворошила в их доме. Беда! Раньше вечером заведут граммофон — оперу послушают или станцуют что-нибудь: вальс, краковяк… А теперь саксофон лает. И пироги печь перестали: Тина боится располнеть. Он сказал было: «А ты бы, матушка, работала, тогда и пироги кушать не опасно». Но она так на него посмотрела, что он замолчал и потом, почему-то извиняясь, сказал Косте: передай, мол, я обижать не хотел. Да, что-то тут не получилось.

Он оглядел комнату. Белые закрытые двери казались особенно голыми и пустыми рядом со стенами, обоев на них почти не было видно — всё Костины картины. От первых детских рисунков — домик и дым штопором, паровозы, лошади с угловатыми неустойчивыми ногами… Потом берёзки, прозрачные, лёгкие. Его портрет. Тогда Костя был подростком, а он такой же старый, как сейчас. Валюша уже умерла. Похож, очень похож. Портрет Антона — старшего сына: в меховой куртке, высоких сапогах, с ружьём, и заяц-беляк на поясе висит. Костя рисовал его летом, на террасе. Антон потел, мучился от жары, начинал просить: «Костька, нарисуй меня в трусах… Я же сложен, как бог, по мне весь курс мышцы повторял, честное слово».

Но Костя умоляюще возражал: «Антошенька, так же колоритнее. Ну, я тебя прошу, полчасика». И Антон, сердито топая, шёл на кухню пить знаменитый Капушкин квас, а потом опять замирал в своих колоритных мехах и делал зверское лицо. Портрет остался незаконченным — одна нога в сапоге еле набросана, — появилась Тина…

Началось это довольно тихо. Вот с той картинки. Девушка стояла на мостках в лёгком белом платье, невесомая, как туман, коса была закинута через плечо. Называлось это произведение так: «Душа любви».

Антон посмотрел неодобрительно, хмыкнул: «Ты перестал чувствовать мускулатуру».

С невероятной быстротой все промежутки между картинами стали заполняться Тиной. Тина в профиль, Тина анфас, Тина на гамаке, Тина в лодке.

— Плохо, брат, твоё дело, — сказал Антон.

Лицо у Тины было круглое, глаза большие, волосы кудрявые, на подбородке ямочка. И, наконец, появилось вот это самое плечо. Голое, сдобное, грешное плечо. А из-за него закинутое назад лицо, напряжённое, словно от неудобной позы.

— Ты бы, батенька, плечо у себя в комнате повесил, что ли, — сказал тогда Иван Данилыч, но Костя покраснел и начал ему доказывать, что это его лучшая работа, тон кожи тёплый, свет особенный…

Одним словом, плечо осталось. Как Костя тогда не заметил, что около рта злые чёрточки, подбородок острый, глаза колкие? Ничего не заметил и сейчас не замечает. А от этих злых глаз всё и пошло: закрытые двери, глухая тишина и пупырчатые стаканы. И то, что сегодня, в ночь перед отъездом сына на фронт, он сидит здесь, старый дурак, и ждёт, когда же Костя зайдёт с ним попрощаться.

Костя так и не вышел. Часа в два ночи Иван Данилыч ушёл к себе, но оставил дверь приоткрытой. Уснуть он не мог, всё смотрел на узкую светлую щель: не пройдёт ли через столовую Костя? Дверь спальни скрипнула, и он услышал голос Тины. Она говорила шёпотом, но шёпот был отчётливый, злой:

— Посылает сына на смерть. Каменный человек. И меня тут загрызёт со своими старухами.

Всхлипнула громко: жалко стало себя. Что-то звякнуло, наверно, синюю чашку спрятала за стекло, и опять пошла в спальню.

— Я говорила, хлопочи броню… У другого отца, врача призывной комиссии, оба сына были бы дома…

Утром, когда Иван Данилыч вышел из кабинета, ни Кости, ни жены его в столовой не было. Сонюшка и Капушка, молчаливые, в одинаковых платьях в клеточку, сидели за столом. Было видно, что они только что плакали, и Сонюшка всё подносила к глазам платок. Глаза у них были укоризненные. Что они на него так смотрят, чёрт возьми?

— Где Костя?

— Укладывается, — Сонюшка всхлипнула ещё громче. — Он такой хрупкий, такой деликатный, всего боялся: грозы, собак… И в драку не лез…

— И очень жаль, что не лез, — Иван Данилыч встал из-за стола и, нарочно топая как можно громче, прошёл в спальню.

Костя стоял у окна и барабанил пальцами по стеклу. Тина лежала в постели. Голова её была повязана полотенцем. «Истерия типичная…» — машинально подумал Иван Данилыч и сказал спокойно:

— Ну, Костя…

— Что ну? — вдруг обернулся к нему сын. — Что ну? Чужие люди понимают, что талант надо беречь…

— Берёзки рисовать! — загремел Иван Данилыч. — Плечики! Шейки! Талант нужен, если он в чистой душе живёт. А ты трус! Трус!..

Вот оно! То, в чём он боялся себе признаться, он сказал вслух… Собак боялся, грозы боялся, тихоня… Опозорит! Всю семью опозорит…

И уже ничего не было больше в душе старого доктора: ни грусти, ни жалости, ни боли…

Тина вскочила с постели, растрёпанная, с опухшим, мокрым лицом, с голыми жирными плечами.

— Я беременна, беременна! — завизжала она.

— Если беременна — берегите нервы, — сказал Иван Данилыч сухо и, уже проходя через столовую, услышал, как она кричала:

— Видишь! Я тебе говорила, они меня загрызут.

В передней к нему подошла Сонюшка. Она по привычке протянула ему шарф и вдруг сказала дрожащим голоском:

— Вы не обижайтесь, что я так убиваюсь. Жалко. Только как же ему дома сидеть, когда война?.. Идти надо, если по справедливости…

Иван Данилыч благодарно заглянул ей в глаза, вдруг поцеловал пахнущую огуречным рассолом сморщенную руку и быстро вышел.

«Одна кровь», — подумал он про её сходство с Валюшей. Ещё бы, родная сестра. С тех пор как Валюша умерла, Сонюшка и её тётка Капушка напрочно поселились у него. Обе бесшумные, хлопотливые, домовитые. Заглядывали ему в глаза, возились с мальчиками, шуршали, шелестели вокруг него...

В больнице всё было так, как всегда. Тишина, голубые стены, тревожные глаза больных, их шёпот за дверью... Спокойные руки старшей медицинской сестры... Она спросила только:

— Второго проводили, Иван Данилыч? Трудно...

И он ответил: «Трудно...» Наконец, и он может пожаловаться.

— А я дочку проводила. С внучкой осталась. Всё сначала... Одну девчонку вырастила... Теперь другую получила. Да что ж, всё так...

После отъезда Кости Иван Данилыч старался совсем не бывать дома.

Двери в столовую были заколочены. Тина выходила через террасу — разделила дом на две половины. Унесла из столовой все Костины картины, и теперь на обоях виднелись яркие прямоугольники. По вечерам Иван Данилыч всё смотрел на них и вспоминал по порядку: здесь были дом, конь, берёза, закат... Его портрет остался... Дальше висел портрет Антона. Почему она его унесла? Здесь висело плечо... Да-с! Он уходил к себе, хлопнув дверью.

Обедать Тине Капушка носила на её половину через двор — было неудобно, всё остывало...

Потом Тина родила девочку, кричала на всю больницу, больше прикидывалась — его не проведёшь. С тех пор из-за стены Ивана Данилыча всё время доносился детский плач.

«Нервная, и ребёнка разбередила», — сердился он. Девочка ему нравилась. Ему всегда хотелось иметь дочку — толстенькую, коротенькую. Взять её в руки, похлопать по спинке. Он видел её только в больнице в те дни, когда Тина приходила на консультацию к Анне Тихоновне, детскому врачу. Иван Данилыч, словно невзначай, заходил в кабинет.

Анна Тихоновна когда-то начинала у него сестрой, толстая, громогласная, усатая, шутила: «Дома не насмотрелись?»

Тина молчала и зло поджимала губы, а он, глядя на девочку, на её крутой лобик и острые ресницы — чем-то она была похожа на Валюшу, — готов был всё простить. Но Тина заворачивала дочку и уходила, как чужая. А он весь день чувствовал на ладони прикосновение тёплой детской кожи, тонких волос.

Зимой пришло извещение. Он узнал об этом по крику, пронзительному, злому, хриплому. Тина хлопнула у себя дверью, потом он слышал её топот под окнами, стук в передней. Она вбежала в комнату, ноги в снегу, и бросила листок на стол.

— Вот! Получайте! То, чего вы добивались! Пропал без вести!

Он взял бумажку. «Пропал без вести…»

Ох, если бы она могла понять, каково ему сейчас! Как отчётливо видит он Костю: неподвижное худое лицо откинуто назад, и волосы пересыпаны снегом. Глаза у старика были сухие, только рот искривился. А что, если Костя сам?.. Сам бросил оружие, поднял руки и пошёл к ним навстречу? И лицо у него было такое, как много лет назад, когда он вбежал с криком: «Папа, гроза, боюсь!»

Иван Данилыч тогда выгнал его обратно под дождь, в сад, и смотрел на него из окна. Костя стал оглядываться, влез на скамью: оттуда далеко видно. Валюша стояла за плечом мужа и вдруг засмеялась тихо. Потом сказала: «Завтра Костик будет рисовать грозу, вот увидишь!»

И первое, что увидел Иван Данилыч на другое утро, — Костю, который, высунув язык, склонив голову, выводил красным карандашом зигзаг — молнию. Потом чёрным карандашом растушёвывал тучи — страшные, чёрные.

Но сейчас встало в памяти испуганное лицо сына, освещённое молнией. Покорное лицо, голова, втянутая в сжавшиеся плечи... И фашист с автоматом идёт сзади.

— Лишь бы не сдался, — повторил он, и вдруг Капушка встала в дверях.

— Ты что, с ума на старости лет спятил? Из нашей семьи, чтобы сдавались, этого ещё не бывало.

Она ушла в кухню, и он долго слышал, как она плакала там и зло швыряла кастрюлями.

Теперь в доме стало ещё тише. Только из-за стены чаще слышались истерические крики. Девочка между тем начала ходить, и Иван Данилыч вслушивался в неуверенный топот.

Пошла, пошла — хлоп!.. Он тревожился, как она упала. Не дай бог, головой... Девочка не плакала, только кряхтела и топала снова... Это нравилось Ивану Данилычу. Он с нетерпением ждал лета, когда можно будет гулять с нею в саду.

Но весной пришёл сосед-плотник и стал ставить забор — перегораживать сад.

— Отделился, Данилыч? — сказал он сочувственно. — Бабочка тебе самостоятельная попалась, с характером.

И летом, хотя Иван Данилыч слышал голос девочки в саду, но не выходил, только ворчал: «Заборов я не видел», — и шёл курить на крыльцо. Грач в эти тоскливые сумерки сидел подле него, присмирев, и дышал часто, и попахивало от него псиной, болотцем. Потом задрёмывал, но вдруг подымал ухо, вскакивал — что-то послышалось — и крадущейся походкой, осторожно переступая напряжёнными лапами, шёл через двор, вот-вот сделает стойку.

«Без работы скучает, — думал Иван Данилыч. — Хозяина-то нет...»

Хозяин появился неожиданно. Первый увидел его Грач и совсем испортил первые минуты встречи. Он так визжал, так прыгал, так норовил лизнуть хозяина в лицо, что и подойти к Антону было невозможно.

Антон был всё такой же: большой, шумный, пыльный, и всё в мире ему казалось простым.

— Вот это практика, отец! Операция сердца в условиях полевого госпиталя! Не угодно ли? — Антон был в ванной.

— А больной жив? — спрашивал через дверь Иван Данилыч.

— Ещё как жив! — И снова из ванной неслись фырканье и плеск.

Красный, с мокрыми волосами, Антон прошёл в столовую и, продолжая вытирать голову, довольно оглядывался.

— А где Костькины картины? У мадам?

— Иван Данилыч, — фальшивым голосом позвала из передней Сонюшка и зашептала: — Ничего пока про Костю не говорите, пусть мальчик отдохнёт…

Но Антон уже гудел:

— А где мадам? Я вам письма от Костьки привёз… Ты что, папа?

Антон увидел лицо отца, его белые губы.

— Папа, ты сядь, ты сядь…

— А мы извещение…

— Извещение! Вечно эта канцелярия спешит, когда не надо… Костька в партизанах был. — Антон рылся в планшете. — Вот… На… держи… И картинка… У него кто родился: девочка, мальчик? — Антон дёрнул дверь в спальню.

— Там заколочено… С той стороны… — сказал Иван Данилыч. — От меня загородилась. — Ему вдруг стало легко, он вздохнул полной грудью.

— Что за дурацкие порядки? — Антон ещё раз дёрнул дверь. Она стала поддаваться. — Это что же, кругом, что ли, идти? — Он обернулся к отцу.

— Ага! — Иван Данилыч хохотал. Антон хотел было прыгнуть по старой привычке в окно, но отец махнул рукой. — А там, брат, забор.

Антон исчез в передней, и скоро послышались его голос из-за стены, женский вскрик, топот детских ножек, громкий истерический плач. Антон крикнул что-то, плач мгновенно смолк.

«Эк он её!» — одобрительно подумал Иван Данилыч. Дверь из Тининой половины дёрнулась, крякнула и распахнулась настежь. В столовую хлынул тёплый детский запах. Так пахло там очень, очень давно, когда в полутьме Валюша, притихнув от счастья, сидела подле засыпавших мальчишек.

Потом на пороге появился один из этих мальчишек, очень большой, очень надёжный и настоящий человек, со своим портретом в руках. Он поставил портрет в углу и аккуратно прикрыл дверь.

— Письмо он серьёзное написал! Издали-то виднее стало… Они тут как, ладили? — спросил он.

— В том-то и беда, что ладили! — сказал Иван Данилыч. И добавил миролюбиво: — Молодая она, глупая и живёт за забором… Образуется…

— А девочка отличная. Маленькая… — мягко сказал Антон, так, будто это было главным её достоинством.

— Отличный ребёнок! — подхватил Иван Данилыч и торжественно поставил на стол графинчик. — Прошу!

Тина к столу не вышла.

— Занята, письмо читает, — лукаво сказал Антон, и они проговорили с отцом до рассвета, а когда стало розоветь небо, Антон совершенно неожиданно и очень шумно стал собираться на охоту.

— Да ты поспи, успеешь ещё, ведь две недели отпуска, — уговаривал его Иван Данилыч.

— Нет, ты что! Как можно? Такое утро… — И Антон подмигнул Грачу.

Сколько таких рассветов помнил Иван Данилыч! То на рыбную ловлю, то на охоту, то по грибы…

Когда они ушли — Антон впереди, вразвалку, как говорил Костя, «промысловой походкой», Грач позади, важный, напряжённый, — Иван Данилыч, наконец, решился развернуть Костину картину.

Три человека сидели у костра. Фигуры их были почти не видны, сливались с деревьями, чёрными и толстыми, но лица, бородатые, ярко освещённые пламенем, написаны хорошо. И по этим лицам было ясно, что люди у костра хорошие, надёжные люди.

Это была отличная картина. Иван Данилыч прочитал письмо — короткое, немножко отрывистое, такое, словно главный разговор отложен до встречи. И потом снова стал рассматривать картину.

На кого они смотрят, эти люди у костра? Костя был там, с ними. Смотрел на них и рисовал…

Так вот на кого они смотрят! Конечно, на Костю. Дружелюбно, одобрительно, чуть с улыбкой. Значит, он такой же, как они, бородатый, надёжный человек. Четвёртый у этого справедливого костра.

Я ЗВОНЮ С АЭРОДРОМА...

1

Маша приехала в Адлер в июльский полдень. После шумного, людного Краснодара Адлер показался ей совсем захолустьем. Особенно странно выглядел центр города. По узкой улице, пыля, проезжали голубые маленькие автобусы. Раскидистая магнолия росла подле самой двери райкома комсомола. Большие, словно сделанные из белой кожи, цветы виднелись среди тёмных плотных листьев. Пахло от них неожиданно — лимоном.

Афиши у входа в клуб выглядели так самодельно, что Маша даже не стала читать их.

Она зашла на почту, чтобы купить открыток. Там было тихо. За окошком с энергичной надписью «Телеграф» девушка медленно вязала длинное, очень некрасивое кружево. На столе спала кошка. У Маши возникло такое чувство, что ни одно письмо, ни одна телеграмма, отправленные с этой почты, никуда не дойдут.

На улице Маша сразу же услышала шум прибоя.

До сих пор она видела море в Сочи и в Одессе. В Сочи море было главным. Ради него сюда приезжали, ради него здесь жили. Казалось, в городе нет улиц — только берега…

В Одессе море было отдельно от города. К нему либо спускались по знаменитой лестнице, либо проходили через порт — деловитый, шумный, скрежещущий лебёдками и подъёмными кранами.

Одесситы громко и часто восхищались морем, и, когда к ним приезжали знакомые, они, останавливаясь на каждом повороте, спрашивали: «Ну, так как вам наше море, а?» А море и вправду было великолепно.

Здесь, в Адлере, о нём говорили обыденно. «Пройдёшь за угол, мимо ларька с пивом и выйдешь на Приморскую…» А о том, что сразу же за этим пивным ларьком начинается Чёрное море, никто даже и не упоминал.

Море из года в год наступало на город, и во время сильного прибоя брызги пены долетали до маленьких домиков на Приморской. Оно враждебно или дружески участвовало в жизни. Здесь любили море так, как любят очень близкого человека, — прощая все его причуды, зная все его привычки и не умея говорить о нём красиво.

— Пойдите выкупайтесь и выстирайте платье, а я приготовлю завтрак, — скомандовала Маше Ануш, инструктор райкома комсомола, у которой Маша остановилась.

На берегу было тихо, пустынно и жарко. Маша села на горячие голыши и вытянула ноги так, что прибой закидывал их пеной.

Ноги длинные, загорелые. И вся она прежняя — стройная, молодая. И небо, и море красивы по-прежнему. Это было невероятно. Всё, всё извне её и она сама остались такими же, и никто в мире не знал, как тяжело у неё на душе.

Почему она так надеялась на отъезд? Почему думала, что вдали ей будет легче? Разве о нём забудешь, о Шуре?

Она никогда не была с ним на море, но сейчас думала о том, как Шура, наверное, любит море, о том, что он так и не узнает, как хорошо она плавает.

Маша сердито швырнула камешек в пену.

Уехала. Баста… Теперь Шура уже не позвонит ей больше. Уже не услышит она его ласковый, чуть задыхающийся голос: «Добрый день, я звоню с аэродрома».

Смешной чёрный телефон на Верином столе в редакции. Он был похож на улитку со своими чёрными рожками, когда Маша снимала трубку.

Милый, равнодушный телефон, вестник её любви, звонок которого предвещал встречу с Шурой.

И хотя после того последнего, страшного разговора стало ясно, что Шура не позвонит больше, она нет-нет да и взглядывала с надеждой на телефон.

И, уходя в последний раз из редакции, умоляюще взглянула на него. Он молчал. Ей казалось, что она так тоскует, потому что весь Краснодар — воспоминание о Шуре. Все углы, деревья, дома были связаны с ним. Вот здесь они проходили, здесь он ждал её, здесь улыбнулся. А тут они не были никогда. Но ведь могли бы быть! Такая славная улица!

Воспоминания шли за ней по пятам, мучая тоской и стыдом.

С каким облегчением вздохнула она, когда секретарь райкома сказал ей:

— Поедешь очень далеко, в глушь, в школу в горах.

— Чем дальше, тем лучше, — ответила Маша и подумала: «Уеду — всё пройдёт». Она оглядела кабинет секретаря. Он тоже был воспоминанием о Шуре.

Когда её вызвали сюда из редакции в первый раз, секретарь сказал, что так как она окончила педагогическое училище, то должна перейти на работу в школу. Маша прежде всего подумала о Шуре. Как он отнесётся к этому? Ведь тогда всё ещё было хорошо. Она ещё не знала, что ему нет даже дела до того, где она будет. Теперь всё было ясно. Шура не любит её. И хорошо, что она уезжает из этого города, полного воспоминаний.

— Тем лучше, — повторила она.

Секретарь пытливо поглядел на сдвинутые Машины брови и определил:

— Неполадки личного характера?

Маша удивлённо взглянула на него. Разве можно было всё то мучительное и непоправимое, что произошло с ней за эту неделю, уложить в эти слова?

Но секретарь смотрел на неё дружелюбно, а неполадки и в самом деле были личного характера. Маша не стала спорить и только грустно кивнула головой.

И вот она сидит здесь, на берегу, очень далеко от Краснодара, и неистово тоскует о Шуре. Маленькая девочка пробежала мимо неё и бросилась в море. Прибой опрокинул её, и она забарахталась в белой пене подле берега. Маша видела то её коричневую худенькую спину, то смеющуюся счастливую мордочку.

«Вырастешь — узнаешь», — чуть злорадно подумала Маша и стала натягивать платье.

На следующий день Ануш повела её в горы.

2

Автобус почему-то не ходил, и они отправились пешком. «Топтобусом», — как, смеясь, сказала Ануш. Пока они дошли до дороги, ведущей в горы, Маша поняла, что она очень устала. Но Ануш, надкусив белыми зубами сливу, бодро сказала: «Ну вот, теперь пойдём», — так, словно до сих пор их несли на руках. И Маша, делая вид, что ей всё нипочём, пошла вслед за Ануш.

Над ними висели тяжёлые, покрытые деревьями и кустарниками скалы. Внизу было море и белые домики в садах. Отсюда ни волн, ни ряби на море уже не было видно, и море казалось гладким, громадным, вправленным в зелёные берега камнем. Горная дорога, белая, каменистая, всё время круто заворачивала. Каждый раз у поворота Маша думала, что за ним-то уж обязательно будет школа. Но за поворотом снова была скала с одной стороны, обрыв — с другой, ярко цветущие кусты и новый поворот. Изредка Ануш оборачивалась и улыбалась, молча, одними глазами. От улыбки чёрные полоски ресниц сближались, а глаза Ануш делались ещё темнее и длиннее.

Когда Маша совсем потеряла надежду куда-либо дойти, из-за поворота совершенно неожиданно показался дом.

— Правление   колхоза, — сказала   Ануш. — Теперь близко.

С перил террасы навстречу спрыгнул мальчик.

— Это вы учительница? — спросил он. — Я за вами из школы.

— Погоди, дай отдохнуть, — сказала Ануш, и они вошли в дом.

Там за столом, заваленным бумагами, сидела девушка. На стене висел телефон. Маша взглянула на него с огорчением. Это был совершенно бесполезный, неизвестно для чего существующий предмет. Маша вздохнула и села спиной к телефону. Девушка оторвалась от бумаг, поправила кокетливый бантик и поздравила Машу с приездом.

«Нашла, где модничать! — сердито подумала Маша. — Деловая какая». Потом они выпили молока, Маша попрощалась с Ануш и с девушкой — её звали Лида — и пошла дальше.

Дороги больше не было. Теперь Маша карабкалась вслед за мальчиком по узкой тропе, с пригорка на пригорок, пробираясь по узким мосткам, переходила вброд бурные ручьи. И, так же как раньше на поворотах, ей казалось, что пригорки вот-вот кончатся, но стоило одолеть один — возникал другой, и так без конца.

На одном из пригорков мальчик остановился и обернулся назад.

— Море, — сказал он. — Больше видно не будет.

Она оглянулась и увидела среди тёмных гор маленький светло-голубой гладкий уголок. Одним краем уголок этот сливался с небом.

Все эти дни по пути сюда Маша мысленно ставила какие-то точки: телефон на Верином столе, вокзал в Краснодаре, почта в Адлере. Длинный, одинокий путь… Этот голубой уголок казался ей последней точкой.

«Больше о Шуре думать не буду», — твёрдо сказала себе Маша.

Мальчик стоял подле неё и тоже смотрел на море.

Потом он достал из кармана горсть чёрных, облепленных крошками сушёных слив, протянул Маше и снова начал карабкаться по тропинке.

«Чернослив, чернослив французский, купите чернослив!» — так кричала торговка на базаре. И один раз они с Шурой купили чернослив, и губы у них были совсем чёрными…

— Школа, — сказал мальчик.

Внизу на поляне на высоких сваях стоял белый плоский дом с широкими окнами.

«Вот и всё», — подумала Маша.

3

Председатель колхоза, толстый благодушный армянин, привёл Машу в маленький дом на склоне горы.

— Здесь жить будешь, — сказал он.

Дом почти совсем развалился, был весь сквозной.

Казалось, что эти куски стен, крыши и террасы не рассыпаются только потому, что их удерживают густые, толстые, как канаты, плетения винограда.

Маша сказала себе мстительно: «Тут и живи, лгунья», — но войти в дом не решилась, села на траву под сливой, поставив подле себя чемодан.

— К зиме починим, — немного растерянно сказал председатель, — сейчас времени нет. Раньше учитель в школе жил. Теперь и учителей много и детей много — тесно.

Он взял толстую палку и подпёр ею перила террасы. Потом, крякнув, оторвал раму, которая болталась на одной петле, и хозяйственно прислонил к стенке.

— Сейчас детей пришлю, — сказал он и ушёл.

Часа через полтора пришли два мальчика и девочка, черноглазые, пугливые и неразговорчивые. Впрочем, дичились они только Маши. Из дома она слышала, как они о чём-то горячо спорили.

Они набили мешок сеном и сложили из камней очажок под сливой.

Девочка поставила на подоконник крынку с молоком, положила большую кукурузную лепёшку и сказала, что можно ставить чайник — печка готова, огонь развели. Чайника у Маши не оказалось. Девочка потопталась на пороге и ушла, ничего не сказав.

На улице ребята о чём-то опять посовещались между собой шёпотом. Потом один из мальчиков сказал громко:

— Пойдём к Анне Михайловне.

Маша слышала, как под их босыми ногами по крутой тропинке ссыпались камни.

Когда стало совсем темно, Маша заложила дверь палкой, хотя в окно можно было войти так же свободно, как и в дверь, сидя на чемодане, выпила холодного молока и легла на сенник, съёжившись и закрыв голову подушкой. Совсем близко, под самым окном, разноголосо тявкали шакалы. Глухо шумел лес. Ей стало страшно. Вдруг шакалы смолкли. Маша услышала скрип ступеней, и дом закачался: он всегда качался, когда кто-нибудь входил в него.

— Откройте, Машенька! — услышала она женский голос.

Это были Анна Михайловна, старенькая учительница литературы, и её муж Мефодий Аркадьевич, учитель рисования и географии, седой, худощавый, в резиновом макинтоше и фетровой шляпе.

Анна Михайловна сказала Маше, что они пришли познакомиться. Она заговорила ещё, стоя на террасе, ни на минуту не останавливаясь, и, только когда она сама прерывала себя громким заливистым смехом, Мефодий

Аркадьевич медленно и солидно вставлял: «Это, Аненька, совершенно справедливо, да», — и снова попыхивал трубкой. А Анна Михайловна, насмеявшись, скова продолжала свой рассказ.

— Я говорю директору: «Наши дети — необыкновенные дети, выросшие в удивительном общении с природой. Мы должны дать им глубочайшее понимание красоты. Вот почему я дала им сочинение на тему «Описание природы у Тургенева». А он говорит: «Узкая тема». А я говорю: «Наши дети — удивительные дети. Ведь разве меня переспоришь? Никогда!» — И она снова залилась смехом.

— Совершенно справедливо, — сказал Мефодий Аркадьевич и пустил дым через нос.

Потом Анна Михайловна отдала Маше подарки. Вышитый коврик, чайник с запаянным носиком, лампу, шершавого маленького котёнка и курицу с неприятно голой шеей.

— Китайская, носкости удивительной, — лаконично пояснил Мефодий Аркадьевич.

Когда они ушли, Маша долго стояла на террасе и смотрела им вслед. Ночь была ясная, звёздная. Мефодий Аркадьевич, в макинтоше и шляпе, вёл Анну Михайловну, поддерживая под локоток, вброд через ручей. Она что-то оживлённо говорила ему и звонко смеялась. Так смеются женщины на самой людной улице Краснодара, вечером выходя из кино.

Мимо Маши медленно проплывали светляки. Их было очень много. И звёзд было тоже очень много. И уже нельзя было понять, где светляки и где звёзды, где кончается гора и начинается небо. Маша вернулась в комнату, прикрыла дверь, зажгла лампу и погасила нагоревшую свечу.

Стало светлее. Курица, перепутавшая день с ночью, ходила вокруг неё и громко стучала клювом об пол, ища крошек. Вид у неё был суетливый, и Маше показалось, что она хочет снести яйцо. Маша принесла немножко сена и, устроив в углу гнездо, посадила в него курицу. Потом прибила коврик над кроватью, разобрала чемодан и поставила на столик подле кровати портрет отца, маленькое зеркало и флакон с одеколоном.

Она постелила постель и пошла взглянуть на курицу. Яйца не было, и курица спала, затянув глаза белой плёнкой. Маша легла на свежие простыни и вытянулась во всю длину. Котёнок улёгся подле неё на подушку и старательно, но ещё неумело замурлыкал. Она погасила лампу. Сквозь щели в маленькие окна в комнату лился бледный спокойный свет. Откуда он был, этот свет? От звёзд или от светляков?

4

Рассвет в горах начинался рано.

«Близко к солнцу», — говорили старики.

Маша вставала, как только начинало брезжить. Медленно, словно на переводных картинках, выступали и делались всё отчётливее слива, растущая подле дома, мелкие сиреневые ромашки на склоне, кукуруза на далёких маленьких квадратных полях, потом лощина, где над домами медленно всплывали сизые плоские дымки.

И почему-то именно на рассвете всё это было особенно отчётливо — каждый лист на сливе, каждое дерево на далёком склоне горы, которая днём казалась сплошь покрытой лесом.

Пока Маша убирала комнату и разводила печь под сливой, котёнок играл веником, а курица ходила за ней, грозно стуча клювом. Маша никак не могла привыкнуть к её голой шее. Каждое утро, просыпаясь, она смотрела: а вдруг на шее выросли перья? Но шея оставалась голой, яиц курица так и не несла и вообще была какая-то ненастоящая. Потом Маша шла купаться в родник. Он чуть-чуть попахивал серой, но скоро она привыкла к этому. Потом садилась на склоне горы и начинала вспоминать. Теперь Маша понимала, что воспоминания не только причиняют боль — ими можно жить.

Раньше, оставаясь одна, она мечтала о том, что будет.

Позвонит телефон. «Я звоню с аэродрома», — скажет Шура. Потом он возьмёт её за руку, они пойдут вместе и уже никогда не расстанутся. Вот и всё. Но об этом можно было думать целые часы, долгие вечера. Можно было сидеть у высокой чугунной печки, смотреть на синий огонёк над горячей горкой угля и думать.

Они с Верой жили в странной комнате. Две стены были деревянные, украшенные причудливой резьбой, две фанерные, оклеенные газетами. Это был отгороженный угол концертного зала в каком-то особняке. Потом дом был превращён в квартиры, разделён на части. Теперь, переживший бомбёжки и холод войны, он стал похож на развалины. В комнате как следует населён был только потолок — там теснились гипсовые нимфы и закопчённые амуры. Внизу, на полу, где жили Маша и Вера, стояли узкая койка, табуретка вместо стола и ящики вместо табуреток. Маша получила эту комнату, когда вернулась из эвакуации в Краснодар. Дом, в котором она жила всю жизнь, сгорел. Школа тоже.

И первое время, бродя по этой странной комнате, она неотвязно думала об отце, о школе, о белых домах Севастополя. Когда она приезжала туда с отцом, это был солнечный, весёлый, пахнущий морем город. Сейчас он представлялся ей чёрным, обугленным и тёмным. Она не верила, что там тоже бывает день, солнце. Там её отец в палатке, стены которой дрожали от взрывов, делал операции, перевязывал, останавливал кровь, принимал последний взгляд умирающих. Там он упал сам во время операции, со скальпелем в руке. Она видела перед собой его лицо, белые пушистые усы, смеющиеся глаза. Вспоминала его рассказы о матери, которая умерла так рано. И думала о том, почему самая первая человеческая любовь — любовь к матери и к отцу, к дому, где вырос, по-настоящему приходит лишь тогда, когда человек взрослеет.

Теперь у неё не было ни отца, ни дома, ни мелочей, которые окружали детство.

Она начинала жизнь сначала в пустой затемнённой комнате. Маша приехала в середине учебного года и не смогла сразу поступить на работу в школу. Кроме того, это было страшно — учить детей. Ведь Маша ещё никогда не преподавала — не успела. Она поступила на работу в редакцию районной газеты, познакомилась там с Верой, и Вера поселилась у неё. Придя домой, они кипятили чай, пили его с ярко крашенными леденцами — хлеба к вечеру обычно не оставалось — и ложились спать валетом на узенькую койку.

Иногда Вера вставала ночью, зажигала коптилку и садилась писать. Маша знала, что она пишет рассказ и утром будет читать его. И знала, что всегда от того, что прочитает Вера, останется чувство правды, радости или боли.

Когда Вера писала, Маша прикидывалась спящей и подолгу смотрела сквозь ресницы на её лицо. Лицо было такое, словно Вера летит. Иногда оно было скорбным и строгим. Тогда Маша знала, что она пишет письмо Мите и утром, когда они откроют печку, им навстречу взлетят крупные чёрные хлопья сгоревшей бумаги. Вера сжигала эти письма, потому что отправлять их было некуда: от Мити с начала войны не было известий.

Так они жили до того дня, когда к ним обеим пришло счастье.

5

В этот день Маша вернулась в редакцию очень усталая и голодная. Не снимая пальто, она подошла к печке и сказала: «Заметка о школе есть. Ужинать давайте». Никто не ответил ей. Маша оглянулась и сразу поняла: происходит что-то необычное.

Вера сидела за столом, положив лицо на руки, плечи у неё дрожали. На Машин голос она подняла голову, лицо у неё было такое, как по ночам, когда она писала.

Сима, взобравшись на угол стола, штопала длинный шёлковый чулок, приподняв его поближе к лампе. Ответственный секретарь редакции Рыжик чертил макет, насквозь карандашом прорывая бумагу, что означало у него высшую степень волнения. Вера посмотрела на Машу сияющими, мокрыми глазами.

— Митя жив и приехал, — сказала она.

— Господи! Что же теперь будет?!

— То, что бывает в таких случаях. — И Рыжик поправил карандашом очки на переносице. — Будет свидание. В семь часов у театра.

И он снова провёл черту и снова разорвал бумагу. Все знали, что неделю тому назад он поссорился со своей невестой потому, что она начала продавать пирожки на базаре.

— Очень удачно, что ты пришла, — спокойно сказала Сима, — а то Вере идти не в чем. Снимай пальто и кофточку. Рыжик, отвернитесь.

— Я всё равно не вижу, — мрачно заметил Рыжик.

— Вот видите, что значат леденцы и отсутствие организации, — продолжала Сима, сосредоточенно вдевая нитку в иголку. — Дожили. На свидание идти не в чем.

— Это лучше, чем зарабатывать себе приданое путём частной торговли. — Рыжик свернул макет в трубку и встал. — Маша, — продолжал он, — вы снимайте там с себя всё, что надо, и пишите заметку. Скорей! И так редактор с меня голову снимет. — Последние слова Рыжик прошипел уже из двери и исчез было. Но тут же снова раздался его голос: — Ни одного героя в номере! Пустой номер! Голову снимет!

Без четверти семь Сима, откусив нитку, бросила Вере чулок.

— Ну, Верочка, счастливо!

— Орловская, к редактору! — раздался звонкий голос. — Вера! Орловская!

Вера растерянно посмотрела на подруг и вышла в приоткрытую дверь.

— Вот тебе и раз! — сказала Сима. — Задание. И Рыжик ушёл, заступиться некому.

Так оно и было. Вера вылетела из кабинета редактора с отчаянием на лице.

— Герой! — всхлипнула она. — Прилетел какой-то герой! Надо ехать к нему и писать очерк.

— И ты не сказала?

— Сказала. А он говорит, что уже сказал по телефону, что едет Орловская. Он сказал, что очерк о герое — только мне.

Вера уже рыдала.

— Подожди, — задумчиво сказала Сима. — Ничего страшного. Маша, надевай обратно пальто, дописывай заметку и поезжай к герою. Скажешь, что ты Орловская. Потом приедешь ко мне, и вместе напишем очерк, а завтра Вера отдаст.

— Он узнает, если не я напишу, — улыбнулась сквозь слёзы Вера.

— Ерунда! — Сима была очень спокойна. — Под тебя подделать пара пустяков. Напишем: «Море переливалось, как изумруд, у героя были холодные серые глаза». Верно?

Каблучки Веры ещё стучали на лестнице, когда редактор вышел из кабинета. Вид у него был довольный.

— Орловская полетела?

— Полетела.

— На свидание к герою?

— На свидание к герою. — Сима взглянула на него ясными глазами и энергично вычеркнула целый абзац из своей статьи.

— Отлично, — редактор любил, когда вычёркивали. — Я в типографию.

6

Маша добралась до аэродрома поздно вечером. Он начинался совсем неожиданно: просто большой пустырь, а вдали на белом светлом фоне неба — чёрные угловатые очертания самолётов.

Вдалеке загудел мотор, и чёрные размашистые крылья понеслись по земле, прямо на Машу. Она взвизгнула и полезла в канаву.

— Кто тут? — послышался мужской голос.

— Корреспондент газеты, — ответила Маша из канавы.

— Прошу, — ей протянули руку и повели. Через несколько минут она стояла в очень светлой, тёплой, накуренной комнате.

— Шура, к тебе.

Человек, который спал на койке, повернувшись лицом к стене, легко вскочил.

У героя были светлые заспанные глаза и прядь растрепавшихся волос спускалась на тёмные брови.

— Вы Орловская? — спросил он, и Маше стало ясно, что он уже совсем проснулся.

— Да, — глухо ответила она.

Только сейчас она сообразила, что редактор обязательно сказал лётчику: «Посылаю вам Орловскую — самую красивую девушку в редакции. И пишет великолепно». Да, конечно, он сказал именно так. Хвастун!

И тут, пожалуйста, она!

Впервые в жизни Маша с горечью подумала о том, что у неё большой рот и почти нет бровей — так, кустики.

«Плохо», — подумала она и, изо всех сил стараясь казаться красавицей, подошла к лётчику, ощущая на себе любопытные взгляды.

— Садитесь, — сказал он. — Шоколаду хотите?

Маша растерянно взяла плитку и откусила от неё большой кусок, как от хлеба.

— Вот оно что, — сказал он и отнял у неё плитку. — Подождём с шоколадом. Когда вы обедали?

— Вчера вечером. — Маша была совсем красная.

Он быстро расстелил на столе газету и положил перед Машей батон, колбасу и консервы. Она ела, а он прочищал и набивал трубку, искоса поглядывая на неё.

Маша писала очерк всю ночь. Она писала его вдохновенно, спеша, захлёбываясь, на маленьком Симином столе, покрытом белой, вышитой васильками скатертью.

Сима спала тут же, и даже во сне у неё был положительный и организованный вид. Иногда она просыпалась и сонно говорила: «Не капни чернилами на скатерть. Сравнение или эпитет выдать?»

Но сравнения и эпитеты так и летели с Машиного пера, она отмахивалась от Симы, и та снова засыпала.

Было непонятно, как в очерке появилось всё, что надо: биография героя, описание боёв, рассказ о штурмане Алёше. И не было ни слова о самом главном — о том, какие у него были глаза, улыбка и как он вёз её обратно в город в громадном грузовике, и пустой кузов грохотал позади них, мешая им говорить.

В подъезде она пожала ему руку, побежала наверх и, только когда дошла до своей площадки, услышала, как внизу хлопнула дверь. Наверное, он хотел сказать ещё что-нибудь. Внизу загрохотал грузовик.

Утром редактор похлопал Веру по плечу, сказал, что очерк — большая удача, вычеркнул три самых лучших описания и отправил в набор. А в три часа, как раз тогда, когда Вера спешила в загс — вечером уходил Митин поезд, — её вызвали к телефону редактора.

Она вышла из кабинета немного смущённая, губы её морщились, глаза смеялись.

— Маша, — и она потянула подругу в угол, к печке.

— Это звонил твой герой. Я ему назначила свидание у театра в семь. Он говорит: «Голос у вас по телефону меняется». Вот. Возьми у Симы пальто. А я в твоём пойду.

Маша охнула, но Вера уже смотрела в окно. Там неподвижно стояла коренастая фигура в шинели.

— Ну, девочки, я пошла замуж! — И Вера исчезла.

Так началось Машино счастье.

7

Сейчас, сидя в густых пахучих цветах, в самой глубине зелёных молчаливых гор, Маша не понимала, как могла она в то время огорчаться из-за неудач, холода, стоптанных туфель. К ней пришло то счастье, которое приходит не всегда и не ко всем.

А счастье было совсем не в том, что обычно называют этим именем. Они виделись очень редко, а когда встречались наконец, Маша робела, глупела, отвечала ему невпопад и потихоньку от него рукой зажимала сердце, чтобы не так сильно стучало.

И он ничего не говорил ей о любви, не целовал её, а только шёл рядом и гудящим, глубоким голосом рассказывал о чём-нибудь — о чём, она не понимала.

Иногда они не успевали встретиться. Вера снимала трубку, говорила «сейчас» и шептала: «Маша, твой».

— Я звоню с аэродрома, — слышала Маша, — лечу через час. Как дела?

Она отвечала ему что-то невнятное, а Рыжик отворачивался: невыносимо было смотреть, как она краснела, а это видел даже он. Потом трубка звякала о рычаг. Маша садилась за стол и думала о том, что он близко, помнит о ней и не надо, чтобы дрожали руки. Через пятнадцать минут Вера отваживалась спросить: «Мимо?» Маша кивала головой и начинала приходить в себя до следующего звонка и шёпота: «Твой».

Любовь росла в её сердце, как трава. Милая, милая первая любовь! Нежная и робкая, упрямая и неудержимая, как весенняя трава. Она пробивается сквозь холодную жёсткую землю, она растёт из-под серых тяжёлых камней. Она не боится ни снега, ни грубых шагов. Она растёт, растёт, и ничто на свете не может заставить её перестать расти.

Милая, милая первая любовь!

Быть может, трава, прорезаясь сквозь землю острыми краями, причиняет ей такую же боль, как и ты сердцу. Рождённая землёй, вскормленная землёй, она её боль и её украшение. Так и ты, любовь!

Да, это было счастье. Наперекор всему: сплошным разлукам, тревогам, тому, что он звал её чужим именем и она, как девочка, боялась признаться ему во лжи. И с каждой встречей признание это казалось ей всё более трудным.

Наконец она решила сказать ему. «Он же поймёт, что это нечаянно», — успокаивала она себя, когда бежала к заветному углу. Он уже ждал её, и они пошли рядом. «Сейчас прямо и говори», — строго сказала себе Маша. «В прошлый раз опять хвалил за Верин очерк». И тут впервые шевельнулась мысль: «А вдруг это ему дорого?» То, что писала Вера, нравилось всем. Имя её уже знали в городе. Уже говорили: «Орловская хорошо пишет. Вера Орловская! Красивое, хорошее имя».

«Это тебе не М.М.!» — холодея, подумала Маша и вспомнила свою заметку на четвёртой полосе сегодняшнего номера — «Очистим дворы от мусора», за подписью «М. М.», что значило «Мария Мухина».

«А вдруг я сознаюсь, а он скажет: «Знаете что, «М. М.», вы обманщица. Я думал, вы талантливая, а вы так: М. М.».

— О чём мы думаем, Верочка? — услышала она его голос. — А?

Она молчала, захваченная врасплох.

— А ведь сегодня у нас с вами дата. Мы с вами знакомы пять месяцев.

Он вдруг неистово покраснел и начал озабоченно раскуривать трубку.

«Как люблю, господи!» — подумала Маша.

— Я вчера летел сюда, — покосился он на неё сквозь клубы дыма, — и всё думал о том, что вы тут топаете своими сапожищами по Краснодару.

Маша счастливо и сердито глянула на свои ужасные брезентовые сапоги, которые были на три номера больше, чем нужно.

— Знаете что, — вдруг сказала она. — Пойдёмте ко мне, я вас чаем напою. И конфеты у меня есть.

Ей казалось, что дома будет легче признаться ему во лжи, которая с каждой минутой была всё тягостней.

— А у меня шоколад! — И он вытащил из кармана плитку.

Вслед за плиткой из кармана показалась смятая роза.

— Это так, — небрежно сказал он и засунул розу обратно.

Маша с сожалением посмотрела на хвостик розы, торчащей из кармана. А на него взглянуть побоялась: она знала, что он опять покраснел.

8

Когда Шура вошёл в комнату, Маше показалось, что это уже было когда-то. Она столько раз представляла себе, как он придёт. Он сел на табуретку, не поняв, что это стол, и улыбнулся.

— А детишек этих, Верочка, надо бы помыть, — сказал он про амуров.

Она в это время читала записку Веры, лежавшую на печке.

«Митя приехал. Ушли в театр. Не уходи. Принесём тушёнку. А у меня ещё одна радость».

Маша растопила печку.

Отблеск огня заиграл на её склонённом лице, и Маша увидела совсем подле себя любимые глаза.

— Вы слезьте на минуточку с табуретки, я стол накрою, — сказала она.

— Никуда я не слезу, — сказал он, осмелев, и потянул её за обе руки. — У тебя нос в саже.

Потом Маша храбро сказала:

— Теперь у вас тоже сажа... — и пальцем попыталась стереть сажу с его лица, как ни было невероятно, что она имеет право на это.

«А в самом деле, какая красавица, — думал он, — прав был редактор», — и ещё раз поближе заглянул в милые блестящие глаза.

— Ты что же скромничаешь, а?

Маша недоуменно взглянула на него.

— От меня секреты, негодница? — И он вынул из кармана книжку московского журнала.

«Ветер навстречу. В. Орловская», — прочла Маша. «Вот какая у Веры радость!»

— А она всё молчит, умница моя. — Он обеими руками обхватил её голову и раскачивал тихо и нежно.

— Ты молчишь, а я за тебя хвастаюсь, — шептал он. — Знаешь, что я Алёше, штурману, сказал? Хочешь, скажу?.. — Он прижал её голову к себе. Маша молчала. — Я сказал ему, что это написала моя невеста. Можно мне было так сказать? Да, Верочка? Девочка моя, да?

— Послушайте, Шура, милый, — Маша подняла голову, и он увидел совсем близко от себя правдивые, испуганные глаза. — Я вам сказала неправду. В самом главном.

Он улыбнулся.

— Ты? — Но вдруг по выражению её глаз он понял, что она не шутит. — Ты? Верочка!

Она снова вздрогнула.

— Я очень прошу вас, уйдите сейчас. Позвоните мне завтра… Я всё скажу… Пусть один вечер будет.

Тревога, охватившая её, передалась ему.

— Уйти? Зачем?

— Пожалуйста… — Она робко коснулась его волос ладонью. — Ну, Шура, ступайте… — И опустилась на ящик, закрыв лицо руками.

Когда она отняла руки от лица, комната была пуста так, как только может быть пуста комната.

Чайник шумно выкипал на печке.

Следующий день для всей редакции начался скверно. Рыжик приревновал Веру к московскому журналу и забраковал её очерк.

— Серенько, слабенько, средненько, — медленно и язвительно говорил он, тыча пальцем в рукопись. — И почему у героя опять серые глаза? Почему, я вас спрашиваю? Ведь он армянин.

Вера молчала и смотрела на Рыжика злыми, невыспавшимися глазами.

— У него мать была русская, — невозмутимо пояснила Сима.

Но Рыжик никак не мог угомониться.

— Всё свеженькое для Москвы бережёте. Да-с, — язвил он. — В рассказе и образы и язык. А здесь что? Штампы.

— Вы просто завидуете мне, — сказала Вера. — И в личной жизни тоже завидуете. Вот. — Она взяла очерк и выбежала из комнаты.

Рыжик весь сжался, и Маша вдруг заметила, что у него лысина и измятый галстук.

— Она переделает, но вы тоже перехватили, Рыжик, — сказала Сима. Очевидно, и она жалела его, но не так мучительно, как Маша, а рассудительно и спокойно.

— Я сейчас пойду к Вере, и вы получите очерк. Всё дело в том, что приехал Митя.

Маша и Рыжик остались вдвоём. Маша то и дело поглядывала на телефон. Вот и кончилось её счастье… Как могла она думать, что Шура, такой замечательный, герой, умный, красивый, и вдруг полюбит её? За что? За большой рот и веснушки… Он любил её за чужой талант.

Резко позвонил телефон.

«Бросилась, как коршун! — подумал Рыжик. — У всех девчонок ерунда в голове. С одной Симой можно дело иметь».

Машу вызывали в райком комсомола, и она, с тревогой взглянув на телефон, ушла.

— Вот и работайте в таких условиях, — громко сам себе сказал Рыжик. — А с кого редактор требует? С меня. А девчонки бегают и переживают. Вот, пожалуйста, опять!

Он снял трубку и рявкнул:

— Редакция!

— Попросите Орловскую.

Голос Рыжика стал ехидно-вежливым:

— А к ней, видите ли, приехал муж, и поэтому она не желает работать. Ясно? Всё ясно? — телефон отрывисто звякнул.

9

Когда Маша вернулась в редакцию, там никого не было. Рыжик, очевидно, ушёл в типографию.

Маша свободно и легко, словно это было не впервые, сняла трубку и вызвала аэродром. Ещё час назад её ложь казалась непоправимой, она колебалась, тревожилась, сомневалась в его любви к ней. Но сейчас, когда надо было решать свою судьбу и ехать куда-то учительницей, она знала, что должна поговорить об этом с Шурой. Сейчас Маша знала, что она и Шура очень близкие друг другу люди и она не может решать свою судьбу сама. Всё остальное были мелочи. Поэтому она, даже не покраснев, назвала его фамилию.

— Да, — наконец раздался его голос.

— Шура, это я звоню…

— Зачем? — вдруг спросил он. — Впрочем, могу вам сказать, что я совершенно случайно узнал всё. Я не понимаю, как вы могли лгать мне так долго?

Он выговорил все эти длинные, тяжёлые слова очень медленно и спокойно. Штурман Алёша на цыпочках вышел из комнаты.

— Я боялась сказать, — шепнула Маша.

— Больше, мне кажется, говорить не о чем, — он сказал это так, словно не слышал её шёпота.

— Шура, — Маша отчаянно, обеими руками, так, словно этим можно было удержать его, вцепилась в трубку. — Шура, послушай, но неужели это так для тебя важно?

Ей показалось, что он улыбнулся.

— Да, это имело для меня некоторое значение, представьте себе.

Он положил трубку и вышел.

«Ох, бабы!» — подумал Алёша, взглянув на его лицо.

— Шура! — умоляюще сказала Маша в тихую трубку. — Шура! — Трубка молчала… — Папочка, — шепнула она. И только когда её губы сами произнесли это слово, она поняла, какое горе случилось с ней.

Здесь кончались её воспоминания, и отсюда надо было начинать жить в одиночку.

10

Дождь может идти два часа, и это неприятно. Он может идти двое суток, и человека охватывает тоска. Но если дождь идёт две недели, перестаёшь верить в то, что он когда-нибудь кончится.

На третью неделю к нему привыкаешь и перестаёшь его замечать так же, как во время езды в поезде привыкаешь к стуку колёс.

Маша подписала под диктантом «4» и отложила тетрадь.

Её охватила тревога. Что-то произошло. Она вслушалась, оглянулась и поняла: дождь кончился. Только изредка со сливы под окном, пробиваясь сквозь листву, тяжело и отчётливо падали капли.

«Ну, уж если этот дождь кончился, всё будет хорошо», — подумала Маша и погладила спящего возле лампы кота. Кот вежливо выгнулся под её рукой и сонно замурлыкал. За эти полтора года из шершавого котёнка вырос нескладный, голенастый кот с раскосыми жёлтыми глазами. Он молчаливо жил подле Маши. Когда она занималась, он подолгу внимательно, не мигая, смотрел на неё. «Я про тебя, матушка, всё знаю», — говорил этот взгляд. И в самом деле, кто, как не он, знал всю историю её любви? Она рассказала ему всё от начала до конца.

Сейчас кот хотел спать.

«И поговорить не с кем», — тоскливо подумала Маша. Ей было очень одиноко. Пока шёл дождь, стена, которая отделяла её от всего мира, подходила к домику вплотную, и от этого он казался уютнее и теплее. И можно было думать о том, что вот кончится дождь и что-то изменится.

Но дождь прошёл, ничего не изменилось, а стена раздвинулась. Теперь до самого Адлера перекатывались крутые скользкие горы, обросшие мокрым лесом.

О том, что было дальше Адлера, не стоило даже и думать, так это было далеко. В Адлере Маша была в последний раз совсем недавно. Она пошла туда с Ардашем, учителем физкультуры. Ардаш был красавец, черноокий, стройный. То, что он красавец, Маша поняла только тогда, когда они зашли в правление и она увидела, как смотрит на него Лида — девушка с бантиком.

После бурного разговора с секретарём Маша вынесла из его кабинета кипу новеньких пионерских галстуков. Потом она атаковала заведующую районо и раздобыла сотню тетрадей, учебники и мечту всех своих мальчишек — новенький голубой глобус.

Потом было комсомольское собрание. Машу ругали за плохую работу в избе-читальне.

Когда собрание кончилось, все пошли в кино, а потом танцевали под баян. Маша прыгала, плясала, заводила игры, и Ардаш, ослеплённый, ходил за ней по пятам.

Они переночевали в райкоме и рано утром вышли в горы. Шёл дождь. Всё было серо, уныло и монотонно. Повороты, скользкие дороги, мокрые мохнатые ветви самшита.

После шумного Адлера, толпы молодёжи, роскошных голубых автобусов и бала в кино Маша загрустила. Её домик так одинок! У всех кто-нибудь есть. У шумной хохотушки Вали — муж, директор школы, и дочка, у Веры — Митя, у Симы — теперь Рыжик. Она писала Маше о своём замужестве. Недавно Сима прислала ещё письмо, оно было короткое — Сима с Рыжиком и Верой спешили в клуб лётчиков. Клуб лётчиков! Маша два раза была там с Шурой. Как давно это было! Сейчас у неё никого нет. Кот и курица с голой шеей.

Ардаш вдруг остановился. Прижимая к груди обёрнутый мокрым плащом глобус, он решительно начал объясняться Маше в любви.

Маша, не останавливаясь и не замедляя шага, голосом, внезапно ставшим похожим на голос Симы, сказала, что они могут быть только друзьями.

— У меня друзья есть, мне жену нужно, — рассердился Ардаш. — Я люблю тебя.

— За что? — недоуменно спросила Маша. — За что можно любить меня?

— Работаешь, как мужчина, улыбаешься, как женщина. — Ардаш улыбнулся нежно. — Люблю. Почему за меня не идёшь? Другого любишь?

— Да, — Маша остановилась и сквозь мокрые ресницы посмотрела на Ардаша. Было в её мокрых глазах и дрожащих губах что-то такое, отчего он замолчал.

Навстречу им, переваливаясь на узкой дороге, шёл грузовик, гружённый мокрым чёрным самшитом.

«Тот был пустой», — с нежностью подумала Маша. Шура шёл сейчас рядом с ней. Ему, тоскуя, рассказывала она о своей одинокой комнатке. Он вместе с ней вслушивался в шум удаляющегося грузовика.

Дождь затекал ей под воротник, сапоги хлюпали, но она чувствовала себя счастливой…

Маша взяла следующую тетрадь. Бабочка замелькала над лампой.

11

Маша надела высокие сапоги и напудрилась. Она собралась в гости. Если дождь прошёл и ничего не изменилось, только от себя самой зависит перемена. Она проверила все тетради. Было девять часов.

Маша любила Анну Михайловну, её торопливые рассказы, лёгкий смех и вкусные пирожки.

В домике стариков всё было устоявшимся, привычным, уютным. Громадная лампа под фарфоровым абажуром, которая грела, как печь, вышитые шерстью коврики на стене, длинные ряды книг.

Маша садилась на низенькую скамеечку подле печки и начинала болтать. Она поверяла Анне Михайловне все свои беды и радости, они говорили о неудачах с избой-читальней — никак не достанешь книг, — о том, что к Новому году надо обязательно поставить пьесу. Сегодня Маша рассказывала о своём путешествии в Адлер. Когда она упомянула имя Ардаша, Анна Михайловна сказала ласково:

— Он в вас влюблён, милочка... — но осеклась и замолчала. Мефодий Аркадьевич строго смотрел на неё из-под очков. Он не любил легкомысленных разговоров.

— Вы, Маша, такая же тараторка, я вижу, — пробурчал он.

— И легкомысленная, — явно идя на примирение, подхватила старушка. — Подумай, Мефоша, в такую погоду идти в Адлер для того, чтобы потанцевать!

— Я ходила по делу, — оправдывалась Маша.

— Меня в Адлере утомляет шум, — задумчиво сказал Мефодий Аркадьевич и снова углубился в чтение. Стало тихо.

— А письма есть? — спросила Маша.

Она знала, что сейчас начнётся самое хорошее. Сколько их было, этих писем! От мальчиков и девочек, которых учили эти старики. Ученики помнили их и писали со всех концов земли.

И старушка, склонившись над лампой, разбирала эти письма, разглядывала карточки, вспоминала.

Волшебны стены домов, в которых живут хорошие люди. Старики брали письмо, и уже не было ни стен, ни мокрых гор, ни темноты, ни дали. Шум московских улиц, грохот боя, свист ветра в корабельных снастях бились в этой маленькой комнате. Любовь, рождение, смерть, разлука совершались здесь.

Инженеры, врачи, учителя и воины приходили сюда.

Маша знала их всех по именам: сначала смешных и вихрастых, потом взволнованных — на последнем экзамене, потом больших.

— Вот какой стал… — И Анна Михайловна вновь и вновь разглядывала маленькую фотографию. Потом она складывала письма и карточки в стол и уходила готовить ужин.

Маша тихо сидела в углу. Тикали часы. Мефодий Аркадьевич листал страницы. Что же, это совсем не плохая судьба — жить в доме с волшебными стенами. И Маша тихонько вздыхала в своём уголке. Если бы Шура читал тут же! Дышал подле, задумывался, приходил сюда усталый, в дверях снимая рукавицы…

Да, ей никогда не спастись от него. Теперь она уже знала, что будет его любить всю жизнь. И если раньше она жила им, теперь она жила для него.

Ведь, если отдаёшь жизнь, она должна быть такой, чтобы стоило её отдавать. И он всегда был с нею. Он был её совестью, другом, счастьем. Она делилась с ним всем. Он, который жил неизвестно где и летал неизвестно где, даже и не подозревал, как эти горы населены им. Все тропки и поляны подле школы, её маленький дом и каменистая, бесконечная дорога к морю.

Когда-нибудь он встретит её ученика. Большеглазого, сильного, умного. «У нас была замечательная учительница», — скажет он. Кто будет этот ученик? Петя, Ованес, Серёжа? Нет, Серёжа будет не лётчиком. Он биолог. На днях он водил её в лес, и они вместе ловили маленьких пушистых сонь. Они застигали зверьков в дупле. Если прижаться ухом к коре, то слышен стук, отчётливый и быстрый. Это стучит сердце у испуганного зверька. Глупый! Маленький! И каждый раз, когда Серёжа кричал ей: «Мария Александровна, идите соню слушать!» — она вспоминала, как колотилось когда-то её глупое сердце. Да, Серёжа будет биологом. Он облазил здесь все тропки, все пещеры. А Тамара станет врачом. Она вернётся сюда, в родные горы, и будет лечить её, Машу, Марию Александровну, свою старенькую учительницу.

12

Машу разбудила тётя Наташа. Она стучала костлявой загорелой рукой в окно.

— Вставай! — кричала тётя Наташа. — В восемь вечера быть в правлении. Вызывает к телефону Адлер.

Когда Маша подошла к окну, тётя Наташа была уже далеко. Она двигалась с удивительной скоростью — не шла, а летела. Казалось, её загорелые ноги сами отскакивали от земли. Тяжёлая сумка, набитая газетами и письмами, била её по боку. Седая прядь выбивалась из-под тёмного платка.

— Зачем вызывает? — закричала ей вслед Маша, распахивая запотевшее окно.

— Не знаю, надо думать, райком! — кричала тётя Наташа, продолжая идти не оборачиваясь.

Она всегда говорила так, на ходу, сначала с отстающим, потом с тем, кто шёл впереди. И что удивительно, как ни пустынны были горы, она разговаривала всегда. «Зайди в колхоз, получи мёду», — слышала Маша её удалявшийся голос. «Ты что же мне ордер на калоши не даёшь? Я в райком пойду», — было ясно, что где-то показался председатель колхоза и угрозы относились к нему.

Маша представила себе, как старуха, уже обогнав его, продолжает его ругать, уходя и не оборачиваясь, и рассмеялась.

«Опять влетит за избу-читальню», — решила она.

Ей было сегодня очень некогда. Вечером репетиция, а тут ещё этот звонок…

Она спускалась в правление, когда солнце уже заходило. Холодные розовые лучи его падали между высокими гладкими стволами чинар. Маленький, серый, похожий на большеухую мышь ослик, зажатый между двумя корзинами, обогнал её. Женщина, шедшая за ним, приветливо поклонилась Маше и сунула ей грушу. Больше по пути в правление она никого не встретила. «И с кем только тётя Наташа разговаривает?» — подумала она, и ей опять стало смешно.

В правлении уже никого не было. Сторож открыл ей дверь и опять уснул на лавке. Бумажки, окурки были рассыпаны по полу. На столе Лиды в банке стоял большой пучок ромашек.

Было пусто, тихо, пыльно и уже совсем темно. Маша уселась на подоконнике. Круглые чёрные горы шумели ветвями, лесными шорохами вокруг неё. Свежестью тянуло от них. Когда она приехала сюда, ей говорили, что их начинают любить сразу. Но она была так оглушена горем, болью, что долго не замечала их чудесной молчаливой красоты. Теперь она полюбила их. Любила их в дождь, и в солнечные рассветы, и в тихие ночи, засыпанные звёздами и светляками.

Но больше всего она любила их за то, что там, далеко, в самой их молчаливой пустынной глубине, теплился огонёк её школы. Там сейчас было шумно, весело, там репетировал драмкружок, и Анна Михайловна покрикивала на ребят. Там были её жизнь, её друзья, её тихая тёмная комнатка, в которой спали кот и нелепая курица.

Задребезжал телефон.

Маша сняла трубку. Шум голосов и треск оглушили её.

— Норму выполнили, норму выполнили! — кричал женский голос.

— Передай в Москву, геологи прибыли, — гудел чей-то бас.

— Почта, почта вас слушает! — И Маша ясно представила себе, как девушка, отложив кружево, записывает телеграмму.

— Молния! — кричали ей. — Поздравляем сыном, поздравляем сыном!..

— Табак сверх нормы колхоз передаёт фронту, — сказал кто-то совсем близко.

Вдруг снова наступила тишина. Маша положила трубку.

Горы стояли такие же неподвижные, тёмные, тихие, но теперь она уже слышала все голоса, говорящие там, видела все огоньки, которые там горели, дружила со всеми, кто жил в их сосредоточенной тишине.

Снова задребезжал телефон.

И тогда сквозь треск, шорохи и уже знакомые ей голоса она услышала далёкий, единственный в мире голос:

— Машенька, это я, я звоню с аэродрома…

ДОНЬКА С РЕКИ БИРЮСЫ

Л. О.

БЕССОННАЯ ДЕВЧОНКА

Кто-то тихо взвизгнул. Донька прислушалась. Показалось? Нет. Визг повторился, только на этот раз он был громче, настойчивее. Донька никак не могла понять, откуда этот визг. Она пошла вдоль палубы, но в каютах за спущенными шторками было совсем тихо. Ветер подталкивал её в спину, подталкивал всё сильнее, сильнее, так, что она даже ускорила шаг, а затем, словно решив, что Донька идёт всё-таки слишком медленно, обошёл её с двух сторон, панибратски взъерошил волосы и, тихо свистнув, скользнул в Енисей, выкрутившись витым белым барашком. Донька обежала корму и с трудом двинулась навстречу ветру. Теперь ей было ясно, что визжат где-то на носу и визг уже то и дело переходит в короткий неумелый лай. На палубу выскочил заспанный мальчик в громадных резиновых сапогах.

— Опять плачет? — озабоченно спросил он Доньку и побежал по трапу наверх. Донька за ним.

Мальчик подбежал к трубе, в которой, к удивлению Доньки, оказалась дверца, открыл её и присел на корточках, заглядывая в темноту. В глубине трубы спал, свернувшись, рыжий щенок. Длинное ухо с чёрной шерстью закрывало его морду. Ближе к дверце, растопырив лапы, сидел точно такой же щенок, только раза в три меньше, и визжал. Он визжал настойчиво на одной ноте, без малейшего выражения, и чувствовалось, что он жалуется уже давно, может быть, много часов, устал, охрип, намучился.

— Ведь сытый же, — недоуменно сказал мальчик и, оглянувшись на Доньку, прибавил высокомерно: — Лайка. Остяцкая. Ездовая.

Донька завистливо оглядела ездовую, которая, впрочем, пока была ещё совсем не похожа ни на лайку, ни на ездовую, ни вообще на что-нибудь путное.

У щенка были мутные серовато-жёлтые глаза, тупая тёмная морда и мягкие кудряшки на крутом круглом лобике. Только по лапам, таким широким, словно их приставили от другой собаки, можно было догадаться, что вырастет из этого плачущего существа.

Второй щенок тоже проснулся, сонно моргая, поглядел на них, потом зевнул длинно, по-детски, с привизгом и снова свернулся клубком.

— Подложи маленького к нему, — посоветовала Донька. Мальчик сунул щенка между лапами другого. Маленький ткнулся мордой раз, два, спрятался в тёплую шерсть, вздохнул глубоко, не по-собачьи и затих. Щенок привык засыпать пригревшись, но до этой ночи он подползал на знакомый материнский запах молока и добра. Он ещё не знал, что если пахнет просто тёплой, даже незнакомой шерстью, то это тоже означает покой.

Донька снова спустилась на палубу. Щенок уткнулся в старшего, надёжного и затих.

А ей холодно. И Енисей такой широкий. Говорят, это красиво. А вчера, когда лесистые берега наступали на свинцовую воду, было, кажется, лучше. Мир был пустой по-прежнему, но хоть потеснее. А сегодня этому миру конца-края нет. Впрочем, нет. Вчера тоже было плохо. И позавчера. И давно. Уже много дней, недель ей было плохо и холодно. С тех пор как у них с Андреем всё кончилось.

Нет. Плохо было ещё раньше. Когда она специально менялась на ночные дежурства, чтобы, если он невзначай зайдёт днём или вечером, быть дома.

Внутри теплохода было так тепло и светло, что казалось невозможным поверить в то, что теплоход режет упругое холодное сопротивление воды и ветра. Донька, привычно бесшумно ступая, шла по длинному коридору, словно ночью на обходе в больнице. Только здесь она никому не была нужна. Никто не шепнёт: «Сестричка! Донюшка!» С одной стороны, это, конечно, было хорошо. По обе стороны за полированными дверями кают спали здоровые люди, и даже не просто здоровые, а счастливые. Донька логически понимала, что люди, которые отдыхают на таком отличном теплоходе, могут и даже должны быть счастливы, а то, что ей так худо, это её личная беда, и, где бы она сейчас ни была, она всюду будет одинока и несчастлива. Она постояла возле своей каюты, хотела было войти, но не решилась. Там снова ждала её эта проклятая, вечно горячая подушка, на которой невозможно уснуть.

«Ещё разочек», — решила Донька и снова пошла по дорожке коридора.

«Нам бы такое помещение! — подумала она. — И комнатки, как каютки на одного-двух, чтобы спали, а если бы ещё круглое окно, да с таким видом…»

Донька не выдержала и усмехнулась: она уже не раз ловила себя на том, что если ей где-нибудь очень нравится, то немедленно хочется перевезти сюда больных.

Её травматологическое отделение размещалось в одном коридоре. Сначала ей нравилось, что оно такое маленькое — всего шесть палат. Это было тогда, в первые дни, когда она почти не могла работать от жалости к больным и, оглядев все шесть дверей, ведущих в палаты, вспомнив того или другого больного, радовалась: «Слава богу, хоть немногие так мучаются». Но когда больных привозили много, особенно в гололедицу или под праздник, Донька сердилась и, лавируя между койками в коридоре, ворчала: «Упрятали в тесноту…» Когда кто-нибудь из больных засыпал, ей становилось легче: человек забывал о страданиях, о больнице, о тревогах, оставшихся за её стенами, там, в его обычной жизни, — душа у него отдыхала.

Потом она стала присматриваться и решила, что их отделение строили два человека: маленькие палаты — добрый, а большие — злой. В больших лежать было трудно, душно, больные мешали друг другу спать, а иногда даже ссорились. Это Доньку удивляло: она думала, что больной человек не может испытывать никаких мелких чувств. И даже что-нибудь хорошее в больших палатах не получалось. Однажды больная девушка запела, но её сразу же остановили соседки.

Может быть, это потому, что когда человеку очень больно, то ему кажется, что боль усиливается от всего: от яркого света, от смятой подушки, от громкого голоса, даже от какой-нибудь фразы в книжке?

Донька ещё раз поднялась на палубу, и ветер, словно узнав её, бросился навстречу. Он был такой плотный, этот ветер, что Доньке вдруг показалось: если его побольше набрать в горсть и нести очень осторожно, тогда, может, донесёшь до каюты и там выпустишь на подушку, чтобы она, наконец, перестала быть горячей. Она даже попробовала это сделать, но ветер вдруг стал гибким, как хлыст, проскользнул и умчался. Она смущённо оглянулась — нет, никто не видел. Но Донька всё равно покраснела и начала нехотя спускаться вниз. А жаль всё-таки… Она бы выпустила ветер на подушку, он распластался бы на ней, и пахло бы от него водой, хвоей…

Перед дверью каюты она снова помедлила. Скорей бы домой… Обратно. Там некогда думать о себе. Но путёвка на две недели, а прошло всего три дня.

В каюте было душно. Рябые тусклые полоски света с освещённой палубы падали через шторку на пустую горячую Донькину подушку. Вера Николаевна приподняла седую голову.

— Опять не спишь, дурочка?

— Я сейчас…

Донька бесшумно скользнула под одеяло и затихла. Она легла неудобно, не укрывшись как следует, но не хотела шорохом тревожить Веру Николаевну, которая спала хрупким старческим сном. Она хорошая, Вера Николаевна, ни о чём не спрашивает…

Вообще в этом смысле Доньке повезло. Две верхние соседки тоже почти не разговаривали с ней. Беленькая Галя читала и грызла кедровые орехи. Она читала утром, днём, вечером и гасила свою лампочку только тогда, когда Вера Николаевна говорила своим ровным учительским голосом:

— Спать, спать… Завтра в шесть будем в Енисейске…

И они знали, что она обязательно разбудит их, заставит вылезти на берег и расскажет что-нибудь такое, чего, наверное, не знает никто на теплоходе. Она прожила в Сибири все свои шестьдесят два года и была правнучкой ссыльного декабриста. Беленькая Галя, узнав об этом, сейчас же понеслась в библиотеку и потребовала литературу о декабристах. Таковой не оказалось, и Галя, забрав пять толстых потрёпанных книг, вернулась в каюту и сообщила Вере Николаевне, что она прочтёт всё в Красноярске.

Потом снова уткнулась в книгу. Когда Вера Николаевна спрашивала её, что она читает, Галя поднимала потусторонние глаза, быстро взглядывала на обложку, не всегда правильно произнося, называла фамилию автора и снова утыкалась в книгу. «Несистематическое чтение», — констатировала Вера Николаевна, но ничем не мешала беленькой Гале. Она вообще никому не мешала и, казалось, принимала всех людей такими, как они есть. Даже когда чёрненькая Галя в первый же вечер заявила, что «самое главное для этой водяной волокиты — подыскать подходящего мальчика», — Вера Николаевна только улыбнулась и заметила, что путёвка чёрненькой Гали, видимо, «не в коня корм».

На следующий вечер Галя сообщила, что подходящий мальчик нашёлся, но его отбивает какая-то Рыжая из Перми. На третий выяснилось, что Рыжая взяла верх, но чёрненькая Галя не унывала, она быстро нашла двух подружек, и они ходили втроём, держась за руки, и пели высокими голосами: «А у нас во дворе есть девчонка одна...»

Только при встрече с «подходящим мальчиком» и Рыжей из Перми они переставали петь и язвительно смеялись готовым, неестественным смехом. Рыжая победительница мучительно краснела и спешила скрыться. Таким образом, никто вообще не трогал Доньку.

Правда, в первый же день к ней подошёл коренастый парень с очень голубыми глазами и так, словно имел на это право, спросил, как её зовут. Глаза у него были добрые. Донька растерялась и ответила.

— А что ты умеешь делать? Петь, танцевать, читать с выражением?

Донька когда-то умела и петь, и танцевать, и часто читала вслух, сначала деду, а потом больным. Но все это было очень давно, тогда, когда она ещё не любила Андрея, — в ранней беспечной молодости. Семь месяцев тому назад. Она поглядела на своего собеседника горькими взрослыми глазами и сказала, что она ничего не умеет. Но он, видимо, не понял её. Стоило ему только завидеть Доньку, как он нечутко кричал: «Донька, иди на беседу!», «Донька, давай подпевай!», видимо забыв, что петь она теперь не умеет.

Вадим приставал ко всем, такова уже была его обязанность — он работал на теплоходе массовиком. Правда, к нему приставали тоже. Находились дотошные туристы, которые ни одной минуты не могли провести неорганизованно и непрерывно ходили за Вадимом: «Вы же массовик, — нудно тянули они, — организуйте же мероприятие». И Вадим, договорившись с киномехаником о лишнем сеансе, метался по теплоходу в поисках жертвы, которую намеревался бросить ненасытным туристам в качестве очередного мероприятия. Донька видела, как он прижал к перилам на самом ветреном участке палубы профессора из Москвы. «Вы же историк, укоризненно уговаривал он. — Ну что вам стоит поделиться знаниями с народом?» Историк отвечал, что он никогда не занимался Сибирью, а делится с народом тем, что он знает, и в книгах, и на лекциях, а сейчас хочет просто подышать воздухом. Но Вадим резонно возразил, что всё-таки историк знает больше, нежели другие. Чем кончился этот разговор, Донька сразу не узнала: профессор оглянулся, и она независимо пошла дальше. А вечером, кажется, всё-таки была его лекция. Донька на неё не пошла, а лежала в каюте и читала одну из книг беленькой Гали, читала с того самого места, на котором та оставила её раскрытой. О чём была эта книга, Донька не запомнила.

На следующий день Вадим занялся преследованием седого человека в роговых очках, который подолгу бродил по палубе и что-то мурлыкал про себя. Иногда он останавливался и стоял неподвижно, подставив лицо ветру. Лицо у него было счастливое и бездумное. В вечер отплытия Донька впервые увидела его на корме. Девушки пели задумчивую песню, а он слушал, покачивал головой в такт песне, а потом тихонько пошёл по палубе. Доньке показалось, что он пронёс мимо неё что-то своё, особенное, заповедное…

Вадим ходил за ним долго, в чём-то убеждал, а седой человек, сняв очки, поглядывал на него незащищёнными близорукими глазами. Потом он надевал другие очки, с биноклем, и смотрел на берега, а Вадим предупредительно объяснял: «Луна какая красивая, видите? А вон домик — бакенщик там живёт…»

Седой человек перегибался через поручни и тянулся вперёд, словно от этого и бледная холодноватая луна и домик бакенщика с неподвижным огоньком, который, падая в воду, сразу оживал и морщился рябью, могли стать ближе к нему. Доньке становилось горько, что он настолько близорук и, хотя так тянется к этой красоте, даже через свой бинокль не может разглядеть её как следует. А она видела отчётливо и луну, и лёгкое белое птичье крыло облака между луной и собой, и дробящийся тёплый огонёк на реке. Она видела всё это и смутно чувствовала, что они могут в чём-то помочь ей. Но на сердце было по-прежнему холодно и тоскливо. Эта красота была сейчас ни к чему, а седой человек, который так искал её, не мог её увидеть.

Дня через два, когда Донька проходила по палубе, седой человек высунулся из окна и спросил её, нельзя ли приглушить эту ерунду, которая гремит... Донька пошла к радисту Пете и передала ему просьбу пассажира из восьмой каюты. Тот очень удивился: «Это же его песня, мы ему для вдохновения крутим...» Но радио выключил. И когда спустя час Донька на цыпочках прошла мимо окна композитора, то увидела, что он быстро пишет на разлинованной нотной бумаге. И лицо у него было такое же, как тогда, когда он стоял на ветру или слушал свою песню. Донька очень удивилась, что композитор пишет за столом, а не играет на рояле. Но вечером была слышна музыка, и чёрненькая Галя сообщила, что они разучивали песню, которую композитор написал специально про Енисей.

После того как песня была разучена и её уже распевали на теплоходе, Вадим охладел к композитору и мёртвой хваткой вцепился в знаменитого красноярского пчеловода. Но пчеловод был занят: он сердился. Весь день он стоял на палубе, ревниво оглядывая берега, и ворчал. Теплоход проходил мимо посёлков, пристаней, рыбозаводов, строительств, и он раздражённо обращался к первому проходящему:

— Это что же такое? Податься некуда. Понастроили. Всю тайгу сведём, зверя вспугнём, рыбу...

Успокаивался он лишь тогда, когда теплоход по крайней мере часов пять шёл между нетронутых лесистых берегов, и чем дальше от берега, тем темнее казались леса и где-то в бесконечной дали чёрными острыми зубьями вгрызались в неяркое просторное северное небо.

— Это вроде ещё подходяще, — бормотал пчеловод, — на мой век хватит...

И успокоенно поглубже затягивался трубкой. Но стоило показаться жилью или какой-либо стройке, как пчеловод снова начинал злиться. Особенно круто приходилось его соседу по каюте — начальнику Канского леспромхоза. Пчеловод оборачивался и кричал, всунувшись в иллюминатор:

— Что смотришь? Зубы точишь?

Все эти люди, вся эта жизнь шли рядом с Донькой, чуть касаясь её то улыбкой, то чистой нотой песни, то лунным лучом... Они помогали ей хоть на минуту перевести дух, вздохнуть поглубже, забыть те бессонные ночи, когда она сидела подле Андрея и он, измученный болью и температурой, доверчиво сжимал её руку в своих горячих ладонях, которые уже стали мягкими и белыми — больничными.

Пожалуй, прав был главный врач Виктор Севастьянович, когда сказал: «А нашу бессонную девчонку давайте премируем путёвкой «Красноярск — Диксон». Ветерком обдует, водичкой обмоет, красотой утешит. Пускай отоспится». А бессонная девчонка не спала, бродила по теплоходу и завидовала сонной тишине за деревянными шторками чужих кают.

Уж лучше бы путёвку дали Клаве. Она бы пела вместе с Галей, ходила на беседы, а по вечерам отбивала такт своими каблучками на холодной корме. Здесь бы каблучки подошли. В самый раз. А вот в больнице Виктор Севастьянович каждый раз сердится: «Наденьте тапочки!» А Клава ворчит, что ей идут только высокие каблуки. А кому какое дело, что ей идёт? Она считает, что ей нужна яркая губная помада, и всегда старается выпустить прядь курчавых волос из-под косынки. И как будто не замечает, что Виктор Севастьянович каждый раз морщится, заслышав стук её каблучков. И особенно раздражается из-за её резких отрывистых окликов: «Потише, больной!», «Подождите, больной!», «Вы у меня не один, больной».

Клава завидует Доньке, ревнует Виктора Севастьяновича к ней и зовёт её «любимица главного». Это она передала Доньке разговор о путёвке: «Красота утешит…» И фыркнула. Откуда Виктор Севастьянович знает? Ведь Донька так старалась не показывать вида. Вот и Вера Николаевна тоже знает, знает и молчит — она понимает. Она не то, что этот Вадим, который от всех требует, чтобы они улыбались, пели и с утра до вечера участвовали в мероприятиях.

ДЕД

Теперь где-то там остался человек, у которого были две жизни, несовместимые.

Дом Андрея и его внешняя жизнь были противоположны друг другу по самой своей сущности.

У Доньки тоже были две жизни и тоже несовместимые. Об этом она думала по ночам. Об Андрее она думала только днём, утром, вечером, когда кругом были люди и нельзя было плакать.

Донькина жизнь не совмещалась только во времени и территориально. Она не могла уехать из Красноярска, так как должна была обязательно закончить институт. Иначе она не имела права вернуться в свою прежнюю жизнь, к деду… Конечно, не домой к деду, — что ей там делать? У них в деревне всего двенадцать изб, и, насколько Донька помнит, люди раньше не болели, а просто жили и жили, иногда кто-нибудь умирал. Болеть начали только с тех пор, как на лесосеку к раненому лесорубу прилетел хирург на вертолёте. Но ей обязательно надо было быть поближе к деду, в районном центре, в больнице. А там уж до деда рукой подать. Вертолётом совсем чепуха, зимой тягачом суток пять, а летом в отпуск можно было ехать водой, на барже, медленно, с удовольствием.

Да, быть поближе к деду ей необходимо. Дед очень старый, вдруг придётся лечить? Мысль о том, что он может умереть, вообще никогда не приходила Доньке в голову, да и самому деду, вероятно, тоже. Сколько Донька себя ни помнила, дед был совершенно одинаковый — не очень высокий, с виду даже сухонький, но крепкий, лёгкий на ногу. Он никогда не кряхтел, хотя в каждой книжке, которую Донька читала, обязательно было написано: «Бабка, кряхтя, слезала с печки», или: «Дед, кряхтя, вышел на крыльцо…» Ничего подобного с её собственным дедом не происходило. Он ходил бесшумно, упруго, и ему было некогда ни сидеть на крыльце, ни лежать на печке, тем более что спал он на кровати.

Что касается бабки, то Донька её помнила меньше, так как, пока бабка была жива, Донька мало бывала с ней. А когда умерла, дед о ней рассказывал редко. Наверное, потому, что сильно любил.

Пока была жива бабка, дед учил Доньку на мальчика. У него были две дочки, и у обеих дочек тоже родились девочки. Наверное, потому её и назвали Антонидой. Бабка звала по-своему — Донюшкой, а дед — Антошкой. Деду был необходим именно мальчик. Надо выучить охоте, рыбной ловле, тому, как складывать дома и разводить пчёл. А учить некого. Вот почему весь курс дедова образования обрушился на Доньку с трёх лет, с того дня, когда он вынес её на руках из дому и сразу же поставил на лыжи.

Тётка Надежда рассказывала, что дед и её пытался учить на мальчика, но тётке Надежде больше нравилось стряпать и вышивать. Теперь тётка жила в Ленинграде. Когда она уехала учиться в педагогический, то познакомилась с каким-то человеком, и он увёз её в Ленинград. Человек был, видимо, странный: он не работал, а писал, причём писал не книжки, а статьи про книжки. Зачем это надо, Донька до сих пор понять не могла. Когда читаешь книгу, то или плачешь, или смеёшься и после неё думаешь, а иногда даже не спишь. Но бывали и такие книжки, которые вызывали у Доньки странное ощущение. Они были совершенно такие же, как и те, с виду, иногда даже с картинками и портретом автора. И многое в них было вроде похоже: герои влюблялись, ревновали и изменяли в свободное от работы и общественных нагрузок время. Но всё это забывалось сразу, не только имена героев, но даже и то, что они делали — строили завод или ошибались в колхозе. Эти книги были так же бесполезны, как ночной пост медсёстры около выздоравливающего, — ведь никому бы не пришло в голову платить за него сверхурочные!

Однажды Донька прочла в центральной газете статью про одну такую книгу, которую написал муж тётки Надежды. В своей статье он объяснял, что книга очень хороша. Но Донька даже после этой статьи так и не могла вспомнить, что происходило между героями, как их звали и что они делали. Зато она отчётливо поняла одно: именно потому, что Надежда вышла замуж за этого странного человека, ни она сама, ни её муж, ни их первая, ни их вторая дочка так ни разу и не приехали в гости. А дед обязательно писал им в феврале, что ждёт в мае, а в мае — что ждёт на Новый год. Дед и Донька относили письмо на почту за тридцать километров, и уже с конца апреля бабка перебеливала печь, начинала стряпню. К Первому мая в избе нечем было дышать — так натоплено, и, хотя всё село ело бабкины пироги, всё равно они оставались. А второго мая дед снова писал письмо и приглашал уже на Новый год. И они опять относили письмо на почту. И каждый раз дед объяснял бабке, что Ленинград далеко и у Надежды, наверное, нет денег на самолёт и подарки. Бабка плакала, пироги черствели.

Однажды дед за месяц до Нового года перевёл Надежде деньги на дорогу. Он и сам понимал, что книжками про книжки не очень-то прокормишься, и ушёл встречать дочь с зятем двадцать седьмого декабря. А в середине января пришла поздравительная новогодняя открытка, в которой Надежда благодарила за подарок. В этот вечер дед долго сердился на бабку, что она так и не родила ему сына. Больше Надежде дед денег не посылал.

Донькина мать — Маша — была такая же маленькая, как Донька, — в деда, весёлая, с синими упрямыми глазами. Она тоже уезжала учиться, а потом привезла мужа, техника. Бабка рассказывала Доньке, что деду её отец сначала не понравился, потому что боялся комара и мошки́. Но потом дед стал водить его в лес, на рыбалку и, кажется, привык и полюбил. Ждал в гости, но летом зять сдавал экзамены, а на другое лето должна была родиться Донька, и мать боялась дороги, а на третье началась война. Отец, который боялся мошки́, ушёл на фронт и погиб смертью храбрых, а мать осталась на заводе работать вместо него. В первый отпуск она приехала очень худенькая, с помертвевшими глазами. Пока бабка плакала над Донькой и называла её сироткой, дед увёл мать на пасеку, и пришла она оттуда уже чуть-чуть оттаявшая. Потом она приезжала уже каждый отпуск. Первый раз рассмеялась она года через два, когда Донька позвала её: «Маша, иди обедать!» Донька совсем недавно поняла, почему она смеялась. Виделись они редко, вот Донька и звала её по-дедовому — Маша. Года через три мать привезла нового мужа.

Доньке сказали, что это её второй отец, и она стала собираться в дорогу, стараясь поменьше смотреть на деда и бабку, чтобы они не поняли, как она их жалеет. Но новый отец долго думал, шептался с матерью и, наконец, сказал, что, пожалуй, здесь Доньке будет лучше. Все ждали, что он ещё скажет, но он только переглянулся с матерью, и она согласно кивнула головой. Бабка закричала было, что, конечно, отчим не может любить девочку, как родную, а Донькину мать, Машу, вдруг обозвала гулящей. Мать заплакала. Отчим замолчал. А дед очень рассердился.

— Ему на границу надо ехать, ты что, не понимаешь? — закричал он на бабку. — Там дитя ни к чему.

На другой день новый отец увёз мать туда, где нельзя жить детям, и они снова остались втроём. Когда они уехали, бабка долго плакала, а когда дед сердился, плакала ещё горше. Но дед косился в окно на дым, который стоял над трубой примерно за километр от их окна. Там жил один ссыльный, он был у них в гостях только раз. Бабка, как всегда, накрыла ему и деду стол, и они с Донькой задремали было. Проснулись от крика пьяного гостя: «Мы всё равно вас всех перережем!..» А дед кричал на гостя: «Бандеровец недорезанный!..» — и выталкивал его за дверь.

С тех пор сосед к ним больше не заходил. Но когда дед говорил о политике, то обязательно косился на бандеровский дым и, недоверчиво перечитывая газеты двухмесячной давности, объяснял:

— Не всех, кого надо, видимо, кончили, поскольку пока ещё есть капиталистический лагерь. А что они там думают, не всё известно.

С трёх лет он водил Доньку по тайге, и она уже знала все деревья, все следы, все птичьи посвисты, умела находить норы и гнёзда и выстукивать деревья — гнилое или нет. В девять лет Донька попала белке в глаз. Это был единственный случай на Донькиной памяти, когда дед поцеловал её. Потом посадил Доньку на поваленную лиственницу и тут же снял с белки шкуру. Донька сидела очень гордая, в тулупчике, одно ухо шапки, как у щенка, задралось кверху, и валенки далеко не доставали до снега. А дед ходил вокруг неё, махал мятой мокрой очень маленькой шкуркой и долго хвалил. И звал то по-своему — Антошкой, то по-бабкиному — Донюшкой. Потом велел идти дальше, и тут оказалось, что очень страшно прыгать с лиственницы. Она, конечно, прыгнула и по пояс ушла в снег. Когда они пришли домой, дед даже спросил медовухи и выпил, хотя никогда не пил без гостей, а Доньке велел заварить сушёной малины, чтобы не застудилась. В этот день дед, наконец, сказал Доньке, что скоро будет учить её рыбачить. Это было главное его дело в жизни. Рыбу дед знал, как водяной. Он знал все рыбьи повадки, привычки, аппетиты и хитрости. Но учил он Доньку пока только на Бирюсе, а это было ещё не самое настоящее.

Хотя рыбу можно было ловить прямо с порога, всерьёз дед ходил за рыбой на Ангару. Чаще всего вдвоём со своим старым другом Афанасием. Старики собирались долго, обстоятельно и садились в одну лодку, а вторая шла на буксире с припасом и утварью. Дней через пять они возвращались, но в разных лодках — за пять-шесть дней рыбалки старики обязательно успевали разругаться, и каждый перебирался в свою. Потом они дотошно делили рыбу, так как в первые два-три дня обычно ловили ещё вместе. А бабка и жена Афанасия расходились по своим домам варить уху отдельно. Дед умывался, расчёсывал бороду, крестился двуперстным крестом и садился есть. Ел он медленно и неохотно — кусок не шёл в горло — и всё поглядывал в окно на избу Афанасия. Тот тоже сидел у окна и ел медленно. И Донька, и бабка, и жена Афанасия знали, что уху всё равно придётся варить заново, потому что эта уже остыла, а подогревать без толку — рыба разварится. И поэтому пока старики думали, как им мириться, бабка начинала снова чистить рыбу. Всё кончалось тем, что дед посылал Доньку к Афанасию сказать, что рыбу они поделили неправильно и Афанасий опять обманул его: придётся делить сначала. Афанасий велел Доньке передать, что сейчас придёт и докажет деду, кто кого обманул. Потом он долго переодевался, и дед тоже переодевался, а бабка ставила на стол в придачу к ухе строганину или даже банку покупных консервов и гранёные стопки. Наконец Афанасий приходил, а бабка с Донькой ложились спать. Впрочем, часто появлялись ещё гости, которые уже знали, что дед вернулся с рыбалки, и тогда бабка опять вставала, и опять варила уху, и опять ходила за строганиной, и ставила на стол ещё стопку и ещё графинчик с травкой. Хотя все знали, что дед не верит ни в бога, ни в чёрта, сам он почему-то утверждал, что он старовер и поэтому пить ему нельзя. Разрешалось пить только лекарственную, а для лекарственной надо обязательно класть в графинчик травку. Какую — Донька так и не могла понять. Она видела, как однажды бабка второпях сунула в водку просто листочек фуксии, и ничего, сошло. Курить деду тоже, кажется, было нельзя, но он объяснял, что курит от мошкИ, — видимо, ихний староверческий бог недоглядел, запретил курить, а потом забыл и напустил на людей мошку и комара. Правда, зимой ни мошки, ни комара не было вовсе, но дед всё равно курил.

Афанасий верил в обыкновенного бога, но и этот бог, видимо, чего-то недоглядел, и дед выпивши ругал Афанасия за то, что его бог допустил столько войн и на их памяти уже перебито видимо-невидимо народу. Афанасий пытался объяснить, что богу некогда, а за людьми чуть не углядишь — уже воюют… «Хоть своего бы вымолил», — безжалостно говорил дед, а потом спохватывался, и наливал Афанасию ещё водки, и гладил по старому колючему плечу. У Афанасия на последней войне убили сына. Колька был единственный сын — ладный, красивый и даже не успел жениться. Но ведь не он один погиб, и Афанасий говорил, что нечего теперь зря тревожить бога.

Часов в девять приходил Василий Кириллович. Он был симпатичный, рассказывал Доньке сказки, а иногда вспоминал, как когда-то строил Шатуру. Потом замолкал, и все понимали: молчит, потому что думает о жене. Первые годы он всё ждал письма, а потом началась война. Он так и не знал, то ли она погибла в войну, то ли устала ждать и вышла замуж.

Дед всё уговаривал написать Сталину, чтобы он узнал, какая получилась ошибка с Василием Кирилловичем. Но Василий Кириллович отмалчивался.

После третьего графинчика дед начинал ругать Василия Кирилловича. Он объяснял ему, что, пока царь слал хороших людей в Сибирь, подальше, ничего удивительного здесь не было. Не зря же ещё его собственный дед ушёл от царей и от крепостного права в Сибирь и шёл три года с женой, с детьми, со скотиной, пока не дошёл сюда, в Красноярский край. А перед войной сюда опять начали присылать хороших людей и больших специалистов. После таких разговоров дед долго ходил по комнате или курил на крыльце.

Бабка стала старенькая и ложилась рано.

Однажды утром бабушка просто не проснулась. Теперь, когда Донька видела уже столько смертей в больнице, мучительных, долгих, среди чужих людей, смерть бабушки казалась ей лёгкой. Но тогда она очень испугалась, потому что видела, как убивали зверя, птицу, рыбу, и ещё никогда не видела мёртвого человека. На похороны приехала мать с отчимом, и это было последний раз, когда Донька видела мать. Года через три она тоже умерла.

Они с дедом остались совсем одни, и Доньке пришлось переучиваться на девочку. Оказалось, то, что так с виду легко и привычно делала бабка, вовсе не так уж просто. Дед совсем не знал, как мыть полы, и особенно был слаб насчёт пирогов. А гости всё приходили, и надо было топить печь, угощать, подавать.

Сколько Донька себя ни помнила, у них всегда были гости. И откуда они только брались? Казалось, глуше места не выберешь, но почему-то именно к ним приходили ночевать геологи, милиционеры, студенты и ещё много разных, очень разных людей. И даже если у соседей или на лесосеке кто-нибудь болел, врач всё равно ночевал у них. Наверное, потому, что бабушка держала всё в чистоте, вкусно готовила, а дед любил гостей. У него были книги, и всю первую часть зимы работал приёмник — дед не умел экономить батарейки. И Донька так привыкла просыпаться в комнате, где обязательно похрапывали и на полу, и на кушетке два-три, а то и пять человек — в тайге редко ходят в одиночку, — что даже удивлялась спросонок, если оказывалось, что они с дедом вдвоём в доме. Дед на всякий случай прикармливал рябчиков вместе с курами, рябчики делались ручными, как цыплята. Кроме того, подвёл прямо к дому ручеёк и устроил маленькую заводь, куда каждый год напускал мальков, чтобы и рыба, и дичь всегда были под рукой. Донька иногда ходила с дедом в тайгу, но это очень трудно, когда ты одна, быть сразу и мальчиком, и девочкой и ещё учиться. И теперь, пока дед запасал дрова или охотился, Донька собирала малину, чёрную смородину и вечером, пока варилось варенье, читала, а осенью и зимой готовила уроки. Один год она не училась совсем, и дед всю зиму молча ходил вокруг неё, всё чаще называл Донюшкой. А на следующий год повёз за тридцать километров по Бирюсе, где была школа-семилетка.

Первую половину дороги Донька слушала наставления деда и старалась не плакать и не думать, как управится он один, без неё, а вторую половину всё больше и больше радовалась, что едет на лесопункт, где столько народу и есть даже дом в два этажа. На лесопункте у неё было полно знакомых, но она не ходила туда давно, с тех пор как писать стало некому: мама умерла, а за письмами от Надежды дед ездить перестал — пусть приходят с оказией. Но когда они подъезжали к лесопункту, Доньке уже казалось, что дед нарочно гребёт медленно, и ничего уже не было жалко, разве только того, что ей не удалось порыбачить на Ангаре и поймать того осётра, которого обещал дед, когда она была ещё совсем маленькая. Теперь Донька выросла, и, хотя понимала, что дед всё ещё огорчается из-за того, что она не мальчик, оправила кофточку, чтобы лежала пышней, медленно и с удовольствием заплела густые тяжёлые косы и стала мечтать о том, что сразу же купит себе выходные босоножки.

Дед уехал первого сентября, а Донька осталась учиться. Она много читала, старательно готовила уроки. Но всё равно казалось, что свободного времени ещё много.

А в конце года выяснилось, что Донька училась хорошо и что её и ещё одну девочку премировали поездкой в Шушенское, где жил когда-то Ленин.

Их набралось много: человек двадцать мальчиков и девочек из разных дальних школ. Ехали они долго, весело, и Донька всё ждала, что увидит особенный дом, — в каком доме может жить такой человек, как Владимир Ильич Ленин! И какой же он вообще был? Твёрдо Донька знала, что он был маленький, кучерявый и симпатичный. А потом, когда читала про него в учебниках, то видела только, что он стоял на броневике, вытянув вперёд руку.

Дом оказался такой же, как у них с дедом. Две просторные комнаты, и всё осталось, как было при самом Владимире Ильиче. Правда, пустовато немного, то ли нежилое стало, то ли прибрались к празднику. Писал Ленин, стоя за конторкой, и лампа у него была керосиновая, как у них, а вставочка, которой он написал большую книгу, даже похуже, чем у неё самой. Интересно, покусывал он её, когда думал, прежде чем писать? Донька поглядела, но конторка высокая, а спросить было неудобно. Потом экскурсовод рассказывал, как Ленин здесь жил, что писал, как учил шушенских мальчиков кататься на коньках, сажал хмель, как следили за ним жандармы. И как он обманул жандармов и на одну ночь уехал в Минусинск, чтобы встретиться там с рабочими. Донька ясно увидела, как он сидел в санях, как наискось мело гривы у лошадей, и он жмурился от снежной пыли, словно летел на лыжах. «Озорной», — думала Донька. Но в это время увидела фотографию и словно очнулась, поняла, что надо было сразу, сейчас же его увидеть, услышать, как велит жить ей, Деньке. И всё станет просто. Надо слушать его и ещё деда, тогда всю жизнь проживёшь так, что люди обязательно помянут добром.

В это время все стали рассматривать чашку, из которой Ленин пил чай. Донька опомнилась и озлилась. Как же это так? Как же это возможно! Чашка, обыкновенная чашка — упадёт, разобьётся, и через час о ней все забудут — цела, и вставочка цела, и керосиновая лампа стеклянная цела. Все Ленина пережили. И словно никогда не знала, только впервые поняла: Владимир Ильич умер. Умер человек первой необходимости. Донька даже кулаки сжала. Ведь Ленин, наверное, никогда не плакал, даже когда был совсем маленький. А она вот плачет… Донька тихо вышла на улицу. Дверь в избу была низкая — не ушибался ли, когда входил? Правда, кто-то говорил, что он был невысокого роста, но это уже, конечно, чистое враньё. А входил он, наверное, без оглядки, думал о людях, не вспоминать же ему каждый раз о притолоке! И кроме того, он не мог, ну, просто не мог, не умел наклонять голову.

Слёзы вдруг кончились, и Донька поняла, что Владимир Ильич всегда уже будет с ней, живой, добрый, надёжный. Всегда. До самого её смертного часа.

Донька думала, что, может быть, семилетки ей хватит, но дед решил иначе и повёз в районный центр учиться дальше, «согласно современности», как пояснил он. Напротив их школы была больница, и Донька несколько раз видела, как молодой румяный хирург выбегал с чемоданчиком, прыгал в «газик», и «газик» с рычанием срывался с места. Донька знала, что хирург спешит на аэродром, а оттуда его отвезут на вертолёте к больному на какую-нибудь лесосеку. Она так завидовала румяному хирургу, что решила обязательно стать врачом и тоже улетать на вертолёте и спасать людей. Кто знает, может быть, она вылечила бы и маму, и бабушку? В районном центре были курсы медсестёр, и Донька ушла из восьмого класса, кончила курсы и год проработала в больнице.

Донька боялась деда только в мелочах, но после года работы в больнице она едва только приехала в отпуск, сказала, что ей надо уехать учиться в Красноярск. В тусклых, очень старых глазах деда мелькнула тоска. Дед молчал. Донька ждала. На другой день дед перевязал за хвостики шесть соболей, завернул в мешковину копчёного осётра величиной с Доньку, и они пустились в путь.

Поселились они в гостинице, и все соседи деда каждый вечер ели осётра. Почему-то считали, что есть осётра без водки невозможно, и поэтому в третьем номере каждый вечер спорили, шумели, пели и долго не ложились спать. После внушения дежурной по этажу, а может быть, в связи с жёсткостью командировочных сумм третий номер, наконец, притих, а остатки осётра обиженный дед отдал Доньке, «чтоб не вводил в соблазн».

Когда они шли в институт, дед гордо помахивал соболями и убеждал Доньку, что обязательно определит её. Но соболей у деда никто не взял, а в институт Донька не поступила — провалилась по физике. Она нашла работу тут же, в больнице, и решила заниматься всё время, чтобы подавать в институт на будущий год. Дед и этому не препятствовал и повёл Доньку по магазинам, чтобы справить её по-городскому.

Дед купил Доньке тяжёлую, негнущуюся, словно чугунную, шубу, платье с очень крупными цветами и длинным рукавом и какие-то толстые, тёплые штаны. Вещи он покупал номера на два больше и объяснял при этом «на рост», хотя было совершенно ясно, что Донька больше расти не собирается. Донька умоляюще смотрела на продавщиц, но те безучастно выкидывали на прилавок то, что требовал дед, и безжалостно выписывали чеки, хотя видели, что Донька тонет в приобретаемых дедом вещах. А когда Донька отважилась спросить, нет ли какого-нибудь другого платья, продавщица рассердилась: «Я же сказала, что ничего больше нет». И хотя Донька высмотрела среди множества висящих платьев одно очень весёленькое и, судя по виду, как раз на неё, сказать об этом не решилась.

Вступилась за Доньку только серьёзная девушка, которая продавала ей шапку. Дед хотел купить Доньке ушанку, но девушка примерила на неё голубенькую шапочку неописуемой красоты и даже с пёрышком. Дед спросил, не будут ли зябнуть уши, но девушка строго ответила, что, раз такая мода, уши мёрзнуть не должны. И дед замолчал. Перед продавщицами он не то, чтобы робел (робеть дед не мог вообще), но как-то терялся. Шапочка Доньку немножко утешила, и, выйдя на улицу, она всё время вертела головой, чтобы прохожие смотрели на пёрышко. Через несколько месяцев платье, слава богу, полиняло, и Донька с чистой совестью сшила себе два новых; штаны она подарила самой толстой нянечке, у которой был ишиас, а сорочки и кофточки вышила во время ночных дежурств. Только с проклятой шубой ничего нельзя было поделать. Она, должно быть, и в самом деле была чугунная, и вид у неё был такой, словно её купили только вчера. Поэтому Донька ходила в демисезонном пальто, которое всё-таки выглядело получше, и очень зябла. Продать же шубу она не могла — дед в каждом письме спрашивал: тепло ли ей? Каждый месяц Донька ходила на почту. Переводя деньги, дед обязательно писал, чтобы деньги тратить только на питание, а вещей ей хватит до свадьбы, тогда он справит всё заново. Видимо, дед и в самом деле считал, что человеку достаточно одного цветастого линялого платья и она может совершенно равнодушно проходить мимо витрины ТЭЖЭ, где продаётся одеколон, или универмага, где, наконец, появились туфли на «гвоздиках». И хотя Клава сказала Доньке, что «гвоздики» уже выходят из моды во Франции, Донька всё-таки купила их, а Клава — даже две пары.

В общежитии жить было ничего. Койки чистые, свету много. Донька ходила с подругами в кино, а иногда девушки обсуждали своих знакомых и решали, выходить уже замуж или ещё подождать. У Доньки завелось много знакомых, и она очень любила ходить к ним в гости, потому что после жизни в общежитии время от времени хотелось посидеть по-домашнему, выпить чаю с вареньем и послушать семейные разговоры. Иногда Донька ходила в музей, на танцы и вообще узнала множество городских удовольствий. Особенно волновалась она, когда в первый раз в жизни пошла в театр. Об этом она деду не написала, слишком переживала сама.

А она писала деду часто, подробно, и он, наверное, очень привык к её письмам, потому что после того, как к ним в больницу попал Андрей, через три недели пришла телеграмма прямо на имя главного врача. В телеграмме дед спрашивал, что случилось с его Донькой. Ей было очень стыдно, когда Виктор Севастьянович передал телеграмму. Она представила себе, как дед собирался и как долго шёл на лыжах до лесопункта и молча пил водку с радистом, который должен был передать по радио его телеграмму. Радисту он, конечно, ничего не сказал, тот и сам понял из телеграммы, что в Красноярске Донька стала жестокая и забыла деда. Но вдруг Донька вспомнила, что Андрею пора делать укол, улыбнулась, спрятала дедову телеграмму в карман и побежала в палату. Но всё-таки весь день у неё было такое чувство, будто маленький листок телеграммы с тревожными дедовыми словами тяжёлый и давит на сердце. Всю ночь она писала деду письмо, в котором повинилась, что купила туфли на «гвоздиках», и спрашивала, можно ли продать шубу. Потом пришёл ответ: продать шубу дед не разрешил, за туфли не ругал. Но почему-то, хотя об Андрее в письме не было ни одного слова, в первый раз дед написал Доньке, что она человек взрослый, самостоятельный, и чтобы не давала сбивать себя с толку.

В этот вечер на теплоходе были организованы танцы. Зажгли все огни, ярко осветили берега, и они казались непривычно близкими. Даже композитор вылез из своей каюты и, сообщив чёрненькой Гале, что рабочий вечер, слава богу, наконец, сорвали, начал танцевать с ней вальс, хотя оркестр играл польку. Донька сначала не хотела идти. Но это было унизительно — сидеть одной в каюте, как сова-неясыть. Серая, скучная, с глазами, которые спят днём. Она отчётливо представила себе, как Гали, придя, скажут: «Зря не пошла». Ещё пожалеют, чего доброго… Донька вынула из чемодана нарядное платье, и, когда, наконец, вылезла на палубу, бал был в самом разгаре.

Вадим сразу подбежал к ней и закружил в танце и что-то даже пел одновременно. Но Донька вдруг обнаружила, что плачет, вырвалась, сказала «сейчас» и побежала в трубу. Там оказались два мальчика — владельцы щенков, старшего и младшего, соответственно возрасту хозяев. Мальчики жевали ириски и кормили щенят. От всех четырёх пахло молоком, псинкой и молодой беспечной будущностью. И здесь она была лишняя. Тогда Донька метнулась в каюту. Но и там назойливо играла музыка и, хотя по радио в каюте передавалась та же мелодия, которую играли на палубе, звучала музыка почему-то вразнобой.

Тогда Донька кое-как собралась с силами и решила писать деду письмо. В салоне тоже танцевали под рояль. Донька пошла в ресторан, где официантки кончали убирать посуду, и села за столик у окна, выходящего прямо на корму, чтобы все видели, что она никуда не прячется. Туда на минуту заглянул Вадим, и Доньке показалось было, что он сочувствует ей, — не так страшно, если он увидит, что ей не по себе. Захотелось поговорить с ним про деда, про рыбу, но она понимала, что слушать ему некогда. Сердито хлопнула ресницами и велела не мешать. Исчез он так мгновенно, что Донька обиделась и приписала в письме к деду, что все на теплоходе очень хорошо, только один массовик не даёт покою тем людям, которые, так же как и она, едва-едва вырвались отдохнуть. И опять ей не удалось соврать деду, почему она не приехала к нему.

Официантка Зина сказала, что пора закрывать ресторан, и Донька ушла в каюту. Теперь уже можно остаться здесь с чистой совестью. Все видели, как она танцевала, а потом сидела в ресторане и писала письмо. Конверт Донька положила на столик, чтобы и Гали и Вера Николаевна сразу увидели, чем она была занята.

Свет лился через решёточку с палубы, и Донька, не сняв платья, съёжившись в комочек, думала о первых днях там, на Енисее. И ей вдруг показалось, что Андрей тоже сейчас думает об этом. Не может же он действительно всё забыть! Тогда на рассвете Андрей смотрел в её лицо, как в зеркало, и гладил его ладонью, словно ему казалось, что он видит своё отражение, замутнённое дыханием. И лицо у него тогда было такое, что Донька запомнила его на всю жизнь, отдельно от всего, что произошло с ними потом.

Андрея привезли в больницу за день до Нового года. И сразу же началось стремительное бесшумное движение в белых халатах по коридору, и все халаты останавливались подле его койки. Больные, которые пролежали здесь хотя бы неделю, по одному этому движению поняли: привезли тяжёлого.

Тяжело здесь было всем. Был сырой, промозглый несибирский декабрь, и переломы у всех ныли, и в травматологическом нужно было лежать долго. Но это было совсем другое. «Тяжёлый» значило здесь — выживет или нет.

Донька стояла возле его койки наготове со шприцем, всем своим существом испытывая привычное и любимое ею ощущение собранности и своей необходимости. Она знала, что в это дежурство будет нужна, очень нужна, незаменима. И любила это чувство.

Неслышно подошла Ирина Ермолаевна, изящная, очень хорошенькая женщина, вовсе не похожая на хирурга, и Донька по её лицу сразу поняла, что она устала сейчас больше, чем после обычной операции. Ранение было тяжёлое — открытый перелом бедра. Наркоз уже, видимо, начал отходить, но Андрей не стонал, хотя по всем правилам ему уже стонать полагалось, только лоб его покрывался лёгким потом и пальцы сжимали одеяло.

— Здорово покалечился? — наконец спросил он Ирину Ермолаевну.

— Здорово.

— Почините или как?

Ирина Ермолаевна ответила на одну секунду позже, чем ответила бы обычно:

— Починим, но, конечно, потерпеть придётся.

Андрей ничего не мог заметить подозрительного в её голосе, но и Донька, и Клава, и дежурный врач поняли всё. Излишняя бодрость в тоне и улыбка, с которой она отвечала на его вопросы, сказали им всё так ясно, как если бы она выговорила это словами: борьба будет не на жизнь, а на смерть.

— Глюкозу, — сказала Ирина Ермолаевна, даже не глянув на Доньку. Она привыкла к её крепкой собранности и к тому, что Донька понимает всё по выражению её лица и колет точно и безболезненно. Часто ощущая подле себя крепенькую, всегда спокойную Доньку, которая уже умела так же, как и она, опытный врач, прятать глубоко в себе жалость к больному для того, чтобы помогать ему как можно разумнее и бережнее, Ирина Ермолаевна думала нежно: «Золотая девочка».

Сейчас ей было не до Доньки. Она внимательно следила за лицом Андрея — не заметил ли он излишней бодрости, — волнуясь, что выдала свои мысли.

— Зато погулял, — неожиданно для всех сказал Андрей. — Крепко погулял, красиво, можно сказать…

«С таким на медведя можно идти», — подумала Донька дедовыми словами. Она про всех, кто ей нравился, думала дедовыми словами.

Андрей продолжал:

— Там рыбка в машине, соорудили бы себе уху, сестрички. — Ирина Ермолаевна вздохнула с облегчением.

Было ясно, что он совсем не представлял себе, насколько «сестричкам» было сейчас не до рыбки. И для того, чтобы продолжить разговор, который создал такой важный тон для этого больного, спросила:

— Как же это вы гуляли?

Андрей подробно начал рассказывать, как они с товарищем решили наловить к Новому году рыбы, как промёрзли и, конечно, крепко выпили, как классно, что товарищ цел и что вообще-то он, Андрей, водитель классный, но в данном случае перебрал и поэтому гробанулся. Он хотел рассказать ещё что-то, но вдруг замолчал, видно, боль взялась за него уже нестерпимо.

— Здорово больно, между прочим, — чуть удивлённо сказал он, и в голосе его была та же бодринка, что и у Ирины Ермолаевны.

Денька умоляюще посмотрела на Ирину Ермолаевну, и та отлично поняла, что значит эта мольба — морфий. Но морфий вводить нельзя. Необходимо было сохранить сознание, чтобы он говорил, где болит сильнее, где нет, понять, нет ли полостных повреждений.

— Больную привезли! — крикнула нянечка из лифта, и Ирина Ермолаевна побежала в операционную.

Так началась эта ночь, первая из множества долгих ночей. Донька то колола, то удерживала мятущиеся руки, то вливала воду из поилки в дрожащий от напряжения рот, то гладила потный лоб, склоняясь над измученным, сразу ставшим дорогим лицом.

Утром подошла бледная от усталости, ещё более красивая, чем всегда, Ирина Ермолаевна и спросила, не может ли Донька подежурить около больного ещё смену. Донька удивилась, ей казалось просто невозможным уйти от этого человека не только сейчас, но и вообще никогда.

Потом пришёл главный — Виктор Севастьянович. Он молчал долго, трудно, вглядываясь в лицо Андрея.

— Шофёр? — наконец спросил он. — А образование какое?

— Восемь классов.

— Мало, — вдруг сердито сказал Виктор Севастьянович. — Мало, очень мало.

Он смотрел на этого красивого сильного человека и знал всё, что его ждёт. Знал, что его долго будет мучить болезнь. Думал, что может грозить ампутация, и тогда он своими руками искалечит это великолепное тело, чтобы спасти ему жизнь. Но он совсем не знал, как потом использует эту жизнь молодой человек, лежащий перед ним. Справится ли с собой, найдёт ли себе дело по душе, сможет ли жить по-человечески или опустится и погибнет?

— Скоро я встану, а, доктор? Уж очень лежать надоело. Ему надоело!

— Разговорчики, — сердито сказал Виктор Севастьянович. — Лежать будете долго. Перелом серьёзный.

— Недели две?

— Больше. Месяца два, вот так. Читать любите?

— Почитываю…

— Вот и читайте. Побольше. Кстати, профессия шофёра не самая интересная, может быть, ещё что-нибудь себе вычитаете.

— Если бы вы со мной ездили, так бы не говорили, — горячо возразил Андрей. — Вы даже представить себе не можете, какой я водитель! Класс экстра. Ваши из «Скорой» мне в подмётки не годятся. Я на стройке шесть ездок в сутки с полуторным грузом имею. А если бы не этот проклятый мост, который никак не достроят, брал бы десять ездок. Конечно, вы меня видите в лежачем положении. А у меня к моему делу талант. Понимаете вы это?

— Это я очень даже понимаю, — с полным основанием сказал Виктор Севастьянович и положил ему руку на лоб.

Это Донька видела впервые и только тут окончательно поняла, как действительно худо обстоит дело.

Так начался длинный больничный день, первый для Андрея. Когда Донька бежала по коридору, она столкнулась с коренастой женщиной лет шестидесяти, которая ей сразу не понравилась. Но женщина оказалась матерью Андрея, и Донька, которая очень верила в своё первое ощущение, немедленно объяснила себе, что ошиблась.

Увидев сына, старуха не заплакала, не заголосила, только сказала сурово:

— Наделал делов.

И Андрей охотно согласился:

— Ваша правда, мама.

Потом мама стала доставать из сумки еду. Еды было много, разной, жирной. Донька осмелилась вмешаться, намекнуть, что больному надо лёгкую пищу: крепкий бульон, кисель, молоко.

Андрей лежал молча, на еду не глядел, и видно было, что его мутит от одного вида её.

— Она за тобой ухаживает? — спросила мать.

— Замечательно ухаживает, — сказал Андрей. — Как. родная.

— Ты уж постарайся, мы поблагодарим, — обернулась старуха к Доньке.

Андрей за эти сутки привык к Донькиному лицу, но сейчас он увидел незнакомое, наглухо замкнутое взрослое лицо, совсем не похожее на круглую ласковую мордочку, которая склонялась над ним все эти мучительные часы.

— Мы выполняем свой долг, — сказал жёсткий, не Донькин голос, — и благодарить нас не за что. — И, круто повернувшись, вышла из палаты.

— Не тот случай, мать, — сухо сказал Андрей и почувствовал, что боль почти невыносима.

— Брось ты, — зло кинула старуха, — все они так, а потом только дороже встанет.

Андрей вздёрнулся.

— Вы ей ничего предлагать не смейте, ясно? — Ему стало очень больно, в глазах помутнело, и он едва различал уже, как опять вошла Донька и сделала укол.

Мать с улыбкой, которая так не шла к её костистому недоброму лицу, протянула ей яблоко.

— Скушайте.

— Спасибо, не хочу.

— Я вас очень прошу, — с трудом проговорил Андрей. И увидел прежние глаза.

Донька долго стояла в коридоре, в одной руке у неё был шприц, в другой — деревянное на ощупь яблоко. Она очень старалась не заплакать. «Мы поблагодарим», — сказала старуха, и Донька вдруг вспомнила, как встретила сегодня на улице девушку, с которой немало повозилась в своё время, и та её не узнала. А когда выписывали, убежала, даже не попрощавшись с Донькой. «Молодая ещё», — снисходительно подумала Донька, хотя отлично знала, что больная была старше её.

Впрочем, невнимательными были далеко не все. Ей всё чаще улыбались на улицах, в магазине, в кино. А один больной из Ачинска всё время писал письма. Письма были живописные, с зорями, с закатами и с прочими красотами природы и с обстоятельными рассказами о своей работе. Последнее письмо было и вовсе дурацкое: он писал, что хотел бы снова сломать ногу в Красноярске и полежать в больнице под бдительным руководством персонала.

Донька всё ещё держала в руках деревянное яблоко и не знала, что с ним делать. Бывало, что больной угощал её конфетой или домашним пирогом, но это было что-то другое, доброе, понятное, и она знала, что больному приятно, когда она, Донька, которая так внимательно ухаживает за ним, ест пирог, болтает и хвалит кулинарные таланты его жены.

Деревянное яблоко было злое. Донька чувствовала это всем своим существом. Яблоко принесла мать Андрея, чужая глупая женщина, которая думает, что можно купить доброту, непрерывную напряжённость, бессонные ночи.

А с Андреем у Доньки было совсем особенное. Если бы можно было, она вместо него пережила бы всё: и страдания, и лежание в больнице, и мятущиеся тяжкие мысли.

А мать ходила к Андрею каждый день и всё носила и носила еду. Казалось, она все свои чувства выражала едой, и, судя по количеству еды, любовь её была необъятна. Она приносила Андрею большие жирные остывшие пироги, трёхлитровые банки с огурцами, и даже жареные куры были по меньшей мере в два раза больше обычных и жирны, как рождественские гуси. Пока Андрею было плохо, мать была ласкова с Донькой и пыталась заискивающе улыбаться. А Донька уже знала, что не сегодня-завтра будет решаться вопрос об ампутации, и в эти самые трудные дни, когда мать угощала её то холодными пирогами, то огурцами, Донька стеснялась не брать, чтобы не обидеть её. Однажды мать принесла большую банку варенья и ушла, не слушая Донькиных возражений. Банку поставили в шкаф, и дней пять все сестры и няни пили с ним чай. Донька с очень небольшими перерывами была на посту возле Андрея, и каждый вечер мать просила: «Уж ты расстарайся, сестричка», — и сжимала Донькину руку в жёсткой большой ладони, словно не понимая, что, как бы Донька ни «расстарывалась», она не сможет защитить Андрея от ампутации.

Однажды, когда Донька проводила мать и вернулась в палату, то увидела там главного. Она подошла к Андрею и сразу поняла, что главный разговаривал с ним по-мужски. Лицо Андрея исказилось, и крупные слёзы текли по лицу, а он не мог шевелиться, и не только шевелиться, даже повернуть голову, чтобы скрыть от окружающих мучительное для него, стыдное выражение. Донька наклонилась над ним, как бы поправляя подушку, а в действительности чтобы загородить его. Тогда Донька увидела отчаянно благодарные мокрые глаза.

— Всё, всё пройдёт, — шепнула она и увидела, как медленно расправляются искажённые черты.

— Вот и молодец! — сказал главный, внимательно поглядев на него, когда Донька выпрямилась.

Донька оказалась пророчицей. За двое суток стало ясно, что Андрей пошёл на выздоровление. И Доньке всё чаще приходилось по вечерам возвращаться домой. Она и раньше не любила уходить из больницы. Больные с завистью спрашивали: «Домой?» Они не знали, что дома у Доньки в Красноярске в общем не было. Дом был очень далеко, на ангарской Бирюсе, у деда. А здесь — просто общежитие и пустые, назойливо аккуратные койки и маленькая карточка деда с маленькой Донькой. И даже еда после дедовой была здесь ненастоящая, словно и мясо и рыбу делали нарочно из каких-то совсем других продуктов. А теперь Доньке было всё равно, потому что её первым красноярским домом стала палата, где лежал Андрей, а с тех пор, как он пошёл на поправку — и в палате всё ожило, и соседи перестали бояться смеха, шутки, разговоров. Рядом с Андреем лежал один парень со стройки. Навещали его всегда несколько человек: или товарищи, которые на выходной день выбрались в город и забежали в больницу перед кино, либо двое братишек, которые всегда приходили вдвоём и, держась друг за друга, настойчиво спрашивали его, когда же он, наконец, выпишется. И никому из посетителей этого парня и в голову не приходило, что в больницу, в которой и так, конечно, хорошо кормят (а кормили вовсе не так уж хорошо), надо приносить еду посытнее. Иногда только его гости торжественно ставили на тумбочку сладкое: банку консервированного компота либо варенье. Но зато притаскивали кипы газет, книг, а главное, разговоров, рассказов и приветов. И этот самый парень первый протянул Андрею банку с компотом, и тот с жадностью пил холодный сок и только тогда, наконец, догадался, что можно делиться с другими. Наверное, Андрей не замечал, какое выражение лица было у его матери, когда она увидела, что сосед ест её пирог. Как же это можно было не научить такого человека, как Андрей, делиться едой?

К Андрею, кроме матери, никто не ходил. Постепенно Андрей начал слушать, о чём говорят соседи по палате, разговаривать, смеяться и с каждым днём становился всё больше и больше похожим на других людей. А соседи выучились отворачиваться к стене или углубляться в газету, когда Андрей исподтишка брал добрую маленькую Донькину руку или шептал ей какие-то слова, которых Донька не могла запомнить, а только понимала: её одиночество, наконец, кончилось. И с каждым днём он, Андрей, становился всё сильнее, крепче, надёжнее, и у Доньки впервые в жизни возникло чувство, что не только она нужна людям, но и ей, маленькой и молодой, нужна защита и опора в этом шумном большом Красноярске, который раскинулся по обе стороны Енисея.

Наконец наступил день, когда Андрей выписался. Накануне Донька обменялась с Клавой на ночное дежурство, и Андрей успел сказать ей, что любит её, и условиться о том, где они встретятся. Но в ту минуту, как он чуть было не поцеловал её в первый раз, привезли тяжелобольного, и Ирина Ермолаевна снова посадила Доньку на пост. Андрей утром только прошёл мимо и улыбнулся ей. А за ним прошла мать и даже не оглянулась на Доньку и ни с кем не попрощалась. А в коридоре стояли главный, Ирина Ермолаевна, сестры, няни, и все с гордостью смотрели, как уходил Андрей, пусть ещё на костылях, но спасённый ими, живой и здоровый. Донька боялась, не оступится ли он, когда войдёт в лифт, но не успела посмотреть — пора было вводить физиологический раствор новому больному.

…Уже давно кончилась музыка, в каюте уже давно спали и Гали и Вера Николаевна.

А Донька всё не могла уснуть. Лежала, слушала, как тихо плещется вода о борт парохода. И почему-то даже на палубу было страшно выйти. Никуда не могла она уйти от воспоминаний. На палубе её ждал тот же тёплый ночной летний плеск Енисея.

…Всё привычное, доброе, окружающее Доньку с детства собралось вокруг неё в тот день, когда Андрей позвал её на рыбалку. Она знала, что это значит, и была рада, что Андрей так хорошо понял её. Не позвал сначала в кино, а потом домой или на вечеринку к товарищу. Этим он стал особенно близок к ней. И когда она утром надевала самую красивую рубашку, и кофточку, и отглаженную юбку, то радостно удивлялась тому, как это он, городской парень-шофёр, понял, что её, таёжную девчонку, можно по-настоящему поцеловать там, где нет ни потолков, ни стен, ни кроватей. Ничего. Только небо, земля, вода.

Берег был отвесный, песчаный, и Донька удивилась, что Андрей причалил именно здесь. Но когда они взобрались по крутой сыпучей тропке, то Донька увидела широкую поляну, на которой кто-то уже накосил и высушил для её свадьбы копну сена и положил на эту поляну, как на громадную тёплую ладонь.

Кругом тихо стояла тайга. А если подойти к самому краю поляны, то видна кромка берега, Енисей. И другой берег — каменистый, наклонный вниз, и мелкие берёзки, растущие среди камней… И за что только они цеплялись, эти берёзки, и жили, грудью прильнувшие к острым холодным камням? Жили? Впрочем, жива же она сама до сих пор.

Андрей принёс ей сушняка для костра и сказал, что пойдёт за рыбой. И Донька знала, что именно так надо играть свадьбу. Причалить к берегу, сложить костёр, и, пока женщина будет кипятить воду, мужчина пойдёт ловить рыбу. И оба они будут молчать и до поры отводить взгляд друг от друга. Донька стала разбирать тючок, который Андрей положил подле копны. Она достала дешёвый, совсем новый коврик, даже ярлык не был от него оторван, и пахло от него магазином, — хорошо, что он не взял ничего у матери. Донька аккуратно постелила его на копну. Коврик был плотный, и сено почти не кололо сквозь него. Потом она достала котелок, чайник. Кошёлку с едой разворачивать не стала. До сих пор она ненавидела еду его матери и не хотела пирогов, тяжёлых, серых, как булыжники и как глаза его матери. Она с гордостью посмотрела на маленькую лодку, в которой плыл Андрей, прочно стоя на здоровых ногах. Вот ведь запомнил он её рассказ о том, как женились дед с бабкой. Так же на берегу реки, под небом… А в церковь пошли уже много спустя. И жили долго, верно, уважительно.

Донька пошла на опушку, чтобы нарвать сиреневых ромашек и кипрея в изголовье. Ромашки росли на берегу ручейка, бог знает где он начинался, далеко-далеко в горах. Там медленно, мелкими струйками стекала вода, потом эти струйки сливались вместе, и вот он здесь, на крутом берегу, летит мимо Доньки по узенькой, пробитой в горах щёлочке, чистый, звонкий, хрустальный, стремительный, обрызгивая с ходу ромашки и траву, растущие на берегах его, и сам, дурачок, не знает, что сейчас, вот сейчас, сию минуту упадёт в Енисей. И его не станет больше, и, кажущаяся отсюда медленной, синяя вода Енисея унесёт его с собой, и уже никто так и не узнает, что он мелькнул в Енисее, как улыбка, которая таилась так долго и, когда уже, наконец, появилась на лице, её никто не заметил. Но здесь, здесь ручеёк был сам по себе сильный, упругий, напористый… Донька хотела было поглядеть на себя, но куда там! Ручей так брызгался и рябил, что она видела лишь камушек, который пытался сопротивляться. Он переваливался то на один бок, то на другой, цеплялся за какие-то кустики и вот, казалось, уже уткнулся в крошечный уступ и ещё погреется здесь, на солнце. Но набежала следующая струя, крутнулась вокруг него и понесла вниз. В Енисее он упадёт на дно и к вечеру будет уже совсем холодный. Между ним и солнцем будет много, очень много тяжёлой воды. Донька посмотрела, как камешек блеснул солнечным зайчиком и упал вниз.

Донька съехала с песчаного образчика навстречу Андрею. Он уже привязал лодку и держал в руках тайменя.

— Хватит? — засмеялся Андрей.

Таймень бился об его руки, ещё по-больничному белые.

— Вода готова? — спросил Андрей.

Донька растерянно мотнула головой, она почувствовала себя виноватой: муж с работы, а обед не готов. Больше этого никогда не будет. Когда бы Андрей ни вернулся домой, его будет ждать горячая еда и чистая кровать.

— Ладно, — засмеялся Андрей, — я сейчас, только этого стукну, а то уползёт.

Таймень хлестнул Андрея хвостом по плечу, последний Донькин защитник.

— Есть хочу, — счастливо засмеялся Андрей. Ещё бы… После больницы здесь как ему хотелось всего: еды, питья, Доньки!

Он вытащил из кошёлки батон, колбасу, консервы, поллитровку — всё было покупное. И Донька, глядя на всю эту человеческую праздничную еду, к которой он не дал прикоснуться недобрым рукам своей матери, глянула на него так, что он сразу бросился к ней. От него пахло водой, солнцем, потом. Руки у него были жёсткие и добрые. И весь он стал её собственный.

…Потом он смотрел на неё долго, и она радовалась, что вся такая, как надо, и плакала, кажется, а он вытирал ей слёзы пучком ромашек, которые она так и не успела положить в изголовье.

Никто и никогда не играл ещё такой свадьбы. И потому, что они были совсем вдвоём, они узнали друг о друге всё, что можно, за эти сутки при солнце и ночью. Он увидел, как Донька умеет разводить костёр, а она знала, что он уже всегда, когда от Енисея к вечеру потянет холодом, будет вот так прикрывать её рукой, тёплой и широкой. И он заставил Доньку выпить немножко водки, а когда она поперхнулась и закашлялась, хлопал её по спине так, что она опять с наслаждением подумала: дед теперь наверняка пойдёт с ним на медведя.

Они оба узнали, как поют, и голоса у них подходили друг к другу. Узнали, как спит каждый из них и как просыпается. И он приклеил ей листик подорожника на щёку, которую она поцарапала о какой-то сучок, попавший в сено. А она вдруг почувствовала, что он неудобно лёг, и шепнула: «Осторожно же, перелом», — и чуть подвинулась, потому что сама своим телом почувствовала, что ему больно. И только когда они стали собираться, она вдруг вспомнила, что так и не сварила ему ухи, и тихо засмеялась. Этого он ещё не знал — как она умеет готовить настоящую тройную уху и строганину, и морозить пельмени, и варить варенье из ежевики. Впрочем, это всё он ещё узнает. Она будет кормить и его и детей всю жизнь, кормить вкусно, по-настоящему, щедро и любовно. Андрей так и не понял, почему она засмеялась, и так легко, оглянувшись на вялые ромашки, разбросанную копну и погасший костёр, побежала по берегу, нарочно не глянув на тайменя. Она не любила, когда убивали зря.

Они приезжали туда ещё три раза. В последний раз копны уже не было, а через их костёр проехала телега, колеса отчётливо отпечатались на пепле. Они побыли на берегу только полдня, и Андрей часа в три натянул на Доньку пальтишко: «Поедем, холодно, ко мне сегодня поедем».

Донька испугалась и рассердилась. На ней была та же кофточка, в которой она всегда приезжала сюда. Только пуговки приходилось пришивать потом новые. Терялась то одна, то две. И Донька прятала те, что оставались, в коробку, где лежали дедовы письма.

— Мятая я, — сердито сказала Донька, оглядывая кофточку.

Она отлично понимала, что, будь она хоть какая накрахмаленная и отутюженная, не легче ей будет войти к нему в дом и увидеть старуху.

Андрей хмыкнул:

— Мать к сестре уехала.

Наверное, в сенях было так душно потому, что там валялась ещё не нарубленная капуста и пахло сырой мешковиной от мешков с картошкой.

«Прорва какая!» — машинально подумала Донька.

Но Андрей похлопал по мешку, словно по округлому бабьему плечу, и сказал с удовольствием:

— На всю зиму… — и опять загремел связкой ключей.

В зале было ещё душнее. Форточки маленькие, а вторых рам, видно, вовсе не выставляли на лето. На столе лежала бархатная скатерть и висели шторы бархатные, с бомбошками. Фикусы стояли немытые, и Андрей, пройдя мимо, сунул в землю окурок. Но Донька вытащила окурок и несла его в руке: пепельницы в зале не было.

В спальне уже совсем нечем было дышать. Там стояла большая кровать, покрытая тканевым одеялом, и на нем множество углом поставленных подушек. Донька понимала, что в таком доме подушки должны быть из чистого пуха, но эти были, как каменные, — так и застыли углом, без вмятины, без складочки, без морщинки, одна за другой, как на параде. А вдоль стен стояли шкафы и кованые сундуки.

— Садись, — сказал Андрей. — Сейчас переоденусь.

Он стал выбирать ключи из связки и, наконец, распахнул шкаф. Оттуда, как облако, вползли в комнату запахи залежавшейся шерсти, меха, нафталина.

— Ч-чёрт! — выругался Андрей и стал запирать шкаф. — Да садись ты, будь как дома!

Но Донька не могла быть «как дома», и сесть было некуда. Сундуки были крыты коврами, и Донька боялась сдвинуть ковры с места. Она стояла, зажав в руке окурок, и молча смотрела, как Андрей переодевается в старый лыжный костюм.

— Пойдём, сад покажу, — наконец сказал он.

Сад был ухоженный, ни одного кусочка невзрытой земли. Только ещё дозревали тыквы, большие, холодные, жёлтые, как луны. Как будто земля была водой и в ней отражалась луна. Под окнами стояли голые стебли мальвы, а внизу — несколько растрёпанных астр. Донька тронула ветку яблони.

— Мичуринская, — сказал Андрей. — Не плодоносит в этом году, а то на всю зиму яблок хватает, и солёных, и мочёных.

Горько, по-ночному пахло черносмородиновым листом. И Донька стала было приходить в себя. От души отлегло, и она бросила окурок. Андрей почему-то озлился.

— Туда бросай! — кивнул он в сторону канавы, которая перерезала сад. Поднял окурок и швырнул на ту сторону, под яблоню, тяжело и щедро осыпанную яблоками. Донька потянулась через канаву к ней, сорвала холодное яблоко и хрустнула им.

— Отрезали, сволочи, полсада! — сказал Андрей, обхватив широкими ладонями яблоню. — Дорогу к мосту ведут. Так надо же, через наш сад понесло! Я уж и так и сяк с дорожниками этими, три литра поставил, всё равно отрезали. — Он отвернулся и тяжело пошёл к дому. Донька за ним.

Да, сад жалко. Но ведь она хорошо знала, что в Красноярске не было ни одного человека, который бы, как своего дня рождения, не ждал нового моста. Крайком, горисполком, библиотека, театр — всё оставалось здесь, на левом берегу. А правый всё рос, рос, туда ехали люди, там строили новые заводы, кинотеатры, детские сады, просторные, с широкими окнами. И Доньке иногда казалось, что и люди, которые начали жить сразу на новом, правом берегу, тоже особенные — прочные, глазастые, как их дома. Но новосёлы с правого берега не могли ходить в театр или засиживаться в гостях, и к ним было трудно ходить в гости: город был обидно разрублен пополам.

Особенно же ждали нового моста шофёры. Они теряли целые часы летом, весной, ранней осенью, пока сводили понтонный мост после того, как пройдут пароходы, и пробирались по этому понтонному мосту медленно, прощупывая каждую половицу. Машин было много, и груз тяжёлый — станки, шлакоблочные дома, — а мост очень уж зыбкий. Ведь Андрей сам жаловался ей на это. Тот Андрей, её муж, близкий ей человек, который так крепился, когда ему было больно, так любил её и, как все красноярцы, ждал места!

Андрей, который шёл впереди неё и злился на советскую власть за две яблони и четыре куста смородины, был чужой. Чужой человек, которого вырастила старуха с костлявым лицом, которая научила его даже в больнице не делиться едой с соседом, но накрыла, наверное, богатый стол под те три литра для дорожников. Старуха, которая вырастила Андрея в этом тухлом доме и берегла для него шкафы и сундуки. И дом этот стоял неизвестно где. Ни на правом, ни на левом берегу, а в какой-то впадине, которую необходимо было перерезать, чтобы проложить новую дорогу.

Но Донька знала, что они с Андреем не станут жить здесь. В их комнате будет светло, чисто и можно легко дышать. А из окон далеко виден и левый и правый берег и новый мост.

Единственной жилой комнатой в доме была кухня. На столе, покрытом клеёнкой, такой, как у всех, стояли тарелки с огурцами и холодной, поджаренной кусками жирной курицей. Только пахло от неё не лекарствами, а керосином. Старуха, конечно, экономила дрова. Они ели, и Андрей зло пил водку и хрустел куриными костями. Наконец он забыл про яблоню и подсадил Доньку на печку. Печка была холодная, давно не топленная, но на ней навалом лежали полушубки и засаленные подушки, и пахло от них старым холодным дымом, почти как от костра утром. И окно в сад было открыто, и Андрей снова был добрый, родной, большой, горячий.

Андрей разбудил Доньку в пять часов и сказал, что мать вернётся семичасовым, а ему ещё надо прибрать. В дверях Донька поёжилась: было холодно. На сером рассвете кофточка выглядела очень мятой, а пуговки все целы.

— Беги, согреешься, вечером в кино сходим, — утешил Андрей и, оглянувшись, нет ли кого в соседнем саду, поцеловал Доньку в прогорклые губы.

Она всё ещё стояла, соображая, где находится и куда ей идти, а дверь сзади неё захлопнулась, и тяжело лязгнула щеколда. Во рту было нехорошо, пахло табаком и одиночеством.

Донька пошла медленно, потом оглянулась. Дверь была заперта наглухо, навсегда.

...Когда на дежурстве Ирина Ермолаевна подозвала Доньку, то впервые не увидела улыбки и поняла, что сегодня Доньке надо точно объяснить, какой именно укол нужно больному, иначе она может что-нибудь напутать. А там, где дело идёт о человеке, путать никогда и ничего нельзя.

...И вот Донька на ветру, на палубе, зачем-то плывёт на Диксон и скоро пойдёт смотреть Туруханск.

Конечно, самым естественным после того, что с ней случилось, было бы поехать к деду. Но именно к деду поехать было совершенно невозможно. Он немедленно понял бы всё. Доньке даже хотелось, чтобы он понял, хотелось, наконец, заплакать, уткнувшись в дедову бороду, но вся беда была в том, что дед всё равно будет делать вид, что ничего не понял, чтобы не оскорбить её жалостью. А сам будет мучиться и думать, что с ней случилось гораздо большее, чем было на самом деле. Донька знала, что, как только она поймёт испытующий взгляд деда, брошенный на её живот, она сразу уедет. Все мысли Доньки о семье начинались именно с ребёнка. И кто знает, если бы от её любви остался ребёнок, ей было бы гораздо легче. А так остались только воспоминания, которые надо забыть…

Донька старалась не смотреть на себя, когда мылась и переодевалась. К чему была эта грудь, сильное, здоровое тело, нежные, умелые руки? Кому они были нужны, смятые, брошенные там, на крутом берегу, в стогу сена, под высоким небом, таким равнодушным, каким может быть действительно только небо? Тогда оно казалось низким, благодатным, тёплым. И каждая звезда заглядывала Доньке в глаза так близко, что она жмурилась. И тайга была добрая, тихая, тёплая и выросла, казалось только для того, чтобы уберечь её первую ночь. И Енисей так тихо слизывал песчинки с берега, словно боялся, что она не расслышит шёпота Андрея и своего частого дыхания. И хвоя, и цветы, и сено пахли только для неё.

И вот все изменили ей: небо, тайга, Енисей.

Они только делали вид, что это ночь её свадьбы, а на самом деле отлично знали, не могли не знать — слишком много они видели, — что всё кончится одиночеством и горьким привкусом водки и табачного перегара, единственным, что осталось ей от Андрея.

…Теплоход шёл к Курейке. Вообще-то Курейки в туристском маршруте не было, но Донька знала, что они там остановятся.

Всю ночь перед Курейкой Донька не спала. В Курейке был Сталин. В ссылке. Когда Донька была маленькая, Василий Кириллович рассказывал, что дом Сталина в Курейке стоял на самом обрыве, и ссылку, наверное, он переносил тяжело: южанин, привык к теплу. После рассказов Василия Кирилловича Донька представила себе: стоит Сталин на обрыве перед домом, курит трубку и смотрит на ледоход, и льдины ломаются, громоздятся одна на другую, словно солдаты идут в атаку бороться за чистую воду. А потом, после Двадцатого съезда, Донька всё думала, как же это такой человек стал несправедливым к людям, жестоким? Но до конца понять этого не смогла. Очень уж привыкла любить его. Хотелось поговорить с Василием Кирилловичем, но его давно уже освободили и вызвали в Москву, ещё до того, как дед отвёз её в Красноярск. И дом его так с тех пор и стоял тёмный, заколоченный. А вокруг уже разрослись трава и дикая малина.

За эту ночь Донька совсем себя изгрызла. У деда сейчас никого, кроме Афанасия, не осталось. И если она и в этом году не поступит в институт, придётся возвращаться в райцентр медсестрой. Больше так далеко жить от деда она просто не имеет права.

Только как сказать об Андрее деду? Ну, не получилась личная жизнь, что же теперь поделаешь.

…Донька первая взбежала на берег, едва спустили сходни, и увидела высокий песчаный обрыв. Дома на горе не было. Донька оглядывалась, становилась на цыпочки — всё равно не было дома, и всё.

Когда все вышли, то полезли вверх по обрыву. Лезть было трудно, песок ссыпался из-под ног. В глубине, далеко от реки, стоял памятник, а сзади громадный дом, весь из стекла. Нигде — ни в кино, ни на фотографиях, ни в самом Красноярске — не видела Донька такого дома. Вошли внутрь. В центре стеклянного дома стояла изба и казалась совсем маленькой, хотя была такая же, как все обыкновенные избы. В дом входить нельзя, а только заглядывать в окошко. Дом с обрыва давно перенесли и брёвна в доме сменили, чтобы сохранить. Дом этот был словно пустой орех: одна скорлупа, а если раскусить — внутри горьковатая пыль.

Чтобы разобраться в своих мыслях, Донька пошла на обрыв. Что же произошло с этим человеком, который стоял когда-то, молодой, смелый, здесь, на обрыве, курил трубку и смотрел на ледоход? Что же произошло с ним, с человеком, которого так любили близкие Донька люди и она сама? Ведь тогда, когда он, молодой, смотрел на ледоход, он, наверное, давал себе слово, что проживёт всю жизнь, как начал, для других. Как же вышло, что начал верить наветам, погубил стольких людей, позволял тратить деньги на памятники, словно был уже мёртвый?..

И вот теперь все молча ходят вокруг памятника и дома.

Донька долго смотрела на воду… Пусть она маленькая, но ведь таких много, и все вместе они сделают всё как надо. Лично ей для этого надо пока что не так уж много — сдать физику и забыть несчастную любовь.

На крутой горе одна из женщин поскользнулась и упала. К ней побежал муж, и лицо у него было такое испуганное, словно она попала под поезд. Донька глянула на худенькую женщину с лютой завистью.

Кругом Доньки на теплоходе ехало много любвей. Все они были разные. Путевые, быстрые, потому что, как ни медленно шёл теплоход, сроку всё равно было две недели. И любовь каких-то пожилых людей. Зачем им любовь? Им же лет по сорок. И любви, которые Доньку оскорбляли, потому что это была не любовь, а плохая, лживая игра. Ей было стыдно смотреть в лицо девушке, которая ночью выскальзывала из каюты: там ехал какой-то отъевшийся тип. Впрочем, самой девушке было совсем не стыдно, потому что как-то ночью она остановилась против Доньки, щёлкнула пальцами и сказала: «Ты что время теряешь, дура?» — сыто потянулась и пошла дальше.

Тогда ей почему-то вспомнилось, как Андрей пробил голову тайменю. Первое грустное, что осталось от её любви, — тот таймень, которого Андрей поймал и убил зря, а потом бросил на берегу.

Любовь худенькой женщины — Ларисы — и её мужа была той самой единственной любовью, о которой мечтала Донька. Подумать только, ей ведь тоже когда-то казалось, что она и Андрей уедут куда-нибудь вместе и он будет всё время с ней так же, как муж этой Ларисы, оберегать её, словно она хрустальная! Донька никогда не чувствовала себя хрустальной, но всё-таки приятно. На людях Лариса и муж только иногда держались за руки, и в этом тоже было что-то хорошее. И Донька, глядя на них, вспоминала, что к концу их любви Андрей прижимал её к себе на людях, на улице, в кино и держал за плечо так хватко и жадно, как тогда, в тот вечер, яблоню. Только от яблони он ждал плодов.

Теплоход уже отошёл от Курейки. Донька лежала в своей каюте, идти никуда не хотелось: ещё увидишь эту хрустальную, совсем с ума сойдёшь от зависти. Радист Петька опять поставил «На сопках Маньчжурии», а от этих самых «сопок» у Доньки обязательно перехватывает горло. Но музыка вдруг прервалась, и незнакомый голос сообщил, что имеющихся на теплоходе врачей и медработников просят пройти в медпункт.

Около медпункта стоял крутой синий дым, и спиной к Доньке курил муж хрустальной Ларисы. Молоденький врач смущённо объяснял, что он по уху, горлу, носу и пошёл в рейс только потому, что капитан обещал ему, что в рейсах тяжёлых случаев не будет, а на всех стоянках есть больницы. В соседней каюте глухо стонала Лариса. В медпункте толклось много растерянного народа, но Донька, выяснив, что никто из них отношения к медицине не имеет, вытолкала всех в коридор. Лариса сидела на высокой койке, держась обеими руками за ещё худенький живот, и всячески пыталась найти то положение, при котором хоть на минуту отпустит боль. «Три с половиной», — сказала она, испуганно глядя на Доньку, и тут же съёжилась от боли. Видимо, надо было сразу же разворачиваться обратно на Курёнку… Но в это время за дверью послышались прочные шаги, и на пороге появился Вадим.

— Так, так, — сказал он опытным голосом, — нечего было прыгать. Так-то, Ларочка. Ну, ничего. — И вопросительно, словно впервые, глянул на Доньку.

Донька обиделась.

— Освободите медпункт, — жёстко сказала она. — Танцы кончились.

За спиной Вадима возник испуганный «ухо, горло, нос» и спросил:

— Как думаете, Вадим Константинович?

— Вы кто? — обернулся он к Доньке.

— Сестра из травматологического, — ответила Донька и, приподнявшись на цыпочки, подала ему накрахмаленный белоснежный халат.

— Сойдёт, — сказал Вадим и прибавил: — А я хирург с пятого курса. Положите больную поудобнее, поглядим.

Лариса послушно укладывалась под Донькиными руками и вдруг заплакала отчаянно.

— Доктор, сберегите маленького, ведь это второй раз, второй…

— А ты прыгай больше, — сказал Вадим, и по его лицу Донька поняла, что дело обстоит неважно.

— Ну что ж, танцы действительно кончились, — констатировал Вадим и велел «ухо, горло, носу» закрыть дверь, а Доньке вымыть руки и надеть халат.

В одиннадцать часов вечера Вадим Константинович начал операцию. Потом он сел возле Ларисы, а Донька с нестерпимой жалостью и болью взглянула на окровавленный комок плоти: из него должен был вырасти человек, которого так ждали на земле! И перед этим все собственные беды отступали и казались не такими уж серьёзными.

Последние трое суток пути ни Вадим, ни Донька почти не выходили из каюты. Лариса была очень слаба, а главное, всё плакала и жалела ребёнка. Муж утешал её, хотя было видно, что этот второй неродившийся ребёнок почти не под силу им обоим. Но было ясно и другое: за эти три дня они стали уже такими близкими людьми, словно прожили вместе двадцать лет. А в то же время они были ещё очень молоды — грусть их была нежная, чистая, и Донька чувствовала, что подле них она сама делается лучше. И Вадим был какой-то совсем новый, тоже словно промытый этой грустной, светлой любовью и осторожной нежностью.

Оказалось, что Вадим поехал затейником, чтобы бесплатно отдохнуть, но откровенно признался Доньке, что никогда не думал, как это трудно. «Сплошные стадные инстинкты, — сказал он Доньке доверительно. — Словно я ихний пастух. Но вся беда в том, что всем овцам или коровам нужна одна и та же трава, а отдыхающим — совершенно различная духовная пища».

Она была им нужна даже сейчас, но Вадим забастовал и сообщил капитану, что туристы могут «пастись» сами.

А он действительно очень устал в эти дни, волновался, как они довезут Ларису до Красноярска.

За эти три дня Донька поняла, что с ним можно было поговорить про деда, про Бирюсу и работать с ним хорошо, надёжно. На минуту ей стало неясно, из-за него или из-за того, что она была нужна Ларисе, уже трое суток ей удавалось почти совсем не вспоминать Андрея. Она спросила Вадима, где он работает сейчас, и он счастливым голосом ответил: «А я на том берегу. Операционная какая!»

Вечером подходили к Красноярску. Издалека было видно, что понтонный мост разведён и по обе стороны Енисея молча, тупо уставясь непогашенными фарами, как коровы перед железной дорогой, стояли машины. Новый мост был ярко освещён голубым светом сварки. За то время, что они ходили на Диксон, мост, казалось, ничуть не вырос, и полукруглая лапа пролёта всё ещё висела в воздухе, занесённая высоко над водой. До правого берега было ещё очень далеко. А Вадим ушёл на правый берег. И мальчики со щенятами, прощаясь с Донькой, сообщили ей, что они тоже с того берега. Донька погладила щенят. Вот они за две недели здорово выросли!

…На другой день вечером Донька приняла ночное дежурство. Когда больные уснули, она присела у своего столика под зелёной лампой, привычно прислушиваясь к дыханию больных. Потом снова встала и бесшумно обошла палаты, в которых кто-то стонал. Она ещё не знала этих больных, не знала, кто из них мог застонать во сне. Потом она подошла к окну. Было грустно и одиноко, но Донька понимала, что и вода, и свежий воздух, и неторопливое движение теплохода, и добрые люди вокруг смыли с неё ту нестерпимую горькую нечистоту, которой кончилась их любовь с Андреем.

Донька села к столу и стала перечитывать письмо от деда.

Оно утешило Доньку. В их деревню приехала целая геологическая экспедиция, и все пустые избы, и ту, где жил Василий Кириллович, расколотили, в них стало светло, шумно, весело. И Доньке стало поспокойнее, что вокруг деда хорошие люди. Она только очень боялась, что вдруг геологи откроют всё, что надо, раньше, чем она окончит институт, и уедут, а избы опять останутся пустыми.

Кроме того, дед сообщал Доньке, что забрели к нему на днях три студента, которые приехали из Москвы на строительство. Двое подходящие, а третьего везли так далеко зря. У Доньки создалось определённое ощущение, что дед приглядывается к студентам неспроста из-за неё. Значит, ничего про Андрея не знает.

Кто-то тихо позвал: «Сестричка, Донюшка!»

Хотя имя у неё было непонятное, больные быстро и охотно привыкали к нему. Один больной, немолодой, лет сорока, сказал, что в их местах так зовут дочек, а тронул её за плечо не по-хорошему. Это Доньке не понравилось. Да и разговор был ни к чему. Ведь ничьей дочкой она так и не успела в общем-то побыть. А с самого начала была только внучкой. Мама была слишком молодая, и она звала её Машей.

А другой больной сказал ей, что есть такая трава — донник и что сама она похожа на травинку — тоненькая, крепенькая и живучая. А донник — трава всем знакомая, душистая и полезная. Ладно, травинка так травинка. Ведь вся земля искрошилась бы и пошла трещинами, если бы не держали её цепкие корни трав, цветов, кустарников…

…Загорелась лампочка над третьей палатой, и Донька побежала туда. А потом снова смотрела в окно. На Енисей. На мост. Скоро он положит свою широкую голубую руку на правый берег. Стояла глубокая ночь, а дорожники обкатывали ту самую дорогу к мосту, которая отрезала кусок сада Андрея. И его дом стоит теперь ни на правом, ни на левом берегу.

А дальше, хоть и не видно, тоже работают люди, строят плотину Красноярской ГЭС, чтобы отгородить от неё прошлое. И уже никогда нельзя будет от Красноярска на лодке проехать до той лужайки, где была свадьба.

НИКИТА И ЕГО ДРУЗЬЯ

ГЛАВА ПЕРВАЯ*

Первая проснулась кукушка. Она закричала невнятно, ещё охрипшим со сна голосом: «Ках-х!» — помолчала, наверное охорашивалась, наконец уже бодро выгово-

---

* Автор не ставил своей задачей документально отобразить события, происходившие именно в Московском университете. Образы героев не являются портретами людей, которые тогда работали и учились в нём.

рила: «Ку-у-ку», — и смолкла. Вероятно, улетела завтракать. Потом над самой Вариной головой запела зорянка. Варя, прищурившись, — ей казалось, что именно так должен смотреть опытный биолог, — вгляделась в гнездо. Свитое на невысокой ёлочке, оно было хорошо видно. Там, в гнезде, сейчас тихо, тепло, сонно... Как в комнате, где спят дети.

Это было очень давно, до войны, — спущены шторы, подоткнуто под спину одеяло, чтобы не дуло. Мама дышит рядом.

Варя поёжилась — в лесу было ещё прохладно, ноги в мокрых от росы тапочках озябли.

Всё получилось именно так, как они мечтали когда-то с мамой. Вот она, Варя, — студентка, зоолог. На втором курсе, на летней практике, в заповеднике. Дежурит у гнёзда. Наблюдение за гнездом славки-черноголовки. 3.00 утра — 5.00 утра.

— Прошу быть точными, — сказал вчера профессор Фёдор Фёдорович Лопатин.

Варя не смыкала глаз всю ночь: боялась опоздать. И вот она на посту. 3.00 утра. Холодно. А славки всё спят. В гнезде, наверное, тепло, пахнет горячим пером. Впрочем, гнездо Варе не нравилось. Оно выглядело как-то ненадёжно — редкое, плоское, из сухой травы, еле-еле скреплено волосом. Пока птенцы маленькие, ещё ничего, а подрастут, как бы не вывалились.

В гнезде послышался шорох. Варя насторожилась и снова прищурилась. Но в ту же минуту поняла, что она совсем не похожа на опытного биолога.

«Посмотри на себя со стороны, Варвара!» — говорила Агриппина Сергеевна, воспитательница в детском доме, где после смерти матери жила Варя. И она постепенно привыкла смотреть на себя со стороны. Это очень помогало в жизни.

Только что казалось: в прекрасном скрытом шалаше сидит опытный учёный, мужественный человек. Он не спал всю ночь и ведёт у гнёзда научную работу чрезвычайной важности... Посмотрела на себя со стороны, и выяснилось: шалаш построен плохо — пойдёт дождь, вся вымокнешь; и сидит в нём сонная, озябшая девчонка, которая ещё ничего не знает.

Вот птица крикнула. А какая птица? Неизвестно. А между тем профессор Лопатин вчера целый день водил их по лесу. И через две недели зачёт по зоологии. Обязательно будут спрашивать птичьи голоса.

Тяжело шлёпнулась у Вариных ног лягушка. Заносчиво поглядела выпуклым глазом: «Не можете ли вы, девица, определить, какого я вида? Ридибунда или темпорариа? А может быть, я вообще жаба? А?»

Лягушка после ночной охоты была сытая, довольная. Определить, к какому она принадлежит виду, Варя не смогла.

Над гнездом шевельнулась ветка: славка взлетела на самую вершину берёзы.

«Батюшки, чуть не пропустила!» — всполошилась Варя. Самец взлетел вслед за самочкой. Это у него чёрная шапочка на голове, у самки — бледно-коричневая. А не наоборот? Только бы не перепутать. Нет, правильно. Вот мать уже вернулась.

Славка, как по ступенькам, спускалась по веткам молодой ёлочки. Она осторожно оглядывалась, вертела головой, наконец спустилась к гнезду.

Сразу навстречу ей высунулись три клюва. Клювы большие, жёлтые, открывались ромбами. Шеи вытягивались, вынося клювы вверх, и дрожали от напряжения. Славка сунула червя в один из клювов, подождала минуту и взвилась вверх. Сейчас же на гнездо упал отец, и снова, как большие цветы на тонких стеблях, распустились над гнездом жадные жёлтые детские рты.

Варя посмотрела на часы: четыре часа одна минута. Прилёт матери — красная палочка. Прилёт отца — синяя палочка. Две, три, восемь, десять…

Четыре часа пятьдесят минут. Мать — пятнадцать прилётов, отец — одиннадцать. Эгоист. Наверное, уже перекусил червячком, а мать всё натощак!

Двадцать восемь, тридцать. Славки выносили в клювах что-то большое, белое. Вероятно, убирают гнездо… Да разве рассмотришь всё, когда дежуришь одна? Гораздо легче вдвоём. Но, очевидно, невозможно разбудить Аллу Иртышову в половине третьего.

Сорок два, три, семь… Так комсомолки не поступают. Назначили на дежурство — изволь выйти. «Вот поставлю вопрос на комсомольской группе, тогда узнаешь, Алла Александровна…» Шестьдесят, семьдесят…

Варя уже перестала считать. Где уж тут! Да и незачем. Палочка синяя, синяя, красная, красная. Только бы не сбиться, а сосчитать можно потом. Палочка… Ещё… Ещё…

Наконец славки немного угомонились. Варя успела убрать волосы со лба и расстегнуть ворот вязаной кофточки. Было уже совсем утро — жаркое, знойное.

Снова прокричала та же загадочная птица. Что это за птица? Никак не разберёшь. Она далеко, у реки. Кричит редко. А кругом уже такой разноголосый хор, что никак в нём не разберёшься.

Последним проснулся зяблик. Бойко пропел свою песенку, оборвал, как всегда, на полуслове.

Сначала все студенты радовались зябликам. И песенка у них особенная, а на крыле две приметные белые полосы. Если на зачёте спросят про зяблика — верная пятёрка… Но вскоре оказалось, что деваться от зябликов некуда. Поют без умолку и мешают разобраться в голосах других птиц.

Зашевелились кусты. Появилась голова Юры Дождикова. За ним вылез Никита Орехов.

Опять крикнула загадочная птица.

— Какая это птица? — спросила Варя шёпотом.

Юра сделал серьёзное лицо, вслушался.

— Синица-московка, самец…

Как авторитетно у него получается! Но Никита косо глянул на Юру.

— Нет, это соловей.

— Соловей?

Несмотря на всё доверие к Никите, который вырос в колхозе, в лесу, Варя усомнилась. Она столько раз читала про то, как поют соловьи, а тут, пожалуйста, какой-то хриплый треск.

— Вот опять «ю-ю-кр-х»… Какой же это соловей?

— Он хорошо поёт, когда ухаживает, — объяснил Никита, — а это не песня. Это тревога. Что-нибудь там, у гнёзда… Беспокоится…

— А где гнездо? — оживился Юра. Он легко переносил поражения. Соловей так соловей! Ну и что ж?

— Не скажу, — покачал голевою Никита, — ты яйца собираешь, а мне соловьёнышей жалко. Вот-вот выведутся…

Никита напряжённо оглядывался по сторонам. Искал кого-то глазами.

— Алла проспала, — с плохо скрытым торжеством сообщила Варя.

Никита покраснел и ответил сухо:

— А я и не интересуюсь вовсе…

— Да и вообще она бы здесь замёрзла, — прибавила Варя и тут же осеклась. Стоп, Варвара! Посмотри на себя со стороны!

— Сдаю дежурство, — ледяным голосом сказала она и вышла из шалаша.

Лагерь ещё спал, когда Варя вернулась из лесу и уселась под сосной неподалёку от домика своей группы.

— На нашей даче кухня такой величины, а тут нас шестеро, — заметила Алла в первый день их жизни на биостанции. Алла Иртышова приехала позже всех, с матерью. «Ш-ш-шикарная маш-шина!» — восхищённо прошипела Зина Рыжикова.

Варя никак не могла понять тогда, чем недовольна Алла. Не понимала и сейчас. Она с удовольствием оглядела домик. В этот ранний час он был по-новому освещён солнцем, чистенький, с большими окнами, с высокой крышей. И внутри, на Варин взгляд, они устроились неплохо. Конечно, это не удалось бы им, если бы не Вера Васильевна.

Уже через час после их приезда маленькая комната, где она поселилась, выглядела так, словно Вера Васильевна прожила тут всю свою жизнь. И это был не походный, временный приют, а дом, уютный, удобный, обжитой. Фотографии на стенах, книги на полках, бумажный, искусно разрисованный абажур, маленькое зеркальце, цветы в кринке, лёгкая занавеска на окне, вышитая так, что Любушка, понимавшая толк в рукоделии, сказала только: «У-ух!» После этой комнаты их собственная показалась девушкам пустой, слишком большой и невесёлой. И Любушка, для которой подумать — значило начать действовать, сокрушённо вздохнула:

— Ох, девушки, если бы был молоток!

— Возьмите,— из маленькой комнаты протянулась рука с молотком.

Точно так же появились гвозди, кнопки, клещи, клей, чернила, марля, бечёвка, белые и чёрные нитки, игла для поднимания петель на чулках и восковая бумага, из которой Марина Дымкова смастерила замечательный абажур. Всё это было тем более удивительно, что Вера Васильевна приехала на биостанцию с чемоданом и рюкзаком такой же величины, как и у всех студентов. Но больше всего поразила девушек сама Вера Васильевна. Тогда же, в первый день, выяснилось, что существует две Веры Васильевны. Одну они знали в университете — руководитель малого практикума по зоологии, невысокая женщина с гладко зачёсанными волосами, насмешливая и беспощадная на зачётах. Вторая Вера Васильевна сидела у окна в домашнем пёстреньком платье и, склонив голову с двумя короткими пушистыми косами, вышивала. Время от времени она поглядывала в окно. Смеркалось. А её сын, двенадцатилетний Борька, которого она привезла с собой на биостанцию, всё ещё не возвращался. Сразу же по приезде Борька был отправлен в лес, чтобы разыскать гнёзда, удобные для наблюдения. Борька удалился, весьма гордый ответственным поручением, снисходительно поглядев на студентов. Он проводил на биостанции уже второе лето и отлично знал всё, что им только ещё предстояло изучить.

Борька Варе нравился. Он был тоненький, стройный, с озорными глазами и с ресницами неправдоподобной длины и красоты. Невозможно сосчитать, сколько оскорблений перенёс Борька по этому поводу: «девчонка», «красавчик», «маменькин сынок»... Приходилось драться.

Вера Васильевна поделилась с Варей своими опасениями: долгое отсутствие сына наводило её па мысль, что он не ищет гнёзда, а налаживает отношения в одном из соседних колхозов. Впрочем, с мальчишками из ближайшего к биостанции колхоза «Ручьи» отношения были налажены ещё прошлым летом. Это далось Борьке нелегко: мальчишки из колхоза «Ручьи» дрались здорово. Но он сумел их заставить забыть о его ресницах и достиг высокого звания центра нападения.

Уже совсем стемнело и в домике зажгли свет, когда Борька возник на пороге маленькой комнаты.

— Тащи йод, — оглядев его, коротко сказала Вера Васильевна.

Мальчик направился к аптечке, висевшей в углу. Девушки молча столпились в дверях.

Борька вручил матери йод и, заранее закусив губу, подставил разбитую коленку.

— А вот ещё, — Борька выпятил остренький исцарапанный локоть.

— Ну как, познакомились? — стараясь не улыбнуться, спросила Вера Васильевна, привычным движением забинтовывая коленку.

Борька мотнул головой и коротко сообщил, что нашёл шесть подходящих гнёзд, а когда возвращался домой, то встретил двух ребят, которые из рогатки стреляли в сову. Борька объяснил им, что сова птица полезная и они делают это зря. Мальчишки не стали его слушать.

— Ну? — не удержалась Любушка.

— Тогда я им дал...

Все ждали продолжения, но Борька замолчал.

— А сова? — поинтересовалась Марина.

— Она пока улетела, — ответил Борька и опустил глаза, причём лицо его приобрело обманчиво-невинное выражение.

С тех пор Борька, так храбро пострадавший за науку, вызывал у Вари ещё более горячую симпатию. Когда-нибудь у неё будет такой же сын... Но вид его забинтованной коленки и расцарапанной физиономии несколько омрачил праздничное настроение первого дня на практике. Впрочем, дальше дело пошло ещё хуже.

Вечером к ним зашёл Фёдор Фёдорович Лопатин.

Во время экзаменов по зоологии позвоночных второй курс окончательно убедился в том, что бояться профессора Лопатина не надо. Правда, провести его невозможно. Но того, кто знает предмет на совесть и просто волнуется, он выручал всегда.

В тот вечер профессор Лопатин был грозен. Любушка, к удивлению Вари, видимо, не заметила этого, хвастливо показала ему занавески и пригласила поужинать. Это был великолепный пир: стол застелили лопухами, и девушки разложили на них домашние припасы. Но Фёдор Фёдорович недовольно оглядел стол, вымытый пол и абажур.

— Устроились! — упрекнул он. — А до товарищей дела нет… — И шагнул в маленькую комнату.

— Вера Васильевна, дайте-ка свечек, очень прошу.

— Сколько?

— Ну, штук шесть пока. Очень барак у мальчишек плох. Окна малы, свет не проведён. Нора, ну просто нора! Хотя, конечно, в толковой норе уютнее. Её звери с любовью делают, с заботой. А этот барак, с вашего позволения, какой-то равнодушный болван строил. Холодно. И главное — темно.

Фёдор Фёдорович взял свечи и ушёл.

— Рыжикова, — распорядилась оперативная Любушка: она была комсоргом курса, — ужинай скорей и пиши объявление: «Завтра в три комсомольское собрание. Повестка дня: улучшение условий быта студентов. Явка обязательна».

Варя незаметно выскользнула вслед за Фёдором Фёдоровичем. Ей сразу стало стыдно и белых занавесок и вешалок и ужинать уже не хотелось. Зачем ждать собрания? Просто пойти и помочь. У входа в барак она увидела Никиту Орехова. Он равнодушно поглядел на неё. Сжав в руке молоток и гвозди, при помощи которых Варя собиралась немедленно наладить быт студентов, она шмыгнула обратно на тропинку, ведущую к домику. Раз они даже не здороваются, пусть устраиваются, как хотят. Навязываться она никому не желает. Даже сейчас, вспоминая этот случай, Варя покраснела, думая о том, как она бежала к себе в домик. И гвозди кололи руки.

Но вчера собрание не состоялось. Фёдор Фёдорович повёл студентов в лес, и так далеко, что они вернулись только к ужину, а вечером он и Вера Васильевна распределяли дежурства у гнёзд. Всем хотелось пойти на ночное дежурство. Только Алла Иртышова ничего не сказала. Пригорюнившись, она сидела у окна в длинном пёстром халатике. Ей было скучно вечером в лесу. Кроме того, Алла обиделась на профессора Лопатина. Она уверяла Варю, что именно назло ей он водил группу по самой трудной дороге: то в гору, то по жаре открытым полем. Это стало ей ясно сразу, как только Фёдор Фёдорович сказал: «Я думаю, Вера Васильевна, мы не тропой, а прямиком, через ельничек. Густоват, но ничего, процарапаемся», — и насмешливо поглядел на Аллины туфли. А откуда Алла могла знать, что в лесу неудобно ходить на высоких каблуках? В тот вечер Варе пришлось убедиться в том, что Алла, пожалуй, права: Фёдор Фёдорович махнул бородой в сторону пёстрого халатика, переглянулся с Верой Васильевной и сказал:

— Пойдёте вы, барышня, и вы, Варя. Объект наблюдения — гнездо славки-черноголовки. — И ещё раз покосился на халатик.

Когда девушки остались одни, неумолимая Любушка спросила:

— Ну как, пойдёшь? Или побережёшь здоровье?

— Пойду, — ответила Алла. Но сегодня, когда Варя её разбудила, она сказала: «Иди, я догоню». Начала одеваться, но на дежурство так и не пришла. Наверное, снова заснула.

Сейчас, лёжа в траве, Варя упрекала себя: надо было подождать Аллу. Кто же, как не она, Бережкова, комсорг группы, должен добиваться дисциплины? А Любушка сегодня обязательно соберёт комсомольцев и поставит вопрос о пропущенном дежурстве. Может, взять всё на себя — ведь это она виновата, что не добудила Аллу? Но вряд ли удастся. Любушка глянет ей в глаза и скажет:

— Зачем выгораживаешь? Ты, Варвара, лучше не ври, это тебе не дано. — И прибавит строго: — Вообще надо быть принципиальной. Мягка ты очень…

«Плохо ваше дело, товарищ комсорг», — с горечью подумала Варя.

Уже начинало пахнуть смолой, пригревшейся на солнце, и Варя почувствовала, что, несмотря на тревожные мысли, она сейчас уснёт. А спать не время: через час побудка. Правда, после ночного дежурства она может выйти на занятия позже — так сказала Вера Васильевна. Варя лениво поднялась, встряхнулась, потёрла кулаками глаза и отправилась купаться.

В овраге, прислонившись спиной к большой замшелой берёзе, совершенно неподвижно сидел Фёдор Фёдорович. Его седые зеленоватые волосы и борода сливались с мхом, покрывавшим ствол. Казалось, он сросся с берёзой. Фёдор Фёдорович обернулся на Варины шаги и сделал страшные глаза. Это означало: «Тише!» Ещё в первый выход в лес Фёдор Фёдорович, остановившись на узкой тропе, уходящей в тёмную зелёную глубину, сказал:

— Тише! Глаза и уши… Смотреть, слушать, думать. Пока будем смотреть. Потом начнём действовать…

И студенты, притихнув, стараясь не наступить на ветку, чтобы не спугнуть эту таинственную, прелестную, ещё непонятную для многих из них лесную жизнь, вошли за ним в лес по узкой заросшей тропе.

— Тише!

Варя замерла. Фёдор Фёдорович, вытянув шею, смотрел на низенькую ёлочку. Там, на ветке висел хитро сделанный из папоротника мешочек. Варя, мучаясь, вспоминала. Нет, она не знает, чьё это гнездо. Между тем из гнезда выпорхнула птица — очень маленькая, каштанового цвета. Хвост, прямой и узкий, торчал перпендикулярно туловищу. Этот торчащий хвост придавал птице вид весьма независимый и даже нагловатый. Она что-то протрещала и вспорхнула. Проводив её взглядом, Варя решилась, наконец, сделать шаг вперёд и села рядом с Фёдором Фёдоровичем.

— Каков герой, а? — довольным шёпотом сказал он и принялся выбирать запутавшиеся в бороде веточки и паутинки. Очевидно, он бродил по лесу уже не один час. Да и вообще неясно, когда он спит.

— Вы знаете, кто это? Крапивник. Видите, это он себе холостое гнездо устроил. Не любит бабьих дрязг, кухни, пелёнок… Как появятся дети, так он в холостое гнездо, на отдых. Каков?

— Вы всё шутите… А в самом деле, зачем холостое гнездо?

— А почему? А отчего? — дружелюбно передразнил Фёдор Фёдорович. Он любил, когда задавали вопросы.

Крапивник, прыгая по ёлочке, косо поглядывал на них. Вздёрнул хвост, отчего стал ещё короче, ещё высокомернее, и, задрав голову, запел. Песенка была милая, звонкая — высокая трель, потом треск. Пропев песенок десять, крапивник озабоченно юркнул в кусты. Фёдор Фёдорович проводил его одобрительным взглядом.

— Это всё шутки, конечно. На самом деле крапивник отец отличнейший, а почему гнездо второе построил, сами подумайте.

Варя вопросительно посмотрела на него.

— Вы видели, птица-то какая?

— Маленькая.

— То-то! Самая маленькая в наших лесах. Из тропиков она родом. Обосновалась у нас. Птичка нежная. Тельце-то у неё хрупкое. Пёрышки негустые. А высиживают птенцов они оба. В гнезде тесно. Когда он самочку сменит, ей деваться некуда, а ночью она на яйцах — ему места нет. Другая птица села на ветку, укрылась крылом и спит. А эти зябнут. Вот она себе отдельный дом соорудила. Тепло, хорошо. Милейшая птица и умница. — У Фёдора Фёдоровича был такой вид, словно он сам изобрёл этот хитроумный образ жизни для крапивника и даже свил ему холостую дачку. Он рассказал о крапивнике как-то так, что сразу стало ясно: нет на всём белом свете птицы любопытнее и симпатичнее, чем крапивник.

Впрочем, такое же чувство возникало у Вари к каждому живому существу, о котором рассказывал профессор Лопатин. Правда, были птицы и звери — враги, но интересны были все. Изучению каждого стоило посвятить многие годы.

— А славки как поживают? — спросил Лопатин.

Стараясь говорить как можно точнее и спокойнее, Варя рассказала, как поживают славки.

Фёдор Фёдорович внимательно поглядел из-под белых мохнатых бровей.

— За кормом куда летают?

— На вершины деревьев.

— А птенца хорошо видели?

— Издали.

— Почему? Вы его рассмотрите как следует. Разберитесь, какие признаки напоминают рептилию, зарисуйте, выньте из гнёзда, взвесьте, исследуйте. И температуру пора научиться мерить.

— Профессор Шаров запретил трогать, — нерешительно сказала Варя. — Он говорит: наша задача — наблюдение.

Фёдор Фёдорович молчал. Варя поняла, что расстроила его.

— Ну, бегите спать, — сказал он грустно, но приветливо.

— Я купаться, — огорчённо сказала Варя.

Хороша дежурная! Ни на один вопрос толком не ответила. Нарисовала сто палочек… Как в первом классе.

— Ничего, Варюша, подрастёте — станете хорошим биологом.

Варя посмотрела на Фёдора Фёдоровича просиявшими глазами. Когда-нибудь и она будет такая же: старая, мудрая, с острым взглядом — свой человек в лесу. Скажет молоденькой студентке: «Станете хорошим биологом», — и сделает её счастливейшим человеком в мире. Ей хотелось подробнее поговорить с Фёдором Фёдоровичем, но он, видимо, не хотел разговаривать сейчас.

— Бегите, у меня тут ещё дельце есть. — Он встал, поднял с земли какую-то странную штуку. Впрочем,

Варя быстро сообразила, что это несколько изменённый велосипедный насос. Фёдор Фёдорович ещё раз улыбнулся Варе и ушёл, помахивая насосом.

ГЛАВА ВТОРАЯ

Никита долго приноравливался, как бы расположиться в шалаше поудобнее. Это было трудно — никак не хватало места для ног. Юра тоже был длинный и тоже вертелся во все стороны. Он толкал Никиту то острым плечом, то коленкой, то локтём. Даже когда Юра сидел тихо, Никита ждал, что он вот-вот толкнёт его или, того хуже, заговорит. Действительно, едва они устроились в шалаше, Юра потянулся и хмыкнул, чтобы Никита сразу же догадался — история, которую он сейчас услышит, смешная. Но Никита поспешно сказал:

— Ты только не разговаривай, пожалуйста, я думаю, — и поставил палочку в блокноте.

Юра разочарованно вздохнул, огляделся кругом, впал в лирическое настроение и начал сочинять стихи

На щёки бледные твои
Ложится веток тень…—

шептал Юра, морща облупленный от загара нос. Стихи Юра сочинял белые — рифма ему не давалась, — и только любовные. На этот раз они были посвящены Любушке, за которой он ухаживал уже давно — около трёх месяцев. Ухаживал Юра легко и приятно: водил девушку в кино, носил её портфель, стоял в очереди за пальто, каждый вечер провожал домой. По дороге он рассказывал смешные истории или вдруг останавливался, хватал спутницу за руку, чтобы не ушла, и, подвывая, прочитывал стихотворение. Наиболее сентиментальным девушкам стихи нравились. Иногда Юру даже просили записать удавшуюся импровизацию.

— Я не могу тратить время на пустяки, — небрежно отвечал в таких случаях Юра. — Это у меня преходящее дарование. Девяносто процентов мужчин в возрасте от шестнадцати до двадцати лет пишут стихи.

Юра врал. Просто записанные стихи нравились ему гораздо меньше — сразу хотелось что-то вычеркнуть, что-то переделать, а Юра был ленив.

Увлечения Юры, как правило, кончались так: девушка привыкала к нему, убеждалась в том, что он хороший человек, и, наконец, в минуту откровенности, растроганная стихами, рассказывала ему о своей несчастной любви. Это было вполне естественно, потому что, если бы любовь была счастливая, девушка ходила бы в кино и проводила вечера не с Дождиковым. Сочувственно выслушав её, Юра немедленно переключался на братскую психологию, начинал утешать девушку, давать советы. С этого вечера между девушкой и Юрой устанавливалась прочная дружба с оттенком грустной тайны.

Слух о том, что болтливый Юра никогда не разглашает чужих сердечных тайн, распространился быстро. В связи с этим признания следовали уже после второй-третьей встречи.

Любушка в первый же вечер, возвращаясь с Юрой из кино, куда она пошла с удовольствием, сказала весело:

— Ты, Юрочка, мне стихов не читай. Во-первых, я их не понимаю, а во-вторых, у меня несчастная любовь…

Но Юра отлично знал, как говорят о несчастной любви. Он не поверил Любушке и продолжал провожать её с постоянством, удивлявшим его самого.

Стихи о бледных щеках подвигались медленно. Юру отвлекал славка-самец, который развил бурную деятельность и каждую минуту появлялся в гнезде. Кроме того, мешал Никита. О чём он думает, Юра догадывался и, поразмыслив об этом несколько минут, с тревогой обнаружил, что его охватили печальные и серьёзные мысли. А серьёзное настроение Юра переносил тяжело. Оно протекало у него болезненно, как у других приступ мигрени: голова делалась свинцовой, начинало ныть под ложечкой, и необходимо было немедленно переменить обстановку. Так и сейчас… Ему бы очень хотелось избежать серьёзного настроения. Но не удалось. Дело в том, что в числе доверенных Юре сердечных тайн была одна, в сущности, не доверенная.

Узнал он о ней случайно, ещё зимой. Это было на практике по зоологии позвоночных. Юра, устав от изучения черепа крокодила, в котором, по его мнению, было слишком много костей, рассеянно оглядывал лабораторию. Его внимание привлекла Варя Бережкова. То, что она видела, причиняло ей боль: Никита объяснял Иртышовой строение змеиного черепа. Никита смотрел на Аллу сверху, но казалось, что он заглядывает ей в глаза. Юра задумался, облокотился локтем на череп и раздавил его нижнюю челюсть. Вера Васильевна рассердилась.

— Последний приличный крокодил! Совершенно дефицитный! — негодовала она. И в отместку дала Юре самый маленький череп ящерицы, при этом ещё разрисованный карандашами всех цветов так, что уже совершенно невозможно было разобрать, где какая кость…

Но грустное Варино лицо долго вспоминалось Юре, и как-то вечером в зелёном полумраке читальни он решил выяснить обстоятельства дела.

— Замечательные у нас на курсе есть девушки! — начал он.

— Да, девушки есть, — вяло согласился Никита.

— Вот, например, Варя…

— Варя? — Никита наморщил лоб. — Это которая Варя? Чёрненькая?

— Беленькая, — сразу же потеряв всякую надежду, ответил Юра.

Сейчас, сидя в шалаше рядом с Никитой, Юра вдруг понял, что он с тех пор продолжал думать и о Варе, и о Никите, и об Алле.

Никита сказал: «Молчи». Почему он должен молчать? Шалаш, лес — вполне подходящая обстановка. Он хочет побеседовать с другом о его же судьбе, о его ошибке, о счастье хорошей девушки. И нельзя… Никита думает! Вот ещё загадочная натура. Все прекрасно знают, о ком он думает. Об Алле.

Но Никита думал не об Алле. Он думал об отце. Конечно, нельзя сказать, что в эту минуту он забыл про Аллу. Она была так тесно связана со всей жизнью Никиты, с его работой, с его мечтами о будущем, что ему казалось: она всегда рядом. И мысли об отце тоже были связаны с Аллой, притом самым непосредственным образом.

Недавно Никита написал отцу письмо и теперь пытался представить себе, какой ответ его ждёт. Никита просил разрешения жениться на Алле. Если отец не позволит, возражать невозможно. Что тогда делать, как жить без Аллы — неизвестно. Но возражать нельзя. Отец Никиты — Иван Трифонович Орехов — суровый, молчаливый человек. Никитина тётка рассказывала, что когда-то он был весельчак, запевала, первый танцор на селе. Мать Никиты была красавица. Но Никита её никогда не видел — она умерла во время родов. После её смерти Иван Трифонович уехал из родного сибирского села. Бежал от опустевшего дома, от жалостливых взглядов соседей. Он перебрался в далёкую, тихую, заросшую серебряными ивами чувашскую деревушку, где жила его замужняя сестра.

Иван Трифонович был кузнецом. Но когда в колхозе появились машины — а их становилось всё больше, — оказалось, что он неплохой механик.

Когда Никита окончил седьмой класс, отец записал его в десятилетку. Она находилась в большом колхозе, километрах в пяти от их деревни, и Никита поселился у Марии Васильевны, учительницы.

Жилось Никите у Марии Васильевны хорошо. Он много читал, помогал ей по хозяйству, а по воскресеньям ходил к отцу. И однажды, придя домой, заметил, что отец сильно похудел. Может быть оттого, что работал сверх сил, — колхоз строил электростанцию.

Вечером, когда Никита лёг, отец подошёл к его кровати и сел у изголовья. Он думал, что Никита спит, и погладил его по голове, легко касаясь волос. Никита слышал, как отец тихо сказал: «Сынок». Никита вдруг понял, что сейчас заплачет. Когда он плакал в последний раз и как это вообще бывает, он не помнил. Ему казалось, что это совершенно невозможно — заплакать. Поэтому он лежал тихо, задерживая дыхание. Наконец отец лёг. Он долго ворочался, курил. А Никита лежал без сна и слушал, как снова и снова зажигает спички отец.

На следующий день после уроков Никита сказал Марии Васильевне, что будет жить дома, взял свой сундучок и попрощался.

Мело. Пока он шёл по селу, идти было легко, но в поле ноги тонули в снегу, его насквозь пробивало ветром. Никита устал и продрог.

Ключ висел на обычном месте — отец ещё не вернулся с работы. Печь не топлена, окна подмёрзли. На столе тарелка холодной картошки.

Никита затопил печь, убрал комнату, состряпал обед. Он очень спешил, чтобы успеть всё сделать до прихода отца. Ему хотелось, чтобы, войдя, отец улыбнулся. Но отец вошёл и встревоженно поглядел на Никиту.

— Заболел? — спросил он.

— Нет, дома буду жить.

— А школа?

— Что же школа? До школы дойти можно.

— Уставать будешь, Никитка, а?

— Да что вы, папа, прогуляюсь, подумаешь! Давайте обедать лучше…

После обеда Никита принялся готовить уроки. Отец сел напротив с газетой и время от времени из-под очков поглядывал на сына. Никита чувствовал взгляд отца. В комнате было тепло, светло, тихо. Перед сном отец вышел умыться в сени и вдруг запел какую-то старинную песню. Услышав этот неожиданно высокий дребезжащий голос, Никита понял, что встать завтра затемно и сквозь белое поле бежать в школу ему будет не так уж трудно…

Никита покосился на Юру. Ему вдруг очень захотелось поговорить об отце. Но когда он заглянул в рассеянные Юрины глаза и обнаружил, что Юра пропустил прилёт славки, всякое желание пропало…

Отец мечтал, что Никита станет инженером, но не стал неволить и отпустил учиться на биологический факультет. Уезжая в Москву, Никита упросил отца поселить в доме одну из его племянниц — смешливую, добрую, хозяйственную девушку. Но Никита вовсе не был уверен, что упрямый старик не отослал девушку назад к сестре и не тоскует теперь о нём в одиночестве в пустом холодном доме.

Надо было как можно скорее кончать университет и возвращаться к отцу. Но с тех пор, как Никита решил жениться на Алле, в мечты его вкралась неуверенность. Где они будут жить, хорошо ли станет Алла ухаживать за отцом и вообще, как всё получится?

В их отношениях была едва уловимая зыбкость. В то же время он всё сильнее любил Аллу, всё крепче привязывался к ней. Он считал её красивой, умной, образованной, доброй, весёлой. Правда, её избаловали родители. Поэтому она не нравилась тем людям, которых Никита уважал: Громаде, Марине, Степану, Любушке…

Больше же всего тревожило Никиту то, что Фёдор Фёдорович плохо относится к Алле. Это означало, что и отцу она может не понравиться. Никите было очень неприятно, что Алла проспала дежурство. Предстоял один из тех разговоров, которые Алла называла «укрощение строптивой». Такие разговоры всегда кончались одинаково: Никита просил у Аллы прощения за резкость, хотя в глубине души понимал, что прав.

Он не любил себя в эти минуты. Тот спокойный, уравновешенный человек, каким Никита привык себя помнить, исчезал и уступал место робкому, нерешительному, который больше всего на свете боялся поссориться.

Никита снова заворочался — он отсидел ногу. Юра не выдержал:

— Ты не мог бы мне объяснить, зачем, собственно говоря, нужны эти дежурства и палочки? — Удивительно умел молчать этот Никита! У Юры было такое ощущение, что он стучится в накрепко запертую дверь. Но в этом случае он решил достучаться.

Никита терпеливо повторил всё то, что вчера говорила Вера Васильевна. Очень важно знать, какое количество каких насекомых уничтожает та или иная птица. Вредна она или полезна...

— Зачем? — Юра готов был завязать даже деловой разговор.

Никита так же подробно продолжал объяснять Юре всё то, что тот пропустил мимо ушей вчера во время занятий. Но в самый разгар его речи Юра полез в боковой карман Никитиной куртки, вытянул часы на цепочке, тоскливо вздохнул и положил их обратно.

— Кроме того, — Никита поглубже запихнул часы обратно в карман, — дежурства воспитывают терпение и наблюдательность.

— Во мне они воспитывают нетерпение, — Юра уже с раздражением посмотрел на гнездо. Он подумывал: не улизнуть ли? Но если даже Вера Васильевна не будет проверять дежурства, она всё равно догадается, что он ушёл раньше срока. В её проницательности Юра убедился ещё зимой во время занятий по зоологии позвоночных. Стоило искоса взглянуть на часы, как Вера Васильевна с готовностью сообщала: «Вам, Дождиков, мучиться ещё тридцать минут». Юра решил не уходить, и очень кстати: на тропинке показалась Вера Васильевна.

Она внимательно смотрела вверх. Вчера, выходя из лесу, она заметила на одной из высоких берёз гнездо зяблика и сегодня хотела разыскать его. За Верой Васильевной шёл Борька, в точности повторяя все движения матери. Вера Васильевна смотрела вверх, и Борька смотрел вверх. Она наклонялась, чтобы разобраться в следах на тропинке, и Борька тоже наклонялся и разглядывал следы.

— Милости прошу к нашему шалашу, — гостеприимно пригласил Юра.

Славка опустилась на гнездо, и все ясно увидели её голову в чёрной шапочке.

— Это кто, Дождиков?

— Самка, — бодро ответил Юра.

Никита охнул.

— Так, — невозмутимо сказала Вера Васильевна, — А что он сейчас в клюве несёт, белое?

Борька прошипел что-то, но Дождиков не расслышал и молчал.

— А вы, Орехов, тоже не знаете?

— Это он гнездо убирает, — хмуро ответил Никита.

— А подробнее? — настаивала Вера Васильевна.

— Он капсулу вынес. У всех птенцовых птиц такие капсулы. Пока птенец не начнёт вылетать, всё, что он из себя выбрасывает, заключено в плёнку. Родители эти капсулы далеко от гнезда уносят. Плёнка плотная, прозрачная, напоминает желатин.

— В аптеках касторку в таких продают. Правда, похоже, мама? — вмешался Борька.

— Говорят, вы гнездо певчих дроздов нашли? — Никита старался изменить тему разговора и отвести от Юры угрозу.

— Да, там Марина Дымкова будет работать. У неё курсовая по развитию птенцов. Хотите поглядеть?

— Это в ельничке направо? — скромно заметил Никита.

— А вы его знаете? — в голосе Веры Васильевны прозвучала досада. Досада усилилась ещё и потому, что в двух шагах стоял Фёдор Фёдорович, который по обыкновению подошёл бесшумно. Он не вмешивался в разговор, а молча помахивал велосипедным насосом. Ещё в студенческие годы Вера Васильевна славилась своим талантом находить птичьи гнёзда. Но за эти дни ей не удалось обнаружить ни одного, которого не знал бы уже Никита Орехов. Опять Фёдор Фёдорович будет над ней подтрунивать. А Борька вот уже торжествует.

— А пёстрого дятла гнездо совсем рядом с биостанцией видели, на осине? — спросила она.

— Нет.

— То-то, — Вера Васильевна строго поглядела на Борьку. — Пойду других дежурных проверю, — сказала она Фёдору Фёдоровичу.

— А здесь всё благополучно?

— Наполовину.

Вера Васильевна свернула на тропинку, уходящую в глубь леса. Борька пропустил её на несколько шагов вперёд, подмигнул Юре и сделал стойку. Видно, образцовое поведение стало невтерпёж.

— Борис, встань на ноги, — продолжая разглядывать верхушку берёзы, сказала Вера Васильевна, — сто раз тебе повторять: около гнёзд на руках не ходи.

Борька крайне неохотно принял нормальное положение. Даже в лесу не дают покоя. Впрочем, здесь всё-таки лучше. В Москве Борьке жилось трудновато. Дома говорили: «Борька, не кричи, ты не во дворе». Во дворе кричали из окон: «Мальчик, не шуми, ты не дома». Деваться некуда… Борька догнал мать и улыбнулся не без злорадства: он увидел то самое гнездо зяблика, которое разыскивала Вера Васильевна, но решил, что чем дольше она будет искать гнездо, тем выше оценит его наблюдательность. Только когда они уже миновали берёзу с гнездом, Борька дёрнул мать за руку.

— А гнездо-то, вот оно!

— Нашёл наконец, — насмешливо отмахнулась Вера Васильевна, — а я его давным-давно увидела. А вон пищуха, видишь? — Побеждённый Борька стал искать взглядом пищуху.

К шалашу подошли Степан Порошин и Иван Остапович Громада. Юра, увидев Громаду, обрадовался, что дотянул дежурство до конца. Иван Остапович — парторг курса, с ним шутки плохи. Юра торжественно выпрямился.

— Сдаю вахту.

Иван Остапович пришёл в университет с флота.

— Принимаю вахту, — не менее торжественно сказал он.

Юра опасливо покосился на Лопатина и шмыгнул в кусты. Ещё даст какое-нибудь поручение, а купаться когда? Никиту сменил Степан, молчаливый сибиряк, охотник, который к своим двадцати трём годам непонятно как умудрился отрастить густую чёрную бороду.

Некоторое время в шалаше царила тишина. Степан, Громада и Фёдор Фёдорович посапывали трубками. Никита зарисовывал славку. Она спокойно сидела на ветке против входа в шалаш — видимо, уже привыкла к людям, — чуть наклонила голову и устало распустила крыло так, что отчётливо было видно каждое пёрышко. Потом приподнялась, подобрала крыло, расправила другое, потянулась. На чешуйчатой лапе блеснуло металлическое кольцо. Славка взлетела.

— Кольцо видели? — спросил Фёдор Фёдорович.

— Да, — Никита следил за полётом славки.

— Это мы кольцевали в прошлом году. Здесь вывелась, сюда и вернулась.

— А птицы, они всегда на старое место летят, — заметил Никита.

— То-то и оно. — Лопатин встал, прошёлся подле шалаша, снова сел. — А нас это не устраивает. Это надо изменить.

Степан улыбнулся.

— Птице не втолкуешь.

— А надо, — Фёдор Фёдорович был очень серьёзен, — необходимо! Мы должны заставить птиц гнездиться на лесополосах, понимаете, заставить.

— Переброска армии, — улыбнулся Громада.

— Вот именно. Это вы хорошо сказали, Иван Остапович. Мы должны перебросить армию лесных птиц на защиту молодых лесов. Армия-то какая! Вот видите? — Он дотянулся до ветки, обломал и протянул студентам.

На ветке сидела большая мохнатая гусеница. Полосатая, чёрная с жёлтым. Как тигр. Когда Громада дотронулся до неё, она упала. Это была только шкурка гусеницы, проклёванная сбоку.

— Чья работа?

— Синицы, — сказал Никита. — Она хитрая, всё съест, а шкурку оставит. Эти щетинки на шкурке у гусеницы хитиновые и ядовитые.

Степан с уважением посмотрел на него.

— Верно, — подтвердил Фёдор Фёдорович. — А кукушка и этих не боится — ест целиком. У неё покровы пищевода особые, плотные, — ешь что хочешь. Это вам известно?

— Ни, — честно сознался Громада.

— Жаль, на экзамене не спросил, — улыбнулся Лопатин. — Так вот, — он снова встал, — глядите, кругом лес и всюду — в листве, на стволах, в дуплах, в траве — его защитники. Вон пеночка, видите, крылышками трепещет вокруг ветки? Она с самых кончиков ветвей обирает тлю. Одну ветку очистит, за другую возьмётся. А мухоловка сидит на сторожевом сучке, ловит с лету. А дятел от кого деревья спасает? От короеда. Язык у него длинный, зазубренный, сунет его в ход короеда и одного за другим протыкает и на язык нанизывает. Соловьи и зорянки — те шныряют в кустах и по земле.

— Сапёры, значит. Все виды оружия, — восхищённо сказал Громада.

— Сто двадцать видов! Сто двадцать видов лесных птиц — вот и стоит лес, какой красавец, а? Ещё бы! А на лесополосах деревца молоденькие, беззащитные. Птицы-то наши летят на старые места, и вот эти негодяи, — Фёдор Фёдорович взял шкурку гусеницы и сердито отбросил в сторону, — жрут деревья в своё удовольствие.

— Что же делать? — спросил Никита.

— В том-то и суть: что делать? Думаем, пробуем и будем пробовать дальше. В прошлом году мы, например, перевозили яйца. Перекладывали в гнёзда воробьёв, которые уже поселились на лесополосах.

— И что?

— Вывелись птенцы, и в этом году я получил сведения, что вернулись туда же, где выросли. Но только мало, очень мало. Яйца довезти трудно. Сохнут. Перебалтываются.

— А если птенцов? А, Фёдор Фёдорович? — зажёгся Громада.

— Вот и надо попробовать. Многое ещё можно попытаться сделать. Так вот, товарищи. Завтра приедет студент четвёртого курса Виктор Белевский, знаете его?

— Кто же его не знает! — улыбнулся Громада. — Тень Лопатина — так и зовём.

— Вот здорово! — обрадовался Никита. У него относительно Виктора были совершенно особые соображения.

Громада понимающе прищурился.

— С газетой запоролся? А, редактор? На выручку надеешься?

Никита честно кивнул. Ему и в самом деле приходилось круто. Он уже два года был бессменным членом редколлегии. А Белевский писал вдохновенно, быстро и очень охотно. Это было бы как нельзя более кстати сейчас, Никита никак не мог набрать заметки на первый номер «Биостанции». Он дошёл даже до того, что обратился за помощью к Юре Дождикову, но тот сообщил весьма деловито, что вдохновение его посещает главным образом осенью, как Пушкина. Болдинская осень, так сказать.

— Не знаю, как с газетой… Останется ли у Виктора время… Он сюда с особым заданием едет, — сказал Лопатин.

— У Виктора на всё времени хватает, — вставил Громада. — А с каким делом он едет? А, Фёдор Фёдорович?

— Хотим попробовать переносить птенцов и яйца на небольшие расстояния. Виктор эту работу ведёт. Хотите, помогайте. Но учтите, эта работа в план не включена. Выполнять в свободное время. Идёт?

— Идёт, — кивнул Громада, — мы согласны. И он тоже согласен, — добавил Громада, указывая на Степана.

Лопатин улыбнулся.

— Так всё и помалкиваете?

— Помалкиваем, — подтвердил Громада.

— Никита, достаньте-ка одного птенца. Начнём, — не без торжественности сказал Фёдор Фёдорович. — Только осторожно. Да нет, дайте я сам, помнёте ещё, чего доброго. — Фёдор Фёдорович вынул птенца и завернул его в тряпочку. — Мы, знаете, что сейчас с ним сделаем? Воробью на воспитание отдадим. Погодите, — он осторожно взял тонкую, как спичку, лапку птенца и надел на неё кольцо. Кольцо было велико и спустилось до самых пальцев.

— Вот так. Надо будет взвешивать этого птенца, а для контроля — ещё одного из тех, которые остались в гнезде. Поглядим, как наш воробей с ним обойдётся и куда этот птенец на будущий год прилетит.

Громада долго смотрел вслед Фёдору Фёдоровичу и Никите.

— А он ещё не знает, что ты от Шарова ушёл? — спросил Степан, когда Никита и профессор Лопатин скрылись за густой зеленью.

— Нет.

— Что ж не скажешь?

— То разговор долгий… И тяжкий…

— Он поймёт.

— Не уверен. — Громада помолчал, потом сказал тихо: — Ты, Стёпа, представь себе такое дело: ты профессор. — Степан ухмыльнулся. — И я профессор. И дружим мы с тобой крепко, как сейчас, уже сорок лет. Представил?

Степан кивнул.

— И вдруг мой ученик, студент второго курса, которого я любил и учил, объявляет, что ты, мол, не прав как учёный, и уходит из твоей лаборатории. На чьей стороне я буду? На твоей? Или на стороне не шибко образованного хлопца, который обидел большого учёного, моего старого друга?

— Ты-то разберёшься, — ответил Степан и сочувственно глянул на Громаду.

Снова наступила тишина, а Громада всё следил за Никитой, который шёл рядом с профессором Лопатиным. Он смотрел с завистью и не хотел, чтобы это заметил даже Степан. Он не знал, что завидовать Никите сейчас не стоит. Разговор был не из приятных.

— Вы кого сменили, Бережкову?

— Да.

— Иртышова проспала, конечно?

Никита молчал. Мучительно было слышать пренебрежительные ноты в голосе Фёдора Фёдоровича.

ГЛАВА ТРЕТЬЯ

Фёдор Фёдорович появился в самую трудную минуту жизни Никиты Орехова. Произошло это два года тому назад. Никита получил двойку на вступительном экзамене по литературе. Ещё вчера он был счастлив. Он блистательно сдал математику и физику. И вот всё кончено. Надо с позором возвращаться домой. Если его даже допустят к остальным экзаменам, держать их нет смысла. Конкурс: одиннадцать человек на одно место, — куда уж тут с двойкой! Кроме того, заявления подали двадцать медалистов.

В сочинении Никита сделал только одну грамматическую ошибку.

На устном экзамене по литературе профессор попросил его рассказать биографию Толстого.

— Льва Николаевича? — деловито осведомился Никита. — Или Алексея Константиновича? Или Алексея Николаевича?

— Льва Николаевича, — дружелюбно сказал профессор.

Никита приободрился.

— Писатель Толстой Лев Николаевич родился в тысяча восемьсот двадцать восьмом году…

Профессор закурил и приготовился слушать, но беда была в том, что Никита совершенно не умел говорить. Он понимал, что о жизни Толстого надо рассказывать значительно, особенными словами, но вместо этого с ужасом вслушивался в свои отрывистые, скупые слова. А ему хотелось бы подробнее поговорить о жизни Толстого. На взгляд Никиты, она была во многом сложной и трудной.

— Когда скончался Толстой? — прервал профессор Никитины размышления.

Смерть Толстого особенно беспокоила Никиту. Он не мог примириться с тем, что такой знаменитый, очень уже старый человек перед смертью ушёл из дому и умер не по-людски, на какой-то чужой станции. Но, взглянув в холодные глаза профессора, он сразу понял, что не следует в такой официальной обстановке делиться своими личными огорчениями.

— Ну? — нетерпеливо сказал профессор.

Когда Никита прочитал впервые о смерти Толстого, он ясно представил себе: старик идёт по дороге. Старику всё равно, куда ведёт эта дорога; борода нечёсаная треплется у него на груди. Ему трудно идти, холодно, и листья летят, осенние, бездомные, уже мёртвые, но ещё золотые.

— Осенью это было, — горько сказал Никита.

— А в каком, собственно говоря, году? — уже ехидно спросил профессор.

Но Никита вдруг забыл год. Незадолго до революции… Это он помнил. Но в каком году? Никита молчал.

— «Анну Каренину» вы читали? — услышал он раздражённый вопрос.

— Читал, — встрепенулся Никита.

— Что вы можете сказать об образе героини?

— Каренина Анна Аркадьевна была очень умная и красивая женщина, — сообщил Никита и прибавил тихо: — Только слабая душой.

Профессор ошеломлённо посмотрел на него. Две девушки, которые готовились отвечать по билетам, тревожно зашептались позади Никиты, и скрип их перьев насторожённо прервался. Было ясно, что ответ неудачен и надо выпутываться как можно скорее. Но Никита был слишком убеждён в своей правоте. Его только огорчало, что он так неубедительно выражает свои мысли. Мысли были искренние, горячие, тревожные, слова — беспомощные. Так мог бы говорить какой-нибудь школьник, а не он, почти студент.

За последнее время у него исчезло то чувство неловкости, которое он испытывал, когда перешёл из семилетки в среднюю школу и ребята подтрунивали над его отрывистой, скупой речью. Учителей удовлетворяли его краткие ответы, а Мария Васильевна считала Никиту одним из лучших своих учеников. Он даже сделал на литературном кружке доклад о «Капитанской дочке» Пушкина.

В девятом классе его избрали секретарём школьной комсомольской организации, и товарищи, видимо, прекрасно понимали его. Никите не раз приходилось бывать на заседании правления колхоза. Он привык к степенным, неторопливым беседам, привык к тому, что председатель, человек деловой, уважаемый во всей области, говорил ему, как равному: «Ты, Орехов, подбрось-ка мне человек пятнадцать, только постарше, из девятого класса. На парники».

Таким образом, Никита уже убедился в том, что можно отлично жить, выражая свои мысли скупо и просто. И на экзаменах в университете это тоже до сих пор не мешало ему. От него требовалось, как раз то самое простое и скупое изложение фактов, к которому Никита привык, и он сам чувствовал, что математику и физику сдал вполне благополучно. Но то были математика и физика — предметы, в которых всё ясно, отчётливо и которые не давали повода для волнения, страдания или тревоги. Здесь же, на экзамене по литературе, Никита испытывал все эти чувства, а о чувствах говорить не умел.

Профессор молчал. Никита отлично понимал, что это не то доброжелательное молчание, на которое идёт экзаменатор, чтобы студент собрался с мыслями. Это было молчание, при котором с каждой минутой накапливалось раздражение.

А Никите хотелось, чтобы профессор понял, почему он такого мнения об Анне Карениной. Оно возникло у него не сразу. Когда он впервые прочёл «Анну Каренину», книга ему понравилась, и по вечерам он читал её вслух отцу. Люди, о которых писал Толстой, жили совсем иначе, чем жил Никита. Но они любили, страдали, и он полюбил этих людей.

Во время войны Никите пришлось много разговаривать и работать с женщинами. Раньше Никите казалось, что их болтовня у колодца, и пустячные огорчения, и мелкие ссоры — всё это несерьёзно, несолидно. Поэтому и к девочкам в школе он тоже относился пренебрежительно. Но во время войны он увидел, как женщины расставались с мужьями, как провожали в армию сыновей и как потом, когда в колхозе остались только дети, старики и больные, эти женщины вынесли всю тяжесть труда на своих плечах. Женщины стали немногословны и суровы, словно солдаты. Председателем в их колхозе тоже избрали женщину. Никита видел её во время самого большого человеческого горя. Сын её, Андрей, друг Никиты, однажды прибежал за ним: из-под Сталинграда пришла похоронная на отца. В доме Андрея было тихо. Его мать, Мария Петровна, стояла у окна, не шевелясь, вцепившись загорелыми руками в подоконник. И так сжаты были эти руки, что казалось, она мнёт дерево пальцами. «Окаменела», — говорили соседки, и это было самое страшное слово о горе, которое узнал Никита.

Недавно Никита перечитал «Анну Каренину». Оказалось, что он помнил всё: героев, события. И когда начал читать, его снова охватило чувство жалости к Анне Карениной, которое он испытывал и раньше. Но по мере того, как он читал книгу, Анна казалась всё более далёкой и странно беспомощной.

Понимая, что молчать дальше невозможно, Никита хмуро сказал профессору:

— Я так об Анне Аркадьевне думаю: люди её зря обидели за большую любовь. Только мало ли что в жизни приходится переживать? Как же это можно: от двух детей — и под поезд? И Серёжу на Каренина оставила. Разве он может хорошего человека вырастить?

Никита встретился со взглядом профессора и понял, что тот возмущён его ответом. Никита не мог знать, что не далее, как вчера редактор сочинений Толстого, к которым этот профессор писал примечания, сказал, что он не учитывает психологии современного читателя. И теперь профессор понял, что студент Орехов — тот самый современный читатель, психологии которого он не учёл.

— Не думаете ли вы, что много на себя берёте? — раздражённо спросил профессор. — Толстой Анну Каренину слабой не считал. Наоборот, она пошла против устоев общества. Это одна из самых сильных, да, пожалуй, самая сильная женщина, созданная Толстым.

— А я на себя ничего не беру, — сказал Никита, — я только говорю, как думаю.

Профессор, видимо, считал дискуссию об «Анне Карениной» законченной и спросил, в каком году Пушкин написал «Капитанскую дочку». Никита ответил. Он обрадовался вопросу, так как многое мог рассказать об этом произведении. Но профессор больше ничего спрашивать не стал, а поинтересовался, в каком году Пушкин приезжал в Московский университет и что об этом написал Гончаров. Никита впервые услышал, что Пушкин приезжал в Московский университет, и оживлённо спросил профессора, о чём говорил Пушкин и где он был: в том здании, где они находятся сейчас, или в каком-нибудь другом?

— Это я вас спрашиваю, а не вы меня, — рассердился профессор. — Лучше скажите мне, в каком году написаны «Свои люди — сочтёмся» и когда впервые поставлены. Или вы Островским не интересуетесь?

Островским Никита интересовался, но такие подробности были ему неизвестны.

Никита любил читать, много думал о книгах, но совсем не умел зубрить. Даты исторических событий запоминались сами. Но они отпечатывались в мозгу не как год, число, месяц — листок календаря. Когда он думал о них, то видел худую фигуру и растрёпанные седые волосы Суворова, алое знамя на броненосце «Потёмкин», взлетевшую над броневиком руку Ленина. Эту минуту Никита представлял себе так ясно, что казалось, он слышит голос Ильича. А даты запоминались уже сами.

Что же касается дат литературных событий, то Мария Васильевна не настаивала на том, чтобы школьники заучивали их на память.

А профессор спрашивал о датах, именах, незначительных событиях. Никита ошибся раз, два, смешался окончательно и на следующие вопросы отвечал так невыразительно и сжато, что легко было усомниться в его знаниях. Через сорок минут профессор пожал плечами, переглянулся с ассистентом. Всё было ясно: двойка.

Никита бесцельно бродил по университету и забрёл в зоологический музей. Здесь бы он учился, если б не эта двойка. Вокруг Никиты стояли скелеты необыкновенных громадных животных, лежали черепа, виднелись яркие птицы. Желанный, интересный, теперь недоступный ему мир. Ещё неизвестно, выдержит ли он экзамен в будущем году или опять провалится. Никита сел на стул в тени скелета мамонта и загрустил.

Здесь его и обнаружил Фёдор Фёдорович Лопатин.

Даже когда Никита сидел возле скелета мамонта, бросалось в глаза, что юноша велик ростом. Заметно было, что собирали Никиту в Москву заботливо: пиджак ладно сидел на широких плечах, новые сапоги блестели. Но плечи были опущены, и во всей фигуре чувствовалась такая печаль, что Фёдор Фёдорович, который провёл в университете тридцать пять лет и уже насмотрелся на студентов при самых различных обстоятельствах, поставил диагноз немедленно:

— Двойка?

Никита встал и вежливо ответил:

— Двойка.

Некоторое время они с удовольствием рассматривали друг друга. Фёдор Фёдорович любил высоких людей. От загорелого лица, от выгоревших волос и доверчивых, чуть косо поставленных ярко-синих глаз на него пахнуло чистотой и юностью. Никита виновато смотрел в его явно дружелюбные глаза.

— Кто же вас подвёл? — спросил Фёдор Фёдорович. — Бойль-Мариотт, Пифагор? Или этот самый… бином Ньютона?

Никита мотнул головой и осторожно дотронулся до мамонтовой ноги.

— Каренина Анна Аркадьевна.

Фёдор Фёдорович посмотрел на него и начал смеяться. Он откашливался, вытирал слёзы, отдыхал, потом продолжал смеяться. Никита угрюмо наблюдал за ним, но не выдержал и тоже улыбнулся.

— Ведь милая же такая женщина! — сквозь смех выговорил профессор.

— Мы её по программе не проходили. Я отвечал, как сам думаю, — грустно сообщил Никита.

Фёдор Фёдорович перестал смеяться. Ему было самому неясно, думает он о Карениной соответственно программе или нет. Боясь углублять вопрос, он прошёлся от мамонта до жирафа и обратно.

— Ну, а с остальными у вас как?

— Физика — «пять», математика — «пять».

— А на какую кафедру?

Никита не понял.

— Ну, чем собираетесь заниматься? Птицами? Рыбами? Грибами?

— Я насчёт мыша, — твёрдо сказал Никита.

Фёдор Фёдорович поправил:

— Мышь — она. Женского рода.

— Нет, он. Мыш. Вредный. — Видимо, в этом вопросе Никита был непоколебим.

Фёдор Фёдорович усмехнулся.

— Значит, полёвки? Грызуны?

— Полёвки.

Никита не торопясь, обстоятельно рассказал Фёдору Фёдоровичу о том, что полёвка одолела и он решил, наконец, избавить человечество от этого вредного животного. Он описал, в какие годы полёвки было меньше, в какие больше. Какие именно полёвки имеются в их районе и как они гнездятся зимой в копнах сена. Какую еду полёвки любят больше, какую меньше. Как они прорывают ходы под снегом и губят озимь. Какие полёвки роют норы в земле, а какие устраивают шарообразные норы на земле или в кустах. Как часто и сколько приносят детёнышей, а детёныши, в свою очередь, месяца через полтора-два тоже приносят детёнышей, штук шесть, восемь, а то и одиннадцать…

Никита говорил двадцать пять минут, и Фёдор Фёдорович слушал его, не перебивая, наклонив голову и для устойчивости расставив ноги. Потом сказал:

— Ждите здесь, — шагнул к двери и исчез в тёмном коридоре.

Никита опять сел около мамонта. Мимо него прошла какая-то беленькая девушка; она посмотрела, как ему показалось, злорадно, постояла минуту и пошла дальше. Наверное, она сама потом провалилась на экзамене, так как Никита, кажется, её больше не встречал.

Никита ждал Фёдора Фёдоровича целый час. О том, что произошло за это время, он так никогда и не узнал.

А Фёдор Фёдорович прежде всего отправился к декану. Декан биофака Хруст окончил университет, и Фёдор Фёдорович помнил его тихим студентом. Хруст никогда не отличался особыми способностями, но учился старательно. На глазах Фёдора Фёдоровича прошла вся его жизнь: окончив университет, он начал работать научным сотрудником в лаборатории микробиологии. За год до войны его назначили заместителем декана, и Фёдор Фёдорович был в числе тех, кто поддержал его кандидатуру. Он считал Хруста человеком скромным, дельным, хорошим организатором.

Во время войны университет был эвакуирован в Среднюю Азию. Там-то Хруст и стал деканом. А профессор Лопатин по заданию правительства выехал в Сибирь для организации звероферм. Он был одним из крупнейших в Союзе знатоков пушного дела.

С Хрустом они встретились только тогда, когда и университет, и Лопатин вернулись в Москву. Фёдор Фёдорович вышел на московский вокзал счастливый, как юноша. Он приехал один, налегке, с маленьким рюкзаком, семья ещё оставалась в Сибири, и сразу пошёл в университет. С волнением подходил Фёдор Фёдорович к знакомому зданию.

Наконец снова он видел Кремль.

Фёдор Фёдорович стоял, смотрел и вспоминал, как совсем мальчиком он пришёл в университет. Вспомнил сурового, насмешливого Тимирязева, внимательные глаза Мензбира, Северцева, своих учителей, товарищей, голодные студенческие годы, стычки с жандармами в 1905 году. Он вспоминал первые научные труды, и первые бессонные ночи, и весь длинный путь, который прошёл до этого дня. Он не чувствовал ни усталости, ни слабости. Ничего, кроме радости возвращения.

Ему хотелось сейчас же, сию минуту снова сесть за стол в своей маленькой лаборатории, скорее войти в аудиторию. Снова работать, снова учить. И он прошёл прямо в кабинет к декану.

Но в этот день декан не смог принять профессора Лопатина. Он не смог его принять и на второй день, и на третий. Встретились они лишь в конце недели. Фёдор Фёдорович сначала даже не узнал его. Хруст стал медлителен в движениях, смотрел на собеседника снисходительно, разговаривал невнимательно, то и дело перебивал Фёдора Фёдоровича. На вопросы он отвечал односложными: «тэк-с...», «н-да?», предоставляя ему самому догадываться, какой смысл в них вкладывает. Во время разговора Хруст так закидывал голову, что глаз не было видно, только подбородок.

Очень скоро выяснилось, что декан Хруст не любит профессора Лопатина, а профессор Лопатин не любит декана.

Хруст никогда не заходил в лаборатории, а попасть к нему, чтобы поговорить по делу, тоже было нелегко. Поэтому декан неважно ориентировался в делах факультета, но решал их категорически, с лёту и ни с кем не посоветовавшись. За это Фёдор Фёдорович не любил декана. Декан же не любил его, так как профессор Лопатин был неудобный человек, а декан предпочитал удобных.

Лопатин хотя и был вежлив, но всегда спорил с ним, и спорил даже по тем вопросам, которые казались декану недостойными внимания. И с каждым днём эти возражения раздражали декана всё больше.

Когда Фёдор Фёдорович входил в кабинет декана, тот начинал нервничать, а во время выступления Фёдора Фёдоровича на собраниях и на партбюро Хруст перебивал его гораздо чаще, чем всех остальных. Впрочем, кроме него, декану почти никого перебивать не приходилось.

Изо дня в день росло его влияние. Как-то незаметно руководители кафедр заменялись людьми, которые умели ладить с деканом...

Уживался с Хрустом и старый друг Лопатина — Шаров, большой учёный, человек добродушный, весёлый, мирный, вся жизнь которого проходила в его лаборатории.

Постепенно декан совершенно отвык от возражений и критику переносить перестал. А Фёдор Фёдорович критиковал декана и в личных беседах, и на заседаниях кафедры, и на учёном совете, и на партийных собраниях. И критиковал так убедительно, что иногда декану самому начинало казаться, что, может быть, он и в самом деле не прав. Но он быстро справлялся с этим неприятным чувством и обрушивался на Фёдора Фёдоровича со встречными нападками. Критиковать Фёдора Фёдоровича было удобно: у него было множество общественных обязанностей и партийных поручений, и всегда можно было найти, к чему придраться... Когда же Фёдор Фёдорович начинал налаживать запущенный участок работы, то с удивлением замечал, что и это тоже чрезвычайно раздражает декана.

Особенно обострялись отношения во время приёма новых студентов.

Декан и председатель приёмной комиссии предпочитали москвичей. Они считали, что москвичи лучше подготовлены и к тому же причиняют меньше хлопот — не нуждаются в общежитии.

Кроме того, перед каждым приёмом декану начинали звонить именитые люди или просто знакомые с просьбой устроить на факультет их сына, дочь, племянника, и декан охотно исполнял эти просьбы.

Профессор Лопатин жадно цеплялся за людей, которые ещё до университета сталкивались с природой и действительно знали и любили её. Он был знаком и переписывался со множеством людей и ежегодно, ещё задолго до набора, сообщал в деканат, что у его приятеля — председателя крупной рыболовецкой артели — есть один по-настоящему талантливый паренёк, который не только знает все повадки рыб, но и отличник и уже прочитал множество книг по ихтиологии. Или вдруг выяснялось, что где-то в глухой тайге есть замечательная девушка-охотник, но окончила она только семилетку, и профессор Лопатин писал девушке длинное письмо, в котором уговаривал её обязательно поступить на вечерние курсы. И когда она кончала десятилетку, никто уже не мог помешать Лопатину добиться её приёма в университет.

Профессор Лопатин получал письма от директоров мичуринских станций, от директоров десятилеток, из городских отделов народного образования о тех юных биологах, которые, наконец, закончили десятилетку и могут поступить в распоряжение Московского университета.

Что же касается москвичей, то уже давно были организованы школьные кружки, которые вели студенты Фёдора Фёдоровича на кафедре зоологии позвоночных, и поэтому ему было отлично известно, в каких школах подрастают будущие биологи.

С незнакомыми ему людьми профессор Лопатин обязательно встречался во время экзаменов. Таким образом, к моменту обсуждения кандидатур на приёмной комиссии ему было известно о каждом новичке всё: где и как жил, где учился, живы ли родители, чем занимается, чем интересуется, в каких кружках состоял в школе, какие книжки читал, кем хочет быть. Он уже твёрдо знал, кого надо принимать, кого нет, и спорил до хрипоты по поводу каждого человека.

Всё это чрезвычайно утомляло декана. Поэтому, когда Фёдор Фёдорович рассказал ему об Орехове, он скучно ответил:

— Юридически не имею права. Ничего не могу для вас сделать.

— Это не для меня. Это для факультета. Талантливый же человек.

Хруст утомлённо пожал плечами. Юридически он был прав, и Лопатин мрачно шагнул из кабинета. С минуту он постоял в коридоре, размышляя. Необходимо выручить Орехова. Затем он направился в сто двадцатую аудиторию, где происходили экзамены по литературе. Был перерыв. Профессора он застал одного: члены комиссии курили в коридоре, что чрезвычайно устраивало Лопатина. Услышав фамилию Никиты, профессор возмущённо вскочил.

— Это чёрт знает, что за мальчишка! — закричал он. — Для него нет ничего святого!

Фёдор Фёдорович дал ему выкричаться, а потом осторожно спросил, что же именно сказал Орехов. Профессор повторил.

— А в самом деле, — вдруг сказал Фёдор Фёдорович, — Серёжу-то ведь очень жалко.

Профессор как-то притих, видимо, тоже подумал о Серёже. Фёдор Фёдорович немедленно воспользовался затишьем.

— Послушайте, — начал он убедительным шёпотом. — Представьте себе, что я только что провалил студента по математике. Потом он приходит к вам, и вы с первого его слова понимаете, что это прирождённый писатель, филолог, критик… Что это человек, который вам нужен. Он будет ваш лучший ученик. Вы ему все свои мечты передадите, — Фёдор Фёдорович немного преувеличивал: сам он делился своими мечтами и знаниями необычайно щедро. У него уже было по крайней мере двести таких самых любимых учеников, которые работали в разных концах страны, и многие из них, в свою очередь, стали профессорами. Впрочем, это было естественно: Фёдору Фёдоровичу вообще везло на хороших людей.

Профессор молча слушал, и это подбодрило Фёдора Фёдоровича.

— А этот парень, Никита Орехов, нужный мне человек, он мне сейчас рассказал одну такую штуку про полёвку, которую я сам впервые в жизни услышал.

Профессор, отлично знавший Лопатина, давно уже всё понял.

— Значит, опять дерётесь за своих Ломоносовых? — подытожил он.

— Дерусь, и Орехова мы упустить не можем.

— Это, собственно говоря, почему же?

— Да это же человек, который нам очень нужен! Он биолог от рождения, как поэт.

— Этот ваш поэт двух слов связно сказать не может, и суждения его легковесные…

— Да что вы! — возмутился Фёдор Фёдорович. — Крайне глубокий юноша. И говорит отлично: скупо, ярко, без лишних слов… Не разглядели вы его… Разрешите переэкзаменовку — сами увидите… Ещё мне спасибо скажете…

После экзаменов, которые он все сдал на «пять», Никита явился к профессору литературы.

Пока за дверью сто двадцатой аудитории царила напряжённая тишина, Фёдор Фёдорович ходил по коридору, убеждая себя, что он просто курит и отдыхает здесь. Через полчаса дверь отворилась, и из аудитории выскочил раскрасневшийся Никита.

— Ну как?

— Четвёрка.

Так Никита Орехов стал студентом университета.

ГЛАВА ЧЕТВЁРТАЯ

— Сначала мы его взвесим и промерим. — Фёдор Фёдорович достал из кармана аптечные весы и передал Никите коробочку с разновесом. На одну из чашек он положил птенца. Птенец был ещё совсем голый. Сквозь розовую тонкую кожицу просвечивал тёмный бьющийся комочек — сердце и большой расплывшийся желточный пузырь. Откинувшись в сторонку, лежала вялая шея с маленькой головкой, Фёдор Фёдорович нечаянно задел голову птенца, и она тотчас взметнулась вверх на сразу напрягшейся шее. Большой жёлтый клюв широко раскрылся.

— Он думает, мать, — рассмеялся Никита.

Фёдор Фёдорович! — окликнул весёлый тонкий голос. К ним подходил своей лёгкой походкой профессор Шаров.

Фамилия Шарова на редкость к нему подходила. И в самом деле, он весь состоял из шаров — громадного живота и круглой лысой головы с весёлыми и тоже круглыми глазами. Непонятно было, как этот громоздкий человек так легко несёт своё тучное тело. Лопатин оглянулся через плечо. Он стоял на коленях, держа весы, а Никита старался подхватить пинцетом крошечный разновесок в 200 миллиграммов.

— Всё птичек взвешиваешь? — спросил Шаров.

В белом полотняном костюме, он навис над ними, как снежная глыба.

— Взвешиваю, — охотно подтвердил Лопатин.

— Не жалеешь ты своё время, Фёдор Фёдорович, вовсе не жалеешь.

— Как это не жалею? Мне, знаешь ли, Николай Александрович, даже спать жалко. Честное слово! Ну вот… Кажется, точно. Семь и две десятых грамма… Геркулес! — Фёдор Фёдорович переложил птенца на пенёк и ждал, пока Никита зарисует его.

— Зарисовали? Так. Ну-ка, глянь, — протянул он рисунок Шарову.

Тот посмотрел и кивнул с одобрением. Даже любимый ученик Шарова Аркаша Коренев и тот рисовал хуже.

— Ну, теперь кладите, Никита. Вы лезьте, а я подам. И достаньте двух воробьят…

Никита вскарабкался на берёзу, где в дуплянке, предназначенной для скворцов, с полным удобством поселились нахальные полевые воробьи. Фёдор Фёдорович подал ему птенца. Шаров стоял, выпятив живот, заложив руки за спину, и неодобрительно наблюдал за их действиями. Лопатин насмешливо, но дружелюбно покосился на него и осторожно взял воробьят у Никиты.

— Так вот, — сказал он, когда Никита спрыгнул на землю. — Теперь взвесьте и зарисуйте одного из птенцов в родительском гнезде. И делайте это через день непременно. Очень важно сопоставить, как пойдёт развитие.

— А у товарища студента сегодня выходной день? — перебил Шаров.

— Нет, — растерялся Никита, — я уже дежурил, а через час у меня начало занятий: комплексная тема по питанию лягушек. А этот час свободный.

— Комплексная тема, комплексная тема… — пробормотал Шаров, когда смущённый Никита поспешно ушёл. — Всё мудришь…

— Мудрю. — Фёдор Фёдорович присел на пенёк, откуда хорошо было видно гнездо, и закурил. — Да ты садись. А то ведь стоять неудобно. Вот ты и нервничаешь.

— Мне садиться нельзя. Потом буду вставать полчаса. Я и не болею поэтому же. Лягу — не встану. Это мне не по комплекции. — Шаров засмеялся своим тонким смехом. — Да и что тут сидеть, пойдём ко мне.

— Погоди. Вот посмотрю, как мой воробей подкидыша примет. А вдруг выгонит?

— А кого ты ему подбросил?

— Славку-черноголовку.

— Та-ак. — Шаров с недовольным видом обошёл вокруг пенька, на котором сидел Лопатин, и остановился против него. — Значит, всё эксперименты?

— Непременно. Опыты те самые, которые ты ещё в прошлом году назвал блажью и бессмысленной вознёй.

— Ну ладно, не сердись, экой горячий!.. Хватит уж спорить. Жара такая, а он всё сердится. Пойдём лучше чай пить. Надюша варенья даст. Вон твой воробей прилетел.

Воробей юркнул в гнездо и минуту спустя вылетел оттуда. Видимо, всё обстояло благополучно.

— Ну, пойдём, — согласился Лопатин, и они не торопясь пошли по направлению к биостанции.

— А какой ты ходок был! Помнишь? — сокрушённо спросил Лопатин. — Не знал другого такого ходока, как ты. А бицепсы были! Батюшки мои, какие бицепсы!

— Четыре пуда одной рукой выжимал, — чуть задыхаясь, сказал Шаров.

— Да, много мы с тобой отшагали. А, Коля? С тобой в экспедициях отлично было. Эх, какого полевика лаборатория съела!

Шаров рассердился.

— Во-первых, ты сам в лаборатории месяцами и годами торчишь, а во-вторых, если бы я все эти годы в лаборатории не сидел, ты бы, сударь мой, очень многого не знал. Да-с...

— Ну ладно, ладно. Хоть немножко мне тебя растревожить бы, и всё, — пошёл на мировую Лопатин.

Но Шаров уже не мог угомониться.

— Нет, ты скажи, — задыхаясь, начал Шаров, — допустим, эксперименты по переселению птиц нужны, интересны и могут принести реальный результат, но взвешивать-то зачем самому? Неужто Вера Васильевна без тебя не управится?

— А ты, Николай Александрович, опять за своё: для практики достаточно младших научных сотрудников, — передразнил Лопатин высоким монотонным голосом. — Понятно, Николай Александрович, тебе-то, конечно, спокойнее всё лето в лаборатории сидеть или на курорты ездить. А дело в том...

— Да брось ты, Фёдор Фёдорович, спорить!

— А я не спорю. Тут, Николай Александрович, и спора-то нет. Я прав, а ты не прав, вот и весь наш спор. Для первого общения студента с природой нужен профессор с большим опытом, знающий. Вроде тебя или меня.

— И не много ли это для второго курса?

— В самый раз, Николай Александрович, в самый раз. Вот ты говоришь: времени не жалко, а ведь взвесить птенца тоже надо умеючи. В руки его взять поаккуратней, показать, как зарисовать, на что внимание обратить, а пока у студента руки и глаза привыкают, я ему объясню, зачем это надо, для чего. Вот мой Никита Орехов. Он себя сейчас кем чувствует? Учёным, новатором. У него перспективы, мысли. А иначе его учить нельзя. Он человек творческий, талантливый. Не чета твоему Кореневу.

— А чем же мой Коренев плох?

— Он-то не плох, да ты его подводишь.

— Я подвожу? — удивился Шаров.

— Конечно, подводишь. А он тебя очень любит, Николай Александрович. Это правильно. Ученик должен любить своего учителя. Только что он у тебя делает? Зубки у твоих грызунов считает и черепа меряет. Виды и подвиды определяет.

— А если, по-твоему, систематика не нужна, так отчего ты на экзаменах по этой самой систематике так гоняешь, что студенты стонут? Мне, говорят, и то легче сдавать.

— Зачем ты, Николай Александрович, притворяешься, будто не понимаешь? И систематика нужна, и гонять по ней буду... А вот какую ты Кореневу курсовую работу дал? Узенькую, тоненькую. Ни одного опыта. Ни одной возможности ошибиться, помучиться. Сам мучился?

— Ого...

— То-то и оно. Твой Коренев вид определит, где распространён вид, зазубрит. А может, того суслика давно в природе нету. У тебя этот дохлый суслик двадцать лет в лаборатории валяется, его моль поела. А может, там, где он жил, уже не степь, а лес посадили. Или, скажем, там море, и рыбы в нём плавают. Сгубишь ты его, Николай Александрович, ей-богу, сгубишь. Систематика нужна, если она живая, нужна в динамике, в движении. А ты его учишь систематике мёртвой, окаменевшей...

— У него систематический склад ума.

Лопатин остановился и круто повернулся к Шарову, загородив собою узкую тропинку, по которой они шли.

— Я не знаю, что такое систематический склад ума. Я знаю хозяйскую работу учёного и нехозяйскую.

— Ты права не имеешь! — задохнулся Шаров.

— Имею я право. Я тебя обидеть не хочу. Разве могу я тебя обидеть? Ты вот сердишься, а ты не сердись. Да иди медленнее, жарко. Вот мы с тобой о чём ни говорим — спорим, а спорим, в сущности, всё об одном и том же: о хозяйской работе и о нехозяйской. Взять хотя бы наш спор о воспитании студентов. Кто нужен? Учёные-новаторы. А Хруст кого воспитывает? Лаборантов. Ему-то и нужны лаборанты, чтобы поменьше думали, побольше слушали. Тебе они не нужны, но ты их тоже начал воспитывать. От лени, от самоуверенности. Думаешь: я старый стал, знаменитый, можно жить спокойней? Нельзя! Вот ты из-за комплексных тем со мною ругаешься. Я понимаю, комплексные темы — дело хлопотливое. Но они учёных воспитывают. И пользу приносят. У меня студенты работу по лягушке второй год делают, а я материал их соберу, опубликую, и, увидишь, дельная будет работа. Ты над опытами моими смеёшься. А какое я имею право не думать о том, что лесонасаждениям угрожают вредители? И тебе об этом не мешало бы подумать. Твои полёвки и суслики там чёрт те что делают, а ты только и знаешь, что подвиды описываешь.

— Я не могу разбрасываться.

— И не разбрасывайся. Ты всё в одиночку работаешь. А так разве можно? Вот меня ругаете. И ты ругаешь, и на учёном совете ругают: «Лопатин — бунтарь», «Лопатин — фантаст». А ты вот. Никто лучше тебя грызунов не знает. А где ты их изучаешь? На столе. А зачем изучаешь, какие перед тобой задачи? Знать? Нет, не только знать — управлять. Откровенно говоря, задача-то у тебя одна, и вполне отчётливая: чтобы вредных твоих грызунов в природе не было, а полезных — побольше. Чтобы болезни, которые твои грызуны разносят, уничтожить. И только в лаборатории ты эту задачу, Николай Александрович, не решишь. И в одиночку тоже не решишь. Ты вот, Николай Александрович, идёшь по лесу на цыпочках, а я на цыпочках по своей земле ходить не хочу. Я по своей земле хочу как хозяин идти. Здесь сухую ветку обломаю, здесь дерево посажу, здесь в пруд рыбы напущу, здесь бобров разведу, а здесь вредных гусениц уничтожу. В степях леса посажу, в пустыню реки проведу. А ты и твои приятели идёте каждый своей намеренно суженной тропкой. И так идёте, словно между этими тропками каменные стены стоят. А у нас дорога-то общая. И знать, что делает каждый из нас, думать сообща — это не значит разбрасываться. И это не только в пределах нашей кафедры или университета. Вот у тебя, Николай Александрович, кабинет. Стены толстые. Окна не очень большие. А моя лаборатория? Все питомники и зверосовхозы Союза. Все заповедники и охотничьи хозяйства. У тебя штатное расписание — пять человек, а у меня сколько ветеринаров, биотехников, зоотехников работает? А какие исследования ведут! Какие смелые опыты ставят! Я могу любой опыт провести, в любом масштабе. Вот переселение птиц. С работниками на лесополосах связался? Связался. Работают? Работают. Студенческую бригаду под руководством Виктора Белевского сколотил? Сколотил. И вот увидишь, выйдет или не выйдет…

— У тебя ещё школьный кружок при кафедре. Ты бы пятиклассников привлёк.

— Что ж ты мне раньше не сказал? Это дельная мысль. На будущую весну каждому дам задание. И зря ты смеёшься. Ты с моими школьниками не шути, они ведь летом во все концы разъезжаются.

— Послушай, Николай Александрович, ты подумай только, сколько у нас интересного! А мы почему-то держим студентов на этой биостанции, как мальков в садке. Давай выберем человек пять и пошлём на лесополосы, а ты свою бригаду по грызунам под руководством твоего лаборанта Громады Ивана Остаповича. Уж чего надёжней!

— Громада у меня больше не работает.

— То есть как так?

— Сказал, что его мать выздоровела и в работе он больше не нуждается. Хочет только учиться. Но, насколько я понимаю, дело не в этом. Со мной не желает работать. Думает обо мне примерно то же самое, что и ты.

— Ну, это ты оставь! С ума он сошёл, вот что. Ему удалось с первого курса к тебе в лабораторию попасть. Это ценить надо. Рано ему тебя критиковать. А я его ещё в бригаду Белевского пригласил.

— Пожалуйста. Он совершенно свободен.

— Не ожидал, — сказал Фёдор Фёдорович.

— Я тоже не ожидал. А насчёт отправки на лесополосы ты и не думай. Средств нет. Я и так не знаю, что мне с этой практикой делать.

— Не надо было Кузьмича отпускать, — проворчал Фёдор Фёдорович. — Разве же можно такого человека отпустить? Охотник, хозяин, каждое дерево в лесу знает, каждую нору. И студенты здесь в отличных условиях жили.

— Я его не гнал, — начал Шаров.

— А что случилось?

— Сейчас… Пришли. — Шаров поднялся на крыльцо.

— Смотри ты, как переехал: всем домом! Здравствуйте, Надежда Ивановна!

Фёдор Фёдорович оглядел просторную комнату. Ковёр закрывал кровать, книги теснились на полках, настольная лампа, банки с вареньем на окне, пузатый самовар, вокруг которого столпились чашки. Надежда Ивановна ставила множество чашек на стол на всякий случай — знала: обязательно набежит народ. Шаровы славились своим гостеприимством. В их московской квартире всегда толпились студенты, пили чай, говорили о зоологии, слушали игру Шарова на виолончели и рассматривали его коллекции, которые были знамениты на весь университет.

Шаров находил время, помимо науки, заниматься множеством самых разнообразных вещей. Он обладал способностью совершенно по-мальчишески вдруг загореться и потом так же по-мальчишески остыть. Но были у него и постоянные увлечения: в течение многих лет он собирал коллекции — папиросные коробки и перья из хвостов птиц. Шаров уверял, что картинки с папиросных коробок дают богатый материал для историков; коллекция птичьих перьев была его гордостью. Но жена Шарова, Надежда Ивановна, или Надюша, как привыкли называть её друзья, всегда сердилась на Фёдора Фёдоровича, когда он приносил в подарок другу какое-нибудь очередное перо. Она говорила как можно строже:

— Вы, Федя, пожалуйста, остановитесь. У него уже восемь тысяч этих перьев. Они же пыльные! У меня работница пожилая. Всё время гости. Я не могу эксплуатировать человека из-за птичьих хвостов...

— Так какие же обстоятельства? — спросил Фёдор Фёдорович и с удовольствием хлебнул глоток сладкого крепкого чая.

— А я откуда знаю! Хруст категорически отказался иметь с ним дело, — тоскливо сказал Шаров. — Да ты лучше скажи, что делать с биостанцией? Ума не приложу. Чем кормить студентов? Куда спать класть? Хорошо тут твой Кузьмич хозяйничал! Нечего сказать!

— Ты Кузьмича не трогай. Он во время войны всё имущество спас. В землю зарыл, а сам партизанить ушёл. Вернулся, в две недели всё восстановил. Ты здесь при нём не был, его порядков не знаешь.

— Да ты не злись! Посоветуй, что делать.

— Не гнать честных людей и не брать на работу жуликов.

— Этот директор не жулик. Он просто растерялся.

Но Шаров ошибался. Новый директор биостанции действительно был жулик. За несколько месяцев своей работы он отстроил себе дом из заповедного леса, развёл коз, кур, овец, приобрёл корову, посадил большой малинник и отбил жену у пчеловода, заодно прихватив несколько ульев. Приезд студентов он воспринял как некое стихийное бедствие. Как будут жить студенты, его не интересовало совершенно. Зимой ему завезли лес, чтобы построить дом для студентов. Лес этот он использовал на свой сарай. А для студентов соорудил из старых досок и фанерных щитов рябой длинный приземистый барак. Барак протекал в дождь, и в нём не было света. По вечерам студентам оставалось только слушать занимательные истории Юры Дождикова или уходить к реке и сидеть у костра, что, впрочем, директор немедленно же запретил. На биостанции не оказалось ни бани, ни сушилок для обуви, ни клеёнок. Даже бачков с кипячёной водой не было! Куда всё это исчезло, неизвестно. Кузьмич, перед тем как перебраться на новую работу в ближайшее лесничество, сдал все эти необходимые предметы по описи. Впрочем, описи тоже не было. Не было и медицинской сестры. Поварихой в столовой работала жена директора. Она варила такую бурду, что её отказывались есть даже самые выносливые студенты.

— Так что же мне с ним делать? — испуганно уже спросил Шаров, выслушав все соображения Лопатина по поводу директора.

— Как что? Жулика отдать под суд. Немедленно! А я схожу к Балашову, пусть подыщет толкового человека, и двух плотников в колхозе надо попросить, чтобы привели в порядок сушилку, баню и барак. А им в помощь устроим студенческий воскресник.

— Я не уполномочен снимать студентов с занятий, — подумав, возразил Шаров. — Что же касается директора, то отдавать его под суд без ведома деканата не имею права.

— А если ты увидишь, что человек другому в карман лезет, ты тоже побежишь с начальством советоваться, да? Ох, не любишь ты ссориться, Николай Александрович, как я погляжу.

— Да, это, Федя, правда, — успокаиваясь, подтвердил Шаров. — Не люблю ссориться, совсем не люблю... — И он снова протянул чашку Надюше.

Его спокойное круглое потное лицо показалось незнакомым Фёдору Фёдоровичу в эту минуту. Ещё никогда не вызывал в нём Шаров чувства враждебности. Они спорили, ссорились, не ладили, не соглашались друг с другом, но Фёдор Фёдорович ни на одну минуту не переставал любить Шарова. Он любил его, его высокий весёлый голос, его способность по-мальчишески увлекаться самыми неожиданными вещами. Он любил и людей, близких ему.

Он любил коллекции Шарова. Его виолончель. Играл Шаров, быть может, и не очень хорошо, но Фёдору Фёдоровичу нравилось. Шаров всегда был миролюбив, ладил со всеми, верил всем. И Лопатин прощал его добродушие по отношению к тем людям, с которыми он сам никогда не нашёл бы общего языка. Он понимал, что эта вера рождена чистотой души его друга. Шаров трудно жил до революции. Мужественно боролся и сейчас, был полон безграничного доверия ко всему, что происходило в его стране. Он не хотел и не мог верить в то, что Хруст — карьерист, думает только о своей славе. Ведь ему была поручена такая большая работа на факультете. Ему доверяла советская власть.

И как бы горячо они ни спорили и как бы порой ни раздражало Лопатина наивное добродушие Шарова, он, понимая истоки этого добродушия, продолжал его любить.

Но сейчас у Лопатина появилось чувство, будто между ним и Шаровым возникло множество преград — это спокойное лицо, самовар, благодушная Надюша, занятая вареньем, Кузьмич, насмешки над его опытами.

Он встал.

— Я тебе, Николай Александрович, совет дал. Но раз ты начальник практики, ты за всё в ответе. Делай как знаешь...

— Я всё-таки напишу докладную. Пускай руководству будет известно.

— Хочешь — пиши. Дело твоё. — И Фёдор Фёдорович, поклонившись Надюше, вышел из комнаты.

ГЛАВА ПЯТАЯ

После ухода Фёдора Фёдоровича в комнате наступила тишина.

— Я тебе говорила, — наконец сказала Надюша и сердито звякнула чашкой, — не надо браться. Сколько лет Федя был начальником практики! И прекрасно без тебя обходились. Так нет же...

— Оставь меня! — пронзительно крикнул Шаров. — Оставь!

Надюша обиделась. Она поставила на стол недомытую чашку, повесила на спинку стула полотенце и села у окна спиной к мужу. Шаров вышел в соседнюю комнату, где была устроена его лаборатория. За большим столом сидел Аркаша Коренев, как всегда подтянутый, гладко причёсанный, и препарировал полёвку. Шаров оглядел её.

— Где поймали?

— Я не сам ловил. Мне студенты принесли.

— А вы бы сами...

— Хорошо, — согласился Аркаша, хотя и не очень ясно и отчётливо представлял себе, где именно и как он будет ловить полёвок.

Но его кроткий ответ отнюдь не успокоил Шарова. Сердито отдуваясь, он направился к своему столу.

— А это ещё что? — указал он на подушку и одеяло, аккуратно сложенные в углу дивана.

— Это моё... — Аркаша удивлённо посмотрел на профессора. Он не привык к такому тону. — Я здесь ночую, Николай Александрович. У нас в бараке совершенно невозможные условия... Но если вы возражаете...

— Да нет. Ночуйте... Жаль только, что для всех места нету.

— Тут вас спрашивали, Николай Александрович.

— Кто?

— Студенты.

— Я понимаю, что студенты. Кто именно?

— Я не знаю их фамилий.

— То есть как не знаете? Вы же два года учитесь с ними.

— На курсе сто десять человек, Николай Александрович. Я свою группу, конечно, знаю, но курс — не весь. Ведь я всё свободное время у вас. Мне некогда…

Шаров пожал плечами.

— По какому делу они приходили?

— Я не спросил. У вас был профессор Лопатин, я сказал, вы заняты.

— Очень досадно.

Шаров взгромоздился на табурет перед столом. Он попытался работать, но никак не мог сосредоточиться. Это случалось с ним редко. Обычно, стоило ему сесть за стол, он переставал замечать окружающее и мог работать сколько угодно — десять-двенадцать часов подряд.

«Права Надюша, — размышлял он, — зря взялся. Чем я занимаюсь? Сушилками для сапог, жуликами, борщом. И главное — ведь всё из-за Фёдора. А он же ещё мне нотации читает…».

Профессор Шаров действительно согласился руководить летней практикой студентов только из дружбы к Лопатину. Обстоятельства сложились так, что он не мог и не считал себя вправе поступить иначе.

К весне 1948 года Хруст и его друзья окончательно завладели факультетом. Конечно, если бы не было войны и из университета на фронт не ушло много молодых передовых учёных и, если бы не эвакуация, когда университет был оторван от Москвы, вряд ли это ему удалось бы. Сейчас же его люди были расставлены на административных постах, как шахматные фигуры в явно выигрышной партии.

Хруст расцвёл пышным цветом. Он всегда спешил и всюду опаздывал. Его имя то и дело мелькало в отчётах о всевозможных конференциях, сессиях, заседаниях.

Он редактировал множество научных работ по самым разнообразным вопросам.

В этот период на факультете наблюдалось странное явление: некоторые слова потеряли свой первоначальный смысл, и возникла новая терминология. Так, например, перестало существовать слово «мнение». Если ход мысли того или иного профессора или научного работника не совпадал с ходом мысли руководства, то это называли уже не мнением и не научной гипотезой, а «ошибкой». Возражения, если они были адресованы Хрусту или его коллегам, назывались по новой терминологии не обсуждением н не научной дискуссией, а «выпадом». После того как неосторожный профессор допускал «ошибку» и совершал «выпад», будущее его было предопределено. Уже не было надобности спорить с ним или пытаться убедить в том, что он не прав; его начинали «прорабатывать». Если же он упорствовал, вступали в силу меры чисто административные: ему объявляли выговор, передавали курс его лекций человеку более покладистому… Труды его никак не могли получить одобрение учёного совета.

Увольнять деканат не любил. Об увольнении обязательно узнавали партком, ректор, Министерство высшего образования — это осложняло дело. Гораздо удобнее потихоньку прижать непокорного в самом тёмном углу его же лаборатории, загородить своим человеком, платить зарплату из государственных фондов, пользоваться его работой и не позволять ему ни дышать, ни говорить. Это была очень удобная система. Так постепенно умолкли все, кто пытался возражать. А некоторые даже и не пытались. Одни молчали, потому что любили свою работу и боялись потерять её, вторые просто не любили ссориться с руководством, третьи даже не пробовали разобраться в происходящем.

Эту роскошь позволял себе только профессор Лопатин. Но он был знаменитый учёный, член партии, великолепный педагог. Приходилось его терпеть.

Но терпели его так, что от самого Фёдора Фёдоровича требовалось немало терпения. На его кафедру почти не отпускали средств, урезывали часы занятий, и, наконец, учёный совет не утвердил его начальником летней студенческой практики.

Узнав об этом, Фёдор Фёдорович в бешенстве влетел в лабораторию Шарова.

— У меня неверные установки! Я, видишь ли, слишком много вожусь со студентами! Я «заземляю» их, как выразился Хруст! Заземляю, видите ли! Весь год учатся, так что же им тогда на практике делать, как не учиться по земле ходить?

Шаров внимательно следил за тем, как Лопатин шагает по лаборатории. Потом не очень охотно встал и, хмуро покосившись на друга, вышел.

— Не выйдет, — коротко ответил декан, почти до конца дослушав убедительную речь Шарова. — Ясно? Мы другого найдём.

Шаров помолчал. На минуту промелькнула перед ним желанная летняя прохлада лаборатории. Он привык к ней, привык к своему дому и не хотел менять привычек. Он вставал в определённый час и знакомой дорогой шёл в университет. В дверях старичок швейцар говорил ему: «Добрый день, Николай Александрович». — «Добрый день», — отвечал Шаров. Вечером собирались студенты. Потом, когда гости расходились, он снова садился за стол. Кабинет был большой, по стенам — полки с книгами, в углах темно. Освещён только стол — сосредоточенный яркий круг света, который подчёркивал ощущение изолированности. Полная тишина. И за этот привычный покой, за тишину, за право спокойно работать Шарову каждую весну приходилось сражаться с Фёдором Фёдоровичем и доказывать, что его дело читать лекции и принимать экзамены, а не бегать по лесам и лазить по болотам вместе со студентами.

Шаров помолчал, вздохнул.

— А если я буду руководить практикой? Вы, надеюсь, возражать не станете?

— Вы, кажется, до сих пор избегали лесных идиллий.

— Там, говорят, порядочно полёвок, — скучным голосом пояснил Шаров. — А мне нужно разработать одну тему. Так я уж заодно. А то ведь никак не соберусь. Я, знаете ли, на подъём тяжёл. Очень не хочется ехать, но придётся. — Он сказал это так искренне, что даже недоверчивый Хруст поверил ему. Кроме того, было очень важно и то, что против кандидатуры Шарова Лопатин, конечно, возражать не станет и не пойдёт по своему обыкновению жаловаться в партком и ректорат и требовать отмены назначения.

Шаров вернулся в лабораторию очень сердитый. Лопатин, зажав в кулак бороду, всё ещё ходил из угла в угол.

— Сядь! — сказал Шаров и опустился в кресло. — Успокойся, подсунул…

— Что подсунул?

— Практику. Что? Нельзя же в самом деле: ни тебя, ни меня, — голос Шарова от злости стал ещё тоньше.

— Умница ты моя, Николай Александрович! Вот уважил! — Лопатин попытался обхватить Шарова.

— Да оставь ты! У меня путёвка в Кисловодск. У меня двадцать килограммов лишних.

— Ты там тридцать потеряешь! Ручаюсь! — захохотал Лопатин.

— Но только с условием: ты там будешь… Ведь только ко для тебя, — освобождаясь от объятий, сказал Шаров. — Пропаду я там. У меня работа.

— Ты из себя жертвы не делай, будь добр, — уже совершенно успокоившись, своим обычным тоном заметил Лопатин. — Для твоей же работы лучше. Хоть вспомнишь, как твои мышки живые выглядят.

Но даже отдалённо Шаров не представлял себе, что ожидает его на биостанции. Возможно, при Кузьмиче действительно было лучше. А сейчас — ни минуты покоя. И Лопатин ещё ворчит: деньги ему подавай для каких-то утопических опытов по переселению птиц. А просить эти деньги в деканате кто должен? Он, Шаров… Нет уж! Увольте, Фёдор Фёдорович…

Шаров кряхтя вылез из-за стола. Какая уж тут работа! Коренев проводил его сочувственным взглядом. Шаров вышел на крыльцо, постоял размышляя. Ему очень хотелось пойти и разыскать Лопатина. Но он вспомнил, сколько обидных вещей наговорил ему Лопатин сегодня, и вернулся домой. «Сам придёт», — решил Шаров.

ГЛАВА ШЕСТАЯ

Фёдор Фёдорович так и не зашёл к Шарову в этот день. Он провёл занятия, а часов в шесть вечера, прихватив с собой Варю Бережкову, отправился в колхоз «Ручьи», к Захару Петровичу Балашову.

Около моста на зелёном, словно стриженом берегу речки сидел Никита и вскрывал лягушку. Он выполнял работу по питанию, которая заключалась в том, чтобы поймать как можно больше лягушек и тщательно изучать содержимое их желудков. Вскрывать желудки следовало в лаборатории, но Никита делал это здесь. Он не привык сидеть в комнате летом. Впрочем, Никита, чтобы не мучила совесть, нашёл вполне убедительное объяснение: ведь пока доберёшься до лаборатории, лягушка, чего доброго, переварит самых нежных насекомых, и картина станет неясной.

Никите предстояло по крайней мере неделю просидеть в лаборатории энтомологии, чтобы определить, каких именно насекомых едят лягушки, узнать образ жизни этих насекомых и выяснить, где они живут и какими растениями питаются. Потом Никита под руководством ботаника должен был изучить эти растения. И, наконец, ознакомиться с теми почвами, на которых растут растения, которые едят насекомые, которыми питаются лягушки. Всё вместе и называлось комплексной темой.

Студенты любили комплексные темы, так как, выполняя их, чувствовали себя участниками научной жизни кафедры. Фёдор Фёдорович сразу же посвящал молодёжь в смысл своей работы, открывал её возможности, перспективы, давал отдельные задания, пусть сначала несложные. Но такое задание заставляло студента думать, экспериментировать, рыться в библиотеках.

Питанием лягушек занимались одновременно с Никитой ещё десять студентов. Была эта тема также на практике предыдущего курса. И в будущем году Фёдор Фёдорович намеревался опубликовать собранный материал.

Но комплексные темы Фёдор Фёдорович доверял лишь тем студентам, в исполнительности которых был уверен, способным к самостоятельным исследованиям и обобщению собранных фактов. Людям легкомысленным, которые ещё не знали, чего они хотят, Фёдор Фёдорович давал темы узенькие, для того чтобы сначала приучить их хотя бы наблюдать и выполнять самые простые задания. Так, Юру Дождикова он к комплексной теме не допустил. Юра получил отдельную тему: «Гнездование совы-неясыти в районе биостанции». Отдельную тему Фёдор Фёдорович дал Юре тоже неспроста. Он знал, что если Юра получит её вместе с другим студентом, то обязательно свалит всю работу на товарища.

Также не случайно Фёдор Фёдорович привлёк к комплексной теме Никиту Орехова. Он считал, что в лесу Никита ориентируется неплохо и ему пора прививать вкус к лабораторной работе.

— Пора вам вылезать из своего мышиного гнезда. Надо расширять круг знаний, приобретать навыки.

Никита покорно принялся ловить и вскрывать лягушек.

Раньше Никите казалось, что лягушки всё время прыгают вокруг и деваться от них некуда, но, когда дошло до дела, выяснилось, что ловить их не так-то просто. Никита четыре часа провёл у болота и поймал только четырёх лягушек, таких жалких и худеньких, что, судя по виду, у них не только ничего не было в желудках, но и сами-то желудки вряд ли были. Особенно же огорчило Никиту то, что все четыре принадлежали к одному и тому же виду. А он-то два вечера сидел над учебником, чтобы научиться безошибочно определять виды! Фёдор Фёдорович сухо заметил, что не ожидал этого от Никиты. Учебники надо не зубрить, а читать со смыслом. Тогда бы он сообразил, что у разных видов разная суточная активность. И, вероятно, не удивился бы тому, что днём ему попадаются дневные лягушки. Не правда ли? Это вполне естественно. Если же ему угодно поймать лягушек других видов, то их следует ловить ночью с фонариком, или в сумерки, или на рассвете, когда они, наевшись, отдыхают. Каждому ребёнку это известно.

Никита начал охотиться на лягушек ночью с фонариком, в сумерки и на рассвете. Он наловчился и загребал их сачком на полном ходу, шепча название вида, к которому, как ему казалось, принадлежит преследуемая им лягушка. Вскоре он стал разборчив и оставлял себе только самых больших, а маленьких презрительно отпускал обратно в камыши.

Сейчас Никита вскрывал лягушку такой величины и красоты, что Фёдор Фёдорович, подойдя к нему сзади и поглядев через плечо, сказал Варе:

— Сытенькая какая, а?

Никита вскрыл желудок и иголочкой извлёк из него комариное крыло. Потом из желудка с утомлённым видом выполз маленький жук, с минуту посидел на руке у Никиты, расправил крылышки и не спеша полетел к реке. Фёдор Фёдорович проводил его взглядом.

— Ивовый листоед, — определил он. — Выручил Никита Иванович отца семейства.

Никита улыбнулся, но тут же аккуратно стал записывать на карточке, что в желудке у лягушки вида Ридибунда, пойманной на берегу озера в шесть часов вечера, был обнаружен ещё один ивовый листоед, но живой, и улетел. Затем Никита вытащил из желудка пчелу.

— Да тут полно пчёл! — сказал Никита. — Смотрите, Фёдор Фёдорович. Набита, как мешок яблоками. А у других пчёл не было. Это в первый раз.

— Где вы её поймали?

— У озера. Километра два отсюда. Шёл мимо и захватил.

— Попробуйте-ка там ещё половить. Очень любопытно, очень!

— Хорошо. — Никита стал аккуратно выкладывать пчёл — их брюшки, грудки, крылья — на ватный матрасик.

— Очень любопытно,— повторил Фёдор Фёдорович, внимательно следя за руками Никиты. — А которая по счёту лягушка? Крылышко-то, крылышко поправьте, смотрите, как смяли! В другой раз извольте в лаборатории работать. Здесь неудобно.

Никита расправил пчелиное крыло и ответил с некоторым оттенком самодовольства:

— Пятьдесят четвёртая.

Фёдор Фёдорович одобрительно посмотрел на вихрастый затылок Никиты. Он опасался, что Никита, как это часто бывает, хороший полевик и плохой лабораторный работник. Но терпение и аккуратность, проявленные Никитой в погоне за лягушечьими желудками, успокоили его.

Теперь Никита удовлетворял его уже во всех отношениях. Тревожили Фёдора Фёдоровича только личные дела Никиты. Ясно, что ничего хорошего здесь не получится. Но, видимо, даже любовь не могла отвлечь Никиту от работы, и Фёдор Фёдорович решил до поры до времени мириться с существованием Аллы.

— Хорош человек,— сказал он Варе, когда они немного отошли от лесной лаборатории Никиты.

— Ничего.

«Умна-то ты, голубушка, умна,— сердито подумал Фёдор Фёдорович,— а вот в людях ещё ничего не понимаешь. Влюбляетесь в болтунов, а чтобы хорошего, скромного человека оценить, так это вы не умеете».

Варя же перенесла встречу с Никитой на этот раз довольно мужественно, даже не покраснела, даже смогла ответить Фёдору Фёдоровичу «ничего», так как, наконец, почувствовала себя человеком серьёзным, определившимся, вполне взрослым и спокойным.

Год занятий на первом курсе был для Вари годом сомнений и раскаяний, она увлекалась всеми науками поочерёдно.

Аудитория физического института была похожа на театр. Длинная чёрная доска поднималась, как занавес, и за ней обнаруживалась светлая комната со множеством загадочных аппаратов. По этой комнате медленно проходил профессор, доска опускалась позади него, и он тотчас же принимался исписывать её формулами и цифрами. На определённых словах, совсем как в театре по реплике партнёра, около профессора возникал безмолвный старичок и начинал иллюстрировать лекцию опытами. Всё это производило несказанное впечатление. Понадобилось по крайней мере два месяца, прежде чем Варя сообразила, что физик читает не очень понятно, многословно, и, пожалуй, хорошо, что она не поступила на физический факультет.

Потом Варю охватило увлечение медициной. С этим справиться оказалось труднее. Во-первых, работа в анатомичке убедила Варю в том, что у неё есть сила воли и она может взять себя в руки и вскрывать трупы. Во-вторых, Варе нестерпимо захотелось стать врачом. Ей удалось как-то поговорить об этом с Фёдором Фёдоровичем, но он сказал коротко: «И не думайте. Не отпущу». Однако ещё долгое время Варя провожала завистливым взглядом белые стремительные машины «Скорой помощи». Лететь в такой машине, мчаться — и спасти человека! Это жизнь! Но спорить с Фёдором Фёдоровичем не приходилось.

Следующие увлечения Варя пережила более мужественно. Даже лекции по органической химии не пробудили в ней стремления перейти на химический факультет, она только подумала: не сделаться ли ей биохимиком?

Сначала Варя старалась скрывать от всех свои колебания и тревоги, но оказалось, что им не подвержены только два типа студентов: девушки вроде Аллы, которые вообще довольно равнодушно относятся к занятиям и главная жизнь которых протекала вне университета, и такие целеустремлённые люди, как Никита, Громада, Марина Дымкова, которые ещё до поступления в университет знали, на какую тему у них будет дипломная работа.

Никита, например, в конце первого полугодия сделал на кружке зоологии доклад о полёвке. Перед практикой первого курса он сдал экзамены досрочно и успел съездить на какую-то станцию, где, по его взволнованному отзыву, была «тьма полёвок». Остальные студенты переживали в большей или меньшей степени то же, что и Варя. К концу первого курса все успокаивались, но с осени снова начинались терзания — выбирали кафедры. Чему отдать предпочтение — физиологии или биохимии, гистологии или низшим растениям? Особенно бурные страсти разгорались вокруг кафедры зоологии позвоночных.

Фёдор Фёдорович на первой же лекции покорял весь курс своей наукой. Он заражал зоологией, как заражают гриппом, почти неуловимо, но основательно. Кроме того, он был жаден. Ему хотелось забрать всех лучших студентов на свою кафедру. Правда, бывали и такие случаи, когда он говорил:

— Очень хорош, но больше склонности к физиологии.

Так он сказал, например, о Марине и озабоченно сообщил на кафедре физиологии растений:

— Появился у нас на первом курсе один человек, специально для вас. Глядите не упустите, как бы биохимики не увели.

Решительный характер профессора Лопатина облегчил Варе мучения при выборе кафедры. Он просто внёс её в список своих студентов и считал вопрос решённым. А затем начались очередные муки: чему же именно посвятить свою жизнь? Варя пробовала было поговорить об этом с Фёдором Фёдоровичем, но он сказал злорадно:

— А вы, Варюша, подумайте, помучайтесь. Что ж, так всё мне за вас решать! Ходите, смотрите, нюхайте, разбирайтесь.

Варя ходила, думала, мучилась, смотрела, но разобраться не могла. Не виновата же она в том, что её интересует всё: и развитие покровов у птиц и лисы, и звероводство, и лягушки. Только вчера Фёдор Фёдорович, наконец, сжалился и предложил Варе в свободное время заняться лисицей.

За два года Варя твёрдо усвоила: стоит поглубже поинтересоваться чем-либо, сейчас же возникает множество мучительных вопросов. О лисицах она почти ничего не знала, и именно поэтому на душе было спокойно.

— Норы искали?

— Искала. Я, Фёдор Фёдорович, одну уже нашла.

— Это в овраге, в малиннике? — презрительно спросил Фёдор Фёдорович. — Дурацкая нора. Вся на виду. Кто пройдёт, обязательно заметит. Там все трое лисят живы?

— Нет, там два.

— Так я и думал, что меньшенький погибнет. Слабенький был. А хороша нора-то? Два входа — чёрный и парадный.

— Второй выход в березняке, — небрежно сказала Варя, словно ей не стоило никакого труда отыскать второй выход, а она ведь сперва даже решила, что это вообще вторая нора.

— Молодец лиса, какую нору вырыла, а?

По тону Фёдора Фёдоровича Варя чувствовала, что здесь таится подвох, но так как догадаться, в чём же дело, она не могла, то ответила бодро:

— Конечно, молодец.

— Трудно ей было, лисе-то, громадную такую нору вырыть, — совсем уже ехидно продолжал Фёдор Фёдорович, — лапы у неё тонкие, на ступне шерсть, между пальцами опять шерсть. Вы зимой лисий след-то видели хоть раз, биолог?

Варя разочарованно молчала. А она-то думала, что нашла нору, о которой до неё никто не знал!..

— Лисий след — он весь как кисточкой смазан. Зимой, конечно, лапам тепло, но рыть неудобно: земля в шерсти путается, а если влажная, то липнет.

Фёдору Фёдоровичу очень хотелось, чтобы Варя сама сообразила, в чём дело. Но Варя рысцой трусила рядом с ним и молчала. Пушистые волосы гривкой разлетались в стороны. Глаза грустные.

«Жеребёнок, — нежно подумал Фёдор Фёдорович, — абсолютный жеребёнок!»

— Нора-то барсучья, Варюша. Ваша лисица выжила барсука. Станет она себе лапы пачкать! Барсуки рыли, а потом лисица их выжила.

— Как? — Варя забыла о своём поражении, она была полна любопытства.

— Вот вы и понаблюдайте. Наверное не скажу, но рассказы такие ходят. Барсук — зверь чистоплотный, а лиса ему нору пачкает — то нагадит, то дрянь какую-нибудь принесёт: тряпку, банку консервную. Барсук сопит, убирает, песочком посыпает. А потом не выдержит, махнёт лапой и уйдёт. Но в этой норе иначе. Тот выход, который в малинник, — лисицы, в березняк — барсука.

— Так вместе и живут?

— Так и живут. Коммунальная квартира. Возможно, пришлось барсукам уступить половину помещения. Я тут с этой лисицей как-то в березняке повстречался. Тащила она ворону. Дохлую. Совсем была гнилая ворона. Перья из неё падают. А лиса одним зубом за крыло зацепила, а морду всю на сторону своротила, сморщилась, даже зажмурилась — самой противно. От такой вороны сбежишь!.. Может, и в самом деле выжила… Ну, а лисята в этой норе как?

— Худенькие…

— Шершавые, да? Я думаю. Они там, наверное, чёрт знает, что развели. Вы в нору-то заглядывали?

— Нет.

— А вы загляните. Не бойтесь. Лисята большие уже, не спугнёте. Ведь у них в ушках клещи, а в норе блохи — будешь шершавый. Вы, Варюша, завтра сделайте-ка вот что: возьмите у меня насос и пару коробочек ДДТ, — как-то особенно уютно сказал Фёдор Фёдорович. (Вот зачем был насос!) — Пойдите туда и приведите всё в порядок. У меня до этой норы руки не доходят. Тут ещё восемь поблизости.

Но даже такое известие не могло расстроить Варю. Теперь она понимала, как можно вторгаться в жизнь, защищать зверей, глядеть за ними.

— А лисята не отравятся?

— Нет. Мы все средства от насекомых перепробовали. Другие вредны, а запах ДДТ лисиц не отпугивает. Вы трубку резиновую всуньте поближе и вдувайте порошок. Вся мелочь подохнет, а лисята у вас станут чистенькие, прямо прелесть! Потом их, Варюша, надо бы подкормить. Большие ведь они уже. Отец с матерью избегались, а сами они ещё не ловят. Учат они их?

— Учат. Вчера галку принесли, учили.

Фёдор Фёдорович дружелюбно глянул на Варю. Значит, долго сидела, молодец девочка! Где она сидела? Наверное, за кучей хвороста, откуда всё видно.

Варя была так увлечена разговором с Фёдором Фёдоровичем, что даже не заметила, как они наткнулись на Юру. Юра, несколько смешавшись и всем своим видом выражая крайнюю озабоченность и переутомление, сообщил, что он целый день искал совиные гнёзда. Их, кажется, два, и совята, кажется, а них есть, но днём они спят, а вечером он их рассмотреть не в состоянии: ведь сам-то он не сова, в темноте не видит. Юре показалось, что здорово сострил, но Фёдор Фёдорович презрительно посмотрел на него и заметил, что на филфаке, может быть, наконец, откроется отделение «Белые стихи» и Юра сможет вообще перебраться туда. Варя в ужасе отвела глаза. Она бы умерла от огорчения, если бы Фёдор Фёдорович так с ней разговаривал.

— Впрочем, — неумолимо продолжал Фёдор Фёдорович, — может быть, вам лучше перейти в балет, на подставку?

Это был первый случай, когда Фёдор Фёдорович посоветовал студенту поступить в балет. Юра покраснел и уныло отправился в лес искать совиные гнёзда.

Варя хотела замолвить словечко за Юру, но Фёдор Фёдорович, видимо, не придал значения этому печальному случаю и как ни в чём не бывало продолжал:

— Значит, Варюша, вы лисят обязательно подкормите. Я вас для этого в колхоз веду, чтобы раздобыть мясца. Мы там договоримся, и вы через денёк опять туда пройдётесь и принесёте мяса. Зато какие у вас лисицы будут! Все охотники добром помянут.

Фёдор Фёдорович подумал при этом, что толковых охотников в районе маловато, больше любители… Близко к городу. А вот когда он в позапрошлом году ездил в Сибирь, то всё-таки уговорил охотников подкармливать лисиц и дезинфицировать норы. Охотиться тоже надо с умом. И главное — что стоит, когда идёшь в лес, захватить с собой насос, несколько коробок ДДТ, мяса...

— Они к вам, Варя, очень быстро привыкнут, — сказал Фёдор Фёдорович. — И, пожалуйста, всю дрянь из норы — блох, клещей — соберите в пробирку, потом пойдёте к энтомологу и попросите его подобрать вам литературу по лисьим паразитам. Борис Аркадьевич поможет. Знаете его?

Варя радостно кивнула. Ведь Никита сейчас тоже работает именно в лаборатории Бориса Аркадьевича. Пожалуй, паразитами она и займётся как можно скорее. Завтра же! Наберёт побольше клещей, блох и будет все вечера проводить в лаборатории. Она не станет разговаривать с Никитой, просто будет работать около него. Это так хорошо — видеть его сосредоточенное лицо, умелые руки, сидеть рядом с ним и делать своё собственное, очень важное и нужное дело! Аллы в лаборатории не будет. У её группы сейчас ботаника. Конечно, ботаника — замечательная наука, но Варю она как-то не увлекает. С травой не поговоришь, не погладишь её. Не то что лисицы. Ни за что не стала бы заниматься травой!..

— Вы, Варя, кстати, понаблюдайте, не едят ли лисицы какую-нибудь траву, — сказал Фёдор Фёдорович. — А если едят, то зачем? Может, лечатся? Пойдите к ботаникам и как следует займитесь этими травами.

Варя покорно кивнула, а Фёдор Фёдорович продолжал:

— С осени у вас будет биохимия. Читает профессор Петров, человек замечательный. Я вас ему представлю. Займитесь химией волоса, крайне интересная и малоисследованная область. Что и как на него влияет. У вас как, химия сдана?

— Общая — «четыре», органика — «пять».

— А физика?

— «Три», — подавленно сказала Варя.

— Никуда не годится — биолог всё должен знать: физику, химию, геологию, ботанику. Вы ведь сами понимаете. Нам друг без дружки никак нельзя. На меня на каждой кафедре кто-нибудь работает, я никого в покое не оставляю, — алчно сказал Фёдор Фёдорович. — Я сначала просто зайду поинтересуюсь, что нового. Поговорю, подпалю человека. Потом ещё раз. Глядишь, загорелся! И взял тему. А мне эта тема — вот как нужна. Так сообща и разберёмся, в чём дело. Гистологи нам тоже очень нужны. У вас хорошая девушка гистологией увлекается — Чижова. Вы её волосом, волосом заинтересуйте, шерстью… Пусть займётся. В сущности, это область малоизученная… Вот, смотрите, лисица пошла…

Фёдор Фёдорович пристально вгляделся в даль, прищурив зоркие, как у старой птицы, глаза.

Варя взметнулась было, но никакой лисицы не увидела.

— Ушла… — сказал Фёдор Фёдорович.

Варя тяжело вздохнула. Всё кончено. Душевное спокойствие и ясность утеряны безвозвратно. Тема «Лисица» распалась на мучительные вопросы: физика, химия, гистология, ДДТ… Хорош зверовод! Определившийся человек! Лисица прошла совсем недалеко, а она её даже не увидела.

— Вы, Варя, только не мучайтесь, пожалуйста, — проницательно сказал Фёдор Фёдорович. — То есть мучайтесь обязательно, без этого проку не будет, но только мучайтесь с перерывами. Решите, какой для вас на данное время самый главный вопрос, и занимайтесь им, спокойно занимайтесь — вглубь и вширь. Работайте самостоятельно и советуйтесь с другими. Придумывайте новую методику, не держитесь за старые авторитеты. А когда вы решите данный вопрос, из него сейчас же возникнут следующие десять мучительных вопросов. Тогда опять поволнуйтесь, опять выберите основное и двигайтесь дальше. И главное, Варюша, вы поймите, какие мы богачи и что мы можем сделать. — Фёдор Фёдорович вдруг неожиданно сел в траву на край дороги, вынул из полевой сумки карту и развернул её перед Варей.

— Вот, Варюша, наше хозяйство. — И он провёл широкой загорелой рукой от одного края карты до другого. — Сто, двести, триста озёр. Не угодно ли! Наши реки, наши озёра, наши леса! Всё наше. Всё моё. Вы сейчас попробуйте, купите в магазине бобра. Нету, только старые шкурки. Впредь до особого распоряжения. Мы вот бобров разводим. У нас их сейчас, как детей, на руках с одного конца страны в другой перевозят. Речки им подбираем подходящие, озерки. А вот разведутся — тогда пожалуйста. Тогда оденем сколько захотим народу и кого захотим — лётчиков, путешественников наших… Ну и вашего брата, девушек. Сейчас скачете до метро в своих пальтишках, скорее бы в тепло. А тогда пойдёте не спеша, от холода порозовеете, похорошеете. Только для вас бобёр тяжёл. Вас в соболя одевать надо. Лёгкий мех, грациозный. И походка станет лёгкая.

Варя слушала затаив дыхание. Растерянность исчезла, а взамен появилось новое, чудесное чувство… Любимое дело. Трудное, тревожное, радостное непрерывное движение вперёд.

ГЛАВА СЕДЬМАЯ

Председатель колхоза «Ручьи» Захар Петрович так обрадовался приходу Лопатина, что даже обнял его, чего обычно не делал. Он приветливо поздоровался с Варей и, узнав, зачем она пришла, с готовностью дал записку на склад, чтобы ей отпустили там килограмм мясных отходов за наличный расчёт. Варя сразу же ушла.

Захар Петрович радушно пригласил профессора к столу. Только в эту минуту Фёдор Фёдорович понял, что здорово проголодался. Он дня четыре не ел горячего. В столовую опаздывал, а вечером, добравшись до дому, так хотел спать, что говорил себе: «Ладно, завтра поем». А утром… Не тратить же на возню с завтраком самое милое лесное время — рассвет!

Впрочем, нет. Позавчера вечером вдруг появился Никита и положил перед ним на стол — между ванночкой с вскрытой лягушкой и ещё не готовой тушкой дрозда — дюжину горячих, испечённых в золе картошек и воблу, отпрепарированную по всем правилам малого зоологического практикума. Пока Фёдор Фёдорович ел, Никита сидел на койке и улыбался. Потом собрал картофельную шелуху, кости воблы и молча ушёл. Боже мой, какая это была картошка необыкновенная! Но мясо у Захара Петровича, пожалуй, не хуже. А огурец! Фёдор Фёдорович с наслаждением хрустнул огурцом. Когда Фёдор Фёдорович наелся, приятели взялись за чай.

Они пили чай, дымили, как паровозы, и разговаривали не спеша, по порядку.

— Да, — вдруг вспомнил Фёдор Фёдорович, — я к тебе по делу пришёл, только скажи сначала, что ты мне за телеграмму прислал? Странная телеграмма. Не похоже на тебя. Нервная.

Чей-то голос в дверях сказал:

— Вы его за эту телеграмму поругайте похлестче. Заварил кашу, а расхлебать не может.

Председатель обернулся — в дверях стоял Захар Васильевич, секретарь партийной организации колхоза. Недавно они поспорили именно по тому поводу, который побудил председателя послать телеграмму Лопатину.

Председатель ссориться с Захаром Васильевичем не привык. Он знал Захара Васильевича с того самого времени, как впервые, нетвёрдо ступая, прошёл от крыльца своего дома до калитки. За забором в саду находился дом, где за год до этого родился Захар Васильевич. Тут у калитки они и познакомились. И с той самой минуты, как Захар Петрович помнил себя, он всегда видел рядом с собой Захара Васильевича. Их так и звали заодно — «Захары». «Захары сейчас придут», «Захары сказали…» А когда они подросли и приобрели солидность, их стали звать по отчествам — Петрович и Васильевич.

Постепенно, за долгие годы жизни, они даже стали чем-то похожи друг на друга, как это часто бывает с людьми, которые провели жизнь бок о бок. Но по характеру отличались сильно: Захар Петрович был вспыльчив, горяч, легко увлекался и порой быстро остывал. Захар Васильевич был сдержаннее, молчаливее и, как увлёкся с детства садоводством и посадил первую яблоню, так до сих пор, дожив до пятидесяти лет, всё разводил сады. И какие!

Разница характеров, однако, нисколько не мешала им дружить. Они вместе прошли всю жизнь. Вместе учились в школе, вместе воевали за революцию, вместе вступили в партию, вместе боролись с кулаками и создавали колхоз. Во время войны им пришлось разлучиться. Захар Васильевич пошёл в армию, а Захара Петровича не взяли — в гражданскую войну он был тяжело ранен в позвоночник. Захар Петрович очень тосковал о друге, особенно же горько чувствовал он его отсутствие в партизанском отряде. Трудно ему было и потом, после возвращения в «Ручьи», восстанавливать колхоз без Захара Васильевича. Очень был нужен ему и колхозу этот человек. Короткие письма, которые получал Захар Петрович, успокаивали его, друг воевал счастливо, дошёл до самого Берлина. Когда Захар Васильевич вернулся с фронта, его снова избрали секретарём партийной организации, и они снова начали работать вместе. Им не раз случалось спорить друг с другом, но споры эти всегда кончались тем, что они приходили к общему решению.

Но на этот раз чем дальше, тем глубже и серьёзнее становился разлад. Спор шёл о звероферме. История со зверофермой началась ещё в марте.

В клубе шло комсомольское собрание. Слова попросил председатель.

— Дело есть, молодёжь… — сказал он и прищурился.

Все насторожились. Это означало — дело новое и совершенно неожиданное. Такое, о котором со взрослыми колхозниками Захар Петрович пока ещё говорить не решается.

Алексей Вьюшков, секретарь комсомольской организации, предложил Захару Петровичу сесть и пододвинул к нему пепельницу. Загремели стулья, молодёжь поплотнее сдвинулась вокруг председателя.

— Серьёзное дело, денежное и… — Захар Петрович скрутил козью ножку и медленно лизнул бумажку, — симпатичное, я вам скажу, между нами.

— Какое? — не выдержала Аня Яснова.

Но председатель не ответил. Он любил говорить загадками.

— Был я вчера в колхозе «Рассвет», — начал он, — был я в этом колхозе и завидовал: отстали мы, товарищи, от жизни.

Он с удовольствием вслушался в лёгкий ропот, который пронёсся по рядам, и продолжал:

— Новые дела освоили другие колхозы, доходные дела, денежные. А мы спим. Очень я огорчился, расстроился, и, чтобы утешить меня, преподнёс мне председатель колхоза «Рассвет» подарок.

— Подарок? — усомнился Алёша. Не в обычаях председателя колхоза «Рассвет» было делать подарки. Его считали поприжимистее самого Захара Петровича.

— Точно. Подарок. За наличный расчёт, конечно. Но должен сказать, такой подарок и за деньги не достанешь.

Доведя собрание до состояния крайнего любопытства, председатель снова замолчал. Он любил, когда ему нетерпеливо задавали вопросы, — эффект получался больше. Но молодёжь тоже обиделась: «Что это, в самом деле, дразнит, дразнит!» Все упрямо молчали. «Перемолчали» Захара Петровича, и, наконец, он сказал:

— Подарили мне, товарищи, лису.

— Чего? — спросила Дуся критически.

— Лису. Вернее, не лису, а лиса. Черно-бурого. Производитель, с родословной. Я его видел. Красавец. Шерсть как серебро.

— Там звероферма, — сказал Алёша, — а нам лис зачем?

— А у нас не может быть зверофермы? — рассердился председатель. — Мы что, хуже, чем «Рассвет»?

Алёша видел, что председатель волнуется. Председатель всегда волновался, когда его осеняла новая мечта. Мысль о звероферме привлекала Алёшу. Но он знал, что звероферма — дело сложное.

— Кадры нужны, специалисты, Захар Петрович, — мягко возразил он.

— А у нас не может быть кадров? У нас народ глупее?

— Они зверовода выписали, с высшим образованием, — пояснил Алёша.

— Это и мы можем выписать, — сказала Клава.

— Можем, конечно, и выписать, — подтвердил председатель. — Но я всегда предпочитаю учить своих. Приезжий свои три года отработает — и поминай как звали. «Рассвету» повезло — приехала девушка-зверовод одинокая. А там учитель. Парень красивый.

— Зверовод за него вышла, — подтвердила Дуся.

— То-то, что вышла, — продолжал председатель. — А могла и не выйти. Нет, мы будем своих учить. У вас здесь семья, дом, корни все. Только так: одного — на курсы, чтобы через полгода освоил дело; второго — в пушной институт. Пока мы звероферму развернём в полную силу, у нас будет свой человек с высшим образованием. А пока поконсультируемся со звероводом из «Рассвета». Так кого же пошлём учиться?

— Присмотрятся люди, тогда решим, а, Захар Петрович? — осторожно ответил Алёша.

— А лисицы здорово, наверное, кусаются, — заметила Дуся.

— Возможно. Ну что ж! Решайте потом. А пока предлагаю так. Отстроить клетки. Лиса из «Рассвета» забрать. Послать заявку на пять чёрно-бурых лисиц в государственный питомник. И начнём потихоньку. Но так, чтобы через два года «Рассвет» обогнать.

— А какая выгода от этого? — спросила хозяйственная Дуся. — Какие затраты, я уже соображаю. А выгода?

— Выгода! Как у нас обстоит дело с мясом, Дусенька? Отлично обстоит. Правильно? Сами едим. И достаточно отходов остаётся. Верно? Девать все отходы некуда. Хранить — невозможно. А лиса? Лиса — это для государства валюта. Разводится, даже при небольшом опыте, хорошо. Даёт ценную шкуру. Шкуру хранить, вывозить, сдавать просто. Правильно? Так вот я предлагаю излишек мясных отходов вложить, кроме свиней, и в лису. Выгодно и приятно. Всё.

Председатель внимательно оглядел собрание. Ему пока ещё было неясно, как принято его предложение.

— Жалко будет: растили, растили, а потом убивать, —
тоненьким голосом сказала Аня.

— Ну что же делать, свиней твоих тоже бьём.

Захар Петрович потеплевшими глазами глянул на
узенькое Анино лицо. Молодцы они, его ребята! Стоит
дать им мечту, а они сразу подхватят. И уже загорелись
и уже готовы не спать, недоедать, работать до конца.
И воспитывать любое количество лисят.

— Где питомник будем ставить, Захар Петрович? —
деловито спросил Алёша.

На следующий день состоялось заседание бюро, а так
как ни зверофермы, ни кадров пока не было, лиса в порядке комсомольской нагрузки поручили Ане Ясновой.

Месяц спустя из «Рассвета» привезли подарок. Производитель с родословной оказался молоденьким лисом,
с узенькой мордой и жёлтыми раскосыми глазами. По
весне он облинял, бурая шерсть лезла из него клочьями,
жалкий узкий хвост тащился по земле. В просторной
вольере он казался особенно маленьким и одиноким. Не
обращая внимания на возгласы ребятишек, столпивших-
ся у клетки, он деловито обнюхивал все закоулки своего
нового жилья.

— Ну и лиса! Это да! Хорош зверь! Галка щипаная! —
галдели ребятишки.

Лис схватил кусок мяса и потащил его к домику.

Может быть, зимой, когда его впервые увидел председатель, лис был и красив, но сейчас Аня даже заподозри-
ла, что «Рассвет» подсунул им какого-то бракованного
зверя, и с недоверием перечитывала родословную.

— Ничего, он весёленький, — утешала себя Аня и при-
крикнула на ребятишек, чтобы не шумели. Впрочем, лис,
видимо, привык к людям и не боялся их.

Дальше дело пошло ещё хуже. Лисиц зверосовхоз
не прислал. Захара Петровича известили, что все назна-
ченные к продаже самки уже распределены и его колхоз поставлен на очередь на будущий год. Расстроенный председатель отправил телеграмму профессору Лопатину, консультанту пушного института. Но телеграм-

ма не застала Фёдора Фёдоровича. Он был в Якутии на съезде звероводов и охотоведов.

Лис продолжал жить в одиночестве.

Наконец председатель получил телеграмму от Фёдора Фёдоровича: «Надо было советоваться заранее зпт дело серьёзное тчк на крайний случай скрестите чёрно-бурого лисой обыкновенной рыжей местной тчк организацией зверофермы займусь летом лично Лопатин».

Приободрённый председатель отправился в лесничество к Кузьмичу, бывшему директору биостанции, и попросил его поймать живьём лису обыкновенную рыжую на развод.

— В других колхозах чёрно-бурые, — скептически сказал Кузьмич, — всякого зверя разводят: норку, соболя. Но если лису, то чёрно-бурую.

— А чёрно-бурых мы потом разведём. Это так, для практики.

Кузьмич неодобрительно молчал. Тогда председатель сказал небрежно:

— Я понимаю, это дело трудное — живьём взять. Раз не можете, что ж делать. Обращусь к другим охотникам в районе.

Через три дня Кузьмич принёс лису. Он развязал мешок, неуловимым движением схватил лису за хвост, приоткрыл дверцу вольеры и впустил её туда. Лиса была рыжая, побольше и постарше лиса, с проседью на умудрённой годами морде. Когда лис подбежал к ней, она злобно огрызнулась и забилась в домик.

— Достанется вашему молодому человеку на орехи, — насмешливо заметил Кузьмич, наблюдая, как лис встревоженно кружит вокруг домика, откуда доносилось угрожающее покашливание.

— Как это вы её! — льстиво сказала Аня, поражённая свирепым видом лисы и ловкостью, с какой Кузьмич извлёк её за хвост из мешка.

Но он пренебрежительно повёл плечами.

— В лисе какой интерес! — сказал он. — Вот на Амуре одно семейство живёт — папаша и четыре сына. Так мы с ними тигров живьём брали. Вот это занятие! Ну, желаю вам…

И Кузьмич медленно пошёл от клетки, небрежно помахивая пустым мешком.

Но лиса и лис отнюдь не собирались обременять свою беспечную жизнь заботами о продолжении рода. Прошли уже все сроки, а лиса ходила худая, ощипанная, и видно было, что никаких лисят от неё ожидать не приходится.

Захар Петрович о звероферме не говорил и делал вид, что никогда ею, в сущности, не интересовался, пока однажды неумолимый Захар Васильевич не спросил председателя в упор о том, что он собирается делать со зверофермой. Неладно вышло: молодёжь разжёг, а фермы нет. Так можно и доверие потерять!

Естественно, что Захар Петрович меньше всего был склонен продолжать беседу на эту тему при Фёдоре Фёдоровиче. Зато Захар Васильевич решил непременно вовлечь в их спор профессора Лопатина. Он подсел к столу и, лукаво шевеля усами, слушал сбивчивый рассказ председателя.

— А ты думаешь, — сердито сказал Лопатин, выслушав его, — все так и будут сидеть, дожидаться, пока председатель колхоза «Ручьи» вздумает завести звероферму? Лисиц сейчас берут нарасхват. Хочешь полюбоваться, сколько за год в Якутии на лисичках заработали? Вот…

Он порылся в карманах и достал бумажку. Председатель искоса поглядел, цифры были шестизначные — сотни тысяч.

Лопатин следил за выражением его лица. Он обиделся: неужели нельзя было посоветоваться вовремя?

— Я собираюсь этим всерьёз заниматься, — наконец сказал председатель.

— А если собираешься, то берись за дело с умом. Подберём место, людей, достанем зверей, за зиму подготовлю тебе зоотехника. Я тебе сам выберу лисиц. Серебряных. Да и не только лисиц, а и в дальнейшем норку, соболя, кого хочешь.

— А на мой взгляд, нашему колхозу вообще никакой зверофермы не нужно, — вмешался Захар Васильевич.

Фёдор Фёдорович недоуменно посмотрел на него.

— Да, не нужно, — продолжал Захар Васильевич. — Зачем нам самим огород городить, когда рядом, в «Рассвете», дело уже поставлено? И место там подходящее, и люди опытные… Надо в данном случае нам с «Рассветом» объединиться и сообща это дело развивать. А?

— Вот это мысль! — оживился Фёдор Фёдорович и повернулся к председателю за сочувствием. Но никакого сочувствия не встретил.

— Плохая мысль, — нахмурился Захар Петрович. — Чего ради я буду с «Рассветом» общую ферму устраивать?

— Нет, погоди, ты не прав, — прервал его Фёдор Фёдорович. — А верно ведь, бессмысленно заново начинать дело. Я о ферме в «Рассвете» знаю — образцово поставлена. Кроме того, если говорить о пушном хозяйстве, то у вас есть тут отличные возможности. А вы их пока не используете. Имеется у вас неподалёку озерко. Очень подходящее для нутрии.

— А это ещё что такое?

— Ценное пушное животное. Я сколько лет на это озеро зубы точу. А хозяина-то у озера нет. С кем о нём говорить — непонятно. «Ручьям» оно не принадлежит, «Рассвету» оно ни к чему. Озеро не очень большое, поросло камышом, рогозом, неинтересное. Вот возьмитесь и создайте большое пушное хозяйство. И лису, и нутрию, и бобра даже можно попробовать.

— Вот и я ему то же самое твержу, — обрадовался Захар Васильевич. — Да и не только пушное хозяйство. Вот сад, например. У нас сад очень удачно стоит, тут бы ещё гектара три прихватить — место открытое. Так нет! Сразу за ним поле колхоза «Рассвет». Конечно, сейчас, когда у нас председатели только и знают, что друг перед другом хвастаться, им вовсе неинтересно объединяться. А если бы наш Захар Петрович был поуживчивей, мы бы всегда договорились. И саду бы простор дали и «Рассвету» место уступили бы под овощи. У них очень огороды хороши. А тоже тесно. И ещё один колхозик здесь есть за рекой, поблизости. Его присоединить нужно.

— Тоже мне колхоз — семнадцать дворов! — фыркнул Захар Петрович.

— Плохой колхоз? — с готовностью подхватил Захар Васильевич. — Слабенький, бедный?

— Куда хуже…

— А как ты думаешь, председатель, нужны советской власти плохие колхозы?

— Ты что мне дурацкие вопросы задаёшь? — рассердился Захар Петрович. — Ты с кем разговариваешь?

— С председателем колхоза «Ручьи» Захаром Балашовым я разговариваю, с членом партии… с хозяином, — сухо ответил Захар Васильевич. — И оказывается, этот самый Захар Балашов — человек ленивый и самолюбивый. Он свой колхоз на ноги поднял. Свиноферму отстроил. Коней развёл. Сад посадил. Электростанцию поставил. И хочет он теперь сидеть спокойно в своём колхозе и говорить «моё». «Зачем мне помогать слабому колхозу? Там надо людей воспитывать, деньгами, семенами отборными делиться, электроэнергией… А мне жалко, я жадный. Я в их помощи не нуждаюсь. Мой колхоз и так богато живёт». Да?

— А то бедно, что ли?

— Бедно, — невозмутимо подтвердил Захар Васильевич. — Конечно, бедно. Дороги у нас плохие, клуб, прямо скажем, мал. Гостей на праздник звать собираешься, а где ты их угощать будешь? На лошадке ты ездишь, Захар Балашов. Конечно, приятная лошадка Рыбка. Но почему тебе на машине «Победа» ездить не хочется? Саженцы вот я тут присмотрел, любопытные. Не могу приобрести — бедный колхоз. У тебя, Захар Петрович, масштабы узкие… А ты размахнись пошире! Или, думаешь, не подымешь большой масштаб? Опыта не хватит?

— Кто его знает, может, и не хватит…

— А не хватит, мы другого председателя выберем. В «Рассвете» тоже председатель неплохой.

— Ты не намекай. Я не могу всё сразу охватить.

— Ясно, не можешь, про то и речь. Это если конкурировать. А если заодно, так мы такое охватим, сколько тебе и не снилось. Вот ты хочешь звероферму, да? Зажёгся этим делом?

— Да, хочу. Да, зажёгся.

— А ты, извиняюсь, как — личную хочешь звероферму? Индивидуальную? Именную? Захара Петровича Балашова?

— Ты, Захар, не издевайся. Хочу колхозную звероферму.

— Ага, колхозную хочешь? Правильно. Колхозную — колхоза «Ручьи». Это потому, что ты про «Ручьи» говоришь: «мой колхоз». А ты скажи про «Рассвет» — «мой». Вот у тебя звероферма и есть. Пожалуйста, разворачивайся, работай. Можешь туда даже свою рыжую лису переселить. На память.

Захар попробовал было возразить. Но уж очень серьёзные противники у него были, и председатель предпочёл сказать нарочито равнодушно:

— Ну что ж, подумаем, обмозгуем…

— А в самом деле, хорошо бы, — мечтательно сказал Фёдор Фёдорович, — и обязательно нутрию… — Лопатин перехватил почти умоляющий взгляд председателя: «Ну, понял, виноват, — говорил этот взгляд, — ладно уж, достаточно».

Фёдор Фёдорович усмехнулся. «Ох, не любит Захар Петрович ходить в виноватых!» Лопатин решил сжалиться над старым другом и отругать потом наедине, а сейчас перейти на тему, приятную для председателя. Приятных тем было сколько угодно: школа-десятилетка, электростанция, кони, сад, кирпичный завод…

Когда председатель немножко успокоился, Фёдору Фёдоровичу тоже захотелось пожаловаться, и он с горечью рассказал о том, что происходит на биостанции.

— Пусть биостанция даст студентов в помощь колхозу на покос. А колхоз пришлёт бригаду плотников, которые приведут в порядок хозяйство биостанции.

Председатель спешил управиться с покосом: по его мнению, близились дожди, и большие. Это очень встревожило Фёдора Фёдоровича. При нынешнем состоянии биостанции дожди грозили настоящей катастрофой. Барак у студентов протекал как решето. После выходов в лес на рассвете все студенты возвращались на биостанцию с промокшими в росе ногами. А сушить обувь негде. Не на кухне же, где готовят еду! Начнутся простуды. А медицинской сестры нет. Лекарств тоже…

Выслушав дружеское предложение Захара, Фёдор Фёдорович немного успокоился. Захар Васильевич скоро ушёл, а Лопатин и председатель долго ещё сидели, дымили, пили чай, и Фёдор Фёдорович отправился на биостанцию, когда уже светало.

ГЛАВА ВОСЬМАЯ

Профессор Шаров послал Варю Бережкову с письмом к декану. Она вышла около пяти часов утра, чтобы не торопясь пройти двадцать километров до вокзала и поспеть на десятичасовой поезд. Было прохладно, тихо, и над полями, раскинувшимися по обе стороны дороги, то и дело, словно брошенные вверх мячики, взвивались жаворонки. Варя шла с удовольствием, ровно и не быстро шагая, напевая себе в такт. Вообще-то ей не хотелось в город. Жалко уезжать с биостанции. К тому же её очень беспокоил предстоящий разговор с деканом.

Выбор Шарова пал на Варю. Ему сказали, что она очень надёжная и бойкая девушка. Не совсем точная характеристика. Варя вовсе не была бойкой. Наоборот, она всегда страдала от своей застенчивости.

Первое время в университете её никто не замечал. Она была молчаливая, тоненькая, со светлыми лёгкими волосами и внимательными серыми глазами.

Любушка, поглядев на неё взглядом искушённого комсомольского работника, определила: «Дивчина ничего, но авторитета не завоюет. Тиха».

Любушку все слушались. Её выбрали комсоргом курса на первом же собрании. И Любушку это не удивило.

Она уже давно привыкла к тому, что про неё говорят: не «Люба сказала», а «Люба велела». Старшая в семье, она властвовала над множеством братишек и сестрёнок. А когда поступила в школу и проучилась в ней три года, то считала себя уже вполне сформировавшимся общественным деятелем. Она усвоила повелительный тон, умела организовать ребят, распределить поручения, проверить, как эти поручения выполнены.

Поэтому после её высказывания Бережковой не дали никакой общественной нагрузки. А Варя в детском доме состояла членом совета и за год до выпуска была избрана в бюро комсомольской организации. Но первое время она не скучала по общественной работе — слишком поглотили её новые впечатления. Всё волновало Варю в университете: и старые стены, и сводчатые потолки, и аудитории, дорогие и памятные русской истории, в которых учились люди, ставшие славой и гордостью России: Грибоедов, Лермонтов, Герцен, Белинский, Пирогов, Сеченов, Тимирязев…

На первом курсе комсоргом третьей группы выбрали Аллу Иртышову. Уже через три дня после начала занятий Иртышову знали все. Её нельзя было не заметить. У Аллы были такие яркие золотистые волосы, такие чёрные весёлые глаза, такие белые зубы и розовые щёки, что, увидев её, невозможно было не оглянуться на неё ещё раз. Она сразу же перезнакомилась со всеми и многих позвала к себе в гости — праздновать поступление в университет. В её просторной квартире было весело, уютно. Мать Аллы, Клавдия Николаевна, устроила для студентов вкусный ужин. Алла играла на рояле, пела, танцевала без устали, угощала от души и смеялась так заразительно, что даже молчальник-сибиряк Степан Порошин не выдержал и застенчиво улыбался в бороду весь вечер. Алла охотно раздала книги всем гостям для чтения, а книг у неё было множество, и все интересные; перезнакомила подруг со своими приятелями, которые читали стихи и умели танцевать, чем Алла особенно поддразнивала университетских «медвежат». Потом все смотрели телевизор, по которому пока передавались только пробные передачи. Телевизор сделал в подарок Аллиному отцу, знаменитому авиаконструктору, его ученик, молодой инженер, по утверждению Аллы, очень симпатичный и весёлый, который, к сожалению, не мог прийти на вечер — работал на заводе в ночной смене.

На первом же комсомольском собрании курса Иртышова выступила. Она говорила свободно, уверенно, весело. Выступление её понравилось, и поэтому, когда бюро предложило выбрать её комсоргом группы, все согласились с этим.

— Человек общественного характера, — сказала Любушка.

— А вот и нет, — засмеялась Алла. — У меня в школе больших комсомольских нагрузок не было. Вот только в драмкружке и в хоркружке.

— Почему же не было? — строго спросила Любушка.

— Я думаю, — честно ответила Алла, — там просто уже все знали, что я легкомысленная.

Любушка возмутилась:

— Просто в твоей школе не умеют работать с людьми.

И Алла Иртышова стала комсоргом третьей группы. Она оказалась хорошим товарищем не только в радости, но и в беде. Когда у Зины Рыжиковой заболела мать, Алла немедленно достала ей какое-то замечательное лекарство, а потом Зину навестила Аллина мама и отвезла ей ласковую записку, лимоны и пирожки Аллиного изготовления и конспекты пропущенных Зиной лекций. Впрочем, конспекты были не Аллины, она взяла их у Никиты Орехова и у Марины Дымковой.

Алла оказалась крайне снисходительным комсоргом. Она охотно не замечала того, что её комсомолки пропускают лекции или, как школьницы, спрятавшись на самой верхней скамье, играют в «Морской бой». Больше того, Алла сама охотно играла с ними или убегала с занятий на концерт. Она весьма спокойно относилась к тому, что стенгазета запаздывает на две недели или три девушки из её группы не сдали в срок задачи по физике.

Старостой тоже была её подружка, и, хотя третья группа славилась как самая весёлая на курсе, дела в ней шли всё хуже и хуже. Когда же Любушка начинала отчитывать Аллу на бюро, та только щурила глаза и доказывала, что ничего страшного, в сущности, не произошло. Даже Любушка отступала перед этим убедительным добродушным легкомыслием. Никита несколько раз пытался всерьёз говорить с Аллой, но она лишь подтрунивала над тем, какой он образцово-показательный, и доказывала, что она обыкновенная девушка и не может, как Марина Дымкова, все вечера просиживать на кафедре физиологии растений и вместо Чехова и Мопассана читать одного Тимирязева. Мало того, после каждого разговора Алла жаловалась на него подругам, и они стеной вставали за своего комсорга. Этого Никита особенно не любил и мрачно отходил от насмешливых, наперебой кричащих на него девушек.

Уже месяца через три стало ясно, что группа раскололась надвое: с одной стороны — Алла и её щебечущие подружки — «курятник», как называла их Катя Белкина, а с другой — Катя, Никита, Марина Дымкова, Степан и незаметная Варя Бережкова. Катя тоже пыталась поговорить с Аллой, но та выслушала её не очень внимательно, хотя вежливо и терпеливо. Катя была уже членом партии, а во время войны вступила в партизанский отряд у себя на родине под Курском.

Кроме того, группу разъединяло нечто другое. Девушки не привыкли учиться вместе с юношами. Для них это были загадочные люди, которые до сих пор приходили лишь к ним на вечер и уныло подпирали стены, застеснявшись насмешливых девчонок. Такие отношения казались особенно странными Никите. Он вырос в деревне, учился вместе с девочками, работал в колхозном саду, занимался в кружках и вместе переживал тревоги выпускных экзаменов. Правда, порой Никита замечал, что только Алла и её подружки при появлении студента в лаборатории бросают свои дела, начинают говорить неестественными голосами и смеются даже в тех случаях, когда, по его мнению, никакого повода нет. Другие же девушки, которые тоже учились в женской школе, относились к мальчикам ровно и спокойно.

В начале второго учебного года на перевыборном комсомольском собрании Зина Рыжикова предложила оставить комсоргом Аллу. Она сказала, что Алла хороший товарищ — слова, которые в молодёжном коллективе действуют безотказно, и, хотя у Зины был неважный характер и она не ладила чуть ли не со всей группой, зато превосходно училась, и это заставляло товарищей считаться с ней. Подружки зааплодировали, и вопрос, казалось, был решён. Но тут поднялся Никита Орехов. Он понимал, что ему грозит по крайней мере двухнедельная ссора с Аллой, но всё-таки сказал, что надо выбрать нового комсорга, потому что Иртышова не справилась. Мысль о Варе ему даже не пришла в голову — вряд ли он за год совместного учения обменялся с ней хотя бы несколькими словами. Никита предложил избрать комсоргом Марину Дымкову.

— Кончилась ваша лёгкая жизнь, — не очень искренне засмеялась Алла.

Кто-то из девушек вздохнул. Возразить против этого предложения нечего, но было ясно и другое: лёгкая жизнь в группе действительно кончилась.

Как-то Алла сказала Марине с комическим вздохом:

— Каждый раз, когда я смотрю на тебя, я понимаю, как по сравнению с тобой несовершенно человечество.

Марина улыбнулась своей спокойной улыбкой. Она не знала, что таилось за шутливыми словами Аллы. Марина и пела, и играла на рояле, и смеялась — всё лучше, чем Алла, только гораздо реже. И у неё часто собирались подруги, и она охотно давала им книги. Марина умела всё: водить машину и фотографировать, плавать и петь. Она знала два языка, отлично рисовала и кончила музыкальную школу. Никита однажды сказал Алле: «Такими, как Дымкова, будут все люди при коммунизме».

И то, что именно Марину он предложил избрать комсоргом, было особенно обидно Алле. Но Марина отказалась, она и так загружена — её недавно избрали членом бюро курса и председателем кружка по физиологии растений, и выдвинула, в свою очередь, Варю. Марина говорила очень убедительно, и в конце концов Варя стала комсоргом. С этого дня начались перемены. Когда спустя несколько месяцев кто-то сказал на собрании: «Как в третьей группе», — все на него зашикали. Оказалось, что в самом деле теперь это уже вовсе не означает «плохо». Варя была так правдива и так искренне огорчалась, когда приходилось упрекать товарищей, что возражать ей было невозможно. Она прямо сказала, что не может обманывать бюро и старосту курса, как это делала Алла, и если кто-нибудь собирается пропускать лекции, то пусть пеняет на себя. Девушки стали пропускать лекции всё реже и реже. Выяснилось также, что Варя не может даже допустить мысли о том, что комсомольское поручение не выполнено. Ко всеобщему удивлению, в зимнюю сессию третья группа под бесшумным водительством Вари вышла на второе место на курсе.

На бюро Любушка потребовала, чтобы Варя рассказала, какими методами ей удалось подтянуть третью группу. Но ни слово «метод», ни слово «подтянуть» совсем не подходили к тому, что делала Варя. Просто, о чём бы ни шла речь, ей всегда хотелось разобраться как можно глубже — именно это определяло все её поступки.

На курсе произошла большая неприятность. В журнале «Новый мир» был напечатан роман о студентах. Роман этот вызвал оживлённую дискуссию, которая, начавшись во время перерыва, продолжалась и во время лекций, причём разгорелась с такой силой, что возмущённый профессор пожаловался в деканат. Появилась грозная заметка в стенгазете, и Любушку вызвали на факультетское бюро, что явно не предвещало ничего хорошего.

— Мы, конечно, должны расширять свой кругозор и читать художественную литературу, но я не желаю получать за это выговоры по комсомольской линии, — так начала Любушка свою гневную речь на комсомольском собрании, созванном по этому печальному поводу. Но к концу её речи студенты стали потихоньку шептаться и пересмеиваться, а выступавшие после Любушки доказывали, что никакого особенного шума не было, а если записка, вместо того чтобы попасть на первую скамью, упала почти у самой кафедры, то это чистая случайность.

Слова робко попросила Варя. Ей было очень страшно, она ещё никогда не выступала перед такой большой аудиторией. Но разве она имеет право молчать, если не согласна с товарищами?

Когда Любушка назвала её фамилию, Варя, не видя от волнения ступенек под ногами, спустилась к трибуне. Полукруги скамеек шли вверх и кончались большими розовыми от заката окнами. И от самой нижней скамьи до этих розовых окон были глаза, и все они смотрели на Варю.

Когда Варя взволнованно начала: «Как это у нас получается?» — в её голосе было столько искренней тревоги и чувства собственной вины, что шумливый, шепчущийся зал умолк. Варя говорила очень тихо и опасалась, что никто не слышит её, но, когда Любушка сказала, что её время кончилось, все закричали: «Продлить!» — и поднялся целый лес рук. Это ободрило Варю. Неожиданно для себя она разговорилась и рассказала всё, что знала и читала о Московском университете. Перед студентами возникли образы людей, которые учились и работали в этих стенах в иные, трудные, тёмные, горькие времена. Варя рассказала о профессоре Аничкове. Его диссертацию признали богохульной, и палач сжёг её на Красной площади в присутствии всего учёного совета. Потом о Герцене, которого посадили в карцер за то, что он вместе с другими восстал против профессора Малова — ничтожного, тупого человека.

— Разные попадались профессора, — говорила Варя, — были, конечно, и передовые, но были и тёмные, нетерпимые, корыстные. Для того чтобы учиться у них, нужно было не просто слушать лекции, а стараться узнать что-то и помимо того и наперекор тому, что говорит лектор.

А мы на лекциях, как маленькие, шумим, как будто нельзя обсудить книгу после занятий. Просто не ценим условий, которые у нас есть: и общежитие, и стипендии, и книги. Мы свободны от всех забот, а ведь в старое время как студенты жили? Вот там, где сейчас телеграф, был благородный пансион, там жили некоторые студенты, так к ним царь приехал и сам под кровать лазил, запрещённую литературу искал. Самые лучшие книги читать не позволяли. А когда была холера, сколько студентов на эпидемию уехало? Герои были. Нам же только учиться нужно. Больше ничего. А мы в девятнадцать лет ведём себя, как школьники. И никак не привыкнем к тому, что мы уже, в сущности, взрослые люди. Вот Грибоедову, когда он окончил университет, было только семнадцать лет, и окончил он не один факультет, а целых три.

— Так на то он и Грибоедов! — крикнул с места Юра Дождиков, но на него так зашикали, что он сразу же притих.

— А в том карцере, где Герцен сидел, теперь наша столовая, — заметила Марина, и было так тихо, что её негромкий голос услышали все.

После собрания Любушка подошла к Варе и, покровительственно похлопав по плечу, заявила:

— У тебя, Варвара, правильный подход к массам.

С этого дня на каждом собрании Варю обязательно куда-нибудь выбирали. В конце второго учебного года она была не только комсоргом группы, но и членом редколлегии курсовой газеты, редактором бюллетеня и членом профкома по бытовым вопросам. Любушка вошла во вкус и попыталась выдвинуть её даже в организаторы хорового кружка, но Варя взбунтовалась и отказалась наотрез. У Вари тоже был опыт в общественных делах, и она знала: если человека начинают так неудержимо выбирать, то он, совершенно умученный обязанностями, в конце концов начнёт работать плохо. С Варей этого пока не произошло. Она умело управлялась со своими нагрузками и уже стала одним из тех незаменимых людей, о которых все спрашивают и кого всегда ищут. «Где Варя?», «Не видели Варю?», «Куда Бережкова пошла?» — то и дело слышалось на биофаке, и тихую Варю давно уже считали бойкой активисткой.

Сейчас, направляясь в город, как представитель студенческой массы, ответственный за бытовой сектор профкома, Варя думала о том, как она будет рассказывать декану обо всех делах на биостанции. Вероятно, декан очень рассердится на директора, пошлёт секретаршу в магазин за бачками и лекарствами и назначит нового, хорошего директора биостанции.

Сзади послышались шаги, твёрдые, мужские. Как всегда, Варе показалось, что это Никита, поэтому она покраснела, но не обернулась. Ведь могло же случиться такое чудо: Никите тоже надо в город. Правда, до станции уже близко, но зато потом они вместе поедут в поезде. А ехать долго.

— Варенька, да смилуйся, не беги.

Варя оглянулась. Её догонял Громада.

— Летишь, как птичка! — засмеялся он.

Варя вздохнула с облегчением. Она не могла представить себе, о чём смогла бы заговорить с Никитой.

Иван Остапович шёл рядом с ней, стараясь подладиться под маленькие, но быстрые шаги. Сначала он молча пыхтел трубкой, потом заговорил. Он рассказывал немногословно, не спеша. Варя любила рассказы Ивана Остаповича. Они не заметили, как дошли до станции и сели в поезд. Поезд был пригородный, неторопливый, бежал, пыхтя, окутывая серым дымом придорожные берёзы.

Иван Остапович начал новый рассказ:

— А вот у нас на Амуре…

Ясно было, что он встречал много хороших людей, видел много красивых мест, много читал, о многом знает. Варя удивлялась тому, с каким хозяйским видом говорил он о любом крае, о любом городе. Но потом привыкла, и если бы он сказал: «А вот у нас в стратосфере», или: «А вот у нас на дне Тихого океана», — то она бы уже не удивилась.

Громада, окончив курсы военных переводчиков, попал на флот и объездил весь мир. Варя впервые видела человека, который сам был за границей. «У них в Оксфорде», — говорил Иван Остапович, и это коротенькое «у них» падало, как холодная вода за шиворот.

Москва появилась за окнами совсем неожиданно. Громада заботливо поглядел на Варю. Она показалась ему худенькой, уставшей. Строго спросил, когда она освободится в университете, и велел к четырём часам приехать в Парк культуры и отдыха.

— Повезу кататься на лодке, потом обедом накормлю, — как маленькой, сказал он.

Варя вздохнула и охотно согласилась. Она нырнула в метро, а Громада ещё раз приветливо поглядел ей вслед. У него была сестрёнка, такая же тоненькая, светлая, неслышная.

Когда Варя пришла в деканат, секретарша сказала, что товарищ Хруст занят и освободится только часа через два. Варя отправилась в профком, где ей были обещаны четыре путёвки в санаторий. Но там оказалось, что об этих путёвках забыли. Варя очень тихо, но твёрдо сказала, что не уйдёт, пока путёвки не оформят: речь идёт о здоровье людей. Только убедившись в том, что путёвки обеспечены, она успокоилась и снова отправилась в деканат. Декан всё ещё был занят. Секретарша сообщила Варе, что он всё равно не примет её, и велела оставить заявление.

— Это не заявление. Это письмо.

Секретарша не ответила, взяла конверт и спрятала его в ящик стола. Варя постояла перед ней и вышла, но, пройдя несколько шагов по коридору, явственно вспомнила чёрный барак, прокисшие щи и растерянность, которая охватила их всех, когда Зина захворала и не оказалось ни медсёстры, ни аптечки, ни кипячёной воды. Варя решительно вернулась и, очень покраснев, тихо, но твёрдо сказала секретарше, что ей необходимо поговорить с деканом лично и она будет ждать до тех пор, пока он освободится.

Секретарша нехотя взяла докладную Шарова и скользнула в кабинет. Минуту спустя она вернулась и, ничего не сказав, снова углубилась в роман, который читала до Вариного прихода.

Через несколько минут дверь кабинета открылась.

— Кто тут от профессора Шарова? — спросил декан.

— Я, — вскочила Варя.

Декан очень любезно пропустил Варю в кабинет и попросил сесть в кресло.

— Что же у вас там произошло?

Варя начала рассказывать. Сначала она говорила робко, подыскивая слова, но, так как декан слушал её внимательно и не перебивал, расхрабрилась и довольно ярко и убедительно, как ей казалось, описала плачевное положение дел на биостанции.

— Всё это, конечно, очень досадно, — сказал декан, когда Варя кончила. — Здесь, видимо, и наша вина, администрации, и профессора Шарова — ведь он впервые руководит практикой. — Варя хотела было вступиться за Шарова, но Хруст продолжал: — Но, откровенно говоря, товарищ Бережкова, я, старый комсомолец, немного удивлён: чем вы недовольны? Мы отрабатывали практику тогда, когда на биостанции и домов-то никаких не было. В палатках жили. Да-с... И превесело жили. А что касается кухни, то... — Декан помолчал, и по лицу его было видно, что воспоминания ему приятны. — Мы пекли картошку в золе и варили на костре уху, — закончил он.

— Директор не позволяет на костре, — отважилась вставить Варя.

Но декан продолжал:

— Да, иное положение, иные требования. Это естественно. Но мне думается, что мелкие бытовые неполадки не должны влиять на успеваемость, на настроение и дисциплину студентов.

Варе очень хотелось объяснить декану, что бытовые неполадки пока никак не отражаются на успеваемости и дисциплине, но ей уже стало стыдно перед деканом: в самом деле, вот это были люди! Жили в палатках, ели картошку — и ничего. Она очень позавидовала декану. Уже не первый раз Варя думала о том, что родилась, пожалуй, поздно. Все романтические и героические времена уже прошли. А хорошо было бы пожить в палатке! И если бы директор разрешил разводить костёр вечером, они пересушили бы обувь и испекли картошку. Хотя на складе биостанции картошки нет. Директор сказал, что вся картошка была исключительно семенная, а новая ещё не поспела. Варя смущённо поднялась.

— Впрочем, — сказал декан, — что можно, исправим немедленно. На днях сам буду на биостанции. Там мы с Шаровым потолкуем.

Что-то не понравилось Варе в его голосе и в том, как он сказал неуважительно «с Шаровым». Но она вежливо поблагодарила и вышла из кабинета.

Декан прошёл вслед за ней. Секретарша вопросительно посмотрела на него. Хруст пожал плечами, вслушался в весёлый удаляющийся топот.

— Так я и знал, — сказал он с ироническим вздохом, — если Шаров поедет в лес, там придётся ставить центральное отопление под каждой сосной.

Секретарша сочувственно вздохнула.

— Поеду на дачу, устал, — решил Хруст. — Вызовите-ка машину.

Ехать в Парк культуры и отдыха было ещё рано, и Варя решила немножко посидеть во дворе. Университетский двор со всех сторон был окружён высокими деревьями, а в центре его, где когда-то был домик Фонвизина, теперь росли старые густые деревья. Прижавшись к стенкам, во дворе стояли машины. В домах, выходивших во двор, находились не только институты, но и квартиры профессоров, и это были их машины. Подле одного из «Москвичей» возился какой-то паренёк. Вглядевшись, Варя с удивлением узнала в этом подтянутом деловом механике веснушчатого озорного сына профессора органической химии. Два года назад мальчишка был грозой университетского двора. Он то и дело попадал мячом в окна, шумел, и никто не мог с ним управиться. Сейчас к нему подошла какая-то девушка, и он любезно открыл дверцу машины. Девушка села рядом с ним, кокетливо улыбнулась, и «Москвич» выехал со двора.

Так Варя совершенно неожиданно установила, что время идёт очень быстро и что с той минуты, когда она впервые вошла в университетский двор, прошло уже два года. Сейчас двор был тихий, летний, не похожий на обычный.

С начала учебного года пустынный университетский двор каждые полтора часа наполнялся бегущими студентами. Они бежали и по улицам, окружавшим университет, но главное движение происходило всё-таки внутри двора. Размахивая портфелями, в наброшенных на плечи пальто, студенты встречными потоками мчались от здания к зданию. Это бегали первые курсы. Геологи спешили в ботаничку, биологи — в физический институт, физики — в химический.

Вторые курсы бегали меньше. Они были уже умудрены опытом, сдавали пальто на вешалку с утра и, таким образом, стояли в очереди в раздевалку только два раза в день. Они уже знали, что в химическом институте хороший буфет, а в физическом можно купить тетради. Кроме того, вторые курсы уже осмелели и появлялись во дворе иногда даже во время лекций.

Третий курс не бегал вообще. Только отдельные группы с двойными названиями — биохимики, физхимики и тому подобные — солидно проходили на особо серьёзный практикум. Вообще же круг беготни сужался до размеров факультета. Общеобразовательные предметы сданы, началась специальность.

Четвёртый и пятый курсы пребывали уже не только на своём факультете, но и на своей кафедре, в своей комнате, за своими рабочими столами. Это были счастливые люди, жизненный путь которых ясен. Правда, они хронически не высыпались, так как ночами сидели над дипломами и трепетали при мысли о государственных экзаменах, но всё-таки это были счастливые люди.

До встречи с Громадой Варя решила погулять по городу. Это было роковое решение. В хозяйственном магазине, куда Варя зашла, чтобы купить перочинный нож, она увидела на прилавке бачок. Он стоял чистый, блестящий, и ручки у него торчали, как уши. Надо только налить в него кипячёной воды, и одна из неполадок на практике будет устранена. На все наличные деньги Варя приобрела бачок. Она сделала это совершенно инстинктивно, как всегда подчиняясь велению своей комсомольской совести. Но когда вышла на улицу, её охватило отчаяние. Нежное название «бачок» совершенно не подходило к этому неудобному, не приспособленному для переноски предмету. Кроме того, у бачка был кран, который всё время выпадал. Приходилось останавливаться, ставить бачок на тротуар, поднимать кран и вставлять его на место.

Ехать в общежитие было уже поздно. Раздевалка летом закрыта. Оставить на кафедре бачок нельзя, ведь поезд уходит в семь часов утра, а лаборатория открывается в восемь…

Словом, Варя поехала в Парк культуры и отдыха с бачком, измученная до последней степени.

Увидев на трамвайной остановке встрёпанную, раскрасневшуюся Варю, сражавшуюся с бачком, Громада развеселился. Сначала он спросил, не надо ли покупать билет для бачка, затем начал разрабатывать способы передвижения влюблённой пары с бачком. Можно, например, нести его с двух сторон за ручки, а можно и так: он идёт впереди с бачком на голове, а она сзади — поднимает краник.

Вдоволь повеселившись, Иван Остапович уговорил кассиршу оставить бачок в кассе и повёл Варю кататься на лодке. После катания он взял её за руку так, будто ей было двенадцать лет, и торжественно повёл в ресторан.

Они заняли столик у самой воды. Варя была в ресторане впервые в жизни. Глаза у неё блестели. Тоненькие брови удивлённо и чуть испуганно взметнулись вверх. Громада с удовольствием смотрел на неё. Он ясно представил себе, как бы его мать встретила Варю: усадила, заставила весь стол едой, села рядом, подпёрлась сморщенной коричневой ладонью и подвигала бы к Варе то одну миску, то другую, накладывала помидоры, вареники, огурцы и приговаривала: «Ешь, Варечка, ешь, деточка, шейка-то, как у котёночка».

Ему очень захотелось поговорить с Варей о далёкой милой белой хате в вишнёвом саду, о сытом тёплом запахе свежего хлеба, сладковатом аромате сваленных горой в сенях груш и слив. Но он вспомнил, что Варя сирота, и не стал говорить с ней о матери.

Он торжественно заказал борщ, котлеты, мороженое и даже вишнёвую наливку. Мать, наверное бы, угостила Варю вишнёвой наливкой.

— Очень голодная? — улыбнулся он.

Варя кивнула. За весь сегодняшний день она съела только традиционную студенческую порцию винегрета, который в основном содержал одну свёклу, и два пирожка с повидлом. Супа же Варя не ела вообще давно. Каждый раз, когда предстоял выбор между супом и киселём, Варя малодушно выбирала кисель.

— Ну, а с деканом как, хорошо побеседовали, душевно? — спросил Громада с непонятной для Вари интонацией.

— Очень. Он только говорит, мы балованные. Они, когда учились, в палатках жили.

Громада неопределённо улыбнулся.

— Известно, палатка не то, что наш барак. Не протекает.

Варя подумала, что ведь в самом деле в палатке лучше. Но у неё было такое блаженное состояние и так вкусно пахло борщом, что она решила не портить праздник, не углублять вопроса и поспешила успокоить Громаду:

— Декан сказал, что он сам всё согласует с Николаем Александровичем.

Она замолчала, потому что Громада неуловимо и неожиданно изменился. Это было уже не то добродушное лицо человека, который только что смеялся, катался с ней на лодке, валял дурака и, как маленькую, уговаривал обязательно заказать полкило мороженого. Это было лицо того человека, который говорил: «У них». Оно стало жёстким, и Варе показалось: блестящая колодка орденов и медалей осветила этим новым суровым светом лицо Ивана Остаповича…

— Согласует, как же! — проворчал он. — Придётся сегодня ехать. До утра ждать некогда. — Варя притихла и даже мороженое ела почти без всякого удовольствия.

Вечер этот кончился как-то быстро. Когда они уже подходили к воротам парка, Громада заметил взгляд, которым Варя окинула загоревшееся пёстрыми огнями колесо, и вспомнил, что обещал покатать её.

— Потом, Варечка, ей-богу, привезу и покатаю. А сейчас на поезд опоздаем.

Но весь этот вечер, пока ехали на площадке трамвая и в поезде, Громада был задумчив. В поезде Варя задремала, и он, глядя на её худенькое лицо, с доброй улыбкой вспомнил, что Фёдор Фёдорович таких, как она, зовёт «чижиками». «И вправду чижик», — улыбнувшись, подумал он, глядя на разрумянившиеся Варины щёки с лёгкой тенью от ресниц. Чижики веселили Громаду своим беспечным весёлым щебетом, тревогой, волнением, детской влюблённостью в своё дело. К третьему-четвёртому курсу из них обязательно вырастали дельные люди. Впрочем, это было естественно: так же как и набор 1945 года, студенты 1946 года были «набором победы». Степан, Катя Белкина, он сам. Они были взрослые, серьёзные люди, пусть совсем ещё молодые. Но они много пережили, перезабыли пройденное когда-то в школе. Им было учиться труднее, чем довоенным поколениям, но учились они гораздо лучше. Громада любил свой университет, но в последнее время многое тревожило его. Он часто сталкивался на партбюро с Хрустом, видел, что этот человек равнодушен, обижался на него за Лопатина, сердился на Шарова за неустройство на биостанции. Что-то не ладилось на кафедре, да и не могло ладиться, пока существовал Хруст.

На станцию они приехали на рассвете, и обратный путь был невесёлый. Громада молча шагал рядом с Варей, неся на голове бачок, а Варя с каждым шагом всё больше и больше грустнела. Она думала о лисицах. Она думала о них уже давно, после того разговора с Фёдором Фёдоровичем. И, конечно, у неё снова набралось множество мучительных и нерешённых вопросов.

ГЛАВА ДЕВЯТАЯ

Этот тёплый летний день начался для Ани Ясновой, свинарки колхоза «Ручьи», неудачно. Собственно говоря, он даже не начался, а тянулся без конца. Три дня назад опоросилась Астра, и с тех пор Аня почти не спала, а возилась с поросятами и, как всегда, принимала гостей. В «Ручьи» то и дело приезжали смотреть Астру. Это было нежное, давно взлелеянное Аней имя. Гости любовались бледно-розовой кожей Астры, гладили мягкую щетину и соглашались с Аней, что изгиб профиля у Астры необыкновенно красивый. Посещения кончались неизменной просьбой «как-нибудь устроить поросёночка». Они и не подозревали, что с той поры, когда у Астры родились поросята, она стала личным Аниным врагом. Астра оказалась возмутительной матерью. Именно в ту минуту, когда поросята приближались к ней и начинали сосать, она поднималась с независимым видом и стряхивала их с себя. Из-за недостатка материнского молока поросята росли плохо, худели, спали тревожно, во сне перебирали копытцами и взвизгивали. Ане и так было очень трудно справиться с поросятами Астры. Пока первые двенадцать поросят сосали мать, остальных надо было отбирать от неё. Подкладывать же её поросят под другую матку Аня не хотела — боялась уменьшить количество молока у Астры.

Затем на Аню посыпались огорчения: большую часть поросят выбраковали, тогда как Аня на каждого из своих питомцев смотрела как на будущего чемпиона. Кроме того, зоотехник Алёша Вьюшков с удивительным упорством утверждал, что Аня сама виновата в том, что Астра не даёт себя сосать. Надо было внимательно смотреть, не слишком ли длинны молочные зубы у поросят, и если длинны, то подпилить. Поросята кусали Астру, вот она и боится их. И характер её здесь ни при чём. Это вполне законный инстинкт, как выразился Алёша. Но при всём своём исключительном отношении к Алёше и благоговейном уважении к науке Аня никак не могла согласиться с этим. Она рассердилась и с тех пор переменила нежное имя Астра на загадочное и обидное название Медуза. Ей казалось, что она хоть этим отплатит жирной негодяйке за её равнодушие к собственным детям.

Но Медузе было совершенно всё равно, как её зовут. На кличку она не отзывалась. Она была тупая, сварливая, жадная — сам боров её боялся.

На этот раз у Медузы было девятнадцать поросят. Осмотрев их, Аня отправилась в обход по свинарнику: мокрые асфальтированные полы блестели, в просторные окна лился свет. Все свиньи вели себя как положено — смирно лежали на боку и кормили поросят. Мирное почавкивание и ровное дыхание, которое неслось со всех сторон, успокоили Аню. Но когда она вернулась к Медузе, оказалось, что та уже встала и даже наступила на одного поросёнка. Анина помощница Дуся пыталась убедить Медузу всё-таки покормить детей.

— Ты во дворце живёшь, дура, — набросилась на Медузу Аня, — а дела своего не исполняешь! У профессора Редькина в учебнике, — продолжала Аня свою гневную речь, — про английскую свинью написано, что матки беркширской породы исключительно заботятся о своих детях. А ты? Вот продадим в другой колхоз, тогда узнаешь.

Дуся усмехнулась.

— Продадите, как же! И права продать не имеете. Да и как же это вы свою славу продадите?

— Слава! — не без горечи вздохнула Аня. Но спорить с Дусей не стала, потому что Дуся вообще всегда и во всём возражала ей.

Но сейчас Дуся только вздохнула с непривычной для неё кротостью и попыталась повалить Медузу, чтобы поросята поели ещё хоть немного материнского молока. Но Медуза крепко стояла на прямых ногах, которые казались слишком тонкими для такой горы мяса. Злая, холёная, розовая туша только чуть покачивалась подле двери, всем своим видом выражая нетерпение.

— Как самой есть — помнишь, а как детей кормить — лень, — сердито сказала Дуся. — Пусти её, бригадир, всё равно не ляжет. Её время…

Аня открыла дверь. Медуза выбежала в коридор. Свиньи спешили во двор к корытам. Спины — жирные, розовые, блестящие, колыхающиеся — проплыли мимо.

Вдруг движение остановилось; свиньи, прижатые к стенам коридора, толпились, сбивались друг к другу, расчищая путь: по коридору не спеша, тяжело раскачиваясь, не глядя по сторонам, шёл хряк. Молоденькая, с тёмными пятнами свинка, освобождая для него дорогу, втиснулась в хлев Медузы.

— Хороши у нас свиньи! — любуясь ею, сказала Аня и подтолкнула свинку в коридор.

— Свиньи-то хороши, — на этот раз Дуся не упустила случая съязвить, — а с лисичками вы, Анна Семёновна, оскандалились. Где лисята? А ещё председатель говорит: «Рассвет» перегоним. Как же! О чём вы думали…

Аня вспылила. Она-то при чём? Уход за лисицами хороший, правильный.

— Давай переносить, — оборвала она Дусю и, взяв поросёнка, понесла его в поросячью столовую, которая помещалась между стойлами свиней. Пока мать кормила часть детей, другие находились здесь. Аня положила поросёнка на колени. Дуся подала ей бутылочку. Поросёнок ел жадно, с аппетитом. Тельце у него было гладкое, от него шло живое тепло, попахивало молочком…

Алёша Вьюшков вошёл, как всегда, неожиданно. Какой он красивый! Невозможно даже представить себе, что на свете бывают такие красивые люди. Аня стала кормить поросёнка так сосредоточенно, что не смогла даже поднять головы.

— Эй, бригадир, поберегись — веснушки сгорят! — И Дуся выскользнула из комнаты. Ужас какая она ехидная! И про Алёшу говорит, что он рыжий. Какой же он рыжий? Тоже скажет! Просто завидно ей!

— Это чей? — осведомился Алёша.

— Чей, чей! — передразнила Аня. — Гулять, зоотехник, не надо. Первый день подкармливаем. Медузин. Вот вес, промеры.

— Здорово! Хорошие показатели, очень. — Алёша внимательно прочитал запись, осмотрел поросят. — А я вчера на биостанцию ездил, — наконец ответил он на вопросительное молчание Ани.

— Зачем?

— Насчёт пчёл. У нас на пасеке беда — пчёлы убывают. День за днём. Вот я и пошёл. Думал профессора Лопатина застать. А он в лесу, конечно. С Шаровым беседовал. Только зря… «Я, — говорит, — занимаюсь зоологией позвоночных. А пчёлы — беспозвоночные». Новость мне сообщил. — Алёша достал было папиросу, но, боязливо покосившись на Аню, спрятал. — «Вот, — говорит, — приедет энтомолог, так вы к нему. Только учтите, у него утверждённый план работ. С временем трудно».

— Не горячись, Алёша. Он учёный, узкий специалист в другой области.

— Про то и речь, что учёный.

Солнце ярко освещало светлую Анину голову, белый её халат. Алёша залюбовался ею.

— Где же мне… — начала было Аня, но увидела, как он смотрит на неё, и замолчала.

Поросёнок со свистом втянул в себя остаток молока и даже причмокнул. Аня положила наевшегося поросёнка в корзину и вынула того, который верещал громче всех. Очередь была не его. Мог бы подождать. Но Ане хотелось, чтобы стало потише, ей показалось, что Алёша скажет сейчас что-то очень важное. И она поспешно сунула в верещащий пятачок бутылочку. Удивительный Алёша человек! Даже когда они вдвоём, и то всё о делах. Увлечётся и начнёт, и начнёт… Она искоса взглянула на Алёшу. Вид у него был необычный, смущённый, взволнованный.

— Я тебе, Аня, хотел сказать…

— Анна Семёновна здесь? — послышался запыхавшийся голос, но Аня сделала вид, что не слышит.

— Ну? — Она пыталась хоть взглядом удержать Алёшу, но Алёша сказал:

— Ничего, я потом… Завтра, — и вышел.

Под окном стояла Шурка, верный Анин друг и помощник. Вид у неё был пришибленный. Ясно, что она принесла дурные вести. Сказать Шурка ничего не могла. Воздух со свистом вырывался из её раскрытого, как у рыбы, рта. Белые косички прыгали по плечам. Совершенно круглые, зелёные, полные слёз глаза с отчаянием смотрели на Аню. Всё это казалось тем более удивительным, что Шурка была выдержанным пятнадцатилетним существом, ходила медленной походкой и пользовалась авторитетом. За свою серьёзность и глубокий, как говорил учитель, интерес к биологическим наукам Шурка была выделена школьной комсомольской организацией в помощь Ане, на звероферму.

Она по всем правилам ухаживала за лисицами, кормила их по часам и регулярно вела дневник, в который записывала свои наблюдения. В дневнике лис назывался «он», лисица — «она», и отмечалось как состояние желудков, так и малейшее психологическое движение загадочных лисьих душ. Так появились трагические строки: «Он мной недоволен», «Уже второй вечер он не хочет со мной играть, а всё ходит за ней»...

— Шурочка, — испугалась Аня, — миленькая, что случилось?

— Они родились... — наконец выговорила Шурка. — Она одного носит, а он одного съел... — Слёзы брызнули из мокрых зелёных глаз.

Когда Аня и Шурка прибежали на звероферму, всё обстояло именно так, как рассказала Шурка.

Преступный лис, только что съевший собственного детёныша, облизывался с возмутительным спокойствием. Лиса бегала из одного конца вольеры в другой, в зубах у неё болтался тёмный комочек.

Аня ворвалась в вольеру и схватила лиса за хвост. Но, видимо, она взяла его не так, как следовало, и лис, подтянувшись, изогнулся и вцепился в другую Анину руку. Она перехватила его за шиворот. Лис не разжал зубов.

Аня растерянно огляделась: звероферма находилась в лесу, поодаль от села, девать лиса было некуда. Безжалостно волоча его хвостом по земле, Аня побежала к тёте Насте, жене лесничего. В её доме председатель обычно устраивал гостей. Тётя Настя была замечательная стряпуха. Дом её, чистый, светлый, стоял в лесу. Помимо всего, дом тёти Насти находился километрах в четырёх от клуба, хозяйственных построек — словом, от того, что надо посмотреть гостю. Это давало Захару Петровичу возможность похвастаться конями. Каждое утро за приезжим посылали нового — кони были серые, статные, злые, необыкновенные…

Увидев запыхавшуюся Аню, волочившую лиса по земле, тётя Настя неторопливо вышла навстречу. Аня сбивчиво поведала о несчастье на звероферме.

И тётя Настя, которая никогда и ничему не удивлялась, пошла в комнату за ключом от зала гостей. Сейчас он пустовал. Из хлева и из курятника лис бы ушёл. Аня выпустила его из рук, он забился за комод. Тётя Настя промыла и перевязала Ане руку. Потом сняла и аккуратно сложила скатерти со столов, покрывало с белоснежной постели. Проверила, тщательно ли заперты окна.

— Вечером придёшь и приберёшь за ним, — спокойно сказала тётя Настя. — Кормить его чем — мясом, что ли?

— Ему, мерзавцу такому, — рассердилась было Аня, но, сообразив, что теперь выражать чувства некогда, попросила покормить мясом и, главное, дать воды. Рука начала сильно болеть, и боль эта была тем неприятнее, что напоминала не только о происшедшей беде, но и о полном неумении обращаться с доверенными ей животными.

Рыжая лисица по-прежнему бегала по клетке. Вокруг стояли молчаливые и потрясённые, сбежавшиеся со всего села ребята. Рядом на пеньке рыдала Шурка.

Лиса остановилась, положила лисёнка и стала рыть яму под домиком. Они не сразу поняли, в чём дело. Лисица зарывала своего первенца в землю. Зарывала его живьём — долгожданного чёрно-бурого лисёнка! Шурка бросилась в клетку и, оттолкнув лису плечом, выхватила у неё из-под носа её жертву. Потом влезла в домик, что-то крикнула, и когда появилась снова, то все увидели, что у неё в руках ещё один лисёнок.

Теперь лиса искала детей. Но никому не было её жалко. Все столпились вокруг Шурки, на коленях у которой копошились лисята. Они были маленькие, похожие на котят, с тупыми слепыми мордочками. Оба совсем тёмные, только на концах коротких хвостов торчало несколько белых волосков. «В отца пошли», — восторженно прошептал кто-то из ребят.

Аня озабоченно молчала. Что делать? Отдать лисят матери? Но она совсем обезумела: живыми в землю зарывает. А так разве их выкормишь? Тот лисёнок, которого таскала мать, почти не шевелится. Загривок у него мокрый, на боку рана. Видно, таская, лисица ушибла его о край домика.

— Пойдём, — сказала Аня плачущей Шурке, — заверни их, и пойдём к Захару Петровичу.

Найти председателя было нелегко. На кирпичном заводе, в саду, на молочной ферме, в парниках — всюду отвечали одно и то же: «Только что был». Произносилась эта фраза с различными интонациями: одни говорили самодовольно — значит, похвалил, другие озабоченно — попало.

Когда они вошли в правление, Захар Петрович собирался уезжать; он внимательно выслушал Анин взволнованный рассказ.

— Вина пополам, Анка, — сказал он, выслушав её, — не волнуйся. Поезжай на биостанцию к профессору Лопатину. Спроси, что теперь делать с лисятами. Скажи, я прислал. Поедем. Я тебя до моста подвезу. Вон Рыбка приглашает…

— Неудобно перед профессором-то, — сказала Аня.

Захар Петрович помрачнел: он не любил неудач, не привык к ним, каждую переживал трудно, долго и сердился на тех, кто напоминал ему о них. Впрочем, ещё больше он сердился на тех, кто не говорил ему ничего неприятного и во всём с ним соглашался. У председателя был нелёгкий характер.

— М-да! — неохотно сказал он. И решительно направился к крыльцу.

Завидев его, Рыбка, помахивая головой и звеня упряжью, пошла навстречу. Никакая сила не могла заставить Рыбку отойти от дома, где находился Захар Петрович. Многих удивляло, почему председатель колхоза со знаменитой конефермой выбрал для себя такую неказистую лошадёнку — приземистую, неопределённой масти и, сколько ни чисти, всегда шершавую. Но стоило взглянуть на выпуклые карие глаза под седыми уже, жёсткими ресницами, на вздёрнутую сердитую губу Рыбки, чтобы сообразить: «Да ты умна уж очень, матушка». Было ясно, что Рыбка думает про себя и про председателя: «мы».

Да и могла ли она думать иначе? Целый день трусила она, не торопясь, деловой рысцой, ждала терпеливо под дождём, под снегом, перекусывала чем попадётся, без капризов, и снова трусила дальше, и снова ждала. И даже когда председатель пешком переходил из одного дома в другой, Рыбка, как собака, шла за ним следом и дышала ему в плечо.

Рыбка терпеливо ждала, пока председатель и Аня усаживались на дрожки, и потом сама затрусила по дороге, не дожидаясь распоряжения. Казалось, она угадывала, что Захар Петрович спешит, и, когда его останавливали на дороге, Рыбка нетерпеливо дёргала вожжи и, наконец, снималась с места с таким видом, словно это она сама, нравная, капризная лошадь, не слушается и не хочет стоять — вот и всё. А председатель оглядывался на покинутого собеседника и беспомощно пожимал плечами: мы, мол, люди подневольные, и одобрительно глядел на шершавую спину Рыбки. Ему в самом деле было некогда, он спешил в районный центр.

Аня не замечала ни манёвров Рыбки, ни хитростей председателя. Она то и дело заглядывала за борт жакетки, где, укутанные в полотенце, лежали лисята. У ворот биостанции председатель высадил Аню, и она нерешительно пошла к видневшемуся вблизи домику, прижимая к себе тихих, тёплых, очень маленьких лисят.

ГЛАВА ДЕСЯТАЯ

Вера Васильевна принимала зачёт по зоологии позвоночных. Любушка сдавала первая. Она ничуть не волновалась. Знала всё назубок. Дневник аккуратный. Карты точные. Улыбаясь, она протянула зачётную книжку. Но

Вера Васильевна медлила, покусывая кончик самопишущей ручки. Любушка нетерпеливо вздохнула.

— Вы что, спешите?

— Да, Вера Васильевна. У нас сегодня мероприятие — комсомольское собрание.

Вера Васильевна посмотрела на Любушку и медленно вывела колючую, тощую четвёрку. Любушка обиженно повела плечом, взяла зачётку, но не ушла, а продолжала стоять перед Верой Васильевной в выжидательной позе.

— Вы же спешите...

Любушка помахала зачёткой, вероятно, чтобы высохли чернила.

— Всё вы, Люба, спешите. Вы бы остановились да подумали. Где же и когда состоится ваше мероприятие?

— В семь вечера. В столовой.

— Почему в столовой?

— То есть как почему? — Любушка растерялась окончательно.

— Я вас спрашиваю: почему в столовой? Ведь это не закрытое комсомольское собрание?

— Нет.

— Так почему в столовой? Разве не лучше в лесу? Вот и прошлое собрание об успеваемости. Вы о чём говорили? О ботанике, о зоологии. О птицах. О травах. И они кругом, куда ни глянь. А вы — в столовой! Душно. Плакаты висят: «Очередь соблюдать», «Ложки сдавать», и холодным салом пахнет. Скучно же это, Люба. Ну скажите мне, в каком пункте Устава написано, что комсомольские, как вы называете, мероприятия надо проводить непременно в самом унылом месте из всех возможных? В каком пункте Устава?

— А в каком пункте Устава написано, что в лесу?

— А вот и написано. — Вера Васильевна внимательно поглядела на румяное, обиженное лицо. — Обиделись? Да ежели вы, Люба, на меня обижаетесь, кого же вы тогда слушать будете? Я комсоргом была, когда вы ещё под стол пешком ходили. Надулись? Четвёрку вам поставили. А так хотелось пятёрку! — Вера Васильевна засмеялась. — Ах, как хотелось пятёрку — круглую, мягонькую, как подушечка! Подложи под щёку и спи сладко. Почивай на лаврах. Нет, Люба, не поставлю. Не поставлю, потому что зоологию вы так же знаете, как Устав. Недостаточно.

— Вера Васильевна! Я Устав комсомола наизусть знаю! — Никогда ещё Любушку так не оскорбляли.

— Наизусть! В том-то и дело, что наизусть. Вы, Люба, зубрилка. Да, да. Ну что вы на меня так смотрите? Зоологию вызубрили. Устав вызубрили. А прочитать как следует лень… Вам, Люба, лень думать… А кстати, повестка на собрании какая?

— Дисциплина…

— Редчайшая повестка для комсомольского собрания. Это, по-моему, уже в четвёртый раз. А Белевский будет своё сообщение о птицах делать?

— Об опытах по переселению, которые он ведёт. А зачем?

— Затем, — вспылила Вера Васильевна, — затем, что опыты эти в план не внесены и делать это надо в свободное время, а чтобы было свободное время, нужна дисциплина. Логическая связь ясна?

Люба обиженно молчала.

— Талантливый человек. Старшекурсник. Это всем интересно. А вокруг лес и птицы и работа такая, что помечтать надо, подумать. Вот это будет настоящее комсомольское собрание, когда люди мечтают, а потом делают.

— Белевский, — ревниво сказала Люба. — Ваш любимый ученик, Фёдора Фёдоровича любимый ученик, всё умеет, всё может.

Вера Васильевна засмеялась.

— Ну идите. Кто там за вами? Бережкова? Зовите её.

Веру Васильевну всегда забавляла ревность студентов к Фёдору Фёдоровичу. Как бы он ни скрывал свои симпатии, они всё равно обнаруживались немедленно. Впрочем, и скрывать их он не очень-то умел.

Но так как Вера Васильевна ещё не помнила случая, чтобы Фёдор Фёдорович ошибся в человеке, студенты, видимо, это тоже понимали отлично, и никто не обижался на Фёдора Фёдоровича, просто немного подревновывали. Мало того, опытные старшекурсники очень быстро устанавливали, кто именно с первого или второго курса попадёт на кафедру профессора Лопатина.

Любушка вышла от Веры Васильевны очень расстроенная.

— Четвёрка. Злая сегодня. Гоняет,— шепнула она Варе.

Но в глубине души Любушка понимала, что дело не в настроении Веры Васильевны. Вера Васильевна сегодня такая же, как всегда. Дело в ней самой, в Любушке.

Хотя она очень проголодалась, но обедать не пошла. Впервые в жизни ей захотелось побыть одной, и она побрела в лес. До собрания ещё три часа. Она успеет всё подготовить.

Любушке было девятнадцать лет. Всё в её жизни было безмятежно и ясно.

С детства она разделила время на две части: тёмная, душная яма — «до революции», и тот единственно возможный, светлый, естественный мир, в котором она живёт и в котором всё для неё доступно и понятно.

В школе, на сборе, Любушка сказала: «Революция — это праздник». Она стояла за партой — коротенький, коренастый крепыш. Щёки того же цвета, что галстук. Весёлые рыжие глаза.

Конечно, это был праздник. Как же иначе? Семейный праздник — день рождения её семьи. Особенный тем, что его празднуют все. Он начинается рано утром на широком плече отца, на улицах, среди людей, знамён и песен. А вечером в доме, где пахнет горячим тестом и сверкает морозный узор занавесок на окнах, за длинным праздничным столом собирается вся семья.

Всё то, что потом изучала Любушка в школе на уроках истории, всё то, о чём спрашивали её на экзаменах в университете, тесно и привычно переплелось с историей жизни её семьи. Революция и гражданская война были личной биографией её родных. Это была их личная жизнь, их дело, их молодость. Имена вождей и героев революции были знакомы ей с самого детства, как самые близкие. Их в семье называли по имени-отчеству, знали в боях и на стройках — это были командиры и друзья её деда, отца, его братьев и сестёр.

Любушку окружали справедливые спокойные люди, уверенные в своей силе и необходимости, в правоте всей своей жизни. Они любили её и руководили ею.

И каждому из них — отцу, матери, деду, учительнице — она могла честно посмотреть в глаза. Это было детство. Детство, радостное ещё и чувством собственной неуязвимости, — всегда чистая совесть, всегда всё в порядке.

«Ай да дочка! — напевал отец, ероша её жёсткие золотистые кудряшки. — Ай да Люба, Люба, Любанька моя!»

В ту пору она отчитывалась и была ответственна только за себя: за свои выглаженные кофточки, хорошие отметки, пионерские дела. Постепенно она начала отвечать за других. Теперь ей попадало от матери уже и за то, что братишка или сестрёнка получали плохую отметку, от учкома и совета отряда, если стенгазета не выходила в срок или ребята в лагере собрали слишком мало лекарственных трав.

Это была юность. Но и юности сопутствовало чудесное, ставшее привычным чувство неуязвимости. Всегда чистая совесть. Всегда всё в порядке.

И в университете всё обстояло благополучно: она стала комсоргом и работала хорошо, и снова пятёрки и благодарности… Но чувство неуязвимости время от времени покидало Любушку. Сначала оно исчезало ненадолго — неясные мысли после задушевного разговора с Варей, холодное замечание невозмутимой Марины, насмешливые взгляды Громады… Короткие неприятные минуты досады на себя или обиды на других… Она не успевала разобраться в этом, не любила долго раздумывать. Она шла дальше, с разбегу перескакивая через минутные сомнения, как через канавки на прямой, ясной дороге. Но их становилось всё больше, этих канавок. Они преграждали ей путь всё чаще, были всё шире и глубже, всё труднее оказывалось перескочить через них. А вдруг не перескочишь — оступишься?

Любушка любила весёлую музыку, картины, на которых изображён солнечный день. Она не привыкла сомневаться, не спать по ночам, колебаться, «Лирика! Надо проще!» — говорила она Варе, сердито подёргивая верхнюю губу. «Бессонница? Нервы?» — издевалась она над Аллой или Зиной.

То, что тревожило Любушку в последний год, не позволяло ей спать спокойно. И это были не нервы, не бессонница, не слабость…

«Ой, Любовь, — сказала она себе после первой бессонной ночи, — гляди в оба!»

Это было ещё зимой. Она готовилась к докладу на избирательном участке. «Прошлое Красной Пресни». Отец вернулся с завода поздно, присел к столу, взял доклад, стал читать. Стыдно вспомнить, как она сидела против него, толстая, самодовольная, и ждала, когда он начнёт её хвалить. Она делала много докладов: даты, имена участников, факты, которые знали все. Отец читал и мрачнел. Медленно сложил листки.

— Не так всё было. Хоть бы меня спросила… Тебе, Любовь, девятнадцать. Мы в твои годы воевали. И ты понимать обязана. Просто очень, по-твоему, революцию-то делать! Вам, Любовь Ивановна, времени жалко узнать, как за вас люди жизнь отдавали…

Утром Любушка отправилась в райком комсомола, попросила отложить доклад. Инструктор райкома сначала удивился, потом рассердился, отчитал её, пригрозил взысканием. Она упрямо стояла на своём.

Несколько дней она провела в Музее Красной Пресни, в Музее Революции. Через две недели она сделала доклад. Народу было немного — рабочий день, — всё больше женщины с ребятами.

Через два дня ей сообщили из райкома, что избиратели просят повторить доклад в воскресенье днём. В этот раз агитпункт был полон. Даже в дверях толпились люди.

Любушка успокоилась. Но ненадолго. Её встревожил разговор с Верой Васильевной. Теперь она уже научилась не прыгать с разбегу. Останавливаться. Думать.

— Простите, вы не скажете, где найти профессора Лопатина?

Перед Любушкой стояла незнакомая девушка. Она взволнованно начала рассказывать историю лисят из колхоза «Ручьи».

Любушка очень сочувственно выслушала историю лисят.

— Походим по биостанции, найдём его, — решительно сказала она.

На крыльце одного из домиков девушка в пёстром длинном платье, подоткнув подол, мыла ступеньки. Девушка была хорошенькая, а платье и вовсе замечательное, и Аня с минуту постояла и полюбовалась ею. Мыть пол девушка не умела. Грязные потоки стекали на нижнюю ступеньку, и она не догадывалась, что их надо собрать тряпкой. Беспомощно разводя руками, девушка встретилась взглядом с Аней.

— Вы платье-то смените, ведь жалко же, — сказала Аня дружелюбно.

— Ничего, Иртышова! — подбодрила Любушка. — В следующее дежурство обязательно выйдет. Ты Фёдора Фёдоровича не видела?

— Он к дроздам пошёл.

Алла выпрямилась. Она, наконец, управилась с крыльцом. Вымыто оно было неважно, но всё-таки вымыто. Во всяком случае, мокрое. А чистое оно получилось или грязное, выяснится потом, когда высохнет. У Аллы был вид человека, который честно выполнил свой долг, и ямочки на розовых щеках смеялись.

— Фёдор Фёдорович с Мариной пошёл. Она теперь в бригаде Белевского. Вместо Никиты, а Никита будет у Шарова работать по грызунам. И все, кто зоологию сдал, тоже с ними пошли.

— А ты?

— Я сдала только на тройку. Придирается.

Любушка вздохнула и обернулась к Ане.

— Ну, пойдём к дроздам.

— А он сердитый, ваш профессор? — прервала Аня Любушкины размышления.

— Очень, — рассеянно ответила Любушка и тут же спохватилась. — То есть совсем нет, он только строгий. Вы теперь не разговаривайте. Около гнёзд шуметь не следует, а здесь гнёзда близко. Крапивник. Зяблик.

Любушка, прищурившись, оглядела на вид совсем одинаковые кусты и уверенно полезла под один из них. Аня за ней. Они очутились на маленькой, со всех сторон отгороженной невысокими ёлками поляне. Там собралось много народу — человек восемь, но тишина была такая, словно никого нет. Под ёлками густо, вперемежку с еловой молодью рос кустарник. На коленях, спиной к Ане, склонившись над чем-то, стояла девушка. Косы, тёмные, тугие, падали на траву. Конца-краю не было этим косам. Аня даже зажмурилась от зависти. Напротив девушки сидел старик в чёрной куртке. Он держал в руках аптечные весы. На одной чашке лежали гирьки, на другой шевелился розовый комочек.

— Прибавил пятнадцать граммов, — шёпотом сказал старик и строго посмотрел на два девичьих лица, высунувшихся из зелени.

Девушка, стоявшая к Ане спиной, что-то записала. Старик встал — выяснилось, что он очень высокий, — и, держа на ладони птенца, пошёл к гнезду. Потом повернулся к Любушке и Ане.

— Вы ко мне? — спросил он так, словно принимал посетителей в рабочем кабинете.

— Чепе, — выдохнула Любушка. Ей не раз уже влетало от Фёдора Фёдоровича за звонкий голос, и она старалась говорить тихо.

Фёдор Фёдорович сделал неопределённое движение головой и запустил руку в гнездо. Большая рябая птица сердито закричала на него с соседнего дерева. Фёдор Фёдорович виновато и успокоительно кивнул в её сторону и склонился над гнездом, нашёптывая птенцам что-то нежное. Он вынул ещё одного птенца и передал Марине. Она подняла голову, и Аня на минуту забыла про лисят и про то, что боится Фёдора Фёдоровича. Она не знала, красавица ли Марина, но всей душой почувствовала, что краше она ещё никого не видела. Была в этом лице, в густых русых, наискось взлетевших бровях, в нежных очертаниях большого строгого рта особая, умная красота. Марина положила птенца на вату и, прищурившись, налаживала маленький фотоаппарат.

— Какое же у вас чепе? — спросил Фёдор Фёдорович.

Аня начала было рассказывать.

— Хороши! — перебил он и зашагал так широко, что девушки рысцой побежали за ним. — Хороши! Вы бы ещё два часа в кустах сидели! Звероводы! Не ожидал! Подвёл меня Захар Петрович! Осрамил! Раз уж получили приплод, как можно довести до такого состояния? Это метисы, так очень же интересно понаблюдать.

— Ничего, вы не огорчайтесь, — на бегу успокаивала Аню Любушка. — Он вспыльчивый, но он замечательный. Ему просто жалко лисят.

Вдруг Фёдор Фёдорович шагнул в сторону.

— Осторожно, гнездо! — крикнул он, не оборачиваясь.

Аня остановилась было, чтобы поглядеть, где гнездо и чьё, но ничего не увидела, кроме травы и черники, и, сделав крюк, побежала вдогонку за профессором.

— Куда вы идёте? — набравшись храбрости, спросила Аня.

— Как куда? К вам. В колхоз. Надо немедленно отнять лисят у матери.

— Да я же отняла! — крикнула Аня. Фёдор Фёдорович остановился.

— А раньше вы не могли мне сообщить? — грозно спросил он. — Вам надо гонять старика галопом по лесу, да? — Он не дал Ане оправдаться. Глаза уже смеялись, а борода, усы и брови, большие, как усы, насмешливо подпрыгивали. Он указал глазами на дерево. По стволу, деловито качая головой, прижавшись плоским серым тельцем к коре, по спирали быстро двигалась птица. «Поползень», — одобрительно сказал Фёдор Фёдорович и осторожно пошёл в обход. Только когда они отошли, он оглянулся и объяснил:

— Чрезвычайно пуглив. Чрезвычайно.

— А может, вы их осмотрите? — осмелела Аня.

— Так я же и спешу. Пойдёмте! Где вы их оставили? С кем?

— Да вот они, со мной, — Аня вынула из-за пазухи лисят.

— Что же вы мне сразу не сказали? Покажите. Растрясла. И молчит. Удивительные люди! Как можно!

Он взял два чёрных вялых комочка в руку, бережно разгладил жёлтым заскорузлым пальцем нежную тёмную шёрстку. Лисята не шевелились. Они лежали на ладони Лопатина — маленькие, жалкие. И что самое грустное, им ничего не было нужно. Они не хотели ни есть, ни пить. Ничего. Только вот так тихо лежать в добрых старческих руках. Чуткие узловатые в суставах пальцы бережно дотронулись до одного из лисят, и сразу отчётливо стала видна ранка на шее — узкие, белые, словно нарисованные кольца трахеи в разорванной тёмной короткошёрстной шкурке.

— Мать затаскала? — спросил Фёдор Фёдорович.

Аня подавленно кивнула. Она и не подозревала, что у лисёнка такая большая рана.

— Люба, — скомандовал Фёдор Фёдорович, — раздобудьте-ка мне кошку. Кормящую. Немедленно! А вы, Анна Семёновна, пойдёмте со мной. Что решили разводить лисиц, это хорошо, — на ходу говорил Фёдор Фёдорович. — Отлично. Дело рентабельное, любопытное. Что плохо? Взялись, ничего толком не зная. Сколько лиса носит?

Аня молчала. Если бы он спросил про свиней!

— Не знаете? Надо знать. Пятьдесят один день. Незадолго до появления детёнышей самка отсаживается, иначе самец съест приплод, что вы и наблюдали. Второе: для самки строится особый домик — эдакая длинная деревянная труба. Темно. Похоже на нору. Лиса спокойна. А если заметила, что кто-нибудь детёнышей увидел, особенно если это лиса дикая, к людям непривычная, она их затаскивает, прячет. Лиса теряет голову, может затаскать их насмерть. Это вы тоже наблюдали. Отдавать лисят матери уже поздно. Первое, что можно сделать, —

попытаться подсунуть кормящей кошке. Найдём такую кошку, тогда подложим. Вообще это удаётся, но может и не удаться. Надо выкармливать. Да... — Фёдор Фёдорович помолчал и, чуть наклонившись к Ане, сказал сочувственно, как врач: — Надежды на успех очень мало. Однодневные, затасканные, опыта у вас нет. Честно скажу, надежды мало.

— А я буду кормить из соски, — дрогнувшим голосом сказала Аня.

— Из соски? Нет, не выйдет из соски. Они слабенькие, не смогут тянуть. Ну-с, пришли.

Они подошли к маленькому домику. Пожалуй, это был даже не домик, а строение, сильно напоминавшее будку для продажи газированной воды. На дверях висел грозный ржавый замок. Фёдор Фёдорович поднял дужку замка, который, как оказалось, не запирался, и пригласил Аню войти.

Комната была очень маленькая. У стены стояла койка — ровно в два раза короче и уже, чем сам Фёдор Фёдорович. В головах висели две пухлые чистенькие розовые байдарки, в ногах — ружья, патронташ, велосипедный насос, бинокль и железное ведёрко с дырявой крышкой и ещё множество самых разнообразных вещей. Против двери комнаты, под окном, длинный деревянный стол. На нём лежали птичьи гнёзда, тушки различных зверей и птиц, стоял микроскоп.

Фёдор Фёдорович положил лисят на стол, подстелив мягкую тряпку. Лисята слабо и неуверенно шевелили лапками. Их тупые мордочки чего-то искали. Он внимательно осмотрел их, бережно отодвигая лапки, поднимая круглые слепые головки.

— Затасканные, — снова повторил он и приложил одного из лисят носом к своей щеке. — Жарок. Так и знал. Температурка. Но... попробуем. Жизнь — штука настойчивая, дружок мой. Садитесь!..

Он показал на койку. Аня села.

— Вы говорите, из соски. Но ведь они же тянуть не смогут. Попробуйте найти спринцовку. А пока можно из пипетки. Учтите: у лисы молоко жирное. Будете брать сливки, подогревать до температуры тела, не выше, а то скиснет. Кормить, пока маленькие, из пипетки. Вот из такой. — Он взял пипетку, обыкновенную, какой пускают капли в глаза и уши.

На пороге появилась Любушка. Фёдор Фёдорович поглядел на неё выжидательно.

— Есть только одна рыжая. Но она — кот, — подавленно сообщила Любушка.

— Вот беда! Бывало, здесь у всех сотрудников кошки. Впрочем, для птиц спокойнее.

— Я пойду? — вопросительно сказала Любушка. Фёдор Фёдорович кивнул и достал из шкафчика банку сгущённого молока. Раз она — кот, будем кормить сами, пока не раздобудете кошку. Кормить будете часто, — продолжал он, вскрывая банку, — но понемногу. Ночью — шесть часов перерыва. Лисят надо держать в тепле. — И он тщательно подоткнул тряпочку под одного из лисят, чтобы не продуло. — Только не перегрейте. — Он включил плитку, согрел воду и промыл глазную пипетку. — Если будут живы, записывайте наблюдения. Взвешивайте. Зарисовывайте линьку шерсти.

— Они оба чёрно-бурые, — гордо сказала Аня. — Вы же сами видите, совсем тёмные. В отца!

— Они всегда тёмные, когда родятся — и чёрнобурые, и рыжие, и даже белые песцы. Так что совершенно ещё ничего не известно.

Фёдор Фёдорович взял банку со сгущённым молоком и опустил в кастрюльку с горячей водой. Когда оно согрелось, разбавил водой и набрал густую белую жижицу в пипетку.

Аня с любопытством смотрела, как его руки уверенно открыли крошечный рот. Лисёнок жадно втянул молоко. Эти старые руки и спокойные глаза, казалось, заставили его ожить заново. Почувствовав молоко во рту, лисёнок зашевелил лапками, как это делали поросята. Лапки настойчиво упирались в руку Фёдора Фёдоровича, и он сказал ласково:

— Голодный! Маленький! Что с него возьмёшь? Ранки будете мазать вот этим лекарством.

Он накормил лисят, прикрыл их полотенцем, чтобы не озябли, и достал с полки большую папку. На ней было написано: «Лиса». На полке стояло много таких папок с надписями: «Бобр», «Белка», «Тетерев», «Волк», «Соболь».

— Здесь кое-что подобрано. Проглядите. Только возвратите. Сейчас я вам всё напишу. — Он взял чистый лист бумаги и аккуратным почерком, который казался неожиданным для этого большого подвижного человека с растрёпанными седыми волосами, вывел: «Как надо наблюдать за развитием лисят». Дальше под цифрами шли вопросы. Фёдор Фёдорович подробно записывал, как надо взвешивать и промеривать лисят, следить за тем, когда начнут прорезаться глаза, когда на ладошках лапок появятся первые волоски. Время от времени он переставал писать и оборачивался к Ане. Он посоветовал ей мерить хвостики верёвочкой, а не линейкой, иначе промеры получатся неточные. Потом дал лупу, через которую следовало рассматривать те самые волоски, которые появятся на подошвах лап. Вдруг он перебил себя:

— Да, и за зубами очень следите, прошу вас. Подкармливайте соответствующим образом, а то зубки будут плохие. — Потом взял напильничек и стал подпиливать края пипетки, ворча: — Края какие неровные, порезать можно.

Так постепенно выяснились подробности ухода за лисятами в возрасте одного дня. Выяснилось, например, что носы лисятам необходимо прочищать, иначе во время еды они не смогут дышать и захлебнутся. Фёдор Фёдорович показал, как надо делать жгутики из ваты, как прочищать лисятам ноздри. Пальцы у него были большие, жгутики получались тонкие. Лисята перенесли эту операцию вполне спокойно.

Потом он вручил Ане пузырёк с лекарством, вопросник и вышел, чтобы проводить её.

— Захару Петровичу привет передайте, Захару Васильевичу тоже. А ругаться я сам приду. Кони-то как поживают? Очень в «Ручьях» кони хороши! И свинкам своим знаменитым, конечно, кланяйтесь… На них тут один академик ссылался недавно в докладе. Так я ему пожалуюсь, что вы на лисиц переключились.

— Нет, это так, дополнительная нагрузка.

Лопатин недоверчиво взглянул на Аню.

— Съест вас эта дополнительная нагрузка. Съест с головой и ушами, имейте в виду. Измените своим поросятам.

Аня возмущённо закачала головой.

— Да я не хотел вас обидеть, Анна Семёновна, боже упаси! Свиньи — вещь увлекательная, кто же спорит. Но ведь и лисица тоже, я вам скажу. И главное — множество неисследованных вопросов. Я вот тут студентку одну, Вареньку Бережкову, хочу увлечь лисицами. Очень интересно будет сопоставить ваши и её данные. Она проводит наблюдения в лесу, вы — в искусственных условиях.

Солнце стояло высоко. Рыжие сосны горячо и терпко пахли оттаявшей смолой. Фёдор Фёдорович постоял минутку, подышал медленно, с удовольствием, словно пил горячий душистый чай.

— Обязательно к вам загляну, посмотрю, как там ваши чёрно-бурые.

Аня поспешила к воротам биостанции. Теперь ей ещё больше хотелось вырастить лисят. Она бежала, прижимая их к груди, зажав в кулаке, как талисман, лупу, глазную пипетку и под мышкой папку с надписью «Лиса».

А Любушка тем временем медленно шла по шоссе. Опять оказалось, что ей надо побыть одной и подумать. По шоссе идти было трудно. Оно ещё не высохло после дождей. «Надо будет залить его асфальтом», — машинально подумала Люба.

Она остановилась, медленно оглядела знакомую дорогу в гору, откуда ей хорошо были видны ярко окрашенные домики. Там рождался заново маленький городок, разрушенный войной. И всё в нём: дома, улицы, деревья — было моложе Любушки. Город приходится ей младшим братом. И теперь она вдруг поняла, почему так встревожил её разговор с Верой Васильевной. Она сама не заметила, как выросла. Она стала старше уже многих городов и научных открытий в её стране. Значит, пришло её время строить города и делать научные открытия. Теперь она, комсомольский вожак, отвечает не только за поступки своих товарищей, она отвечает за глубину их мыслей, честность, мужество, правдивость. Вот она, зрелость!

Она дошла уже до поля, и васильки соблазнительно поглядывали из хлебов. А вот за них она отвечала сама, конкретно. Васильки напрасно обольщали Любушку. Пусть растут на клумбах и в вазах, в оранжереях, она не позволит им жить в хлебах, отнимать пищу.

Когда она пришла домой, в домике никого не было. Только в маленькой комнатке, посапывая, возился с какой-то ржавой проволокой Борька.

Любушка спросила строго: «А ты обедал?» Но Борька не помнил, обедал он или нет. Борька был охвачен пылом творчества. Уже пять дней он действовал молотком и кусачками, забрасывал маленькую комнатку дощечками и досками, проволокой и проводами. Вера Васильевна с грустью подбирала строительный мусор и, глядя на уморившегося сына, думала о том, что её, биолога, победил муж-радиоинженер. Между ними уже давно шла борьба — каждый хотел увлечь сына своим делом. В комнате Борьки висели портреты Мичурина и Попова и ревниво поглядывали друг на друга. Вера Васильевна привезла сына на биостанцию, к птицам и зверям, к реке, а он вот уже который день мастерит что-то. Что? Конечно, радиоприёмник.

Но Борька мастерил не радиоприёмник. Он молчал, так как вовсе не был уверен в том, что изобретение окажется удачным, и боялся, что мать будет смеяться над ним. Но почему-то, когда Любушка спросила: «Ты чего здесь возишься?» — он открыл ей всё. Может быть, если бы Вера Васильевна задала ему этот вопрос, он тоже ответил бы, но Вера Васильевна, как опытный педагог, считала, что не надо приставать к детям с вопросами. Надо уметь наблюдать за ними и ждать, пока они разговорятся сами. Поэтому она молчала и, проходя мимо Борьки, только с досадой откидывала ногой ржавую проволоку.

Любушка не была опытным педагогом, но она была любопытна. Только три года назад её ещё выбирали членом учкома в школе, и Борька сейчас был членом учкома. И он ответил ей, как отвечает товарищ товарищу, сам не замечая того, что Любушка, которая недавно отличалась от него только тем, что училась на шесть классов старше, сегодня отличается тем, что она взрослая, а он школьник.

Дело было в следующем: студенты то и дело просили Борьку подежурить за них у гнёзда. Сначала он соглашался с восторгом, потом вежливо и, наконец, просто неохотно. Ему передавали одну смену за другой, с каждым днём у студентов было всё больше других интересных дел.

Во время дождей дежурства у гнёзд окончились. Птенцы уже выросли, а их матери с удивлением глядели, как детёныши, которые ещё вчера беспомощно открывали жёлтые клювы, сегодня пролетали мимо них, уверенно распластав сильные крылья. И, быть может, Борька не решился рассказать матери о своём изобретении именно потому, что она, как всякая мать, не могла бы сразу поверить, что мальчик, который ещё так недавно был беспомощным существом и всецело зависел от неё, сегодня улетает, обгоняя её, на крепких сильных крыльях. В это легче верят сверстники, товарищи. Ведь они не помнят нас маленькими.

Любушка слушала Борьку внимательно. Она дала ему слово, что никому и ничего не расскажет. Борька мастерил аппарат, который вместо него дежурил бы у гнёзд. Борька был дальновиден и считал необходимым обеспечить для себя покой хотя бы на следующее лето. Он уже наизусть знал, как выкармливают птенцов пеночки-трещотки, и пеночки-веснянки, и все остальные пеночки, и дятлы, и зяблики, и крапивники. И поэтому мастерил весьма нехитрое сооружение из двух дощечек с электрическим контактом, от которого на проводе тянулся писчик. Этот писчик совершенно точно отмечал на бумаге, когда птицы прилетели на гнездо, сколько в нём просидели и когда улетели. Эта дощечка с проволокой была первым изобретением Борьки — будущего инженера-биолога. Отец и мать — советский инженер и советский биолог, — оба они хотели передать сыну любимое дело и передали его. Техника в биологии, новые и точные пути исследования — это было делом следующего поколения учёных. Поколения, к которому принадлежал их сын.

ГЛАВА ОДИННАДЦАТАЯ

Кормить лисят кошка не согласилась.

Когда Аня вернулась в «Ручьи», по всему колхозу забегали ребята в поисках кормящей кошки. Но у всех кошек котята уже выросли и превратились в голенастых, нескладных кошачьих подростков с длинными костлявыми хвостами, путались у людей под ногами и пугали кур.

Подходящую кошку обнаружили у Шуркиной бабушки. Трое её котят, правда уже довольно больших, питались ещё материнским молоком.

Но уломать Шуркину бабушку и подсунуть и без того истощённой кошке лисят удалось с трудом. Бабушка была строгая, кошку жалела, а лисят считала животными бесполезными. Она давно ворчала на Шурку, которая с утра до вечера пропадала на звероферме, а дома разговаривала опять же о лисицах. Наконец бабушку уговорили.

Шурка и Аня уселись на корточках подле корзинки, в которой находилась серая полосатая кошка, и испуганно переглянулись: они боялись, чтобы кошка не обидела лисят.

— Ну, в добрый час! — наконец сказала Аня, и Шурка, льстиво улыбаясь кошке, подложила под неё лисят.

Сначала кошка даже не пошевелилась, но потом приподнялась, обнюхала лисят и некоторое время смотрела на них. Она никак не могла сообразить, что произошло. Недоумение было вполне естественно: кошка имела котят уже по крайней мере раз восемь, и не было ещё такого случая, чтобы котята, которых она кормила так долго, вдруг снова стали маленькими и запахли посторонним, раздражающим запахом.

Один из лисят, слабо пошевелив лапками, ткнулся в её брюхо. Видимо, это движение, привычное кошке, убедило её в том, что она что-то напутала. Кошка покорно вытянулась и даже сказала «мурм» с несколько вопросительным оттенком.

Аня и Шурка облегчённо вздохнули. Шурка, с опаской поглядывая на кошку, к которой бабушка приучила её относиться почтительно, осторожно пододвинула к ней второго лисёнка и погладила её. Кошка, польщённая вниманием, блаженно потянулась и сузила зелёные глаза. Но в это время один котёнок, видимо решив, что пришла пора перекусить, и потеряв интерес к своему пушистому хвосту, которым забавлялся до сих пор, решительно полез к матери. Вдруг он ткнулся мордой в лисёнка. Котёнок испугался и удивился. И, как это свойственно каждому котёнку, испугавшись, немедленно перешёл в наступление, выгнул спину, поднял хвост, распушил шерсть и громко зашипел: «Кх-х-ха». Кошка встревоженно потянулась к нему, понюхала — это был родной котёнок. Она решительно стряхнула с себя лисят, выпрыгнула из корзины и прошла на другой конец комнаты. Котята побежали за ней.

Всё было кончено. В пустой, быстро остывающей корзине шевелились беспомощные тёмные комочки.

С этого дня — вот уже целую неделю — Аня и Шурка дежурили при лисятах посменно. Пока Аня была на работе и возилась с поросятами, количество которых с каждым днём увеличивалось, Шурка кормила лисят. В шесть часов она сдавала лисят Ане. Шурка с удовольствием сидела бы с лисятами весь вечер, всю ночь, но бабушка категорически восстала против этого. Поэтому Шурка, подробно рассказав Ане, как вели себя лисята в течение дня, понуро отправлялась домой, — лисята поступали в Анино распоряжение.

Теперь Аня проводила грустные, одинокие вечера. Оставлять лисят дома одних она боялась. Дело в том, что у Ани тоже была кошка, но она приняла лисят за крыс. Стоило от них отвернуться, как сейчас же раздавался подозрительный шорох, и Аня видела, как кошка, вся напрягшаяся, с горящими глазами, готовится к прыжку. Аня просто возненавидела её. Кроме того, Аня завидовала кошке. Она завидовала всем, кто имеет право спать. Кошка спала почти весь день. Аня же не спала даже по ночам. Часов в двенадцать она изгоняла кошку из комнаты, накрепко запирала дверь, ставила корзину около кровати и пыталась уснуть под настойчивое мяуканье своего оскорблённого врага.

По-своему кошка была права. Она совершенно не понимала, почему ей вдруг запретили ловить крыс. Поэтому она кричала возмущённо, долго и неутомимо. Ещё бы! Ведь она выспалась в течение дня.

Особенно же Аня ненавидела лису, которая спала и день и ночь.

Аня не только не высыпалась. Она уже очень давно не была ни в клубе, ни в кино и за длинные вечера, которые проводила в обществе лисят, успела как следует обдумать свои печальные личные дела.

А дела в самом деле были печальные: она очень давно не видела Алёшу.

Вот и сегодня обещал прийти, и опять нет. Аня грустно прошлась по комнате, сердито покосилась на лисят. Если бы не нужно было сидеть из-за них дома, нарочно ушла бы сегодня в кино, и пусть Алёша её разыскивает. Ну, понятно, у секретаря комсомольской организации дел много. Она сама человек занятой. Но хоть на часок-то можно забежать?

Алёша в самом деле никак не мог прийти к Ане в этот вечер. Накануне к нему пришёл студент с биостанции Никита Орехов и спросил, правда ли, что у них на пасеке начали убывать пчёлы. Ему сказал об этом профессор Лопатин.

— Правильно, убывают. Просто не знаю, что делать. Ума не приложу.

— Кажется, я смогу вам помочь, — сказал Никита. — Приходите завтра к пруду в шесть вечера. Договорились?

Алёша хотел забежать к Ане — предупредить, но не успел: вызвали в район, в райком комсомола. Было много дел на молочной ферме, и только без четверти шесть он освободился и побежал к прудику, где обещал встретиться с Никитой.

Никита был уже там. Он лежал на берегу и внимательно смотрел на воду.

— Ложитесь рядом со мной и смотрите, куда деваются ваши пчёлы.

Сначала Алёша ничего не заметил. Прудик был как прудик, маленький, поросший ряской и острой, как лезвия узеньких ножей, осокой. Было тихо. Над Алёшей, почти задев его, тяжело золотым шариком прожужжала пчела. Она медленно сползла к воде и, наконец, коснулась её. В эту же минуту раздался всплеск, и пчела исчезла. Прилетела вторая, третья. Теперь Алёша уже улавливал, куда они садятся. Со всеми пчёлами повторялась та же история. Алёша начал понимать, в чём дело, но открытие было настолько неожиданным, что он всё ещё никак не мог понять до конца.

Вдруг Никита прыгнул и выхватил из прудика большую самодовольную лягушку.

— Вот где ваши пчёлы! Битком пчёлами набита. Только их и едят. Вы своей пасекой так лягушек раскармливаете, что прямо хоть на жаркое. Пчёлы — пища нежная, питательная.

Никита был очень доволен. Это было его первое научное открытие. Он рассказал Алёше, что проводил работу по питанию лягушек и заметил, что те лягушки, которые попадались ему поблизости от этого прудика, как правило, ели пчёл. Профессор Лопатин посоветовал ему выловить там побольше лягушек, и в первый же день Никита имел возможность наблюдать, как пчёлы, прилетающие с пасеки колхоза «Ручьи», для того чтобы напиться, обратно уже не возвращаются. Видимо, слух об открывшейся там неожиданно «столовой» распространился между лягушками с невероятной быстротой, и количество их на прудике увеличивалось с каждым днём. Лягушки обнаглели окончательно. Они уже больше не желали блуждать в поисках пищи. Они просто садились под осоку и, едва увидев пчелу, подпрыгивали и выбрасывали язык, к которому она немедленно прилипала.

— Вот и всё, — торжественно заключил Никита.

— Большое вам спасибо.

Алёша горячо пожал Никите руку. А лягушка, которую Никита выпустил, чтобы ответить на рукопожатие, плюхнулась в траву и неторопливо направилась к прудику. Алёша проводил её взглядом.

— Хватит, — сказал он, обращаясь к ней, — больше вы наших пчёл есть не будете. Займитесь, голубушки, долгоносиком. И нам полезно, и вам питательно. Завтра поставлю на пасеке поилку, — продолжал он, обращаясь к Никите. — Как это я раньше недоглядел? Мы в этом году на лягушках много мёду потеряли.

Только часа три спустя Алёша сообразил, что Аня уже давно ждёт его. Разговор с Никитой получился на редкость интересный. Никита даже сам удивился, как ему, обычно такому застенчивому, легко и просто с Алёшей. Может быть, потому что он помог Алёше и сразу почувствовал себя взрослее, а может быть, потому, что уж очень у них всё с Алёшей было похоже с детства: и мысли, и заботы, и университетские тревоги. Они разговорились так откровенно, что Никита даже спросил:

— А ты женат?

— Ещё нет, — сказал Алёша.

— Я тоже ещё нет. Собираюсь.

— На студентке вашей?

— Да.

— Красивая?

— Очень. Я своему отцу уже написал, — сказал Никита. — Даст он согласие — поеду к её отцу, поговорю.

Это обстоятельство чрезвычайно понравилось Алёше, и он тоже рассказал Никите, что вот-вот сыграет свадьбу. Ему захотелось позвать Никиту в гости к Ане сейчас же, угостить чаем, поговорить, но он понимал, что его самого встретят не очень ласково.

— Ждёт она меня, — виновато сказал он, — а я тут с тобой разговорился.

— Тогда иди, — посоветовал Никита. — Раз ждёт — иди. Нехорошо.

— На свадьбу придёшь?

— Приду и ребят приведу, — сказал Никита. — Можно?

— Всех веди! Мы свадьбу на весь район будем играть!

Это Алёша крикнул уже на бегу. Было совсем темно, и с каждой минутой он всё отчётливее представлял себе милые сердитые Анины глаза.

Аня уже перестала ждать его. Она сидела на диване, прижимая к себе лисят, и старалась не плакать. Сколько раз она мечтала — в сенях будет темно, и Алёша скажет: «Ты, Анечка, на меня не обижайся. Это всё случайности. Я тебе вот что хочу сказать...»

Раздался тихий стук. В сенях пахло цветами. Лунный свет косо падал на половицы. Алёша виновато потоптался на пороге. Аня молчит, вероятно, сердится.

— Ну, как твои дети поживают? — наконец спросил Алёша.

Ну что ж! Раз Алёшу интересуют лисята, можно поговорить о них. У одного из лисят как раз в этот день приоткрылся глаз. Чуть-чуть. Маленькая узкая щёлочка поблёскивала в шерсти. Аня похвасталась этим достижением. Приложив к хвостику лисёнка линейку, она объяснила, что вот со вчерашнего дня хвост вырос на целый сантиметр. Показала лапки, подошвы лапок. Лапки они рассматривали через лупу, которую ей дал Фёдор Фёдорович. В самом деле, на подошвах, на мягких чёрных очень маленьких подушечках пальцев показались чуть заметные волоски. Потом Аня продемонстрировала первый зуб, который прорезался у одного из лисят. Зуб был маленький, едва заметный, не больше, чем остриё обыкновенной булавки. Алёша посмотрел и зуб. Вскоре Аня заметила, что рассказывает в общем без особого вкуса, ей гораздо больше хочется положить лисят в корзину и сесть на диван рядом с Алёшей.

Даже кошка, которая вошла в комнату, показалась Ане симпатичной, тем более что появилась вовремя: разговор о лисятах явно подходил к концу. Было похоже, что беседа вот-вот оборвётся, и тогда Алёша встанет и уйдёт. Поэтому Аня, строго сказав, что лисятам пора спать, поспешно положила их в корзину, прикрыла старым платком и начала жаловаться Алёше на кошку. Алёша слушал терпеливо. Он сидел в углу дивана, очень близко от Ани. Погладить бы его по голове…

Кошка потянулась и с невероятной смелостью спрыгнула с Аниных коленей к Алёше и замурлыкала. Он ласково погладил её.

— Какие новости? — спросила Аня, с завистью поглядев на кошку.

Алёша начал рассказывать. Аня слушала внимательно, но никак не могла понять, о чём он говорит. Какие лягушки? Какие пчёлы? Рядом были Алёшины глаза, милые, карие, но совсем новые… Алёша понял, что Аня не слушает его.

Наступило напряжённое молчание. Вкрадчиво и громко мурлыкала кошка, словно пыталась объяснить Алёше то, что думала сейчас Аня. Но Алёша кошки не замечал. Ему было не до кошки и не до лисят. Наконец он сказал неуверенно:

— Все без тебя скучают, запевать некому.

Неожиданно Аня рассердилась. И так она всем завидует! Все на сенокосе, в поле, поют по вечерам, а на рассвете вместе едят кашу… И Алёша с ними. Одна она весь день возится с поросятами, вечером нянчит лисят, а Алёша даже не может сказать ей ничего хорошего. Только про каких-то лягушек. Ласкового слова ему жалко.

— Вам всё кажется, я чепухой занимаюсь, да? А я, может, с этими лисёнками замучилась. А я, может, ночи не сплю, комсомольское поручение выполняю. Песни запевать некому! Поручения давать — все хороши, а как помочь — так заняты? Да? И всегда так! Пользуетесь моим общественным сознанием. А чтобы послать кого на один вечер меня сменить, чтобы я хоть уснула, до этого не додумались! А придёшь, только и знаешь, что про дела. Про лягушек каких-то… Оставьте меня все…

Слёзы кипели у Ани в горле. Кошка тоже вдруг неизвестно отчего рассердилась, спрыгнула с Алёшиных коленей и начала грозно точить когти о табуретку.

Аня выбросила кошку за дверь.

— Ты не сердись, — растерялся Алёша. — Я пошёл.

Удивительно, как он умел уходить! У Ани сложилось впечатление, что Алёша только и делает, что уходит. В одну минуту повернётся и пойдёт. Только соберёшься, придумаешь, чем удержать, а он уже далеко, за калиткой. Всё тише и тише торопливые шаги. Зачем она его отпустила?.. И когда теперь она его увидит?

Они встретились на другой день ранним утром, у самой калитки Аниного дома. Случайно. Шли очень медленно и почему-то оба непрерывно говорили. Стоило замолчать, как сразу же делалось ясно — уже светает, серое, зыбкое утро, и они идут вдвоём по безлюдной улице. Это был тот вечный жутковатый первый разговор, который потом не может вспомнить ни один из собеседников. О чём бы ни говорил Алёша — это было как раз то самое, что думала Аня, а то, о чём говорила Аня, давно уже хотел сказать Алёша.

Они очень быстро дошли до свинарника, но Алёша, к счастью, вспомнил, что около реки на дороге посадили тополя. Алёша сказал, что это замечательные деревья. Пошли смотреть на тополя, и Ане стало казаться, что все самые лучшие деревья должны быть тоненькими, как прутики. Потом снова направились к свинарнику.

Пожалуй, это был первый случай в Аниной жизни, когда она неохотно вошла в свинарник: ведь сегодня Алёше в свинарник идти незачем, и ему давно пора отправляться по своим делам.

Но когда через час Аня выпустила поросят на прогулку, оказалось, что Алёша сидит под тем деревом, где обычно гуляли Анины питомцы под её личным наблюдением. Впрочем, на этот раз наблюдение было не такое уж бдительное.

Но им поговорить удалось всего какой-нибудь часок: зачем-то явилась Шурка, которая вечно вертится вокруг Ани, всё время лезет с вопросами и вообще ходит за ней по пятам. Завидев Шурку, секретарь комсомольской организации смутился, что было ему несвойственно, и поспешно ушёл.

Ни Шурка, ни поросята ещё ни разу не видели, как плачет Аня. Поэтому они столпились вокруг неё и с удивлением наблюдали, как это происходит.

Аня плакала, улыбалась, всхлипывала, шептала:

— Молчал, не глядел — и вдруг…

И опять начинала плакать.

Но Шурка прекрасно понимала, что это тот случай, когда утешать не надо. С завидной выдержкой она сидела на траве около Ани, время от времени вскакивала, когда то один, то другой поросёнок удирал на дорогу, и водворяла его обратно под дерево, в тень: ещё напечёт солнышко.

Наконец, выбрав удачный момент между шёпотом, новым взрывом плача и очередным побегом поросёнка, Шурка спросила деловито:

— Вы, Анна Семёновна, замуж выходите?

Поросята толпились вокруг Ани не потому, что она плакала, — это им было безразлично. Просто пришло время завтракать. И с какой стати она заставляет их гулять?..

— За Алексея Алексеевича я выхожу, — гордо сказала Аня, немножко опомнилась и пошла в свинарник.

Голодные поросята, теснясь и дружно хрюкая, побежали за ней.

— Самостоятельный человек, — одобрительно заметила Шурка.

Прошло уже целых полчаса, как ушёл Алёша, и довольные поросята завтракали, громко чавкая, а Аня всё продолжала плакать. Плакать было так сладко, что она даже нарочно не хотела успокаиваться.

— Молчал, ходил мимо — и вдруг… замуж! Вот ведь какой глупый!..

И Аня снова всхлипывала, снова улыбалась, а на душе было чисто, хорошо, обмыто, как после дождя.

Никита попросил Фёдора Фёдоровича отпустить его на один день в Москву. «Дела», — пояснил он.

— Что ещё там за дела? — проворчал Фёдор Фёдорович.

Никита честно ответил:

— Личные.

— Какие у вас могут быть личные дела, да ещё в городе? У вас и здесь какая-то чушь происходит.

Никита молчал.

Фёдор Фёдорович почувствовал бестактность своего замечания, рассердился на себя и сказал сурово:

— Завтра, очень рано, поведу вашу группу в двухдневный поход. Будьте здесь к началу занятий.

— Буду.

Никита ехал в Москву для того, чтобы поговорить с отцом Аллы. От своего отца он, наконец, получил письмо и считал, что теперь дело с женитьбой надо решать как можно скорей. Алла совсем отбилась от рук. Она опаздывала на дежурства, сдала зоологию на тройку, не ладила с девушками.

Все недоразумения кончатся, как только Алла выйдет за него замуж. Она станет серьёзнее, все будут относиться к ней с уважением, и Фёдор Фёдорович её полюбит.

Письмо отца успокоило Никиту. Иван Трифонович писал, что хотя, на его взгляд, жениться сыну рановато, но раз нашлась хорошая девушка, он не возражает. Только советует ещё подумать: будет жена, пойдут дети, учиться станет трудно… А вообще говоря, он ждёт Никиту с женой в конце лета. От матери осталась память — ожерелье из уральских камней. Иван Трифонович думает, что Никитиной жене оно понравится. Письмо было непривычно длинное, ласковое. Видно, отец вспомнил молодость… Или состарился. В письме можно было уловить и некоторый оттенок удовлетворения: сын вырос, становится на ноги.

Никита решил идти к отцу Аллы прямо на работу. Дома его застать, наверное, трудно. Никита ведь ни разу не видел его, когда заходил к Алле. Кроме того, Никита вообще не любил бывать у Аллы дома. Его угнетало множество вещей, наполнявших квартиру, — они, возможно, красивы, но их нужно бояться: до этого нельзя дотрагиваться, куда-то нельзя ступать, из чего-то нельзя пить… А Никита привык к тому, что вещи служат людям.

В квартире Аллы Никите нравилась одна картина. Она напоминала ему родную деревню. Ивы, серые и грустные, склонились над прудом, а где-то далеко встаёт солнце, солнечный свет вот-вот упадёт на ивы, они проснутся, позеленеют — и грусть пройдёт. Но у картины тоже оказались недостатки: на неё полагалось смотреть с таким же восторженным удивлением, как на пылесос особой конструкции, которым очень гордилась Аллина мама, и всё время хвалить. А Никите вообще не хотелось разговаривать, когда он смотрел на эту картину. Хотелось взять Аллу за руку, глядеть на иву и ждать, когда взойдёт солнце. Помимо всего, Никита считал несправедливым, что на такую замечательную картину смотрят только Алла, её родители и гости. Он сказал об этом Алле.

Она дёрнула его за чуб и заявила, что он глупыш. Тогда Никита совершенно нечаянно поцеловал Аллу. Конечно, ему было уже не до картины. Он не только впервые поцеловал Аллу, но и вообще в первый раз в жизни поцеловал девушку. В комнате было сумеречно, Алла говорила ему что-то тихое, нежное, бессвязное, а Никита никак не мог понять, как он отважился её поцеловать.

Где работал отец Аллы, Никита знал. Войдя в бюро пропусков, он храбро снял трубку, но, когда ему ответил металлический голос телефонистки, так растерялся, что вдруг забыл фамилию отца Аллы — он помнил только первые две буквы. Он знал эти буквы очень хорошо, наизусть, с самого детства. Когда над их колхозом плавно пролетал ширококрылый самолёт, все мальчишки, задрав головы, провожали его взглядом и говорили дружелюбно, как о хорошем знакомом: «ИР» полетел. Это были первые буквы фамилии Аллиного отца; имя его самолёта «ИР».

— Пятнадцатый, — настойчиво повторил голос.

— Товарища директора, — смущённо сказал Никита. И снова представил себе не человека, которого сейчас увидит, а самолёт, блестевший под солнцем.

— Соединяю…

— Кто говорит? — спросил новый голос, очевидно секретарь.

— Орехов. Из университета.

— По какому вопросу?

— По личному.

— Подождите, — интонация стала чуть удивлённой. Потом голос сообщил: — Сейчас вам выпишут пропуск.

В приёмной ожидало несколько человек. Часто звонили телефоны, иногда два одновременно. И всё-таки было очень тихо. Прошло по крайней мере сорок минут, прежде чем ему, наконец, сказали:

— Пожалуйста, Александр Семёнович вас ждёт.

Никита глотнул воздух, как перед прыжком, и вошёл в кабинет. Отец был похож на Аллу. Никита увидел это сразу, и к волнению, которое он испытывал, прибавилась ещё нежность. Никита боялся этого чувства — оно делало его беспомощным. Глаза у Аллы такие же красивые, как у отца, только у него они усталые и встревоженные. Вообще Никита видел, что этот человек чем-то обеспокоен, но отложить разговор было уже невозможно. Поэтому он сказал, как мог, солиднее:

— Орехов, Никита Иванович.

— Вы, кажется, учитесь с моей дочерью?

— Учусь.

— Что с ней случилось? — спросил Александр Семёнович с такой тревогой, что Никита даже испугался.

— Ничего не случилось, — поспешно ответил он и, чтобы окончательно успокоить этого усталого человека, прибавил: — Что с ней может случиться?

Только теперь Никита всё понял. Он ведь не подозревал, что Александр Семёнович знает его фамилию. Значит, когда Никита позвонил снизу, отец решил, что ему привезли дурные вести об Алле, и волновался всё это время. И всё-таки продолжал работать, принимать людей, говорить по телефону.

— Простите меня… Я не знал… — горячо сказал Никита.

— Ничего, ничего… Значит, всё в порядке?

— Всё в порядке. Зоологию сдала. Теперь ботаника. Гербарий собираем.

Никита помолчал. Хотелось бы ему посмотреть, с каким выражением лица Алла сообщит такому человеку, что получила по зоологии тройку. Пускай пересдаёт!

— Гербарий? Это цветы, травы? — переспросил Аллин отец. — Да вы садитесь, Никита Иванович. — Тревога исчезла с его лица. В глазах появилось любопытство.

Никита сел и замолчал. Кресло было мягкое, глубокое. Очень страшно сидеть в таком глубоком кресле, когда неизвестно, с чего начать разговор. Александр Семёнович молчал и медленно прочищал трубку. Может быть, он прекрасно понимает, в чём дело, но хитрит. Никите делалось всё страшней, и он чувствовал, что если промолчит ещё минуту, то не скажет вообще ничего. Он перевёл дыхание, приподнялся в кресле, вцепившись в его широкие ручки, и выговорил сдавленным голосом:

— Я вашу Аллу полюбил. Хочу на ней жениться. Мой отец своё согласие дал. А как вы насчёт этого думаете? — он отпустил ручки и снова утонул в кресле.

Александр Семёнович зажёг спичку, хотя трубку набить ещё не успел, и внимательно смотрел, как она горит. Когда спичка догорела, он аккуратно положил её в пепельницу, встал, прошёл от стола к двери, потом обратно к столу, потом обратно к двери, приоткрыл её и сказал:

— Ольга Петровна, у меня тут возник серьёзный разговор. Вы идите обедайте. Срочного ничего? Нет, материалов никаких не потребуется.

Никита приободрился. Раз отец Аллы считает, что разговор серьёзный, значит в основном он согласен.

Разговор, конечно, серьёзный. Мало ли что надо обсудить! Аллин отец нравился Никите всё больше и больше. Наверное, с Иваном Трифоновичем они поладят.

Александр Семёнович закурил трубку и присел на край стола, наискосок от Никиты.

— Ну, выкладывайте, как это с вами случилось, — интонация была сочувственная, словно он спрашивал, при каких обстоятельствах Никита простудился и заболел воспалением лёгких.

— Мы познакомились в университете. В прошлом году. Двадцатого августа, — начал Никита. Он добросовестно старался вспомнить подробности первой встречи, но тогда она повергла его в такое смятение, что в памяти осталось только одно: у него перехватило горло и потемнело в глазах. Поэтому Никита пояснил кратко: — Она списывала расписание занятий.

— Так, — одобрительно сказал Александр Семёнович.

— Она, — слово «она» произносилось благоговейно, — заговорила со мной сама. И спросила: откуда я такой взялся? Я ответил, что из Чувашии.

— Так вы из Чувашии? — перебил Александр Семёнович. — Я у вас там был недавно, по делам. Ну и заехал потом в колхозы, поглядеть. Великолепные у вас колхозы. Вы откуда?

— «Вперёд» наш колхоз называется.

— К вам не попал. В Козловке был.

— Козловку всегда всем знаменитым людям показывают, и корреспонденты туда ездят. Но у нас тоже богатый колхоз, — с достоинством сказал Никита.

Никита, как и его отец, не особенно любил, когда хвалили другие колхозы. Но вообще то, что Александр Семёнович похвалил Чувашию, обрадовало Никиту. А их колхоз он увидит, когда приедет к ним в гости. Кстати, и отдохнёт немного. Видимо, Александр Семёнович думал о Чувашии, так как сказал, вспоминая:

— Я в Чувашии впервые, знаете, когда был? В двадцать втором году. Страшновато было. Трахома, темнота. Станция там одна, называлась Траки — нечто среднее между словом «трактир» и «драки».

— С этой станции хор первое место на олимпиаде за-
нял, — сказал Никита. — А мы второе.

— Хор! — улыбнулся Александр Семёнович. — Ну, что
же она потом с вами сделала? — перебил он себя.

— Двадцать первого августа мы пошли в консервато-
рию. На Первый концерт Чайковского.

Об этом случае Александр Семёнович вспомнил.
Алла рассказывала ему тогда с увлечением, что с ней будет учиться один парень, очень высокий и красивый —
Никита Орехов, который первый раз в жизни в Москве.
Сибиряк, но с детства жил, кажется, в Мордовии. Алла
решила ему показать Москву, и он всему удивляется.
А когда слушал концерт Чайковского, то в этом месте —
знаешь? — Алла напела — чуть не заплакал. Но Александр Семёнович ничего не сказал Никите. А тот продолжал говорить. стараясь не пропустить ничего из того,
что могло бы показаться важным для Александра Семёновича.

Некоторое время в кабинете было совсем тихо. Никита задумался. Александр Семёнович тоже молчал.

Почти все десять дней, которые оставались до начала
занятий, Никита провёл с Аллой. Они ходили в музеи,
театры, на концерты.

В жизнь Никиты сразу, за несколько дней, ослепи-
тельным потоком вошла новая красота. Не та нетрону-
тая красота неба, травы, лесов, которую он знал и любил
до сих пор. Это была созданная людьми красота чудес-
ного города, громадных светлооких домов, непрерывно-
го движения машин. Это была красота картин, которые
собрали и берегли в этом городе, красота консервато-
рии, красота Большого театра. И вся эта красота вошла
в его жизнь одновременно с Аллой. Алла была человеком необыкновенным. Для Аллы был привычен и поня-
тен весь этот богатый, неизведанный мир: и одновремен-
ный взмах пятидесяти смычков, рождающий музыку,
и картины, которые заставляли его переживать то, что на
них изображено, так, словно это сама жизнь. И Алла знала о них всё: какой художник их нарисовал, жив он сейчас или умер. Она знала тех замечательных музыкантов,

которые выступали на концертах, она видела тех писателей, которые написали книги, любимые Никитой. Она знала все улицы в этом городе — одну краше другой, она была одной из тех счастливых девочек, которые выросли в этом самом справедливом и лучшем в мире городе. И за это он тоже любил её.

Александр Семёнович слушал его очень внимательно. Никита по обыкновению излагал факты. Но о чём бы он ни говорил, он всякий раз прибавлял: «она думает», «она сказала», «она считает»… Александру Семёновичу было ясно, что Алла неотделима для Никиты от чувства удивления и счастья, охватившего его в Москве. Большое уважение к людям, гордость за них переполняли Никиту.

Александр Семёнович вспомнил, какой была Москва, когда он приехал сюда в 1920 году. А ведь в самом деле они, старики, неплохо поработали. Справедливо, что Никита так хорошо и по-хозяйски чувствует себя в Москве. Справедливо и радостно, что в Чувашии, которая ещё так недавно была глухой и тёмной, вырастают такие счастливые, ясноглазые мальчишки, как этот самый Никита Орехов.

Наконец Никита замолчал. Он ничего не сказал о том, что Аллу не любит Фёдор Фёдорович. Даже это не могло заставить его поколебаться в той любви, которую вызывала у него Алла. Александр Семёнович встал и подошёл к Никите.

— Она-то что об этом думает? Она-то вас любит?

— Любит, — сказал Никита, — любит.

Он в этом не сомневался. Конечно, Алла любит его. Могло ли быть иначе? Разве проводила бы она с ним столько времени, разве позволяла бы себя целовать?

Александр Семёнович ходил по кабинету. Он ступал тяжело, плечи у него ссутулились.

— Нет, — наконец сказал Александр Семёнович. — Я тебя ей не отдам.

Никита встал.

— И не проси, всё равно не отдам. Не проси, слышишь? Всё. Садись! — прикрикнул он.

Никита сел.

— Ты всё перепутал, — сказал Александр Семёнович. — Свои мысли, свою радость, Москву, картины, музыку перепутал с ней. Ты дурак, понимаешь? То есть ты очень умный парень, но в этом вопросе ты дурак. Какая она тебе жена? На что она тебе сдалась, скажи, пожалуйста?

— Я её люблю, — твёрдо сказал Никита, хотя был совершенно сбит с толку.

— И очень глупо поступаешь. Ну, скажи на милость, что ты с ней будешь делать? Новые фасоны платьев обсуждать?

— Но Алла…

— Никакая она не Алла, — резко перебил его Александр Семёнович. — Александра она… Саша… Сашенька… Вот как было задумано. Вот как я хотел.

«Шура» — про себя шепнул Никита. Он тоже хотел, чтобы Саша, Шура, Шурочка…

— Алла — вовсе не её имя, чужое оно, — горько сказал Александр Семёнович, — и платья на ней чужие, не её. Она ведь не знает, что ей нравится. Ей скажут — мода, она и надевает. И мысли у неё тоже чужие. У неё ведь ни одной своей мысли нет, — уже с болью продолжал Александр Семёнович. — И то, что она тебе там голову кружила разговорами об искусстве, ведь это тоже не её мысли — чужие, нахватанные, вперемежку со сплетнями. Ничего она в искусстве не понимает. Ты в тысячу раз больше её понимаешь: и в картинах, и в музыке, и в книгах — во всём. И в Москве ты больший хозяин, чем она.

— Что же это вы на свою дочь такое наговариваете? — вскинулся Никита.

— Любишь? — сочувственно и не сердясь, сказал Александр Семёнович. — Вижу, что любишь. Ничего. Пострадаешь — и пройдёт. Это, брат, проходит. Честное тебе даю слово, пройдёт. Тебе лет-то сколько?

— Двадцатый.

— Пройдёт. К двадцати трём — ручаюсь.

— Я не хочу, чтобы проходило…

— Всегда хотел иметь такого сына, как ты. Если бы выросла дочь хорошая, настоящая, отдал бы сразу. С радостью.

Он замолчал. Никита тоже молчал, подавленный. Тяжело было видеть, как мучается такой умный, большой человек. Александр Семёнович, словно забыв о Никите, ходил по кабинету. А тот сидел в кресле, не шевелясь, стараясь не мешать его мыслям. Александр Семёнович думал о нём, об этом мальчике, который так неожиданно пришёл к нему за счастьем. Думал о своей Шуре. Почему только сейчас, под ожидающим взглядом человека, который полюбил его дочь, он впервые по-настоящему понял, что произошло? Почему смог так откровенно, так безжалостно к себе и девочке говорить о ней?

Раньше он думал: «Выросли счастливые, всё у них есть, всё мы для них сделали». Да ведь счастливая не она, его балованная дочка, ушедшая от него, далёкая. Счастлив вот этот мальчик с упрямой складкой на лбу. Счастлив именно тем самым счастьем, ради которого дрались они, старые большевики.

Какое право имел он проглядеть свою девочку? Виноват перед ней. Виноват перед собой. Виноват перед Никитой. Но больше всего всё-таки виноват перед девочкой. Совершенно незаметно всё это произошло. Была жена. Тихая, скромная, с пушистой русой косой. Медсестра. Всё было так хорошо в маленьком доме на окраине, где живым дымком пахло от раскрытой печки, где он по вечерам, приходя с завода, готовился на рабфак. Когда же всё начало меняться? Окончил институт. Первый созданный им самолёт поднялся вверх. Потом назначили директором завода. Жена бросила работу. Почему? Устала. Ну, устала — отдыхай. Потом дали квартиру в три комнаты. Купили мебель: круглый стол, за которым удобно сидеть друзьям, буфет, в котором весело блестят новенькие чашки. Много стульев — не надо занимать табуретки у соседей. Жена радовалась, устраивалась, по двадцать раз заставляла его передвигать мебель, и он радовался вместе с ней тому, что у Шуры в детской светло и уютно и девчонки играют по вечерам в лото. Радовался тому, что у него просторный кабинет. Письменный стол стоял теперь так, что к нему не надо было пробираться боком, как раньше, когда они жили в маленькой комнате. Хорошо было думать и ходить по такому кабинету ночью, когда он приезжал с завода и знал, что его новый самолёт скоро подымется ввысь, а он будет с аэродрома следить за ним и жмуриться от солнца, блеска крыльев и счастья.

Тогда ни острые углы вычурных столиков, ни хрупкие вазочки, которые страшно задеть рукой, не мешали ему... В комнате был стол, чертёжная доска, широкий подоконник, на котором любил сидеть его друг детства, лётчик-испытатель. В комнате был шкаф, старый дубовый шкаф. На верхней полке Пушкин. Ветхий, в коричневом самодельном переплёте.

Шкаф! Вот когда это началось. Не в тот день, когда купили первую мебель, а тогда, когда однажды, вернувшись домой после четырёх бессонных суток, проведённых в конструкторском бюро, вошёл в свой кабинет и решил, что ошибся, спутал, попал не туда... Не было стола. Не было шкафа... Не было простора. В комнату въехал гарнитур. Спальня. «Спальня», — с ненавистью прошептал Александр Семёнович.

— Ты знаешь, что такое гарнитур? — неожиданно спросил он Никиту.

— Нет.

— И не надо. — Александр Семёнович снова замолчал.

Спальня была большая, белая, у кровати вместо спинок — решёточки. По решёточкам листья — резные, толстые, крашеные, зелёные. И в каждом листе уже пыль. Кровать как сквер. Он прошёл по комнате, ушибся о тумбочку, наткнулся на какую-то табуретку со стёганым сиденьем. Заглянул в столовую. Старый письменный стол запихнули в угол между буфетом и окном. К нему снова надо было протискиваться.

В столовую вошла Алла. Ей тогда было двенадцать лет. В халате. Почему в халате? Почему девчонка в двенадцать лет ходит в шёлковом халате?

«Где мама?» — спросил он.

«Уехала в комиссионный магазин».

«В какой?»

«В комиссионный, — удивляясь его неосведомлённости, повторила Алла. — Ей обещали подобрать абажур для спальни. Фонарь. В спальне должен быть фонарь».

«Фонарь? — Он не понял. — Какой фонарь? Зачем фонарь? Ведь всюду электричество!»

Алла пожала острыми плечиками.

«Где шкаф?»

«Его увезли. Он старый. Он портил всю квартиру».

«Нет, ты не понимаешь, — сказал он. — Ты не понимаешь, Шурочка. Мама, наверное, забыла. Этот шкаф — он очень дорогой. А где Пушкин?»

«Вот, — показала Алла, — мама приготовила его для переплётчика. Это старое издание. Такого теперь не достанешь».

Он взял книгу в руки, и на него нахлынули воспоминания. Очень теперь далёкие. Очень дорогие. Учитель в школе был старый. Учил его только до третьего класса — умер. Он завещал ему свой шкаф. Отец со старшим братом принесли его. Окно отразилось в стеклянной дверце шкафа, и в тесной комнате сразу стало светлее. Шкаф был пустой, только на верхней полке — Пушкин, вот этот самый. Остальные книги учитель велел разделить между другими учениками.

Вот когда это началось! Вот когда он должен был схватить Аллу за плечи, заставить переодеться, объяснить, почему нельзя выбросить шкаф, и никогда больше не отпускать её от себя. А он ушёл тогда и ночевал в кабинете на заводе, на холодном кожаном диване.

Почему ушёл он, вместо того чтобы выкинуть вон всю эту мебель? Почему смирился? Вероятно, потому, что думал тогда о том, лучшем из своих первых самолётов.

Так это началось. И пошло, и пошло… Четыре комнаты. Маленькая дача. Большая дача. Ещё гарнитур.

Что же теперь у него осталось? Где друзья, старые друзья? Задушевные, скромные, настоящие люди? Растерялись. Почему в его дом ходят какие-то хлыщи? Едят чёрт знает что: зеленоватый, червивый сыр, анчоусы… Почему он должен есть этот сыр? Каши в доме не допросишься. Жена? Нет жены. Ходит по квартире посторонняя блондинка в халате, говорит о чепухе. Нет жены. Жену съел шкаф из красного дерева. Дочь? Нет. Была девочка Шура. Длинные ножки, русые косички. Приходил с завода — влезала на колени, дышала в ухо, рассказывала смешные истории. Где эта девочка? Нет её. Есть Алла. Каблучки, пижамы, на голове какие-то завитушки. Боролся ли он за неё? Да, кажется. Но мало. Очень мало. Пробовал было не давать машину. Куда уж тут! У жены сердечные припадки. Пробовал говорить с Аллой. «Зачем ходишь в халате? Зачем серёжки, безделушки?» Смотрела непонимающими глазами, всхлипывала. Он, старый дурак, жалел её. Хороша жалость!

Загружен работой? Нет, всё равно не имел права… Не имел права потерять девочку.

Он остановился перед Никитой.

— Сто таких, как ты, вырастил, тысячу. А свою — прохлопал.

Никита встал, впервые в жизни взял папиросу из коробки, которая лежала на столе, и закурил, не закашлявшись:

— А я всё равно на ней женюсь, Александр Семёнович.

— Ты молод, глуп и влюблён, — устало сказал Александр Семёнович. — Ты себе даже не представляешь, какую она из твоей жизни окрошку сделает.

— Ничего она из моей жизни не сделает, Александр Семёнович.

Никита стоял перед ним. Очень был широк в плечах, и под белёсой детской прядью волос умный смуглый лоб. Рот твёрдый и подбородок твёрдый.

— Я из своей жизни ничего никому сделать не дам. И она будет хорошо жить. Вот увидите. Она просто балованная.

— Управишься ты с ней, а? — с затаённой надеждой спросил Александр Семёнович.

— Отчего не управлюсь? Управлюсь! Она ведь умная, всё поймёт. Вы не тревожьтесь. А там дети пойдут — совсем станет серьёзная.

— Дети! — Александр Семёнович засмеялся. Не только потому, что ему показалась невероятной мысль, что у Никиты и Сашеньки будут дети. Ему стало легко и радостно, потому что, глядя на упрямый подбородок этого мальчишки, он вдруг и сам поверил, что всё поправимо. Он представил себе, что дом опять станет похож на дом и обязательно начнут варить гречневую кашу, потому что этого парня сыром и желе не накормишь. И к нему вернётся девочка Саша, без завитых хохолков, тихая, домашняя, и спросит его, наконец, как у него дела. И кто знает, может быть, действительно родится внук! Тогда жена остепенится, перестанет красить волосы — она ведь совсем седая, а седина ей должна идти. И они вместе выкинут все эти неудобные гарнитуры. А в отпуск он поедет не на курорт, а в колхоз, к отцу Никиты, и, наконец, поудит рыбу…

Никита взглянул на часы. Пора.

— Спешишь?

— Мне на поезд.

— Иди, — сказал Александр Семёнович. — Иди… Ну, гляди, если управишься, тогда женись.

Никита улыбнулся.

— Так я Алле скажу!

— Говори!

Александр Семёнович долго смотрел вслед Никите.

ГЛАВА ТРИНАДЦАТАЯ

Никите повезло. Около вокзала он сел на попутный грузовик, проехал на нём больше половины пути и явился на биостанцию, когда там все ещё спали, даже Фёдор Фёдорович. Никита подумал, не поспать ли и ему перед походом, но вместо этого медленно прошёл по биостанции, представляя себе, как он будет говорить с Аллой сегодня. Вдруг он понял, что робеет, боится этого разговора. Пожалуй, лучше написать.

Никита забрался подальше в лес: никто не должен видеть, как он будет писать это письмо.

Он лежал в траве. Над ним однообразно посвистывала синица; почти касаясь его лица, стояла земляничина, большая, красная, обгрызенная улиткой.

Было страшно смотреть, как его тайные, заповедные мысли появляются на бумаге, записанные так просто, словно это конспект лекции.

«Ты даже не знаешь, как сильно я тебя люблю. Ты это поймёшь только тогда, когда мы будем уже старые. Ты со мной ничего не бойся. Я тебя никому обидеть не дам. Я хочу, чтобы милые твои глаза всегда были весёлые. И сделаю это. Вот увидишь».

После встречи с Александром Семёновичем Никита полюбил Аллу ещё сильнее. Вдруг оказалось, что есть на свете Шура, желанная, нужная и близкая Никите, так же, как и её отцу.

«Я с твоим отцом говорил. Он согласен».

Никита лежал в траве и повторял про себя нужные слова, которые ему хотелось сказать Алле. Но написать их не решался. Он просил Аллу прийти завтра после десяти к гнезду пеночки.

На пригорке у колодца он увидел Аллу. Никита никак не ожидал, что встретит её. Они остановились друг против друга на узкой тропке. Тихо было кругом. Никита стоял молча, зажав в кулаке письмо.

— Доброе утро, Никита, — наконец сказала Алла. Спутанные пушистые волосы падали ей на лоб.

— Очень доброе утро, — ответил Никита. — Вот прочти.

Он сунул ей в руку смятое письмо и помедлил. Никите вдруг показалось, что у него хватит духу сказать здесь, сейчас же, сию минуту всё то, что написано в письме. Но духу не хватило. Он резко повернулся и бегом пустился по тропке, с радостью подставляя горячее лицо ветру. Оглянуться, посмотреть вверх, туда, где стояла Алла, и то не хватило храбрости.

Когда Никита вернулся в барак, Фёдор Фёдорович был уже там. Он посмотрел на него пристально, гораздо пристальнее, чем хотелось бы Никите, и сказал сухо:

— Покажите, как вы наматываете портянки.

Видимо, поэтическое вдохновение, написанное на лице Никиты, мало устраивало Фёдора Фёдоровича. Никита очень охотно стал заправлять портянки и наклонился настолько низко, что Фёдор Фёдорович спросил:

— Прошу прощения, вы их что, зубами наматываете или как?

Но самое неприятное уже миновало. Когда Никита поднял голову, любой человек сообразил бы, что он покраснел, так как долго сидел нагнувшись. Кроме того, лицо его выражало обиду. Ему показалось, что Фёдор Фёдорович прекрасно понимает, что с ним произошло, и теперь просто придирается. Но это было неверно. Фёдор Фёдорович придирался ко всем: проверял ремни на рюкзаках, сапоги — словом, затормошил студентов.

Особенно трудно пришлось Юре Дождикову. Сложно было обмануть Фёдора Фёдоровича и притвориться, будто собираешься в поход как следует. Но переломить себя Юра не смог, и последствия его притворства и лени стали сказываться уже на четвёртом километре пути. Перепрыгнув через кочку, Юра установил, что рюкзак сползает с плеч. На пятом километре из рюкзака посыпались сухари. Фёдор Фёдорович оглянулся, увидел, что Юра подбирает сухари, но не остановился и даже ускорил шаг. На седьмом километре Юра почувствовал, что у него стёрта левая нога, а на двенадцатом ему стало ясно, что идти дальше он не в состоянии. Но все шли, и поэтому Юра шёл тоже. Он спотыкался, поддерживал локтем сползающий рюкзак, пытался на ходу подтянуть сапог, который ёрзал на ноге и всё сильнее натирал пятку. Вид у Юры был самый жалкий. Громада и Степан шагали молча, в ногу, словно они прошли от университета до метро «Охотный ряд». Никита шествовал позади всех, но видно было, что он идёт позади не потому, что устал, а просто не хочет разговаривать.

Юра посмотрел на него с нескрываемой завистью. Мало того, что Никита шёл так легко. Кроме своего рюкзака, он нёс ещё и котёл для каши. Котёл был большой, вероятно тяжёлый. Никита нёс его с таким видом, словно это ведёрко с продырявленной крышкой для ловли лягушек.

Но особенно огорчали Юру девушки. Они бодро шли за Верой Васильевной. Фёдор Фёдорович взял в поход только Марину, Катю, Любушку и после долгих просьб Варю. Боялся, что она устанет. Но Варя шла не спеша, легко, лицо у неё было счастливое и озабоченное. Катя шагала, как солдат. Такие ли дороги прошла она? Труднее других, видимо, было полной, разрумянившейся от жары Любушке, но и она не отставала.

Виктор Белевский уже не раз бывал в походах и экспедициях, поэтому возбуждение, охватившее второкурсников, не коснулось его. Он был весь собранный, сосредоточенный, и казалось, мысли его где-то далеко. На озеро он шёл не затем, чтобы кольцевать чаек, — нужно было подыскать гнёзда, пригодные для переселения птенцов.

— Ну как, Витя, нашёл? — ласково спросил Фёдор Фёдорович, нагоняя Белевского.

— Да, — последовал односложный ответ.

— Я всё думаю, думаю, Фёдор Фёдорович, — задумчиво, словно продолжая начатый разговор, произнёс Громада. — А что, если нам сделать так: весной во время перелёта, когда птицы будут отдыхать на лесополосах, мы их и отловим. Продержим недели две в вольерах. Известно, одна из движущих сил перелёта — ожирение. Будем кормить поменьше — похудеют. Потом пройдёт срок, инстинкт перелёта действовать перестанет. А какой начинается? Гнездования. Вот тут-то мы птиц и выпустим. А?

Громада явно волновался, хотя и старался говорить сдержанно. Он взглянул на своих собеседников и увидел две пары устремлённых на него глаз. Одни были молодые, загоревшиеся, другие — старые, холодные. Молодые — Лопатина.

Белевский равнодушно сказал:

— Утопия.

— Почему?

— Останутся, а гнездиться не станут.

— Нет, похоже, что Иван Остапович дело говорит, —
горячо сказал Фёдор Фёдорович. — Попробуем, Витя?
Как ты думаешь?

Громада не выдержал и быстро зашагал вперёд. Ему
было стыдно, что Фёдор Фёдорович так миролюбиво обращается к Белевскому. Неужели он не заметил, что Вик-
тору почему-то последнее время стало всё равно, будут
птицы гнездиться на лесополосах или нет?

Белевский пожал плечами.

— Простите, Фёдор Фёдорович, кажется, гнездо, —
и он быстро свернул в лес, уже на ходу доставая из полевой сумки карту.

Фёдор Фёдорович доброжелательно глянул ему вслед
и обернулся. Студенты шли, растянувшись цепочкой.
Было видно, что все сильно устали.

Только Борька резвился, как щенок. Он то забегал вперёд, то становился на коленки, чтобы заглянуть в нору,
то залезал на дерево. Юре Борька дружески сочувство-
вал и этим окончательно выводил его из себя.

— Устали, товарищ Дождиков? — уважительно спрашивал Борька. — Постойте минутку, у вас сейчас ложка
упадёт, я поправлю.

Он всовывал ложку поглубже в рюкзак и вприпрыжку
мчался вперёд.

Впрочем, когда они пошли полем, присмирел и Борька. Разговоры стихли, солнце пекло неумолимо, и от земли подымался сухой пыльный жар.

Часа через полтора они подошли к небольшому ру-
чейку.

— Пить хотите? — спросил Фёдор Фёдорович.

— Нет, — дружно ответили студенты.

— Да ну?! — Фёдор Фёдорович оглядел усталые, пот-
ные, пыльные лица.

— Нет, — сказала Любушка и облизнула сухие губы.

— Нет, — твёрдо повторил Юра.

— А я так очень хочу, — весело сообщил Фёдор Фёдорович. — Привал сорок минут. А потом останется всего
пять километров до озера. Пройдём по холодку, не заме-
тим как.

Пока шли от ручейка к озеру, стало быстро темнеть. Тяжёлая чёрная туча наползала на них с запада. Где-то, очень ещё далеко, прогремел гром, сверкнула за лесом молния.

— Ну вот и пришли. В сущности, рядом с биостанцией, — сказал Фёдор Фёдорович.

Когда-то здесь было озеро. Теперь оно превратилось в болото, стало колонией чаек, и каждый год студенты приходили сюда кольцевать птенцов. Над озером, на крутом его берегу, росли старые размашистые тёмные ели.

— На этой поляне костёр, — сказал Фёдор Фёдорович, — кашу будем варить. А пока разувайтесь.

Юра сел, вернее — упал на траву. Когда он стащил сапог, то услышал позади себя взволнованный голос:

— Голубчик мой, да как же вы шли? — Юрины ноги были стёрты до крови. — Ведь вы же так долго с портянками возились! — сокрушался Фёдор Фёдорович, извлекая из полевой сумки тюбик с вазелином. — Рюкзак-то я видел, что ползёт, но за ноги ваши был совершенно спокоен. И глядите какой — идёт, не жалуется. Вот здесь, здесь помажьте.

Юра смазывал ссадины вазелином и отводил от Фёдора Фёдоровича виноватые глаза.

Виктор и Никита отправились в ближайший колхоз за молоком. Вера Васильевна вместе с Любушкой и Мариной готовили ужин. Степан и Катя возились с костром. Борька уже спал подле ёлки, положив щёку на загорелую грязную ладошку.

Туча над их головами всё расползалась, но, расползаясь, не редела, а становилась всё темнее и гуще и, наконец, захватила последний ярко-розовый обрывок неба на западе. Всё сильнее и тревожнее шуршали ели.

Вера Васильевна заметила, что Варя вдруг очень побледнела, и велела ей отдохнуть. Но Варя побледнела не от усталости. Она боялась грозы.

— Костёр отставить. Прошу всех под ёлки, только выбирайте пониже, — услышала Варя голос Фёдора Фёдоровича.

В ярком свете молнии даже его лицо показалось Варе незнакомым, чужим. Она сжала руки, метнулась было вслед за Фёдором Фёдоровичем, ища защиты, но увидела спящего Борьку. Стараясь не разбудить, она осторожно оттащила его под ёлку. Уложив Борьку, который так и не проснулся, Варя огляделась. Фёдор Фёдорович сидел под елью, обхватив руками колени, и выглядел как-то особенно уютно, спокойно, по-домашнему. Глядя на него, можно было подумать, что именно так людям удобнее всего отдыхать. Пространство под ёлкой быстро заполнялось. Вера Васильевна раздавала хлеб. Любушка села подле Вари и сунула ей крутое яйцо.

Внизу, на озере, шевеля и сгибая камыш, пробежал напористый ветер, взлетел вверх, и сразу же хлынул частый, дробный дождь. Но он только колотился о ветви ёлки, скользя по хвое, не попадая на людей, которых она защищала. Никита с Виктором прибежали мокрые и очень довольные. Варя жадно глотала холодное молоко, сжимая кружку озябшими руками. Запахло хвоей, травой. Вдруг она услышала рядом с собой мерное, спокойное дыхание. Фёдор Фёдорович спал. Варя вздохнула, глубоко, легко.

— Дождь какой долгожданный! — ласково сказала Катя.

— Хороший дождь, — подтвердил баском Никита. — Хлебу в самый раз. Пьёт хлеб.

Снова всё стихло под ёлкой. Слышно было только, как жуют хлеб, хрустят огурцами и дождь звенит в хвое.

— А в лесу не страшно, — сказала Марина. — Я ещё никогда ночью в лесу не была.

— Что же страшного, кругом свои, — откликнулась Катя. — Кругом свои, — повторила она и засмеялась. Смех был счастливый, быстрый, звонкий.

— Спать, спать, чижики! — сонно пробормотал Фёдор Фёдорович и опять задышал ровно, спокойно.

Громада сидел под той же ёлкой и слушал, как дышит старик. Он боялся пошевельнуться, чтобы не спугнуть его хрупкий сон. Хорошо было сидеть под дождём в душном запахе мокрой хвои и думать о Лопатине. Удивительный человек, который так мало умеет думать о себе и так много о других, человек, которому для себя ничего не надо, кроме короткой койки и книг. А для своей земли хочет всего. И здесь беспределен полёт его мечты. Вот совсем на днях рассказывал об удобрении ёлок. Плодоносят ели раз в пять-семь лет, и в этот год раздолье: и белки и рябчики — сколько угодно, а там и мышь идёт, за ней хищники — лес живёт… А потом затишье. Вы, Николай Александрович Шаров, покорно называете это «законом численности», а Лопатина эти законы не устраивают. Он думает, что если удобрять ёлки, ну, допустим, с самолёта, то они будут плодоносить чаще. А если будут, то летит ваш «закон численности» ко всем чертям. И вот недавно шёпотом, таинственно рассказывал: «Уж попробовал, удобрил десять ёлок здесь, на биостанции». Повёл смотреть. Ёлки стоят, как облитые шишками. Не сравнишь с другими. Что-то будет на будущий год?

И вдруг Громада понял, как любит он этого человека и как боится каждого признака его старости. А Фёдор Фёдорович всё спал.

Варя сквозь дремоту вспомнила, что очень хочет есть, но сразу же уснула, прижавшись к Любушке.

Проснулась Варя от холода. Замёрз левый бок. Зато с той стороны, где спала Любушка, шло тепло, как от печки. Но Любушка от Вариного движения испуганно вскочила, задела головой ветку, их окатил холодный дождь. Варя оглянулась — Фёдора Фёдоровича не было. Она не могла понять, который час: небо было серое. Но это была не та огромная тяжёлая туча, которая висела над ними вчера, а серая, лёгкая пелена дымчатых, пушистых облаков.

Никиту разбудил смех и холодные быстрые капли, которые катились по его лицу. Теперь все, уже нарочно, трясли ёлку. Вскоре вернулся Фёдор Фёдорович и развёл всех по постам. Студенты окружили озеро, и каждому достался сектор, отмеченный двумя приметными деревьями. Нужно было сосчитать, сколько чаек пролетит между этими деревьями.

Никита лежал в низине. Напротив него среди высоких елей стояли две пониже, самые широколапые, те, которые укрыли их от дождя. Над Никитой, свистя крыльями, с резким криком пролетали чайки. Нудно и неутомимо звенели комары. Они свирепо кусали Никиту, но он, мужественно отмахиваясь от них, считал чаек.

Серая облачная пелена над обрывом, наконец, разорвалась. Пушистые клочья облаков убегали, они спешили убежать. Из синего яркого просвета на землю упал прямой солнечный столб. Он падал наискось, освещая верхушки деревьев, край обрыва, разрезая серый туманный воздух и вспыхивая на мокрой высокой лесной траве. Казалось, что к этому столбу можно прикоснуться, набрать в горсти и, как воду, нести в ладонях тёплый солнечный свет. Никита думал о том, что Алла уже прочитала его письмо и так же, как он, не спит — сидит на крыльце и ждёт вечера. Далеко за лесом тоже разорвалось облако: наверное, и там упал такой же солнечный столб прямо на Аллу, обогрев её всю, и ей сейчас тепло и радостно.

Вдалеке послышался условный свист. Фёдор Фёдорович сзывал студентов. Утренний отлёт кончился, и Вера Васильевна приняла от всех листки, чтобы подсчитать, сколько взрослых чаек сейчас на озере. У костра Катя и Любушка варили кашу. Каша пахла дымом. В чайник положили мяты и каких-то лесных травок, которые, по утверждению Фёдора Фёдоровича, полезны и нежны на вкус. Травки, быть может, и полезные, чуть горчили. Впрочем, ничего вкуснее этой каши и чая студенты ещё не пробовали.

После завтрака все отправились на болото — кольцевать птенцов. Болото заросло камышами и какими-то кустиками с круглыми блестящими листьями. При ближайшем рассмотрении под листочками обнаружились очень острые колючки. Колючки были не простые, а с крючками на концах, а на крючках были ещё колючки, но уже помельче, как щетинки.

— Цепкая штука, — заметил Юра. Он пошёл вместе со всеми, хотя Фёдор Фёдорович уговаривал его остаться и варить обед.

— Фёдор Фёдорович, — сказал Юра, — я, конечно, виноват, но варить обед — это слишком.

Варить обед не захотел никто. Пришлось бросить жребий. Листочек с прозаическим словом «каша» достался Громаде. Ничем не выразив своего неудовольствия, он оглядел котёл, на дне которого оставалась пригоревшая каша, и сообщил, что пойдёт к озеру, туда, где есть чистая вода, чтобы, как он выразился, «отдраить» котёл. Марина оглянулась, встретилась глазами с Громадой и нахмурилась. Громада помахал уходящим рукой, взял котёл и поволок к воде.

К полудню облаков на небе уже не было, и все вспоминали о них с сожалением. Сверху пекло солнце, а ноги мёрзли. То и дело кто-нибудь проваливался в ледяную воду, защищённую от солнца плотными подушками мха и кочек. Кое-где можно было передвигаться только ползком.

— Молоденькое ещё болотце, — говорил Фёдор Фёдорович, — по-старому ходить хорошо, само подбрасывает, а это непрочное. Юра, ползите, ползите, не вставайте! — через минуту кричал он Юре, который с удовольствием падал на живот: это его устраивало гораздо больше, чем нормальное передвижение. Он полз самозабвенно, пока его не останавливал новый окрик Фёдора Фёдоровича: — Осторожно — птенец, раздавите!

Юра испуганно замирал на месте и вытаскивал из-под бока полузадушенного, порядком смятого птенца. Птенец сердито пищал и пытался клюнуть Юру в руку. Но Юра аккуратно надевал на тонкую чешуйчатую лапку металлическое кольцо. Птенец был скользкий, как рыбка, под прохладными перьями — тёплый. Работа нравилась Юре. Он даже начал потихоньку сочинять стихи о чайке с кольцом, залетевшей в дальние страны, где все знают, откуда она, и завидуют ей, когда она возвращается домой.

Варя была такая лёгкая, что кочки пружинили у неё под ногами. Она доползла до середины болота, когда вдруг увидела недалеко от себя испуганное Любушки-

но лицо. Любушка провалилась, но на помощь никого
не звала, а молча барахталась, цепляясь руками за кочки. Как раз этого и не следовало делать. Кочки уходили у неё из-под рук, и Любушку начало засасывать. Варя
подползла на расстояние вытянутой руки — ближе было
бы опасно, они обе могли провалиться ещё глубже. Ей
долго не удавалось дотянуться до Любушки. Осторожно,
прощупывая зыбкий сырой мох под собой, Варя старалась подобраться с той стороны, где кочки были выше
и казались прочнее. Сначала она даже не догадывалась,
что и Любушке и ей грозит опасность. Но вдруг заметила Фёдора Фёдоровича, который спешил к ним с длинным шестом в руках, и по выражению его лица поняла:
то, что происходит, страшно по-настоящему. В это время Любушка, наконец, дотянулась до Вариной руки, потом вся напряглась, схватила её за другую руку, и Варя
начала медленно отползать, увлекая за собой Любушку.
Фёдор Фёдорович молча наблюдал за ними и, только когда увидел, что обе они выбрались на берег, успокоенно
вздохнул. Исцарапанная, мокрая по пояс, Любушка долго лежала подле Вари и никак не могла отдышаться. Потом произнесла торжественно:

— Благодарю тебя, Варвара, от имени моей матери…

Варя ни разу не встретила Никиту. Они работали на
разных концах болота. Ей очень хотелось, чтобы Никита
видел, как она спасала Любушку.

Идти обратно на биостанцию почему-то было легче,
чем к озеру, и дошли они быстрее, хотя устали за день
и спали мало.

Было уже темно. Громада, Степан и Юра сразу же
ушли спать. Девушки тоже хотели лечь, но на крыльце сидели Алла и Зина, разговаривали. Любушка, Варя
и Катя тоже остались с ними. Марина пошла в дом.

Никита бродил по биостанции, не находя себе места. Через два часа начнётся счастье. Алла скажет: «Да.
Я люблю тебя и выйду за тебя замуж». Потом кончится
практика, они поженятся и уедут к отцу. Александр Семёнович возьмёт отпуск и поедет с ними. А потом они

всегда будут жить вместе. Им дадут комнату в общежитии, как всем семейным. Жить у Аллы он не хочет, хотя и жалко Александра Семёновича.

Совершенно непонятно, почему, словно его заворожили, Никита очутился у домика, где жила Алла. С крыльца доносились приглушённые голоса — девушки сумерничали. Никита хотел было пройти мимо, но вдруг услышал своё имя и остановился.

— Так прямо и замуж, — сказал Аллин голос, — и даже с отцом говорил, подумайте!

Никита опустился на мох, неудобно — нога подвернулась. Но он не шевелился.

— А я думала, ты за инженера выйдешь, — сказала Зина Рыжикова мечтательно. — Интересный он очень. И талантливый… Такой молодой — и уже лауреат… И квартира у него — хозяйкой будешь. Никита, конечно, симпатичный, но ведь мальчишка ещё…

— Глупости говоришь, Зинаида, — рассердилась Любушка. — Квартира-то при чём? Основное в этом вопросе — любовь. А из Никиты большой учёный выйдет… — убеждённо добавила Любушка. — И хороший он человек. Ты иди за него, Алла, если любишь, конечно. Я бы, например, пошла за него, если бы любила. Только я до конца университета замуж выходить не собираюсь…

— Не знаю, — сказала Алла, — люблю, не люблю… Смешной он какой-то. Но письмо написал просто замечательное: «Ты поймёшь, как я тебя люблю, когда мы будем уже старые…» — Алла засмеялась, и этот смех, который так любил Никита, был смертелен, как пулемётная очередь.

— Это предательство, — вдруг очень тихо сказала Варя. Никита не узнал её голоса. — Весь этот разговор — предательство, — продолжала она всё громче. — Как вы можете, девочки, говорить об этом? Как ты можешь, Алла? Тебе — такие слова, такой человек, такое счастье! А ты всем болтаешь, смеёшься! Не смеешь! — Голос вдруг сорвался, и Варя убежала в комнату, хлопнув дверью.

Этот крик отрезвил Никиту. Он встал и, не думая о том, слышат его или нет, пошёл в лес. Он вдруг почувствовал, что очень устал, и лёг на землю. Никита лежал молча, неподвижно, уткнувшись лицом в мокрый мох. Он не думал об Алле. Мысли стали шершавые, угловатые, стукались одна о другую. Почему-то вдруг он вспомнил о том, как в детстве ездил со старым своим другом Андреем на Волгу удить рыбу. Однажды Андрей, заводя невод, неловко перегнулся через борт, и его часы — большие, круглые — выскользнули и упали в чёрную плотную воду. То были отцовские часы. По воде пошли медленные широкие круги, и она снова сомкнулась, стала сплошной, чёрной, и на неё снова легли неподвижные, отчётливые огни звёзд... Нырять — без толку. Лодка стояла над самым глубоким местом в середине Волги.

Прошёл, быть может, час. Наконец Андрей заговорил: «А они-то ещё идут, наверное, бьются». Часы лежали на дне реки под тяжёлой чёрной водой, и маленькие их колёсики торопливо, уже захлёбываясь, продолжали упрямо стучать. Зря. Это уже никому не было нужно...

Лицо у Никиты стало мокрым от росы. Он лежал очень тихо. Сердце стучало торопливо, упрямо, захлёбываясь... А над головой неподвижные, чёрные, непроницаемые, как вода, сомкнулись еловые ветви.

Рядом прошелестела трава, промелькнуло светлое платье — Алла пробежала к гнезду пеночки.

Через два дня Александр Семёнович получил письмо. Крупным круглым, но очень твёрдым почерком в нём было написано: «Дорогой и многоуважаемый Александр Семёнович, вы меня, пожалуйста, извините, но я на Алле жениться не могу. Оказалось, что она меня не любит. Н. Орехов».

А через неделю дошло до Чувашии второе письмо, которое послал Никита. Старик, прочитав его вечером, весь день носил в кармане. Потом вынул из сундука зелёные камешки и держал их на тёмной жёсткой ладони так долго, что они согрелись. Тогда Иван Трифонович протёр каждый камень платком, завернул в него ожерелье жены и положил на самое дно сундука.

Варя никак не могла уснуть. Мысли были тревожные, сбивчивые, те, которые приходят, когда человек не спит не потому, что не хочет, а потому, что слишком взволнован. Только бы не думать о том, что было на крыльце! То она вспоминала поездку с Громадой в город, то Фёдора Фёдоровича, который в грозу, свернувшись под ёлкой, спал, словно у себя дома, и, главное, тот разговор по дороге в «Ручьи». Сейчас, в полусне, профессор Лопатин казался лесовиком из давних маминых сказок — добрый волшебник, хозяин над птицами, травами и зверями… Она вдруг вспомнила, как он остановился, засвистал и к нему навстречу, отвечая на песню, стремглав вылетела из кустов птица. Правда, это похоже на волшебство.

Но сквозь путаницу мыслей пробивалась одна, самая важная: в её жизни всё решено.

Наконец-то она определила свою судьбу. Больше она не имела права колебаться и терять время на терзания и поиски. Теперь Варя понимала, что решение посвятить свою жизнь звероводству вообще, а лисицам в частности пришло к ней не так уж случайно. Фёдор Фёдорович исподволь, но упорно подводил и готовил её к этому решению. Но теперь, в эту ночь, Варя вновь объясняла себе, почему людям нужно то дело, которое она избрала.

Как хорошо было думать о тех богатствах и просторах, над которыми она когда-нибудь станет такой же хозяйкой, как Фёдор Фёдорович! Вспоминая свой разговор с ним, Варя явственно видела неуклюжих бобров со сверкающим под луной мехом, зоркие, блестящие глаза соболей, выглядывающие из хвои, лёгкую тень белого песца — самого на снегу не видно, только тень бежит.

Да, шуб будет сколько угодно: и для лётчиков, и для путешественников, и для девушек. Её дело позаботиться об этом. И чтобы они стоили очень недорого. Тогда каждая девушка выберет себе такую шубку, которая ей больше к лицу. Однажды зимой Варя бродила с Любушкой по магазинам. Они искали воротник для Любушкиного пальто, и Варя, осмелев, померила котиковую шубку. И сразу лицо стало розовое, глаза блестящие. Алле, наверное, очень пошла бы такая шубка, но Алла как-то сказала, что настоящего котика не достанешь, а имитацию она носить не собирается, и купила шубку из каракуля. Шуба Алле не к лицу — старит. Кроме того, каракуль Варя не любила вообще. Он был какой-то холодный, бездушный, тяжёлый… Овца и овца. И при этом у шубы был совершенно определённый недостаток: «А я це-е-енна-ая», — блеяла она. Не надо думать об Алле. О чём она думала сейчас? Да, о мехах. О каракуле. Вот котик — совсем другое дело: живой, тёплый, лёгкий. Кроме того, котики вообще крайне интересные, своеобразные животные… Тут Варя опять стала вспоминать о том, как они с Любушкой ходили по магазинам. Это был, наверное, десятый по счёту магазин, в который они зашли. Они никак не могли найти то, что им было нужно. Им хотелось купить воротник дешёвый, но красивый. А воротники были или дорогие, или некрасивые. В этом же магазине вообще были только очень дорогие, и один лучше другого. Варя и Любушка стояли у прилавка и рассматривали меха, стараясь определить виды животных по шкуркам — отличная практика для зоологов.

— Вам что, девушки? — спросила продавщица.

Они объяснили.

— Дешёвый и красивый? — повторила продавщица задумчиво. Потом вдруг полезла по лесенке к самой верхней полке, вытащила какой-то мех и, спустившись, лёгким движением руки распластала его на прилавке. Коричневый, с жёлтыми переливами. Пушистый. И, кроме воротника, ещё манжеты.

— Росомаха, — определила Варя.

Продавщица посмотрела на неё с уважением.

— Редко бывает. Вам повезло, девушки.

Любушка помчалась в кассу.

— Подумать только — и манжеты!

Даже Алла нашла, что мех красивый и оригинальный. Только жестковатый.

— Зато ноский, — возразила Любушка.

По Любушкиным подсчётам, росомаха должна была просуществовать шесть лет — до тех пор, пока Любушка станет кандидатом наук. Впрочем, было возможно, что беличья шубка, о которой мечтала Любушка, появится гораздо раньше: Любушкин брат, мастер на заводе, рассказывал ей, что у него приняли одно рационализаторское изобретение.

— Если эта штуковина пройдёт, ты, Любовь, получаешь шубу, — сказал он.

Брат был всего на год старше Любушки, но строг и солиден — вроде Никиты Орехова.

Дверь приоткрылась, и в комнату скользнула светлая фигура. Это была Алла. Добрые, весёлые мечты, которыми была полна сейчас Варя, неожиданно оборвались. Горечь и боль сжали её сердце, и она отвернулась к стене, чтобы не видеть Аллу.

— Ну как? — прошептала Зина. Значит, и она не спала.

— Отстань, — сказала Алла и подошла к своей кровати.

Варя слышала, как совсем близко от неё с шуршанием упало шёлковое платье, стукнули сброшенные туфли.

Теперь Варя уже ничего не могла с собой поделать. Вспомнилось всё: разговор на крыльце, Аллин смех и то, как девушки обсуждали письмо Никиты. Чего бы она ни отдала, чтобы получить от него такое письмо, чтобы к ней были обращены его бережные, ласковые слова! Разве смогла бы она заговорить с кем-нибудь об этом?

Алла лежала тихо, не шевелясь. Она только что виделась с Никитой. Варя заставляла себя думать о лисицах, о делах, о будущем. Но она думала всё-таки о Никите. Она боролась с собой, как могла, боролась с любовью, большой и безнадёжной. Боролась давно. С того дня, когда Никита при ней провалился на экзамене по литературе и потом, такой загорелый, большой и грустный, сидел в зоомузее.

Варя, полуобернувшись, через плечо увидела, как Алла, прикрыв рукой фонарик, чтобы свет никого не разбудил, внимательно перечитывает письмо Никиты.

Какое счастье — вот так, когда все спят, при слабом свете фонарика ещё и ещё раз перечитывать его слова! Варя понимала, что сейчас, после встречи с Никитой, Алла не смогла говорить с Зиной. И сама она совсем изменится теперь. Наверное, Алла уже никогда больше не будет смеяться над Никитой, да ещё при других. Наверное, он сказал ей что-нибудь особенно хорошее, взял за руки, обнял, поцеловал... И вот теперь Алла только впервые по-настоящему понимает, какое счастье выпало на её долю. Алле досталось её, Варино, счастье, такое необходимое и навсегда ушедшее. Она и раньше знала, что Никита любил Аллу: он не скрывал этого. Он был слишком прямодушен и не умел притворяться. Он любил Аллу открыто, гордо. Любил на всю жизнь, так же как она, Варя, любит его. И всё то, что было так дорого и бесценно для неё, теперь принадлежало Алле.

Однажды Никита улыбнулся Варе. Она вся вспыхнула, загорелась под его дружелюбной, открытой, любимой улыбкой, но в ту же минуту поняла: Никита смотрел мимо неё, не замечая, просто она случайно прошла между ним и Аллой. И он смотрел на Аллу с той улыбкой, на которую Варя, на мгновение забывшись, ответила. Уж лучше бы ей не видеть этой улыбки!

Она уже знала, что так и закончит университет, а Никита так и будет разговаривать с ней редко и всё о делах. И, наверное, Никита с Аллой скоро поженятся.

В сущности, если она любит Никиту, то должна радоваться за него и быть счастлива оттого, что он любит и любим. Так по крайней мере должны чувствовать те люди, которые умеют смотреть на себя со стороны. Но Варя не могла смотреть сейчас со стороны. Как ни старалась...

На этот раз дело обстояло совсем иначе. Она смотрела со стороны на Аллу. То, что Никита любил именно Аллу, было не только больно. Это было обидно. Ведь она не стоит его любви.

Варя впервые так думала об Алле. До сих пор она себе этого не позволяла. Она боялась, что из-за ревности считает Аллу хуже, чем та есть на самом деле. Но сейчас она была беспощадна. Алла не имела права отнимать у неё Никиту. Или она должна была стать иной… заслужить его…

Алла погасила фонарик, села, вздохнула глубоко и снова легла.

Конечно, разве можно заснуть, когда под подушкой лежит его письмо!

Нельзя больше думать об этом… Не Алла изменит Никиту — он изменит её. Его любовь исправит её: нельзя быть рядом с ним и не стать лучше. Никита — настоящий человек. Он не может ошибиться. И раз он любит Аллу, значит она стоит этого. А Варина любовь? Ну что ж… Каждому дано в жизни что-нибудь такое, где переплетаются боль и счастье. Пусть он никогда не узнает, что она его любила. Пусть он будет счастлив!

И она подумала о том, что завтра пойдёт в лес, и кругом будут цветы, а над головой сияющее небо, и приветливо улыбнётся Фёдор Фёдорович, и пошутит Любушка. Стало легче…

И на минуту даже мелькнула мысль: не поспать ли? Но она сейчас же сердито отогнала её. Впервые в жизни всё, и трудное, и хорошее, стало ясно — и вдруг спать!

А может быть, когда-нибудь, через много лет, она встретит Никиту, и он скажет ей: «А знаешь, Варя, нет, Варюша, жаль, что я как-то сразу тебя не заметил, ты ведь хорошая…» И они посидят и поговорят как следует. Они будут сидеть, разговаривать, и луна будет плыть над ними. Там холодно, на луне. Там растёт трава, красная, как водоросли.

Как делессерия… Варя вытянула билет по красным водорослям на экзамене, а про делессерию рассказать забыла… Наверно, потому что про неё написано петитом: делессерия…

Алла, приподнявшись на локте, посмотрела на спящую Варю. Лицо Вари было хорошо видно — за окном уже светало: длинные ресницы, нежный румянец на худеньких щеках, детский, неясно очерченный рот.

Алла встала и подошла к окну, подставила заплаканное лицо свежему ветру.

Она никак не могла понять, почему Никита не пришёл к гнезду пеночки. Тревога охватила её. Неясное чувство своей вины. Она вспомнила, как Варя рассердилась на неё. Почему рассердился Никита? И она завидовала тихому спокойному сну Вари, которая умела мечтать, умела дружить и умела быть счастливой.

ГЛАВА ПЯТНАДЦАТАЯ

Никита Орехов поступил в распоряжение профессора Шарова. Работа над комплексной темой по питанию лягушки была закончена, и Фёдор Фёдорович решил, что Орехову пришло время серьёзно заняться систематикой и морфологией грызунов.

Сначала Шаров не хотел брать Никиту в свою лабораторию. Он и так занят. Новый ученик — большая затрата сил, времени. А делать что-нибудь недобросовестно Шаров не умел. Но Лопатин настаивал.

— Талантище, ты пойми, — уговаривал он, — ведь мне жалко его тебе уступать… Но жертвую для науки. Целеустремлённый, одержимый, понимаешь?

Шаров повёл плечами.

— Я уже приглядывался к нему после твоих похвал. Ничего, на мой взгляд, особенного. Типичный студент.

— Конечно, типичный, — вспыхнул Лопатин. — Опять не понимаешь… У нас сейчас типичный — это и есть талантливый.

Уговорив Шарова, Фёдор Фёдорович сообщил Никите о перемене его судьбы.

Никита помрачнел. Это было жестоко. Ведь Фёдор Фёдорович наверняка знает о том, что произошло у него с Аллой. В этом Никита был уверен: Фёдор Фёдорович знал о нём всё. И сейчас, взглянув в умоляющие синие глаза, профессор Лопатин успокоил:

— Поучитесь, поучитесь, а потом ко мне вернётесь. Всё будете о полёвке знать наизусть…

Никита скрепя сердце передал своих подшефных птенцов Марине Дымковой.

Шаров с удовольствием наблюдал за своим новым учеником. Никита усидчиво и старательно изучал морфологию полёвок и осваивал систематику. Шаров считал, что редкий студент может добиться такой точности в исследованиях, как Коренев, но Никита оказался ещё дотошнее.

Впрочем, очень скоро поведение Никиты начало вызывать у его нового руководителя тревогу. Это случилось сразу же после того, как он неосторожно выпустил Никиту из лаборатории. Рядом с одним из лучших полей колхоза «Ручьи» Никита обнаружил крупную колонию полёвок. Теперь Никита появлялся в лаборатории расстроенный и швырял на стол пойманных и убитых им полёвок.

— Не могу я, Николай Александрович, — жаловался он, — вы мне лучше скажите: что с ними делать?

Шаров объяснил Никите, что борьба с полёвкой — вопрос хозяйственный: государство принимает различные меры. Кроме того, в этой области массовых нашествий полёвок не бывает. Никита и сам это знал, но с каждым днём бушевал всё сильнее.

— Может быть, и не бывает, а как исключение? — возражал Никита. — Да вы сами, Николай Александрович, пойдите посмотрите, что они делают, — умолял он. — Нашествие нашествием. А здесь и так их достаточно. И с каждым днём больше. А в «Ручьях», знаете, какая пшеница? Каждый колос жаль! Ну, пойдёмте утречком…

Коренев, слушая взволнованную речь Никиты, только молчаливо пожимал плечами.

Никита всё-таки уговорил Шарова пойти с ним в поле. Они вышли затемно. Прошли через небольшой молодой лесок.

Никита привёл профессора в какое-то, видимо, хорошо знакомое ему место на краю поля и попросил подождать: сейчас он сам увидит, что тут делается. Шаров, которого Надюша уже давно приучила бояться ревматизма и простуды, подчиняясь молчаливой просьбе, опустился на влажную от росы траву. Он давно не был в лесу в час рассвета.

Где-то вдалеке сердито закричала птица. Шаров неожиданно поймал себя на том, что не помнит, какая это птица. Он лежал в мокрой траве и смотрел не на нору, из которой, по уверению Никиты, сейчас должна появиться полёвка, а вверх, на очень высокое светлеющее небо.

Он лежал и думал о том, сколько свежих тихих рассветов, птичьих песен, лесных запахов пропустил за последние годы. Слишком привык к дому, стал тяжёл на подъём. А ведь он ещё бодр, здоров, всё время его окружает молодёжь и никто, кроме него самого, не мешает ему жить в том же радостном удивлении, которыми так полна и счастлива молодёжь. Неужели это он, Николай Александрович Шаров, когда-то без устали бродил по степям с целой ватагой студентов? А теперь они его даже с собой и не зовут. Да и студенты стали какие-то другие. Почему его любимый ученик Аркадий Коренев, а не этот вот Орехов? Не его ли вина в том, что Коренев так непохож на Орехова? Коренев тоже старательный, но всегда во всём согласен с ним, ни о чём не поспорит, и трудно вытащить его из-за лабораторного стола.

— Что же вы Коренева не позвали? — вдруг упрекнул Шаров Никиту. — Я вот старый человек и то сырости не боюсь.

Никита неопределённо улыбнулся, но тотчас же его лицо приняло прежнее выражение.

— Глядите, — прошептал он.

Прямо против Шарова на земле сидела полёвка. Про себя он немедленно определил её вид и даже приблизительно возраст. Она сидела перед ним на задних лапках и, жадно зажав передними колос, перегрызала его стебель.

— Жрёт, подлая, — гневно сказал Никита, — хлеб жрёт! — И в самом деле: полёвка не ела, а именно жрала. Её острые жёлтые, выдвинутые вперёд передние зубы быстро двигались, хищно вздрагивали губы. У неё были толстые жирные щёки и маленькие скучные глаза. Полёвка схватила колос и скрылась с ним в норе. Шаров огляделся: и в самом деле, видимо, большая колония.

Здесь, совсем близко от него, под землёй, множество нор, и все они забиты полёвками и погубленным хлебом.

И вдруг Шаров почувствовал, что заражается ненавистью, которой так полон Никита. Он хорошо понимал этого юношу, который вырос на земле, любил её и не хотел терпеть на этой земле мышей.

Несмотря на то, что колонии были не на земле «Ручьёв», а на поле соседнего маленького колхоза, Никита и Алёша Вьюшков отправились туда и засыпали норы отравленным зерном. Но скоро выяснилось: погибали далеко не все полёвки. Некоторые, по Никитиным наблюдениям, немного поболев, выживали. Но, помимо всего, отравленное зерно с аппетитом поедали и птицы, которые подбирали его подле нор. Птицы погибали хорошие, полезные. Их было жаль. Никита приходил к Шарову, молча, с укоризной глядел на него и клал перед ним лёгонькие холодные тельца птиц, детёныши которых были теперь обречены на голодную смерть.

Особенно ожесточался Никита после каждой встречи с Алёшей Вьюшковым. Несмотря на все их усилия, всё-таки в пшенице «Ручьёв» обнаруживались явные следы пребывания мышей соседнего колхоза.

Никита и Алёша убедили Захара Петровича договориться с председателем этого колхоза и потребовать, чтобы он непременно перепахал заражённое поле под чёрный пар. Но и это мало успокаивало Алёшу. Пока хлеб не был снят, земля не перепахана, мыши благоденствовали, ели, плодились, и Алёша невероятно отчётливо представлял себе, как они перебираются на замечательные поля и огороды «Ручьёв». Как раз в это время Фёдор Фёдорович как-то вечером вызвал к себе Никиту и показал ему письмо. Письмо было от одного из учеников Фёдора Фёдоровича, теперь кандидата наук. Он рассказывал о том, что вот уже второй год применяет новый способ борьбы с полёвками и водяными крысами. Поле надо обвести бороздкой, прокопать её поглубже. Во-первых, мышам и крысам трудно будет перебраться через ровик на своих коротких лапах. Кроме того, в бороздки закладываются отравленные приманки и засыпается ядовитый порошок. Если зверёк даже и не съест приманку, то, перебираясь через бороздку, запачкается порошком и отравится, как только начнёт умываться и облизывать шкурку. Письмо кончалось скромно: результаты есть, колхозники довольны...

Никита слушал письмо затаив дыхание. Его писал человек, который уже делает то, о чём он, Никита, пока ещё только мечтает.

Несмотря на то, что время было позднее, Никита немедленно помчался к Алёше, разбудил его и прочитал письмо. Алёша прослушал письмо, оделся, и они побежали к Захару Петровичу. В дороге их застал дождь, и они ввалились в дом председателя мокрые и очень взволнованные.

— Дело, — сказал председатель, после того как они в два голоса рассказали ему всё.

— Тогда завтра собираю комсомольское собрание, — заявил Алёша, — мобилизую всех комсомольцев.

— А я наших приведу, — подхватил Никита.

— И соседей надо этим увлечь, — прибавил Алёша.

Окна блеснули. Сильный удар грома прокатился над ними.

— А может, природа сама за нас вступится? — задумчиво сказал председатель.

Алёша и Никита с любопытством поглядели на него.

— Дожди, и затяжные, — коротко и озабоченно пояснил Захар Петрович. — С сеном колхоз почти управился. Не пострадали бы зерновые. Если дней пять — ещё ничего.

И уже на другой день стало ясно — предсказание председателя оправдалось. Начались дожди. Дожди пошли стремительные, неутомимые и залили все норки полёвок. Алёша и Никита вздохнули с облегчением, хотя было даже жаль, что исчезла необходимость в исполнении их замечательной атаки. Теперь Никита таскал погибших от сырости мышей в лабораторию целыми партиями, вскрывал их, исследовал и промерял с такой методичностью, на которую не способен был даже Коренев.

Шаров наблюдал за Никитой всё с большим и большим удовольствием, всё сильнее привязывался к нему и всё чаще ловил себя на том, что Коренев вызывает в нём глухое раздражение.

Дожди шли несколько дней подряд, но они ничем не нарушили жизни биостанции. План Фёдора Фёдоровича и председателя был выполнен. Директора всё же освободили от работы, и казалось, ливни смыли все следы этого человека. На биостанцию вот-вот должен был вернуться Кузьмич. Правда, в связи с этим произошло очередное столкновение Лопатина с деканом. Но после того, как они поговорили в парткоме, Хруст вынужден был уступить.

Бригада колхозных плотников с помощью студентов стучала топорами в течение четырёх дней, приучила к шуму всех птиц, и даже любимец Фёдора Фёдоровича куцый горихвост перестал обращать внимание на стук и суматоху.

Всюду валялись стружки, и Борька таскал их на кухню. Там теперь царствовала новая повариха — тётя Настя, которую не без труда удалось выпросить у Захара Петровича на лето.

Барак студентов колхозные мастера разделали так, что его нельзя было узнать. Провели электричество, расширили окна. Отстроили баньку, маленькую, чистенькую. Пахло в ней мокрым деревом и липовым цветом. По другую сторону печи, за перегородкой, хитроумно сконструировали сушилку для обуви.

Занятия шли полным ходом. Энтомолог Борис Аркадьевич заранее наловил на лугу множество насекомых и рассадил их по банкам. Жуки обжились в неволе, плодились и множились. Большим успехом пользовались клещи, которых Варя натаскала из лисьих нор. Из-за работы по развитию этих клещей две студентки даже поссорились, но Борис Аркадьевич увлёк одну из них долгоносиком.

Запасливые ботаники занимались по гербариям, сохранённым даже с позапрошлого года.

Что же касается зоологов, то Фёдор Фёдорович и Вера Васильевна вели себя так, словно и дождей никаких нет.

На рассвете, захватив с собой наиболее выносливых студентов, они исчезали в лесу.

— Пошли, лягушечки, — говорил Лопатин. И «лягушечки», бодро топая резиновыми сапогами и шурша дождевиками, отправлялись в лес.

Дюжину дождевиков и резиновых сапог привёз из города Громада. Он отсутствовал всего два дня, но проявил необычайную оперативность и вернулся с грузовиком, полным неоценимых вещей. Привёз бачки, кастрюли, тарелки, ослепительно голубые клеёнки, новенькие шайки для бани и аптечку с таким количеством лекарств, что каждый из студентов должен был бы переболеть по крайней мере два раза, для того чтобы эти запасы истощились.

Если бы не опасения, что дожди затянутся и погубят урожай, Фёдор Фёдорович был бы даже доволен. Студенты могли изучать жизнь лесных обитателей не только тогда, когда светло, тепло и сухо, но и в трудные дни ненастья. Во время дождей стало ещё очевиднее, как важно, где выбирала птица место для гнёзда, каковы его укрытия, значение мельчайших подробностей устройства гнёзд. Эти «дождевые» походы были так увлекательны, что в них порой участвовали и те, кто уже сдал зоологию. Только Юра Дождиков безвыходно сидел в бараке. Юра неожиданно стал главой целого семейства.

Произошло это так.

Варя нашла в поле гнездо с четырьмя мёртвыми птенцами — жаворонками. Расстроенная, она понесла их на биостанцию. Теперь их надо вскрыть, исследовать, промерить, взвесить. Вот и всё. Варя уже подходила к воротам, когда почувствовала слабое биение о ладонь. Казалось невероятным, что холодные, беспомощные комочки снова могут ожить. Варя не поверила в это и тогда, когда почувствовала, что птенцы согреваются. Наверное, им просто передалось тепло её руки. Но, вглядевшись в одного из птенцов, Варя совершенно явственно увидела, как медленно, неуверенно, упрямо преодолевая смерть, начало биться под тонкой плёнкой сердце.

Варя вбежала в домик.

— Вера Васильевна, один, кажется, живой!

В это время на пороге появился Юра. Он держал на ладони мёртвого жаворонка, и вид у него был весьма опечаленный.

— Где ты нашёл? — спросила Варя. — Может быть, это их мать?

— Несомненно, — подтвердил Юра. — Это же сразу видно.

Вера Васильевна усмехнулась. Как раз это определить было трудновато, пожалуй невозможно…

Но Юра с некоторых пор считал себя выдающимся знатоком птиц. На другой день после памятной встречи на берегу реки он подстерёг момент, когда Фёдор Фёдорович был один, и попросил материал о совах.

Фёдор Фёдорович усадил его на койку, угостил чаем и в продолжение полутора часов отчитывал за стихи, которые считал плохими (откуда он их знал, неизвестно), влюбчивость и легкомыслие, не достойные мужчины, и, наконец, охотно вручил ему очень толстую папку с надписью «Сова». Юра до четырёх часов утра читал мелко исписанные листки. Потом отправился в лес и нашёл три совиных гнёзда. Одно из гнёзд находилось в дупле громадного, наполовину обгоревшего дерева. В сумерки на край дупла вылезли два совёнка — совершенно одинаковые, серые, вероятно, очень мягкие и тёплые на ощупь. Они сидели неподвижно и смотрели на Юру бессмысленными круглыми, немигающими глазами. Юрино сердце смягчилось, и он просидел около дерева два часа. Во второй раз в жизни на Юру снизошла не томительная, а сосредоточенная серьёзность, и к концу практики по зоологии он уже имел довольно, как ему казалось, подробное представление о совах. Фёдор Фёдорович поставил ему четвёрку, но предупредил, что эта четвёрка не за знания, которые ещё весьма поверхностны, а за впервые в жизни проявленную силу воли…

Разглядев жаворонка, Юра начал:

— Мы, орнитологи, считаем…

Но в это время птенец, перекатившись животиком на Юриной ладони, вскинул вверх шею, и жадный, широко открытый клюв задрожал. Птенцу было трудно держать голову, но он настойчиво требовал корма.

— Есть хочет, — дрогнувшим шёпотом сказал Юра.

Вера Васильевна очень внимательно наблюдала за Юриным лицом. Фёдор Фёдорович всегда говорил ей: «Вы, голубушка Вера Васильевна, учтите: каждого студента на какой-нибудь крючок да зацепишь».

— Ну-ка, сбегайте, раздобудьте муравьиных яиц, — приказала Вера Васильевна, — мигом… и кузнечиков тоже. Одними муравьиными яйцами кормить нельзя. Рахит начнётся.

Она не успела договорить — Юры уже не было в комнате.

Птенцов поместили в круглой коробке из-под пряников. Коробку поставили на кастрюлю с горячей водой. На дно Варя хотела подстелить ваты, но Вера Васильевна не позволила. Волоски ваты накручиваются на лапки, на клюв. Подостлали мягкого сена и перьев.

Юра вернулся через пятнадцать минут. В тарелке, которую он стащил на кухне, находился мусор: прошлогодние иглы елей, соринки, сухие веточки, из-под которых очень энергично расползались большие, рассерженные рыжие муравьи. Кое-где в этой шевелящейся массе белели муравьиные яйца.

В это время появился Борька.

— Принеси муравьиных яиц, — сказала Вера Васильевна.

Птенцов начали кормить: тоненьким пинцетом в открытый клюв вкладывали по нескольку яиц. Когда корм получал четвёртый птенец, первый, устало раскачавшись на круглом животике, опять поднимал голову и открывал клюв.

— Главное, не перекормить, — сказала Вера Васильевна. — Кормить надо через пятнадцать минут. Начнём с десятка яиц.

Через час возвратился Борька. Он принёс кулёчек, аккуратно свёрнутый из старой газеты. Не говоря ни слова, Борька взял тарелку с Юриным мусором и вытряхнул его за окно. Потом приоткрыл свой кулёк и, предварительно вытерев тарелку, высыпал в неё горку безупречно чистых крупных желтоватых муравьиных яиц. Борька проделывал всё это очень медленно, наслаждаясь своим могуществом.

— Диетические, — похвастался он и протянул тарелку Юре. — Пожалуйста, товарищ Дождиков. А за кузнечиками я сейчас…

— Как жаль, — вздохнула Вера Васильевна, внимательно наблюдая за тем, как Юра, нахмурившись, осторожно всовывает в птичьи клювы муравьиные яйца, — как жаль, что их всё-таки придётся усыпить.

— Зачем же тогда было оживлять? — сердито спросил Юра. — Грели, грели, нянчились, волновались, кормили, а теперь усыплять? И за что?

— Кто же с ними будет возиться? — сказала Вера Васильевна. — Да и, откровенно говоря, друзья мои, это дело трудное. Промучаетесь день-два, всё равно погибнут…

Можно было бы ещё прибавить, что птенцов, конечно, мог бы выкормить очень опытный и точный человек — словом, сыграть на самолюбии. Но, насколько Вера Васильевна успела заметить, как раз самолюбия Юре не хватало.

— Вера Васильевна, — взмолился Юра и прижал к груди коробку с птенцами, — Вера Васильевна…

Если бы он начал произносить красивые высокопарные слова, Вера Васильевна ему не поверила бы. Но именно Юрино молчание и умоляющие глаза убедили её. Вера Васильевна поняла, что она находится на подступах к крупной педагогической победе.

— Я их выкормлю, — начал Юра. — Честное комсомольское! И энтомологию сдам. Вы подумайте, какое совпадение, что энтомология: всё равно насекомых собираю. Корма сколько угодно… Я…

Он, видимо, подготовил весьма убедительный монолог. Но произнести его не успел: проголодавшиеся птенцы подняли головы все сразу, и Юра бросился их кормить.

Так Дождиков стал отцом семейства. Спал он теперь мало. Изредка приваливался к койке и поминутно вскакивал: смотрел, дышат ли птенцы.

— Материнский сон, — подтрунивали студенты. Они бы охотно помогали Юре, но он ревниво охранял свои отцовские права. Доверял он только Борьке. Остальным разрешал лишь поставку насекомых, которых ловили, «кося» сачком по траве.

Между тем птенцы росли, и с каждым днём угрожающе возрастал их аппетит. Хорошо ещё, что их постепенно приучили есть всех насекомых. Они просыпались в три часа утра — так привыкли — и стояли на своём. Впрочем, кое в чём они охотно изменили птичьим обычаям: не ложились спать в шесть или, скажем, хотя бы в восемь часов вечера, как делали бы это дома, а требовали пищи до одиннадцати. Птенцы были наивны, они принимали электрический свет за солнце и не желали засыпать. Когда Юра, наконец, сообразил и начал закрывать их от света, было уже поздно. Птенцы привыкли ужинать и бодро сбрасывали прикрывавший их тёмный лист бумаги.

Но дело было не только в том, чтобы прокормить птенцов. Вера Васильевна поручила Юре целый ряд исследований. Юра должен был зарисовывать птенцов по крайней мере раз в два-три дня, отмечать даты главнейших событий в их жизни: когда открылись глаза, когда стали подниматься на лапки, в какой последовательности растут перья, наблюдать за тем, как растут пушинки на спинах и головах птенцов, считать их. Пушинки были так длинны, что, когда птенцы лежали в коробке, прижавшись друг к другу, казалось, это большой пушистый мягкий ёжик. Пушинки ерошились над клювами, отчего птенцы казались курносыми. Потом, как причудливые растения, стали распускаться перья. Они вылезали твёрдыми трубочками; пушинки сначала болтались на конце трубки, потом отваливались, и перья, разрывая чехлики, расправлялись и покрывали розовые просветы кожи.

Кроме того, Юра в течение целого дня взвешивал корм, который съедали птенцы, и капсулы. Капсулы выползали из птенца после того, как он проглатывал очередную порцию насекомых. Места в птенце было в обрез.

Каждый студент считал своим долгом поинтересоваться здоровьем Юриных птенцов. Какая температура, сколько прибавили, в порядке ли желудочек, как настроение?

Юра отвечал коротко, точно. Не поднимая головы, продолжал вычерчивать кривую или внимательно следил за стрелкой аптечных весов, где на одной из чашек покачивался толстый, весёлый жаворонок.

Вокруг Юры собиралась толпа, но Никита разгонял всех: «Не мешайте! Работает человек».

А дожди всё шли. Над головой были мокрые ветки, под ногами мокрая трава, за окнами монотонный стук дождя и серая муть. Но сквозь эту муть и мокрую листву всё время пробивались молодой смех, горячие споры, и они, как солнце, побеждали дождь.

ГЛАВА ШЕСТНАДЦАТАЯ

Отец семейства горихвосток был уже не молод, солиден и дружелюбно относился к людям. Он доверял им. Горихвост жил на биостанции много лет подряд и знал, что здесь птиц не обижают, а только разглядывают и слушают их песни. Поэтому, завидев Марину, он не улетел, наоборот, чуть нахохлившись, уставился на неё внимательным блестящим глазом.

Марина остановилась и приветливо свистнула. Горихвост свистнул в ответ. Он сидел важно, как и полагается птице с красивым огненным хвостом. Горихвост, видимо, упустил из виду, что хвоста у него давно уже нет. При каких обстоятельствах он его лишился, неизвестно, но именно по этой примете все знали горихвоста.

Некоторое время они весело пересвистывались, и, наконец, Марина поймала себя на тем, что она, так же как и горихвост, поджала одну ногу и важно наклонила голову набок. Она чуть не расхохоталась, но, побоявшись спугнуть своего собеседника, сказала ласково:

— До свидания, куцый, — и не спеша направилась к биостанции.

Марина возвращалась от того самого скворечника, где воробьи устроили гнёзда и куда Фёдор Фёдорович с Никитой переселили славку.

Всё обстояло отлично. Воробьи заботливо выкармливали детёныша, он уже скоро должен был вылететь. Марина была очень довольна тем, что Никита передал ей своих подопечных.

«Развитие птенцов при условиях переселения из родительских гнёзд» — такую тему дал Фёдор Фёдорович для курсовой работы Марины.

Марина давно решила, что будет заниматься тем же, чем Тимирязев, — физиологией растений. Впервые она прочитала Тимирязева в пятнадцать лет, читала подряд, не отрываясь, так другие девочки в её годы глотают романы о любви. И ей казалось, что она разговаривает с этим человеком. Она видела его проницательные глаза, высокий умный лоб, казалось, слышала голос. Когда она пришла в университет, то знала гораздо больше, чем полагалось студенту первого курса. Но чёткая целеустремлённость не мешала ей интересоваться всеми предметами, которые преподавали на биофаке, и она настойчиво изучала химию, физику, зоологию.

К работе о птенцах будут приложены фотографии, кривые веса, развития пера. Каждую кривую Марина вычертит другим цветом. Она с удовольствием подумала о том, как будет чертить. Она любила всё, что ей приходилось делать.

Марина взглянула на часы. Время ещё есть. Она легла в траву, облокотясь о кочку, коротко вздохнула. Хотелось думать о приятном, но, пожалуй, пора подумать и о неприятностях.

За последние годы в безмятежной жизни Марины появились серьёзные огорчения: в неё начали влюбляться. Это было как стихийное бедствие. И главное, отец считал, что во всём виновата она.

Он говорил сурово:

— Опять, Марина Евгеньевна, сбили с толку хорошего человека?

Она оправдывалась:

— Я не виновата, честное слово, он сам!

— Сам! Рассказывай! — возражал отец. — Это только так говорится: «он сам». А до этого как смотрела, как улыбалась? А?

Выслушивать это было обидно. И Марина старалась ни на кого не смотреть, не улыбаться. Утром, когда бежала по снежку з университет одна, улыбалась… Но, входя в университет, хмурила брови и делала суровое лицо. Опять, не дай бог, кто-нибудь влюбится…

По дороге не торопясь шёл Громада. Марина удивилась, увидев его. На днях его вызвали в город на заседание партбюро, и она никак не ожидала, что он так быстро вернётся.

Иван Остапович нёс сачок, перекинув его, как удочку, через плечо, — его группа сейчас занималась энтомологией. Он шагал вразвалку и с независимым видом размахивал баночкой — морилкой.

— Добрый день, — сухо сказала Марина.

— Добрый день, — так же сухо ответил Громада, кивнул и пошёл дальше. Марина глядела ему вслед и думала, что Иван Остапович, в сущности, очень интересный и ни на кого не похожий человек. И на неё вот совершенно не обращает внимания. Идёт, болтает своей баночкой, помахивает сачком. Ну и хорошо. Этот не влюбится, будьте спокойны, Марина Евгеньевна. Можете улыбаться сколько угодно.

Громада свернул в лес — видно, заметил подходящего жука. «И пусть», — с обидой подумала Марина. Одиноко как-то живётся. Трудно человеку всегда хмуриться. Иногда хочется и улыбнуться.

Громада прошёл несколько шагов деловой, торопливой походкой и, только убедившись в том, что Марина уже не видит его, сел на пенёк и стал набивать трубку.

Крайне глупо, что он не заговорил с Мариной. Прошёл, как последний дурень, мимо так, словно ему каждый день удаётся встретить её одну. И она даже первая поздоровалась с ним. А он удрал самым позорным образом. Может быть, вернуться? Нет, не стоит. Поздоровалась из вежливости. Вполне естественно. Целых два дня не виделись. Громада помрачнел ещё больше, подумав об этих двух днях.

А что касается Марины, то он, кажется, давно мог бы убедиться, что она не замечает его. Глядит так, словно он облако или сосна в лесу. Иван Остапович нехотя поднялся с пенька и направился к будке Фёдора Фёдоровича.

Впервые в жизни Громада с неохотой шёл к Лопатину.

Дверь была чуть приоткрыта, и он заглянул в щель. Фёдор Фёдорович сидел у окна и что-то писал.

— Витя? — не оборачиваясь, спросил Фёдор Фёдорович. — Заходи, Витя, наконец-то явился.

Громада помедлил на пороге.

— Ожидаете Витю своего? — резко и не желая сдержать эту резкость, спросил Громада.

— Ожидаю, — согласился Фёдор Фёдорович. — Я его ещё вчера ждал. Наверное, вернулся. Сейчас прибежит…

— А вдруг не прибежит?

— Прибежит, — уверенно сказал Фёдор Фёдорович и прибавил миролюбиво: — Ну что вы, Иван Остапович, всё сердитесь. Ревнуете меня к нему, что ли?

— Я уже не ревную.

Фёдор Фёдорович пристально посмотрел на Громаду. В том, как Иван Остапович сказал это, послышалось ему что-то нарочитое.

— Вот и хорошо. Где это он бегает? Наверное, влюбился, а? Как вы думаете, влюбился? Это прямо бедствие какое-то… Как вывезем в лес, так и начинают… Вздыхают, переживают. Неужто и Виктор? Весьма был стойкий человек.

Было похоже, что Фёдору Фёдоровичу очень хочется, чтобы его предположения оправдались.

— Фёдор Фёдорович, — тихо сказал Громада.

— Что случилось, Иван Остапович?

— На мой взгляд, ничего нового не случилось. — Громада подошёл поближе к Лопатину и присел на койку. —

Вы Белевского не ждите. Очень вас прошу, Фёдор Фёдорович. Вот что случилось. Удрал в Москву. Бросил бригаду и перешёл к Хрусту в лабораторию.

— Клевета! Ошибка! Вы права не имеете!

Громада молчал.

Фёдор Фёдорович встал, с трудом протиснулся между столом и койкой и вышел на крыльцо. Смеркалось. В дверях была отчётливо видна его большая тёмная фигура с широкими, беспомощно опущенными плечами. Громада шагнул к дверям.

— Я ничего, — сказал Фёдор Фёдорович, оборачиваясь.

Он стоял так несколько очень длинных минут. Потом вынул из кармана трубку, спички. Спичка погасла, вторая тоже.

— Ветер. Задувает, — сказал Фёдор Фёдорович.

— Конечно, ветер, — не моргнув, подтвердил Громада, взглянув на тёмную неподвижную листву.

— Вы бы пошли, а я поработаю, — намекнул Фёдор Фёдорович.

— А я не спешу, — навязчиво ответил Громада и поставил чайник на электрическую плитку.

— Что же это? — наконец заговорил Фёдор Фёдорович. — Иван Остапович, ничего не понимаю!

— Где же вам такое понять! — как старший, снисходительно заметил Громада.

— Неужели я его учил плохо? — продолжал Фёдор Фёдорович. — Неужели он чего-то не понял? Если он со мной не согласен, почему не спорил? Я, помню, как-то с самим Вильямсом поспорил, и очень было интересно. Ведь Белевский принципиальный человек.

Громада неопределённо кашлянул.

— Значит, я его плохо учил, раз он к Хрусту перешёл.

— При чём здесь наука? — вскипел Громада. — Ну, чего вы на меня так смотрите? — Ему не под силу стал недоумённый взгляд Фёдора Фёдоровича. — Вашему Вите надо въехать в науку. Ему совершенно всё равно, на чём въехать — на вашей науке или на хрустовской. Абсолютно безразлично. Лишь бы поскорее пересесть в персональную машину. Вы его на учёного учили, а на человека не выучили.

Долгое время было слышно только, как на плитке кипит чайник и крышку колотит паром. Но чайник никто из них так и не снял.

— Полюбил я его, что ли? — Фёдор Фёдорович доверчиво посмотрел в глаза Громаде. — Трудно отрывать.

— А вот это уже обидно, — проворчал Громада.

— Нет, это не обидно. Недопустимо это. Кого же я пригрел, старый дурак?

— Он старательный был, — вяло сказал Иван Остапович.

— Старательный! — повторил Фёдор Фёдорович. — Видали мы старательных! Вот вы его всегда не любили. А я что смотрел? Ведь у меня такой нюх был на карьеристов великолепный! Вы чего смеётесь?

— Смешно... Сидит человек и говорит о себе в прошедшем времени, а ему ещё карьеристов ловить и ловить. — Громада вдруг рассмеялся. — И подумать только, — сказал он сквозь смех, — такого молодого, можно сказать, совсем неопытного карьеристика недоглядели! Худо, профессор Лопатин, очень худо!

— Я сам знаю, что худо.

Опять помолчали. Потом Громада спросил:

— А вот, допустим, полетит Хруст кувырком, и прибежит ваш Витька обратно. Ведь вы ему снова поверите.

— Нет, не поверю.

— Нет, поверите, потому что добренький.

Лопатин вскочил.

— Это я-то добренький? — загрохотал он. — Я добренький? Я с врагами дрался, когда тебя и на свете не было. Добренький! Меня такими словами оскорблять! Да если каждый мальчишка вроде тебя посмеет...

У Громады появилась приятная уверенность в том, что старик его сейчас ударит.

— Злой! — с притворным испугом перебил он. — Злой, самый злой, честное слово, злее не бывает.

Лопатин перевёл дух, и Громада уже совсем серьёзно продолжал:

— И всё-таки добры вы слишком, Фёдор Фёдорович, и не только вы, но и я. Правда, сейчас я что-то злее стал. И зол в первую очередь на вас.

— А на меня за что?

— Как за что? Во-первых, никогда вам не прощу, что вас нет в партбюро.

— А я-то при чём?

— А вы ни при чём, да? — рассвирепел Громада. — Отбываете на съезд охотоведов в Сибирь. Полезно, не спорю. Но в горячую пору уезжаете, и на перевыборном собрании в партбюро профессор Лопатин, понятно, отсутствует. Он отдыхает, загорает на курорте в Сибири и любуется лисичками.

— Не мог же я съезд перенести!

— Не могли вы на собрании отсутствовать. Вас, как отсутствующего, ловко отводят. Петров был болен. Вот и прошли один за другим Хруст и его приятели. И как я здравое слово скажу, так оказываюсь в горьком одиночестве. Потом Шаров…

— Что Шаров?

— А то, что они вашим Шаровым меня в лузу забивают. Он толстый, знаменитый, авторитет, ничего не поделаешь!

— О Шарове можете не волноваться, — жёстко сказал Лопатин. — Я за него отвечаю. А вам, Иван Остапович, не следовало от Шарова уходить. Никак. Если вы считаете, что в его лаборатории что-то не так, надо было поправить это, а не удирать.

— Я для него не авторитет, — сухо сказал Громада.

— Ну, давайте чай пить, — перевёл разговор Фёдор Фёдорович.

Громада прошёл в будку и сказал виновато:

— Фёдор Фёдорович, а он распаялся. Маленький, оказывается…

— Там есть ещё кастрюлька, зелёная, поставьте её.

— А может, пройдёмся? — предложил Громада.

На биостанции было тихо, пустынно. В домиках темно. Только с реки неслась песня и сквозь тёмные очертания деревьев светился далёкий отблеск костра. И в этом розоватом свете толстые стволы сосен казались ещё чернее. Пахло влажной травой, землёй, сырым мхом. Они вышли на шоссе. Под лунным светом оно блестело, словно политое водой. По обе стороны сплошными высокими стенами тянулись хлеба. От них шло тепло. Хлеб, как вода, хранит накопленное за день тепло и отдаёт его медленно, неохотно. Фёдор Фёдорович проводил Громаду до барака и решил идти домой и немедленно сесть за работу. Сразу будет легче.

Но чем ближе он подходил к биостанции, тем яснее становилось, что работать сегодня он не сможет. То чудесное состояние, которое обычно появлялось в счастливые часы ночных занятий, сегодня не приходило. Он любил эти тихие ночные часы за письменным столом. В эти часы рождались лучшие из его работ.

Все исследования Лопатина шли одним и тем же путём: факт, который порождает вопрос, затем длительное упорное научное исследование, проверка практикой и, наконец, ответ на вопрос, поставленный фактом. И это всегда был именно тот ответ, которого уже давно ждали люди. Такие учёные, как Хруст, боялись Лопатина потому, что боялись его таланта, его смелой научной мысли, его метода. Как бы глубоко ни уходил Лопатин в науку, он всегда был связан с землёй — со своей землёй, со своим народом. Он любил каждую травинку на своей земле, каждый солнечный луч, который падал на неё. Профессор Лопатин шёл вместе с народом, учился у него и сам учил и воспитывал новых молодых учёных. В них тоже была сила профессора Лопатина.

Порой он обманывался. Редко. Очень редко. Он умел распознавать врагов. И мелких, и крупных, и последовательных, и случайных. И, разглядев, был беспощадным к ним.

Белевского он не разгадал. Но Белевский был слишком слаб и ничтожен для того, чтобы он, Лопатин, вступал с ним в бой. С ним справятся те, кого он уже воспитал. А всё-таки нехорошо на душе. Тоскливо… Лопатин решил идти к Шарову. Мало ли из-за чего они спорят порой! А всё-таки Шаров — друг, старый, верный в самом главном.

Около домика Шарова стояла машина. Лопатин хмуро оглядел её. Ему очень хотелось поговорить с Шаровым наедине. Не только хотелось — это было просто необходимо сегодня.

За столом, откинувшись на спинку плетёного кресла, сидел Хруст. Этого ещё не хватало! Лопатин хотел сразу повернуться и уйти, но было уже поздно. Хруст поднялся и, величественно протягивая ему руку, пошёл навстречу так, словно он хозяин этого дома, а не Шаров.

— Рад, рад душевно, — сказал он бархатным голосом и пожал руку Лопатину с преувеличенной любезностью.

— Входи, Фёдор, — обрадовался Шаров.

Лопатин неохотно подошёл к столу и сел.

— Рад случаю, — сказал Хруст, садясь и поворачиваясь к Лопатину вполоборота. — Рад случаю, наконец, видеть вас в неофициальной обстановке. Коньячку желаете? Привёз из города. Юбилейный.

— Благодарю. Я чаю хочу.

Фёдор Фёдорович потянулся к самовару, подставил стакан, но он уже не хотел чаю. Ничего не хотел. Ни чаю, ни коньяку, ни Хруста.

— Ты что такой злой? — спросил Шаров.

— Вы, вероятно, огорчаетесь за Белевского? — небрежно предположил Хруст и подлил себе коньяку. — Но, в сущности, он уже человек взрослый и может сам выбирать кафедру и руководителя.

— Хотя бы из-за Белевского. Ты знаешь, — Лопатин повернулся к Шарову, — Белевский от меня ушёл.

— Всё-таки ушёл? — воскликнул Шаров.

Фёдор Фёдорович не знал, что перед своим отъездом с биостанции Белевский явился к Шарову. Глаза его беспокойно бегали по сторонам, лоб был покрыт испариной. Шаров почувствовал, что молодой человек чем-то взволнован.

— Я просил бы вас, профессор Шаров, взять меня в число своих учеников.

Шаров с недоумением заглянул в испуганные, бегающие глаза любимого ученика Фёдора Фёдоровича. Он не знал, что Белевский сейчас меньше всего хочет оставаться любимым учеником Фёдора Фёдоровича. Сердце профессора Лопатина оказалось самым неудобным местом для старта, а Белевский собирался стать победителем на дальних дистанциях. Оказалось, что он ошибся. Ему надо было прежде всего уйти от профессора Лопатина, чтобы о нём на время забыли. Шаров подходил для этой цели.

Белевский не сомневался в том, что Шаров с радостью возьмёт его к себе. Фёдор Фёдорович всегда хвалил его Шарову.

Наконец Шаров спросил:

— Это Лопатин посоветовал вам обратиться ко мне?

— Нет. — Белевский усмехнулся нелепости вопроса, но по лицу Шарова понял, что улыбнулся зря. Поэтому он кивнул, но кивнул осторожно. Нельзя было понять, означал этот кивок «да» или «нет».

— Вы любимый ученик Лопатина. Если бы он считал нужным, то отдал бы мне вас сам. Вы пришли ко мне и этим оскорбили меня. Ступайте.

Белевский опять усмехнулся, на этот раз зло, косо.

— Вы ведь, насколько мне известно, предпочитаете быть нейтральным, профессор?

— Поэтому вы выбрали меня?

— Да, именно поэтому.

— Я старик, — сказал Шаров, — и не могу вступать в споры. Я должен закончить свой труд. Я спешу. У меня осталось не так много времени.

— Лопатин старше вас, — заметил Белевский.

— Он моложе, чем вы, — ответил Шаров. — Я, кажется, уже просил вас оставить мою лабораторию.

Сейчас, глядя на усталое лицо Фёдора Фёдоровича, Шаров с особенно горьким чувством вспомнил этот разговор и с упрёком посмотрел на Хруста.

— Странно, — наконец сказал Шаров.

Хруст сделал вид, что не заметил его взгляда, улыбнулся.

— Я вовсе не убеждён, что оставлю его у себя, — сказал он небрежно.

— Почему же? Из него толк выйдет, — с горечью заметил Лопатин.

— Не уверен. Он, дражайший Фёдор Фёдорович, уже отравлен вашим воспитанием. Он всё время спрашивает. «А зачем?», «А почему?», «А отчего?»

— Ну, тогда дело ещё не так плохо, — сказал Лопатин. — Хорошо, хоть спрашивает.

— Нет, плохо. Я не экскурсовод. Я руководитель кафедры. И раз он ко мне пришёл, пусть верит от начала до конца.

— А вы-то, где конец, где начало, знаете?

— Фёдор Фёдорович! — Шаров перекатился на тахте поближе к Лопатину. — Вечно ты так резко. Ну, прошу тебя…

— Не волнуйтесь, Николай Александрович, — успокоил Хруст. — Мы беседуем вполне дружески. К резкости нашего коллеги я уже давно привык. А если ему хочется поспорить, я не прочь. Отчего же! В спорах, как говорят, рождается истина.

— Почему же вы тогда на факультете такие порядки завели, что никто пикнуть не смеет?

— Я таких порядков не заводил, профессор Лопатин, — сказал Хруст. — Просто, когда мне и моим коллегам мешают работать, я защищаю свои права. А работать мы никому не мешаем. Это вы мешаете. Склоками своими, придирками. Один набор студентов чего мне стоит.

— Многого стоит, — сказал Лопатин. — Из каждого выпуска талантливых учёных у нас не так уж много. А элементарного представления о том, что происходит в нашей стране, в чём её нужды, наши студенты не имеют.

— Надоело, — резко сказал Хруст. — Всё надоело. Только заметьте, это вам всё не нравится, а не мне. Ну вот, например, Николай Александрович Шаров, крупнейший специалист по грызунам. Крупнейший — согласны?

— Согласен.

— А вам его работа тоже не нравится: далека от практических задач. Ошибаетесь, профессор Лопатин. Насколько мне известно, работа Николая Александровича в этом году получит премию.

Лопатин встал, прошёлся по комнате, посмотрел прямо в глаза Шарову.

— Ну, раз уж разговор об этом зашёл, то я тебе скажу. Ты, Николай Александрович, на меня не обидишься, я знаю. Я думаю, что твоя работа не получит в этом году премии. Во всяком случае, я, как член комитета, считаю, что она ещё не может быть удостоена этой награды.

— У вас странное представление о дружбе, профессор Лопатин. — Хруст пересел на тахту рядом с Шаровым и взял его за руку.

— Это не у меня, а у вас странное представление о дружбе. Шарову моя правда дороже, чем ваши рукопожатия.

— Ты напрасно думаешь, Фёдор, — очень тихо начал Шаров, — что мне сейчас не нужно дружеское рукопожатие. Я вовсе не надеялся на такую высокую награду, ты знаешь. Но я хочу понять, почему ты такого мнения о моей работе...

Лопатин уже не замечал Хруста. Он говорил с Шаровым так, словно они были вдвоём в комнате... Наедине...

— Скажи, Николай Александрович, — сказал он мягко, подойдя к Шарову, — ты когда-нибудь такие браслетки видел: золотая змейка держит себя зубами за хвост, и глаза у неё из рубинов или алмазиков?

— Ну, видел, — недоумевающе ответил Шаров, — видел такие браслетки.

— Так вот, работа твоя — та же змейка. Времени в неё ухлопано пропасть — десятилетия добросовестного труда. Золото в ней, драгоценные камни, талант. Работа тончайшая, ювелирная, а проку мало. Лежит змея, держит себя зубами за хвост и ни взад, ни вперёд... — Он резко остановился перед Шаровым. — Не завершена твоя работа. Понимаешь, нету в ней твоего обобщения, взлёта твоего, какие бывали даже в твоих студенческих работах.

Лопатин замолчал. Он внимательно вглядывался в лицо Шарова.

— Ну год ещё, понимаешь?

Хруст, хотя всё ещё сидел в хозяйской позе, весь напрягся. Смутно он уже начинал понимать, почему так боролся с Лопатиным. Он просто боится Лопатина. Лопатин — один из тех, кто может уничтожить мирок, который Хруст отбил и отгрыз для себя. Тот маленький мирок, в котором он жил, как гусеница. Он полз по лопуху и, как гусеница, считал, что этот лопух — весь мир. Несчастьем и радостью Лопатина были совершенно другие понятия, недоступные пониманию Хруста. Лопатин давно уже жил в мире других масштабов, других желаний, других потребностей.

Когда-то он работал в страшной нужде и после революции вздохнул с облегчением. Он знал, что теперь жена уже не побежит по морозу в лёгоньком пальто, что, если родится сын, он будет счастливым, что его друзья перестанут нуждаться и будут работать свободно и спокойно. Ему дали всё, что было необходимо. Он принял это с благодарностью и больше не думал об этом.

Шаров тяжело прошёлся по комнате. Он устал от вечной требовательности Лопатина. Верил в искренность Хруста и никак не мог понять, в чём винит его Лопатин, какое имеет право так оскорблять Хруста. Шаров не мог понять этого ещё и потому, что был очень доверчив. Он не понимал тщеславных мелких желаний Хруста, не представлял себе, что они существуют.

— Это моя последняя работа, Фёдор, — очень тихо и, чуть задохнувшись, сказал он. — Мне горько, что ты считаешь её бесполезной. Это труд жизни. Мне грустно, что ты всё время споришь со всеми окружающими тебя людьми, и, наконец, я не понимаю, почему ты так грубо говоришь с моим гостем.

— С твоим гостем история простая. — Фёдор Фёдорович встал и в упор посмотрел в глаза Хрусту. — Вы не выдержали повышения. Есть такие люди — плохо переносят повышение.

Шаров вскочил с тахты.

— Ты невыносим, Фёдор! — закричал он высоким голосом. — Или ты сейчас же извинишься…

— Или? — повторил Лопатин. Он смотрел в глаза Шарова, круглые, милые, чуть выцветшие уже от старости. Сорок лет подряд этот человек встречал его улыбкой, радовался каждой удаче его, печалился каждой его бедой. Удивительно ли, что он так твёрдо сказал Громаде: «Шаров? За Шарова я отвечаю». И вот ошибся. Как ошибся!

Было страшно уйти. Было физически трудно выйти за дверь. Казалось, он покидает дом, в котором сейчас обрушится крыша. Хруст отнял у него и Шарова. Он предложил ему жизнь более лёгкую, чем та, которой требовал Лопатин. Он дал Шарову возможность перестать кипеть, гореть, драться. Но Лопатину не был нужен Шаров с пустой, тихой душой, жаждущей мнимого мира и покоя. Этот Шаров был только пустой оболочкой. Его живая, светлая, молодая, необходимая Лопатину душа сморщилась, поблёкла, притихла, запросила покоя.

Лопатин ещё раз оглядел комнату и вышел.

Выйдя от Шарова, Лопатин растерянно оглянулся. Никогда ещё в жизни он не чувствовал себя таким одиноким. Громада спит. Студенты спят. К Шарову возвращаться нельзя. Теперь нельзя. Незачем.

В домике, хотя дверь оставалась открытой, всё ещё пахло горячей жестью распаянного чайника.

А он один. С какой стати он должен быть один сегодня?

Фёдор Фёдорович включил плитку. Надо выпить чаю, кофе, всё равно чего. Главное — тёплого. Чайник вот распаялся.

В открытое окно были видны тёмные тихие домики биостанции. Тускло поблёскивали под лунным светом окна. Все спят…

И Максим тоже хорош. Где это видано, чтобы у человека был сын, которого никогда нет поблизости? Когда не нужно, ходит вокруг, тиранит рассказами о змеях. А вот когда надо, тогда в экспедиции, а жена в Москве.

Фёдор Фёдорович сердито глянул на смятую, пустую койку. Высунулся в окно. Верхушки сосен стали рыжими, словно заржавели от утренней сырости. Пять утра. Он часто кончал работу в это время — любил работать по ночам. Шаров — тот, наоборот, вставал рано, в пять, в половине шестого. Впрочем, в молодости Шаров любил поспать. Да и сам Фёдор Фёдорович тоже. Но постепенно они всё позже ложились, всё раньше вставали. Старость, бессонница…

Зачастую он звонил Шарову в пять-шесть утра, рассказывал о том, что сделано за ночь. А теперь нельзя. Больше нельзя. И ждать Виктора тоже нельзя. И Максим далеко.

В домике, который прятался в густой зелени, всё ещё было темно, холодно. А из окна видно, как на пригорке уже посветлела трава. Вот кто-то побежал купаться. Кто-то запел, кто-то звонко рассмеялся.

Почему он так ждал утра? Зря. Пришло утро. А ему ещё хуже, чем ночью. Белевский, Шаров, Хруст… Может быть, прав Шаров, что хочет покоя? Прав, что поздно уже бороться, спорить — старость? В старости нельзя ошибаться.

Как пахнет дымом! Вчерашним, холодным табачным дымом. Всю ночь открыто окно, а не выветрился. Накурили вчера.

Лопатин вышел из будки, тяжело хлопнув дверью. С каждой минутой ему делалось всё тяжелее. Вот дом Шарова. Машины уже нет.

Фёдор Фёдорович шагнул с дороги в лес. Как всегда, пели птицы, но Лопатин ничего не замечал. Он брёл, тяжело ступая, как медведь, хрустя ветками, не оглядываясь. Впервые в жизни забыл, что он в лесу. Он не вслушивался в пение птиц, не чувствовал запаха травы. Настороженное нежное пристальное внимание, которое обычно наполняло его в лесу, теперь оставило его.

Прямо над ним взвился лесной конёк. Фёдор Фёдорович любил нехитрую песенку, но сейчас он не услышал её, не увидел лесного конька. Он перестал быть биологом. Глаза не различали птиц, уши не слышали лесных шорохов.

Как это могло получиться, что в университете, пользуясь большим доверием, появились обыватели от науки, люди, которых часто интересует не их работа, а удобства жизни, люди, способные на нечестные поступки, мелкие сплетни и крупные гадости? Люди, которые затыкают рот всем, кто талантливее их, потому что боятся их? Как же могли его старые товарищи притихнуть перед номенклатурным величием такого никчёмного человека, как Хруст, уйти в себя, прятать свои заповедные мысли от студентов, а может быть, и от самих себя? Как всё это могло случиться, и случиться тогда, когда каждый из них находился в таких условиях, что мог работать спокойно? Почему он сам, наконец, так часто спорил по мелочам и только сегодня сказал, глядя в глаза Хрусту, что он не вынес повышения? Ведь это он знал давно, очень давно, с тех пор как вернулся в Москву и увидел нового человека. И тогда было ясно, что это уже не совсем человек. Это человек-пост, сидящий в кресле декана. Имеющий права. Уже через месяц выяснилось, что Хруст снял фотографию своего учителя, которая висела в его лаборатории. К счастью, этот человек успел выучить не одного Хруста, а многих других. Но почему Хруст снял его портрет со стены? Портрет старого, уважаемого человека, за время войны ушедшего на пенсию. Не потому ли, что под этим портретом старого русского учёного с проницательными глазами Хруст не мог читать свои лекции? Он был слишком бездарен. Не потому ли, что Хруст слишком хорошо помнил, как на лекциях этого учёного раздавался вечный, университетский клич: «Девочки, налетай на первую скамью!» И девочки налетают, не давая выйти из аудитории предыдущему курсу, и усаживаются на первых скамьях тесно, как ласточки на проводах. Человек с опытным взглядом, только войдя в аудиторию, уже по одной этой примете, заселённости задних и передних скамей, сразу же определит, интересно ли читают лекцию.

На лекциях Хруста передние скамьи пустовали, а в аудитории стоял тихий, но очень оживлённый и явно не имеющий отношения к теме лекции рокот. Хруст то и дело прерывал лекцию одной и той же фразой: «Товарищи, я прошу вас не забывать, что я не только лектор, но и декан факультета». Но эта фраза вызывала ещё более сильный прилив шёпота и смеха. Не потому ли Хруст снял портрет своего учителя? Сколько же бед допустил этот человек! Сколько не нужных никому диссертаций — только для степени, сколько несбывшихся замыслов — только от зависти! И, конечно же, он, Лопатин, старый коммунист и учёный, сам виноват в том, что молчал так долго. Сегодня он потерял ученика и друга. За один день! Не много ли?

Сейчас он мучился и казнил себя. Он чувствовал, что ему уже много лет, что он уже стар, ослабел, устал за эту бессонную ночь, устал за всю жизнь… Устал. В то же время он не мог ни сесть, ни лечь, ни остановиться. Слишком велики были тревога, боль, горечь. Сердце билось неуверенно, тяжело, словно кто-то сжимал его, мешая дышать. Фёдор Фёдорович задыхался…

Его чуткое ухо уловило высокий мелодичный свист, и он сразу насторожился. Свист напоминал песенку иволги — прекрасная чистая трель, ощутимая и упругая, как струя воды, казалось, пошевелила листву возле него.

Но это пела не иволга. Это свистел человек, музыкально и точно повторяя напев птицы.

Фёдор Фёдорович остановился в кустах орешника, терпеливо ожидая, когда вновь зазвучат доверчивые ноты, которые дали ему такой желанный минутный отдых. Словно впервые, оглядел он нежную, зелёную, ещё не высохшую от утренней росы густую листву. Сердце стало биться спокойнее, и он сжал влажную ветку орешника, как сжимают руку верного друга. Перед ним росла невысокая ель, и в гуще её ветвей он увидел знакомый мешочек из папоротника. Из него выскользнул крапивник и камнем упал вниз. Это был старый приятель Фёдора Фёдоровича, который когда-то начал строить себе гнездо в овраге. И тотчас же привычно заработала мысль биолога: Фёдор Фёдорович сообразил, что, видимо, гнездо у тропинки, ведущей к реке, где то и дело бегали студенты, оказалось недостаточно спокойным убежищем и крапивник решил построить себе дом в более подходящем месте. Улыбка, неожиданная и тёплая, озарила лицо Лопатина, разгладила глубокие морщины. Фёдор Фёдорович сделал ещё шаг вперёд.

На этот раз голос подражал уже не иволге, а певчему дрозду. «Ку-пи-те-ли вы, ку-пи-те-ли вы, кум-тит, кум-тит», — выговаривал голос. Фёдор Фёдорович чуть раздвинул ветви и увидел знакомые, милые лица. Подле Марины Дымковой сидели Катя Белкина, Варя, Любушка.

— Теперь зяблика, — сказала Варя.

По лицу Марины скользнула беглая счастливая улыбка. Видно, она представила себе весёлого забияку, и звонкая песенка понеслась к небу. Какой-то глупый зяблик, который хуже разбирался в птичьих голосах, чем профессор Лопатин, ответил Марине, и девушки вслушались в его песенку, так похожую на ту, которую только что спела Марина. Потом Варя рассмеялась, и её лёгкий смех тоже был как птичья песня.

— А сколько песен поёт зяблик в сутки? — строго спросила Варя, явно подражая Вере Васильевне.

— За сутки две тысячи девятьсот девяносто песенок, — сказала Марина.

Девушки засмеялись. И Фёдор Фёдорович невольно улыбнулся. Он понимал, что девушки смеются не тому, что зяблик поёт так много и часто и они сумели сосчитать все его песенки, а тому, что считать их очень весело и они знают: это лето учёбы — только начало, эти подсчёты у гнёзд — просто тренировка, а впереди жизнь и большая настоящая научная работа. А ещё и потому, что вокруг солнце, лето, цветы, они молодые и смеяться им очень хочется.

Теперь он уже начинал понимать, что происходит.

Катя Белкина готовилась к зачёту по зоологии. Её группа сначала занималась ботаникой, а Марина, Варя и Любушка, которые уже сдали зоологию, «гоняли» её. Фёдор Фёдорович, скрытый листвой, долго ещё слушал, как девушки разговаривали о птицах, сами щебеча, как птицы. Он узнал много интересного, в частности историю своего любимца крапивника, который, как он и предполагал, действительно бросил начатое было холостое гнездо и стал строить другое, на ёлке. По предположениям Марины, бросил он его не из-за того, что беспокоили студенты, а место выбрал не очень удачное. Жену крапивник себе нашёл давно. Видно, она вышла за него замуж охотно, так как он отвоевал себе огромный гнездовой участок, чуть ли не в гектар, если не больше. По лесным законам это значило, что ни один другой крапивник не имеет права поселиться на этой территории. Теперь у крапивника уже подрастали дети — шесть штук. Но он не унывал. С таким участком прокормить можно…

Жил на этом участке и зяблик. Он был вояка, передрался с двумя другими зябликами и распугал щеглов, которые невзначай посмели залететь в его владения. Впрочем, крапивника, по Вариным наблюдениям, зяблик терпел.

— Почему? — спросила Катя.

Варя молчала. Она сидела спиной к Фёдору Фёдоровичу, но он хорошо представил себе сосредоточенное выражение её лица.

— Я так думаю, — ответила она наконец, — наверное, потому, что крапивник корм ищет под валежником, а зяблик туда и не заглядывает.

Но сейчас зяблику было уже не до драк. Вывелись птенцы, их надо было кормить, ярко-малиновые ненасытные клювы непрерывно торчали над гнездом в ожидании пищи. Выяснилось также, что жена зяблика ухаживает за птенцами хорошо, и если приносит гусеницу, то рвёт её на части, чтобы досталось всем птенцам. А отец кормит их кое-как: впихивает гусеницу одному птенцу, тот давится, а остальным не достаётся.

Фёдор Фёдорович стоял неподвижно, вслушиваясь в этот разговор, и на душе у него делалось всё спокойнее и спокойнее, хотя в том, что рассказывали девушки, не было ничего для него нового. Он знал уже тысячи историй и про крапивников, и про зябликов, и про щеглов. И совсем уже легко он почувствовал себя, когда Варя доложила, что у крапивника, когда он вил гнездо, существовал весьма определённый режим дня. С утра он охотился на другом склоне оврага; в это время туда приходило солнце и плясали мошки. Плотно наевшись, он прилетал сюда и от четырёх до шести часов работал над постройкой холостого гнёзда. За травинками крапивник путешествовал на склон оврага, а мох выдёргивал из пня, который находится перед гнездом.

Фёдор Фёдорович с нежностью поглядел на худенькую Варю, которая сумела разглядеть то, чего он сам не замечал ещё ни разу. Хозяйственный крапивник нравился ему всё больше. Он обернулся, чтобы сказать ему что-нибудь приятное, но крапивника уже не было. Некогда чирикать, детей надо кормить!..

Потом девушки замолчали, вслушиваясь в птичьи голоса, и только Марина время от времени придирчиво спрашивала:

— А это кто? А это кто?

Видимо, она обладала отличным музыкальным слухом и знала наизусть все песни, трели и пересвисты каждой птицы. Другие девушки колебались, напряжённо ловили ускользающую от них ноту: кто это поёт сейчас — славка-черноголовка? Певчий дрозд? Синица?

Катя озабоченно сказала:

— Ой, девочки, боюсь, засыплюсь! Я многих голосов совсем даже не знаю!

— А ты вызови Борьку, — посоветовала Любушка. — Он здорово подсказывает. Первая группа так и сделала.

Фёдор Фёдорович не выдержал и беззвучно расхохотался.

И вдруг он понял, что вовсе ещё не так стар и вовсе не так уж слаб. И он много лет ещё будет слышать милый высокий голос Шарова. Уйдёт всё тёмное, горькое, уйдёт, как уходило всё то, с чем он боролся, потому что он всегда шёл в одних рядах с самыми лучшими, самыми честными, самыми правдивыми людьми.

Всей своей жизнью служил он этой минуте, когда смеялся, стоя в мокрых от росы кустах орешника.

Перед ним была эта стайка девушек, похожая на стайку птиц. Они были так молоды, счастливы и свободны, так радостно перекликались с птицами, солнцем и листвой оттого, что и он, старый профессор Лопатин, так же, как и многие поколения русских людей, работал ради этих девушек, боролся за них и побеждал врагов ради их счастья. И эти девушки, которым предстояло увидеть то, о чём он мечтал, и создать то, о чём он думал бессонными ночами, были выращены им. Это было главное в его жизни, такое же главное, как земля, на которой он стоял, свежий лесной воздух, который оживлял его лёгкие, и высокое синее небо, которое посылало ему тёплые лучи утреннего солнца.

Когда Лопатин вышел на поляну и девушки увидели профессора, он был уже снова тем Фёдором Фёдоровичем, которого всегда знали студенты: спокойным, мудрым, счастливым стариком.

ГЛАВА СЕМНАДЦАТАЯ

Был объявлен выходной день. Все поедут в город. Это событие решили отметить концертом самодеятельности и балом в лесу.

С четырёх часов дня в домике девушек запахло горячей мыльной водой и палёными волосами. Любушка привезла на биостанцию щипцы для завивки. Щипцы достались ей по наследству от бабушки — тяжёлые, чугунные, с резьбой на ручках. Нельзя допустить, чтобы такой великолепный агрегат пропадал зря, и Любушка первая самоотверженно подпалила свои рыжие кудряшки. Уговорили завиться даже Варю, но это мероприятие довести до конца не удалось — Варю позвала Вера Васильевна.

— Бегите скорей, вас Фёдор Фёдорович ждёт. Он в «Ручьи» идёт, на звероферму.

Варя с огорчением посмотрела на платье, лежавшее на кровати.

— Иди, иди, погладим, — успокоила её Любушка, — только не опоздай.

Одним из лучших номеров вечернего концерта был дуэт Ольги и Татьяны в исполнении Марины и Вари.

Фёдор Фёдорович с недоумением посмотрел на Варю — непривычно румяную, взволнованную. Два золотистых, круто завитых рожка торчали над её лбом.

— Что это вы сегодня встрёпанная какая? — спросил он.

Всю дорогу Варя украдкой приглаживала локоны, прелесть которых Фёдор Фёдорович не оценил. Но Любушка завила их на совесть, и рожки пружинились ещё круче.

В «Ручьях» было тихо, пусто, все ушли в поле. Полоса непрерывных дождей кончилась, но часто набегали грозы, и в колхозе старались использовать каждую «сухую» минуту. Небо было почти ясным, но уже парило, птицы и лягушки кричали, как перед грозой, и вдалеке, на самом горизонте, собирались тучи.

Единственная вольера теперь всё-таки больше, чем раньше, соответствовала громкому названию «звероферма»: кроме рыжей лисы и чёрно-бурого лиса, в огороженном углу клетки резвились лисята. Они уже подросли, и Аня передала их в полное ведение гордой и немного даже зазнавшейся Шурки.

В качестве главы крупного учреждения Шурка на свой страх и риск увеличила штатное расписание фермы. Она создала «лисью бригаду» в составе трёх человек. Это были три самых способных и самых драчливых мальчика в школе.

С девчонками Шурка не любила иметь дело. На девчонок нельзя положиться: они могут что-нибудь забыть, перепутать, много болтают. Кроме того, у девочек больше домашних дел: они варят обед, убирают дом, поливают огород и, что самое главное, нянчатся с младшими братишками и сестрёнками. Шурке же были нужны люди, которыми она могла располагать в любое время. Хлопот с лисьей фермой немало. Надо не только кормить зверей и чистить клетку, но точно выполнять все задания профессора Лопатина и вести дневник, который Шурка не доверяла никому.

Мальчикам она поручала чёрную работу: они мыли миски, убирали клетки и, как выражалась Шурка, «обеспечивали корма». Обеспечивать корма было не так просто, потому что лисят Шурка кормила по всем правилам науки, то есть вводила им в пищу белки, витамины, жиры и требовала, чтобы всё было самое первосортное.

Когда мальчики уже приступили к исполнению обязанностей, появился некий Вася. Он настойчиво просил разрешения «влиться» в бригаду и клялся, что тоже будет соблюдать все правила. Шурка сжалилась над ним.

Фёдор Фёдорович и Варя пришли на звероферму как раз в ту минуту, когда там разыгрывалась настоящая трагедия. Один из лисят заболел. Его круглый живот был неестественно вздут, передние лапки беспомощно разъезжались, лисёнок дёргался, широко раскрывал треугольную мордочку и сильно кашлял. Шурка металась вокруг него.

— Он подавился, — определил Фёдор Фёдорович, — откройте ему рот пошире и поглядите, в чём там дело.

Бережно обняв лисёнка, Шурка храбро сунула руку в узенькую глотку. Было очень страшно за лисёнка. Он закашлялся, задёргался ещё больше и совсем высунул узкий, ярко-розовый язычок. Шурка, видимо уцепившись за что-то, стала тянуть. В руках у неё оказался рыбий хвост. Шурка ещё потянула и извлекла крошечного карася. Вслед за карасём появилась верёвочка. За верёвочкой — второй такой же маленький костлявый карасик, затем снова верёвочка, затем ещё какая-то маленькая рыбёшка, затем ещё одна…

Это была целая связка рыбёшек. Лисёнок вырвался из Шуркиных рук, сел, глубоко вздохнул, облизнулся и с некоторым сожалением посмотрел на рыбёшек. Шурка бросила их прямо под ноги Васе, мрачно стоявшему возле клетки. Мальчик растерянно сжимал в руке вещественное доказательство преступления — удочку.

— Ры-бо-лов! — гневно сказала Шурка. — Кто позволил тебе кормить животных без разрешения начальника фермы? Как ты смел нарушить пищевой режим? Ты знаешь, что рыбу мы даём только в молотом виде? Разве он может усвоить целых карасей, и притом верёвку? Просил, приставал, клялся: «доверие оправдаю»! И вот…

«Влившийся в бригаду» Вася подавленно молчал.

Фёдор Фёдорович и Варя, стараясь не рассмеяться, отошли в сторонку, чтобы не ухудшить и без того тяжёлого Васиного положения. Вася пытался что-то бессвязно объяснить своему суровому начальству, но Шурка слушать его не пожелала.

— Ты к бригаде больше отношения не имеешь! — Она и не посмотрела вслед Васе, который уходил медленно, нехотя, уныло волоча за собой злополучную удочку: даже спина его выражала горячее раскаяние.

Шурка любезно повернулась к гостям. Она сразу догадалась, что это профессор Лопатин, о котором ей столько рассказывала Аня, и с ним студентка. Она приняла их степенно, пригласила сесть на скамью, которую уже поставила около лисьей фермы, и приготовилась вести научную беседу.

На лисьей ферме появилась не только скамья для приёма посетителей, но и нечто вроде маленькой избушки, где хранилось всё хозяйство зверофермы: Шуркины дневники, весы, мясорубка, гребни, совок — словом, самые необходимые предметы. Там же находились лекарства и бинты на случай какой-либо катастрофы.

Шурка была необычайно горда тем, что профессор видел, как она спасла жизнь лисёнку. Профессор доброжелательно поглядывал на неё. Он осмотрел лисят, одобрил их, спросил: «Рыжеют?» Лисята действительно рыжели — предсказание Фёдора Фёдоровича сбывалось. Шурка и Аня долго надеялись, что лисята всё-таки пойдут в отца. Но, видимо, в отца пошёл тот единственный, которого отец съел.

Лисята неумолимо рыжели, и все дразнили Шурку и Аню, словно они были виноваты в том, что из-под тёмной густой шёрстки выскакивают острые блестящие, но совершенно рыжие волосы. Не проходило дня, чтобы они не слышали лицемерного вопроса: «Рыжеют?»

— Рыжеют, — угрюмо, но честно отвечала Аня.

— Уход не тот, — сочувственно заключал насмешник.

Перемену в окраске лисят Шурка тоже восприняла с некоторой горечью, но легче, чем Аня; школьникам было в общем всё равно, чёрно-бурые ли, рыжие ли... Главное — ручные!

Чтобы сразу показать гостям, с кем они имеют дело, Шурка с нарочито равнодушным выражением лица снова вошла в клетку, хотя в этом не было надобности. Лисята радостно бросились ей навстречу. Они были чистенькие, чёсаные, очень весёлые, на длинных прямых лапках и сплошь состояли из треугольников: морды, уши, хвосты — всё треугольное. Лисята прижимались к её ногам, отчаянно крутили хвостами и радостно кашляли. В эту минуту Шурке уже совсем не было обидно, что лисята не чёрно-бурые. Впрочем, если бы они получились чёрно-бурые и стоили дороже, чем обыкновенные рыжие, практический Захар Петрович, наверное, навестил бы Шуркино хозяйство. Шурка была тщеславна и ежедневно готовилась к встрече. Но председатель не шёл. Шурка, конечно, не могла и подозревать, сколько неприятных переживаний связано у него с лисятами.

Фёдор Фёдорович забрался в домик, разглядывал Шуркино хозяйство и закидывал её дотошными вопросами. Шурка отвечала обстоятельно, подумав. Потом Фёдор Фёдорович заметил на столике толстую тетрадь.

— Дневник? — спросил он.

Шурка испугалась и кивнула.

— Ну-ка, давайте.

Пришлось дать. Профессор внимательно читал всё подряд. В одном месте он вдруг улыбнулся и показал Шурке и Варе на две рядом стоявшие цифры. Шурка вспыхнула. Это была запись промеров лисьих хвостов. Получалось так, что пятнадцатого числа хвост был длиной в двадцать два сантиметра, а семнадцатого — двадцать один. Цифры были нелепые, хвост не мог стать короче, но Шурка не умела грешить против истины и писала так, как получалось. Фёдор Фёдорович похвалил её за точность и успокоил — ошибка вполне естественная и допустимая. Не так-то просто мерить хвост у живого лисёнка. Он вертится, рвётся из рук…

— Вот даже у моей студентки, — указал Лопатин на Варю, — тоже бывают такие ошибки. — Потом подумал и подтвердил: — Один сантиметр… Да. Допустимо.

Варя с некоторой досадой слушала Фёдора Фёдоровича. Зачем он ставит её в ложное положение перед этой школьницей? Шурке всё-таки гораздо легче: у неё лисята домашние, а у Вари — дикие. Но у Фёдора Фёдоровича, видимо, не было охоты замечать Варины переживания, и он продолжал жадно читать дневник. Шурке было страшновато глядеть, как он читает. Вообще она несколько растерялась, хотя виду и не показала. Что делать? Бежать за Аней или не надо?

Наконец Шурка решилась.

— Я сейчас, — сказала она и мгновенно скрылась.

Фёдор Фёдорович всё читал. Дневник не отличался особыми художественными достоинствами, но зато был необычайно обстоятелен. Видимо, в биологии Шурка была сильнее, чем в литературе. Кроме того, она предпочитала сложные обороты речи. Так, она записала в дневнике, что лисят вынимают из гнёзда «методом двух рук». За последнее время она иногда впускала к ним взрослую лису. А лиса, против ожидания, привязалась к детям и не любила, когда их от неё забирали. Вот и пришлось выработать этот самый метод, который заключался в том, что позади лисы шевелили подстилкой, а когда она поворачивалась, из-под неё с другой стороны быстрым движением выхватывали лисёнка.

Было также отмечено в дневнике, что «при взлезании в клетку лисята поднимают головы» и смотрят на «взлезшего».

Шурка считала клетку слишком тесной и поэтому водила лисят гулять на цепочке. На пяти страницах излагалась история первой прогулки. Лисята при малейшем шуме прятались за «гулявшего с ними». Резкие звуки — грохот телеги под мостом, шум мотоцикла, трактора, самолёта и тому подобное — их пугали. Из гневной интонации этой записи явствовало, что Шурка считает необходимым уменьшить движение транспорта в районе её хозяйства.

Отмечалось также, что лисята проявляют повышенный интерес к курам, к которым их нельзя подпускать, чтобы «не было неприятностей с птицефермой».

Описывались также и характеры лисят. Старший был живой, ласковый, но, по мнению Шурки, малосамостоятельный. Младший — предприимчивый и даже нахальный.

Варя читала через плечо Фёдора Фёдоровича. Дневник ей очень понравился, и она подумала, что её собственный по сравнению с Шуркиным сух и что она не замечала многих любопытных мелочей.

Видимо, и, по мнению Фёдора Фёдоровича, дневник был хорош, судя по тому, что Шурка вернулась и сказала, запыхавшись: «Анна Семёновна уже пошла к вам на вечер, а сюда секретарь идёт». Фёдор Фёдорович посмотрел на неё таким взглядом, что опытная Варя сразу поняла: Шурка уже зачислена на кафедру зоологии позвоночных.

Фёдор Фёдорович сказал, что Варе необходимо использовать материал дневника при докладе, который она сделает на кружке. Видимо, мысль о докладе возникла внезапно, потому как Варя до сих пор ничего о нём не слышала. Но спорить было бесполезно, и Варя завела с Шуркой длинный и подробный разговор.

Беседа завязалась самая увлекательная, но именно сейчас, когда, наконец, представился удобный случай заняться тем, чему она решила посвятить свою жизнь, Варя не испытывала ни малейшего желания продолжать этот важный разговор. Ей хотелось на вечер. Она так давно не танцевала! И потом нельзя же срывать выступление на концерте! Это соображение несколько оправдывало Варю в собственных глазах. Ведь исполнение дуэта она с полным правом могла рассматривать не как удовольствие — уж очень трусила, — а как комсомольское поручение. И всё-таки ей было стыдно: почему пятнадцатилетняя Шурка, которая как почётный гость приглашена на студенческий вечер, так спокойно ведёт деловую беседу?

В это время подкатила синяя «Победа», из машины вышел Захар Васильевич, а с ним ещё какой-то незнакомый Фёдору Фёдоровичу и Варе человек. Шурка грозно посмотрела на машину: они бы ещё в клетку въехали!

— Ну как, пришли на позорище наше полюбоваться? — спросил Захар Васильевич.

— К чему такие слова? — успокоил его Фёдор Фёдорович. — Лисицы получились неплохие. А кадры у вас на звероферме просто отличные. Замечательные кадры, — улыбнулся он.

— Да уж что утешать… Вот у кого лисиц надо глядеть, — возразил Захар Васильевич. — Знакомьтесь, председатель колхоза «Рассвет» Сизов.

— Давно про ваших лисиц слышу, — горячо пожал ему руку Фёдор Фёдорович. — Хороши?

— Ничего, — скромно ответил Сизов.

— Так вот, Фёдор Фёдорович, — Захар Васильевич опасливо оглянулся, словно его мог услышать Захар Петрович. — Продолжим наш давнишний разговор. Как бы нам это дело объединить! А? И это рыжее недоразумение, — кивнул он в сторону клетки, к глубокому возмущению Шурки, — и вашу звероферму. А?

— Съездим? Сейчас! — с готовностью пригласил председатель «Рассвета». — У меня на всей звероферме электричество, и я имею полную возможность демонстрировать своих лисиц даже вечером.

— А в самом деле, поехали, — не задумываясь, согласился Фёдор Фёдорович. Он давно мечтал выбраться на эту звероферму.

— Это дело! — обрадовался Захар Васильевич. — Поехали! Вот профессор Лопатин разъяснит тебе, как у тебя там дела обстоят на самом деле. Может, ты зря хвастаешься? Может быть, теперь при задуманных нами новых масштабах такая звероферма нам даже и не подойдёт?..

— Базироваться на неё, во всяком случае, можно, я думаю, — уже не так уверенно сказал Сизов.

— Ну что ж, поедем, а то дождь собирается, попрячутся ваши лисицы, — заторопился Фёдор Фёдорович. — А по дороге и на озеро взглянем. Помните, я вам говорил о нутрии? Вполне можно полувольное разведение организовать. Только надо Балашова захватить.

— Занят Захар Петрович! С ним потом съездим, — поспешил сообщить Захар Васильевич.

— Потом так потом, — разгадав его мысли, согласился Фёдор Фёдорович. «Ничего не поделаешь, Захар Петрович! — подумал он. — Дружба дружбой, а служба службой. Секретарь прав, а ты нет. Участвую в заговоре, еду объединять твою ферму». И он направился к машине. — Звероводы, Варя, Шура, поедем?

Но тут Фёдор Фёдорович впервые увидел, как студентка Бережкова всем своим видом выражает полную непокорность.

— Фёдор Фёдорович, ведь у нас же сегодня вечер. Концерт. Бал!

— Бал… — подхватила Шурка.

Фёдор Фёдорович звонко, раскатисто рассмеялся. Председатель колхоза «Рассвет» никак не ожидал такого смеха от солидного, очень знаменитого профессора.

— Правильно, — Фёдор Фёдорович мотнул седой бородой, — сегодня нельзя. Мы идём на бал, — твёрдо заявил он разочарованному Захару Васильевичу и обернулся к Сизову: — А к вам в «Рассвет» поедем в самые ближайшие дни… Завтра. Хорошо?

— Если Фёдора Фёдоровича не будет, все студенты очень обидятся, — вежливо пояснила Варя.

— Понятно, — нехотя согласился Захар Васильевич.

Шурка убежала переодеваться.

— Пойдём к нам, — пригласил Фёдор Фёдорович, но Захар Васильевич отказался: он всё равно поедет в «Рассвет». По взгляду, которым Захар Васильевич обменялся с Сизовым, Фёдор Фёдорович понял, что план создания общей зверофермы близок к осуществлению и его мечта о крупном пушном хозяйстве скоро сбудется.

— Давайте мы вас подбросим, — предложил Захар Васильевич.

Но Варя, опасаясь, что Фёдора Фёдоровича всё-таки завезут в «Рассвет», вмешалась шепотком:

— Здесь близко, а дорога для машины очень плохая.

— Не пустила. Увела, надоедная какая девчонка! — сердито бормотал председатель «Рассвета».

— Комсомольская организация — это, брат, сила, — заметил Захар Васильевич, усаживаясь в машину. — И насчёт дороги правильно она нас подцепила.

А «надоедная девчонка» тем временем бодро шагала чуть позади Фёдора Фёдоровича, всё ещё опасливо поглядывая на машину, которая, тяжело покачиваясь, пробиралась по размытым колеям.

Фёдор Фёдорович так размечтался о новой великолепной звероферме, что не сразу заметил, как к ним присоединился Аркаша Коренев, который тоже возвращался из «Ручьёв».

Размышления Фёдора Фёдоровича прервал негромкий, но очень оживлённый разговор. Он удивился. О чём может Варя так горячо беседовать с этим молодым человеком, который ухитряется существовать равнодушно и обособленно среди сотни товарищей по курсу?

Лопатин любил Варю как раз за те качества, которые, по его наблюдениям, полностью отсутствовали у Коренева.

В этой девочке, выросшей в детском доме, ему было дорого то, что он считал самым ценным в человеке: умение жить интересами, радостями и бедами других людей. У Вари это качество было врождённым, естественным. Более того, она даже не отдавала себе отчёта в том, что обладает им.

Она поступалась своим личным во имя общественного, сама того не замечая, свободно, легко. Как дыхание, ей была необходима эта жизнь, суть и смысл которой неотделимы от судьбы каждого из её товарищей, от жизни всей страны.

Всё то, что делала Варя, подчиняясь велению своей комсомольской совести или критически глядя на себя со стороны, Фёдор Фёдорович уже давно разгадал, понял и называл по-своему: «черты нового человека». Это был тот самый новый человек коммунистического общества, создание которого явилось главной задачей и конечной целью революции.

С каждым годом Фёдор Фёдорович встречал всё больше этих новых людей.

Множество мучительных, тяготящих человеческую душу чувств, которые когда-то ему пришлось переламывать в себе, так же как другим, даже самым лучшим людям его поколения, просто не существовало для этой молодёжи, рождённой после революции, — они давно стали для неё лишь условными наименованиями.

Зато они росли, обладая совершенно новыми чувствами и понятиями, которые были для них так же органичны и необходимы, как кровь, текущая в их жилах. И нарушить эти чувства и понятия, так же, как и остановить движение крови, могла только смерть.

В них жили непобедимая вера в счастье труда, в человеческую силу и дружбу и — самое главное — цельная, гордая любовь к Родине.

Любовь к Родине, вера в её справедливость и могущество были для этих новых людей самым главным, непоколебимым личным чувством, и процветание Родины и движение её вперёд для них значили гораздо больше, нежели собственная жизнь. Это было понятно. Только счастье Родины определяло и решало их личное счастье.

Два года назад профессор Лопатин был в составе делегации, посетившей страны народной демократии. Тогда он вдруг особенно явственно понял, каких людей вырастила советская власть за тридцать лет. Он мысленно вернулся к своей молодости, к трудным годам, полным бурных столкновений, борьбы, ломки того, что когда-то казалось незыблемым, и создания того, что порой казалось несбыточным.

Дома он смотрел на молодых любящими, но требовательными глазами воспитателя. А здесь он полюбил их ещё сильнее, заразившись восхищением и удивлением людей, которые, только что шагнув из прошлого, воочию увидели своё будущее. Да, будущее уже существовало, протягивало к ним руки, поддерживало их, миллионы счастливых, свободных, новых людей. И, вернувшись из поездки, профессор Лопатин ещё больше сдружился со студентами, ещё чаще стал приходить на комсомольские собрания, ещё строже спрашивал на экзаменах. Теперь он всегда помнил и о тех, которые начали жить заново, учась у советских людей.

В тот горький вечер, когда Лопатин узнал о бегстве Белевского, он не смог объяснить Громаде, почему так тяжело перенёс это известие. Он знал, что наши-то люди уже достаточно сильны для того, чтобы разобраться в Белевском, в том, что пряталось в потайных уголках его души. Но он был в ответе за Белевского ещё и перед теми, для которых слова «советский студент», «комсомолец» значили: новый, безупречный человек, примеру которого надо следовать во всём, всегда.

Больше всего, конечно, здесь биологов, что для колхоза вполне закономерно, — снова вывел его из раздумья однотонный голос Коренева. — Но вот здесь, в соседнем селе, я обнаружил, знаете, кого? Поэтессу, заочницу литинститута. Что с ней делать прикажете?

— А вы с Юрой поговорите, — посоветовала Варя, — он и стихи пишет и в литинститут на вечера ходит.

Коренев возразил:

— Я тоже думал — к Дождикову. Но я, видите ли, считаю, что должен согласовать с комсоргом. А Люба говорит, что на Дождикова опираться нельзя — подведёт.

— Она хорошенькая, ваша поэтесса? — неожиданно спросила Варя.

— Право, не знаю, — удивился Коренев.

Варя рассмеялась.

— Всё равно. Так ему Любушка и позволит с поэтессами дружбу водить! Да вы не беспокойтесь. Она всё сама наладит...

— Ну, тогда хорошо, — успокоился Коренев, — а то я, знаете ли, как-то растерялся. — Коренев на ходу снял очки, протёр их, снова надел. — Я ещё тут в один колхоз забегу. — И он свернул на боковую тропинку.

— О чём у вас речь шла? — полюбопытствовал Фёдор Фёдорович. И услышал в ответ крайне интересную историю.

Коренева включили в бригаду, которая работала в колхозе. Сначала он отказался. Воздействовать на него было трудно: он не только в комсомоле не состоял, но даже не член профсоюза. Однако с ним поговорил Орехов, и, как выразилась Варя, стремясь под официальной формулировкой скрыть своё восхищение Никитой, в Кореневе проснулось общественное сознание. Он не только работал в колхозе, и, кстати, ничуть не хуже других, но даже поднял очень большое дело, целое движение — дружбу очников с заочниками. Выяснилось, что в «Ручьях» и соседних колхозах есть заочники — инженеры, географы, педагоги. И Коренев взялся наладить их переписку с лучшими студентами тех же факультетов московских вузов. И вот обнаружилась даже поэтесса. Варя снова рассмеялась.

Фёдор Фёдорович вдруг вспомнил, как Коренев снимал и на ходу протирал очки. Совсем ещё мальчик, но, видимо, очень близорук. Это грустно, когда человек так привычно, словно с частью самого себя, обращается с очками. Очень грустно. Фёдору Фёдоровичу стало жалко Коренева. Но тут же он понял, что дело не в этом. Ему не жалко Коренева, а стыдно перед ним. Как же это он не разглядел его, ошибся? Всё, чем богата Варя, есть и в Кореневе. Просто проявилось в ней быстрее, а в нём медленнее. Но семена в его душе посеяны те же. И всходы уже есть. И вырастут как надо. Уже растут. Нужно только беречь эти всходы, ухаживать за ними, пропалывать.

Когда они пришли на биостанцию, концерт был в полном разгаре. Любушка кинулась к Варе и немедленно потащила её переодеваться. Фёдор Фёдорович остался в толпе студентов подле самодельной, воздвигнутой среди берёз эстрады. Спустя несколько минут на сцене появились Марина и Варя.

Варя была в длинном платье с открытым воротом, и её тонкая шея казалась ещё тоньше. Нелепые завитые рожки делали её смешной и не похожей на себя. Но едва она запела, сразу перестала быть смешной, похорошела, откинула голову и вольным движением расправила плечи. Голос у неё был глубокий, сильный — трудно было поверить, что это поёт хрупкая, тихая Варя.

Упали первые капли, потом сразу хлынул сильный, порывистый, косой дождь. Но Варя и Марина, спрятавшись под большой берёзой, продолжали петь. И голоса их взлетали всё выше, как два жаворонка весной.

Их слушали не шевелясь.

Дождь шёл, но концерт продолжался. Состоялся и бал. Девушки накинули целлофановые плащи — красные, зелёные, голубые, и мокрые плащи, вспыхивая под неярким светом фонарей, закружились между берёзами.

ГЛАВА ВОСЕМНАДЦАТАЯ

Во время бала Никита сидел на крыльце столовой, прикрывшись дождевиком, и глядел, как танцуют. К нему подошла Алла.

— Здравствуй, Никита!

— Здравствуй, Алла!

— Что же ты не приглашаешь меня сесть?

— Садись…

Напрасно прождав Никиту у гнёзда пеночки, Алла действительно впервые в своей жизни всю ночь не сомкнула глаз. Что случилось? Почему не пришёл Никита? Верный, покорный, влюблённый Никита, который хочет на ней жениться? Сейчас это уже не казалось ей смешным.

Когда Никита встречался с её приятелями, Алла порой стеснялась его простой куртки, резких и слишком прямых ответов на бойкие остроты её приятелей. И она старалась дать им понять, что относится к Никите с симпатией, но не всерьёз. Он об этом, конечно, не догадывался, но сказал как-то: «Когда у тебя гости, ты меня не зови».

Никита любил рассказывать ей о Чувашии. Алла понимала, что отцу, наверное, было бы интересно, но

Алле делалось скучно. Он говорил, что они в их колхозе только недавно построили электростанцию. Тоска какая: без света, темно, тихо. Но Никита говорит — хорошо. Вообще Никита во всём не похож на других. Музыку слушает внимательно, волнуется, но судит о ней непривычно: «Слушай, Аллочка, как ручей бежит», или: «А это про человека, который совсем один...» В общем, всё это было забавно, но Алла боялась, что услышат соседи. Её смущало, когда Никита в Третьяковской галерее тянул её за руку: «Смотри, смотри, как хорошо!» А это была просто картина Левитана: лес, ручей, мостик, ничего особенного, и все её знают. Но зато как Никита слушал Аллу! Благоговейно. Алла любила, когда её слушали благоговейно. Алла уже привыкла к тому, что она особенная, приятно быть особенной. Правда, иногда Никита говорил: «А по-моему, это не так».

И сквозь эти воспоминания, которые до сих пор казались ей смешными, а сейчас вдруг стали необходимыми, приходила одна главная мысль: «Никита не пришёл». А она хотела, чтобы он пришёл. Что-то случилось с ним, внутри него. Он раздумал. Никита — красивый, умница, талантливый, учёный. Почему он не пришёл, почему? Это случайность — его задержал Фёдор Фёдорович, или он раздумал жениться?

Рядом пошевелилась во сне Варя. Чего она так сегодня взвилась? И плакала потом, кажется. Алла ничего дурного не сделала — посоветовалась с подругами, вот и всё. Просто за Варей никто не ухаживает. А она была бы хорошенькая, конечно, если её одеть как следует.

Никита! Большой, надёжный Никита! И вдруг Алла поняла совершенно отчётливо: она хочет выйти за него замуж, ей хорошо с ним. Ей интересно с ним. Она вспомнила его дрогнувший рот и доверчивые глаза, когда он поцеловал её. «...Чтобы милые твои глаза всегда были весёлые», — написал он ей. Алла вытащила из-под подушки письмо, зажгла фонарик и перечитала письмо. Слова были нежные, верные, как открытый взгляд, тёплые, как солнечный луч. «Отец согласен». Наверное, Никита написал отцу. Отцу Никита понравится. Конечно, понравится, это ясно.

«Чтобы глаза твои ясные…» Нет, нет, это ошибка, недоразумение. Всё будет по-прежнему, так и быть, она сделает всё, что он хочет: она не будет опаздывать на дежурства, будет заниматься больше. Он ей сказал однажды: «Реснички твои, наверное, пушистые, а ты их сделала липкими». Ладно, она не будет больше красить ресницы, они и так чёрные. Она станет такая же, как все, чтобы девчонки не завидовали, а Никита не ворчал. Завтра же вечером они встретятся у гнёзда пеночки, и Никита скажет ей: «Глаза твои милые и ресницы пушистые». Она влюблена в Никиту. Вот. Она выйдет за него замуж. Никита привыкнет к московской жизни, станет остроумным, выучится танцевать, будет говорить про музыку так, как говорят все. Вообще перестанет быть чудаком. А летом она даже поедет с ним в Чувашию, к его отцу. Почему бы не поехать? Сошьёт себе сарафан, будет загорать, купаться. Они с Никитой пойдут гулять в лес. Никита будет что-нибудь рассказывать — гудеть. У него голос низкий-низкий — гудит. Милый Никита!

Алле хотелось бы до утра вспоминать о нём. Что говорил Никита, когда улыбнулся ей? И вдруг она сообразила, что до сих пор чаще всего думала не о самом Никите, а об отношении к нему людей, которые окружали его и её.

А сама? Она сама? За что она привязалась к нему? Почему постоянно хочет его видеть? Почему каждый раз после встречи с ним она чувствовала себя умнее, лучше, интереснее? Не потому ли, что Никита был уверен в том, что она действительно такая, и любил в ней другую, придуманную им Аллу Иртышову, совсем не похожую на настоящую. Но любил так сильно и убеждённо, что при нём она невольно старалась быть на неё похожей.

Почему вчера во время занятий он назвал её Шурочкой? Новое ласковое имя, тёплое, как меховая варежка. Шура Иртышова, та, другая девушка, которую он любил, на которую она не похожа.

Почему в её ушах звенит столько голосов, столько чужих слов, когда она хочет слышать только его голос и понимать только его слова? Впервые в жизни Алле было страшно и трудно. Но она верила в себя, в свою власть над Никитой, в его любовь.

На другой день Никита не подошёл к ней. Вечером она сама разыскала его и спросила:

— Что случилось?

— Ничего не случилось, — ответил Никита и отвёл глаза. — Просто я думал и понял: ты меня не любишь. Мы разные люди, Алла.

Он говорил, как человек, который очень долго шёл по морозу. Озяб так, что онемели от холода губы. Разные люди? Они всегда были разные, но ведь он же любил её.

— Ты меня разлюбил? — тихо спросила Алла.

— Ещё нет, но я тебя обязательно разлюблю.

У него был жёсткий рот, измученные глаза. Он ушёл.

И вот сейчас, на балу, Алла снова подошла к нему. Села рядом. Ей бы только поговорить с ним! Она уверена, что, если ей удастся поговорить с ним, всё станет по-прежнему.

— У меня к тебе большая просьба, Никита.

— Пожалуйста, — вежливо сказал он, глядя прямо перед собой.

— Я завтра в город собираюсь. А за мной не пришлют машину.

— Да, за тобой не пришлют машину, — почему-то уверенно сказал Никита.

— А я тут навезла для девочек книг. Мне надо завтра обязательно их отвезти в город. Книги тяжёлые. Ты не поможешь мне донести чемодан до станции? А в Москве у вокзала я могу даже взять такси, чтобы не утруждать тебя.

— Пожалуйста, — сказал Никита, — я помогу тебе донести книги до станции.

Весь вечер потом Никита слышал её смех. Она смеялась звонко, беспечно. Танцевала под своим развевающимся плащом, пела вместе со всеми. На душе у неё было легко. Длинный путь до станции, говорят, целых двадцать километров. Они будут идти и разговаривать. В чемодан она положит две-три книги. Зачем Никите тащить тяжёлый чемодан? Он устанет и будет слушать её невнимательно. А ей нужно, чтобы он слушал её очень внимательно. Уходя с биостанции, она забудет плащ, и Никите придётся укрыть её своим широким зелёным дождевиком. И, когда они пойдут лесом, он заглянет ей в глаза, как прежде: доверчиво, вопросительно и нежно. Всё будет хорошо. Алла запела ещё громче, так, чтобы её голос заглушил все голоса. Она пела, и голос её смеялся. Никита встал и ушёл к реке.

Он надеялся, что на берегу никого нет. Но оказалось, что там ещё больше народу, чем на площадке и в столовой. Из-под густой ивы, склонившейся над самой водой, неслись два девичьих голоса — это спрятались от всё ещё моросящего дождя Марина и Варя. Они никак не могли угомониться — так славно им пелось сегодня, и над водой песни их звучали ещё лучше. Никита постоял, послушал, огляделся, привыкая к темноте. Потом пошёл дальше. Марина и Варя допели «Среди долины ровные…».

— А эту песню профессор Московского университета Мерзляков написал, знаешь? — почему-то прошептала Марина. — И ещё одну интересную вещь я недавно узнала. В антропологическом музее есть одно окно. Приедем в город, покажу. Там всегда Лермонтов стихи писал. Сидел на подоконнике и писал. Ты только подумай! Лермонтов!

— Это окно надо Юрке показать, — засмеялась Варя. — Может, поможет.

— Болтун он и лентяй.

— А Иван Остапович говорит: «Молод ещё, образуется». И мне сказал: «Ты, Варя, несмышлёныш». А про тебя не говорил.

— Уехал Иван Остапович. Опять в город, — не совсем по существу заметила Марина.

— Он только вчера уехал, — тоже шёпотом сказала Варя. Нельзя было говорить громко, всё таинственно вокруг: чёрная вода, листва.

— Разве вчера? А мне показалось, что дня два назад…

— Нет, вчера. — Варя замолчала. Молчала и Марина.

Молчите, девушки! Молчите, милые! Счастья ещё нет. Есть только робкое, настороженное ожидание его. И страх: а вдруг его никогда не будет, счастья? Горит первый робкий огонёк, греет. Молчите! Так легко спугнуть, погасить его неосторожным словом, нескромной насмешкой. Молчите! Обе вы гордые! Что же делать? Так и живи… От взгляда до взгляда. От улыбки до улыбки. От встречи до встречи. А в промежутках зябни, красней, молчи, хмурься. Ничего не поделаешь. Гордая!

Дождь кончился, но, видно, ненадолго, так как небо всё ещё оставалось тёмным. Сильнее запахло мокрой травой. Стало очень тихо. Только изредка падали дождевые капли с деревьев.

Никита почти наткнулся на Любушку и Юру. Они шли, ничего не замечая. Любушка подле Юры казалась особенно маленькой — тихая, не похожая на себя. Никита досадливо повернулся и отправился в барак.

Так и есть! Юра гуляет, а птенцы голодные. И окно настежь. Никита бросился к птенцам: все живы! Просто чудо, что их не съел кот. Никита принялся кормить птенцов. В это время в барак вбежал Юра.

— Кормишь? Вот спасибо. А у меня папиросы кончились.

— Голодают у тебя птенцы, — сердито сказал Никита. Почему-то сегодня Юра его особенно раздражал. — Не надо было браться. Делаешь такую важную работу!

Юра фыркнул.

— Не понимаю, чего вам надо? За две недели в первый раз вышел. Целые дни меряю, взвешиваю, рисую. Мне Вера Васильевна сто заданий дала. Кормить — ещё так-сяк, но непрерывно считать миллиграммы и миллиметры — этого бы никто не выдержал. И зачем это нужно, не понимаю.

Никита усмехнулся. Он нарочно усмехнулся так, чтобы Юре было неудобно уйти. Погулял — и хватит.

— А тебе известно, что мы занимаемся опытами по переселению птиц?

— Ну? — Юра тоскливо вздохнул.

— Так вот, работа твоя необходима. Будем перевозить птенцов. И ты пойми, как важно знать, какой уход нужен птенцу, как он должен нормально развиваться. У нас эта работа запланирована, твой доклад намечен. Тебе дают возможность человеком стать, а ты дурака валяешь. Смотри, отнимем птенцов. Охотники найдутся.

Юра расстроенно молчал.

Никита решил подбодрить его:

— И главное, немного осталось, ведь большие уже.

— Летают, честное слово! — обрадованно подхватил Юра. — Гляди! — Он бросился к клетке, в которую теперь переселились птенцы, выхватил одного из них и осторожно подбросил над койкой. Жаворонок храбро замахал крыльями, но сразу же устал и сел на Юрину ладонь. Впрочем, он был очень доволен собой, гордо поглядел на Никиту и стал старательно выклёвывать что-то невидимое из Юриной ладони. Никита протянул ему кузнечика. Жаворонок хотел было клюнуть, но вовремя спохватился: зачем клевать самому? Птенец затянул глаза плёнкой и пошире открыл рот перед кузнечиком, требуя, чтобы тот сам полез в глотку.

— Вот балованный! — засмеялся Никита. — Взрослая птица, а всё ждёт, что его, как голенького птенчика, будут кормить. Ты их когда в последний раз взвешивал?

— Вчера… — Юра всунул птенца обратно в клетку и выскользнул из барака.

Вконец рассерженный, Никита дёрнул было ящик, где хранились весы и разновесы, но он оказался запертым. Никита лёг на койку, закинув руки за голову. Он был огорчён, что его гневная речь не произвела никакого впечатления на Юру.

Опять помчался объясняться в любви! Какой он счастливый, Юрка! Всё у него в жизни получается легко и просто. А может быть, потому что он ещё никогда не любил по-настоящему?

Заскрипела дверь.

— Входи, входи, — послышался Юрин голос.

Никита даже не поднял головы: ему не хотелось разговаривать.

— Спит, — прошептала Любушка.

— Ты не обижайся, — говорил между тем Юра. — Ты пойми, мой доклад стоит на кружке зоологии. Без этой работы бригада не сможет продолжать опыты по переселению птиц. Я буду взвешивать, а ты записывай. Только смотри не ошибись. Хорошо?

— Хорошо, — послушно прошептала Любушка.

Никита так и не заметил, как задремал под их дружный шёпот, и проснулся только тогда, когда Любушка ушла, а в барак ввалилась шумная толпа охрипших от пения и смеха студентов.

Утром Никита зашёл за Аллой точно в назначенный час, взял чемодан и сказал: «Не забудь плащ, дождь сильный». Они молча дошли до ворот биостанции. Ничего, что молча. Впереди ещё все двадцать километров. Алла спешила, ей не хотелось, чтобы кто-нибудь нагнал их.

У ворот биостанции стоял «ЗИЛ». Он стерёг Аллу. Он был слишком широк для узкой просёлочной дороги и стоял поперёк, перегораживая её. Мама открыла дверцу:

— Скорей, девочка, промокнешь!

— Я не поеду, — отчаянно сказала Алла, — я не поеду, мама! Я пойду пешком со всеми. Мамочка, пожалуйста!

Никита с чемоданом молча стоял около машины.

— Ты сошла с ума, Алла, ты простудишься. Никита, уговорите же её!

Никита сказал спокойно:

— Поезжай, Алла. Ты обязательно простудишься с непривычки.

— Я не поеду, — повторила Алла.

— Алла! Ты хочешь, чтобы у меня был сердечный припадок?

— Садитесь, Алла Александровна, — сказал шофёр сердито, — у меня и так неприятности будут. Александр Семёнович накрепко заказал: «Машину дочери не подавать». А вот Клавдия Николаевна уговорила. Только из-за дождя согласился. Александр Семёнович сегодня из Ленинграда приедет, узнает… Садитесь скорей!

Алла неохотно взялась за ручку дверцы.

— Может быть, ты поедешь с нами хотя бы до станции, Никита?

— Спасибо, — вежливо сказал Никита, — что я, больной? — и сунул чемодан на сиденье рядом с шофёром.

Дверца захлопнулась. Машина медленно тронулась с места. Шофёр вёл её осторожно — дорога очень плохая. Алла встала коленками на сиденье и прильнула лицом к окну. По стеклу бежали капли — крупные, неудержимые.

— Такой ливень! — сказала мама.

Сквозь заплаканное стекло Алла увидела, как из ворот биостанции вышла Варя. Варя шла одна, опустив голову, тихо, в руках у неё был маленький портфель. Никита оглянулся и подождал, пока Варя дойдёт до него. Потом взял у неё из рук портфель и что-то сказал, наверное, насчёт того, что плащ у Вари уже стал промокать, потому что дотронулся до этого старенького, кое-где порванного плаща. Потом Никита развернул свой дождевик и укрыл им Варю.

Машина выехала на хорошую дорогу и понеслась. Дождь скрёб по стеклу, и свистел ветер. Алла уже не видела Никиты и Вари.

Они шли не спеша. Под дождевиком было чуть теплее, перед глазами — сетка дождя. Никита держал Варю под руку. Другой рукой он придерживал край плаща и портфель. Варя тоже удерживала край дождевика, который относило ветром. Она испуганно смотрела вверх, вбок, на строгий профиль Никиты. Он сказал ей:

— Лезь-ка под дождевик, твой никуда не годится. Тоненькая ты очень. Простудишься.

Дождь лил как из ведра. А впереди было ещё двадцать километров…

На биостанции было непривычно тихо. Выходной день.

Тёмная фигура неслышно, стараясь не попасть в полосу света, пробралась к окну Лопатина.

Фёдор Фёдорович писал. Рука летела над бумагой, едва поспевая за стремительной, отчётливо ясной мыслью. Чудесно было в эту минуту лицо профессора Лопатина.

Громада попятился от окна: «Потом скажу. Сейчас ни за что», — увидев это лицо, решил он.

— Кто там? — Фёдор Фёдорович высунулся из окна, вгляделся в темноту.

— Я это, — неохотно отозвался Громада.

— Идите скорей, Иван Остапович! Я вам сейчас одну главу прочту. Из своего исследования по акклиматизации соболей. Новую. Хотите? Да что с вами? Вы на себя не похожи…

— Дурные вести. Видно, такая моя судьба — приносить вам дурные вести.

— Дурные… — машинально повторил Лопатин.

— Нелепые, дурацкие.

— Говорите… — Лопатин опустился на стул.

Громада колебался. Наконец решился.

— Вы освобождены от работы, Фёдор Фёдорович.

— Что?

Семь лет назад Громада в первый раз прыгнул с парашютом затяжным прыжком. Особая плотная тишина долго переплеталась с нарастающим воем ветра. Очень долго.

— Не беспокойтесь, — наконец услышал он голос Лопатина.

Громада снова начал дышать.

— А я и не беспокоюсь, — храбро возразил он. — Если бы я беспокоился, вы что бы сказали? «Иван, я тебя зачем в ученики брал?»

— Когда это произошло? — не отвечая, спросил Лопатин.

— Сегодня. Приказ. И уже объявлен конкурс на замещение вашей должности.

— Основание?

— Сколько угодно… Тьма-тьмущая оснований, — невесело усмехнулся Громада. — Вы создали на факультете нездоровую обстановку — раз. Задача учёных — сплотиться, а вы сеете раздор. Вы травите передовых учёных и безответственно клевещете на них — два.

— На Хруста?

— В частности. Ваша кафедра, разменявшись на мелкие практические задачи, оставила в стороне кардинальные проблемы советской науки — три.

— Одним словом, мешаю? — голос Лопатина снова зазвучал спокойно, полно, даже весело. Нет, не весело — насмешливо.

— Мешаете, — обрадовался Громада. — Ещё как мешаете!

— Иван Остапович! А в сущности, ведь это просто отлично, что я мешаю до такой степени, а?

— Я думаю… А знаете, — похвастался Громада, — я тоже. Не так, как вы, конечно, немножко, но мешаю.

— А с вами что сделали?

— Выговор объявили. Строгий. С предупреждением.

— А ваши грехи как сформулированы?

— «Товарищ Громада, пользуясь своим влиянием секретаря партийной организации курса, ложно ориентировал студенческую массу».

— Ну что ж, — задумчиво сказал Лопатин. — Драться придётся. А пока уж прошу, Иван Остапович, не обижайтесь. Один посижу… — Громада уходил медленно, неохотно и то и дело оглядывался на окно. Лопатин сидел, положив тяжёлую старую голову на руки, и под неярким огнём лампочки пусто отсвечивали белые страницы неоконченной рукописи о соболях.

На другой день Фёдор Фёдорович и Громада уехали в город.

ГЛАВА ДЕВЯТНАДЦАТАЯ

Не успели лисята вцепиться в полёвку, принесённую им матерью, как Никита коршуном набросился на них и вырвал добычу. Двое лисят, испуганно вильнув хвостами, мгновенно исчезли в норе, а третий, самый большой и храбрый — Варин любимец, отбежал в сторону, прижался к земле, припал на передние лапки, высоко поднял худую ещё спинку, закрутил хвостом и сердито закашлял на Никиту. Но Никита преспокойно положил на пенёк задушенную полёвку и начал, не торопясь, зарисовывать и промерять её. Это было выше Вариных сил.

— Как ты мог?.. Они есть хотят! А ты…

Отрывистые Варины выкрики очень походили на сердитый кашель лисёнка, который кружил по поляне, вынюхивая, куда же исчезла вкусно пахнувшая еда.

Никита и бровью не повёл. Не спеша, со вкусом он зарисовал полёвку со спинки, перевернул и начал зарисовывать брюшко. Варя беспомощно глядела на его склонённую голову.

— Этот мыш редкий, — пояснил Никита, не спеша растушёвывая мышиную лапу. — Он в этих местах встречается не часто.

— Мышь — она, — вежливо поправила Варя.

— Она — это домовая. Маленькая, — невозмутимо возразил Никита. — А полевая — он. Мыш. Конечно, не считая мыши-малютки.

Варя покорно кивнула.

Никита вскрыл жертву, сунул желудок в пробирку со спиртом и протянул ободранную полёвку Варе.

— На. Отдай. Они меня не знают.

Варя положила полёвку у самого входа в нору. Ждать пришлось недолго: высунулась острая мордочка, и чёрный нос насторожённо задёргался. Но тут же лисёнок отпрянул от полёвки и исчез в норе.

— Так и знала! — огорчилась Варя. — Испортил! Станут они есть, когда она не тем пахнет.

— Чем же она пахнет, Варечка? Ничем особенным! — Никита опасливо покосился на Варю. В самом деле, нескладно получилось.

— Чем? И ты ещё спрашиваешь? Скальпелем твоим пахнет. Руками неизвестного человека.

В это время полёвка медленно сползла в нору, — вероятно, её потянули за лапу. Немного спустя лисята, облизываясь, появились на полянке. Никита облегчённо вздохнул...

Это происходило у той норы, где вместе жили лисицы и барсуки. Лисицы и барсуки уже подросли, но не стали ссориться, как опасалась Варя, а, наоборот, подружились. Матери из уважения к дружбе детей пытались поддерживать добрососедские отношения. Они чинно усаживались по обе стороны норы, приглядывая за детьми.

Правда, лиса на барсучиху даже не смотрела. Тощая, с узкой усталой мордой, она самодовольно щурила глаза, следя за своими резвыми детьми.

Барсучиха была более добродушна и миролюбива. Забыв все нанесённые ей обиды, она сонными глазами оглядывала и лису, и лисят, и своих детей, которые ей чрезвычайно нравились. Круглые, с жирными складками на шеях, обросшие жёсткой щетинкой, сквозь которую просвечивала розовая кожица, они весело кувыркались, толкали лисят похожими на поросячьи мордами и, как могли, оборонялись от них. Лисята, стройные, прыткие, на тонких ножках, наскакивали на своих неповоротливых соседей то спереди, то сзади, то сбоку, пытаясь их тяпнуть, дёрнуть, раздразнить, и никак не могли вывести барсучат из терпения.

Варе хотелось бы каждый день навещать эту тёплую компанию, но времени не хватало. Она нашла ещё одну нору, неизвестную даже Фёдору Фёдоровичу, в которой были ещё совсем маленькие детёныши. Варя с самого начала подкармливала их, они привыкли к ней. Вскоре можно было рассматривать их, зарисовывать, наблюдать, как развиваются зубы. Кроме того, Варя взвешивала лисят раз в два дня.

В прошлое воскресенье, когда они вместе шли на вокзал, Варя рассказала Никите о лисятах, и теперь он помогал ей — носил весы. Весы были большие, тяжёлые; нора далеко, километра за четыре. Конечно, Варя ни о чём не просила Никиту, сам предложил. Кроме того, он раздобыл ей дождевик и резиновые сапоги. Сапоги были намного больше Вариной ноги и существовали сами по себе. Когда Варя хотела идти прямо, сапоги самостоятельно сворачивали вбок.

Никита помогал ей взвешивать лисят. Лисята не хотели лежать на чашке, сползали, пытались улизнуть, Никита и Варя осторожно клали их обратно, и оба смеялись.

В этот день на обратном пути они зашли в гости к лисятам и барсукам. Домой идти не хотелось. Дожди кончились. Всё было особенно свежее, чистое, душистое.

Утром, когда они уходили, трава была ещё мокрая, земля холодная. Сейчас земля уже согрелась, трава подсохла. И Варя, сняв сапоги, шла с удовольствием, свободно ступая босыми маленькими ногами. Куда хочешь, туда и иди!

Вдруг Варины глаза сразу потемнели, она остановилась, напряжённая, как струна, — тронь, зазвенит!

Мимо них шёл Белевский в очень нарядном костюме, на шее — галстук-бабочка. Бабочка была не настоящая — сплошное враньё, синяя с жёлтыми горохами. Таких на самом деле не бывает. Варя бросилась к Белевскому наперерез и преградила путь нахальным жёлтым горохам. Никите показалось, что она не пробежала, а перелетела расстояние от него до Белевского. Дорога, на которой они встретились, была широка. Во время войны по ней прошли многие сотни танков. Её так и называли — «танковая дорога». Варя, очень тоненькая, но ясно — её нельзя обойти, оттолкнуть, отодвинуть, она загораживает всю эту широкую победную дорогу.

— Вы куда? — строго спросила Варя.

Белевский, наверное, был просто глуп. Он осмелился улыбнуться.

— На биостанцию.

— Зачем?

Белевский пожал плечами.

— Мне нужен Лопатин.

— Для чего?

На этот раз и улыбнувшись и снова пожав плечами, Белевский вызывающе пошёл было мимо Вари.

— Я дежурная, — резко и спокойно сказала она.

Белевский засмеялся. Никита поморщился. Он не любил, когда смеются люди, которым не хочется смеяться.

— Профессора Лопатина на биостанции нет. А если он и приехал, то вы его зря не тревожьте (Варя всегда говорила: Фёдор Фёдорович), — прозвучал холодный, металлический голос.

Когда Никита у себя в колхозе возвращался домой поздно, щеколда открывалась с трудом. Железо обмерзало, покрывалось инеем, жгло руки. Трудно было открыть щеколду, чтобы попасть в тепло родного дома, и, наверное, если бы эта щеколда разговаривала, у неё был бы точно такой голос, как тот, который сейчас сказал: «А я вас к нему не пущу».

Оттого, что человек, на котором был надет нарядный костюм, растерялся, пиджак сморщился и плечи поникли. Жалкие жёлтые горохи разом поблёкли от зелёной, яркой, настоящей листвы и, как жуки, проползли мимо Никиты.

Белевский сел на обочине дороги. Он никак не мог понять, что произошло. Почему он отступил? Уже давно исчезли из виду Варя и Никита. Затем прошла Марина. При виде Белевского она даже не нахмурилась. Не пожелала его заметить. Равнодушно пронесла мимо него свою гордую красоту.

Белевский знал: те, кто идёт сейчас не торопясь, и разговаривает, и думает о своём, — это лучшие. До конца практики осталось несколько дней, а они сдали все зачёты, выполнили все задания. Те, кто поленивей, сейчас чертят карты, зубрят по ночам гербарий и в творческих муках сразу за полтора месяца сочиняют дневники, которые должны были вести ежедневно.

Мимо него шли лучшие из рядовых. Его товарищи. Те, о которых он забыл.

Белевский старался дружить с профессорами, ладить с деканатом, не портить отношений с комсоргом. Он не видел в этом ничего дурного. Он много работал и боялся, что ему помешают выдвинуться. Ему показалось, что Лопатин не сможет защитить его, испортит его будущее. А у него только одна жизнь. Он талантлив. Он спешит. Об этих людях — своих товарищах — он просто забыл. И вот они встали стеной между ним и его будущим. Он потерял их доверие. Они проходили мимо него один за другим, знакомой ему дорогой, по которой он сам ходил десятки раз. Ещё так недавно он был здесь. Никита при встрече бросался к нему, рассказывал о последних новостях. Варя смотрела на него с уважительным любопытством. Приходила Марина, хмуря пушистые брови, рассказывала о птенцах. Он был здесь с ними, и ему Фёдор Фёдорович поручил новое интересное дело. Белевский вдруг вспомнил, что, уезжая с биостанции, увёз с собой карты расположения гнёзд. Неужели им пришлось делать всю работу заново?

Никита, увидев Белевского, действительно прежде всего подумал о картах. И первым его движением было подойти к Белевскому и спросить об этих картах, но тут же Никита вспомнил, что они с Громадой уже обошли все гнёзда и карты восстановлены. Марина вычертила их ещё лучше прежних.

Дела в бригаде шли отлично. Не прерывая работы у Шарова, Никита всё-таки занимался и птенцами, и на днях они с Громадой проделали новый интересный опыт. Белевскому об этом знать не нужно, а вот Варе, наверное, интересно.

— А мы, знаешь, с Иваном какую штуку проделали? — повернулся он к Варе. — Взяли гнездо в дуплянке, закрыли вход в гнездо и перенесли всю дуплянку целиком за семь километров.

— Чьё гнездо?

— Мухоловки пёстрой.

— Ну? — Варя даже остановилась.

— И вот, понимаешь, самец вернулся на старое место, а самка осталась! Уж мы так волновались!.. Каждый раз бегу к гнезду, боюсь, мёртвых птенцов найду. Вдруг бросила? Подхожу — живые! Тёпленькие, весёлые растут, и мать тут как тут. А отец на старом месте оказался.

— Как же вы их отличаете? У мухоловки ведь трудно…

— А мы думцу одно перо на крыле выкрасили анилиновой краской. Не спутаем.

— Значит, можно перенести гнездо?

— Понимаешь, Варя, можно! Конечно, это пока единичный случай. И Шаров, и студенты — Коренев, Любушка и другие — считают, что вообще нельзя. А оказывается, зря они говорят. Можно. Взять дупло с самыми ценными лесными птицами в самолёт — и на лесополосы. Скорее бы Фёдор Фёдорович приезжал. Так хочется ему рассказать!..

Никита осёкся. Он поймал себя на том, что голос у него слишком взволнованный и говорит он уже не о фактах, а о переживаниях. Он смутился и опасливо покосился на Варю. Но Варя подтвердила:

— Да, ужасно как тут без Фёдора Фёдоровича трудно! И у меня тоже новости есть. А он уехал, четыре дня прошло, и всё не возвращается. Раз Белевский сюда за ним приехал, значит его и в университете нет.

— Не заболел ли? — встревожился Никита. И тут же решил про себя: будь что будет, а он сегодня же вечером удерёт в Москву и обязательно узнает, что с Лопатиным. Невозможно же так, в самом деле: четыре дня не видеть его и даже не знать, где он и что с ним.

Варя тоже озабоченно молчала. На днях она спросила Громаду, не знает ли он, что с Фёдором Фёдоровичем. Тот ответил неопределённо: мол, беспокоиться нечего, уехал в Москву по делам. Но Варю почему-то охватили недобрые предчувствия. Обоим взгрустнулось.

Действительно, дни были какие-то длинные, непонятные. Шаров тоже уехал в город, и жена его — их домик опустел. Аркашка перебрался в барак. Фёдор Фёдорович исчез. И вот сейчас почему-то появился Белевский.

ГЛАВА ДВАДЦАТАЯ

На звонок долго не отвечали. Наконец Лопатин услышал знакомое шарканье туфель. Заплаканная Надюша открыла дверь. Тишина и запах лекарств в передней. Не было слышно ни высокого старческого голоса, ни надтреснутого баса виолончели.

— Он лёг, Федя, — сказала Надюша. — Понимаете, лёг.

Фёдор Фёдорович отступил на шаг. Руки его растерянно опустились. Как он ненавидел сейчас Хруста! Как винил себя! Несколько минут постоял он так в тёмной передней, потом на цыпочках вошёл в кабинет. Шаров лежал на диване. Сложенные руки не сходились на громадном животе. Круглое, белое, как подушка, лицо не повернулось на скрип двери. Фёдор Фёдорович окликнул его. Шаров равнодушно посмотрел на него и снова закрыл глаза. Фёдор Фёдорович сказал ласково:

— Ты чего валяешься? Вставай!

Шаров с трудом повернул голову.

— Уходи, — сказал он тихо. — Уходи совсем.

Голос глухой, совершенно новый и поэтому очень страшный.

Фёдор Фёдорович стоял в дверях и думал: неужели эта сорокалетняя дружба могла оборваться из-за того, что он так резко сказал о работе Шарова?

…Фёдор Фёдорович не знал, что произошло за это время. Он не знал, что Хруст, наконец, дождался той минуты, когда можно было согласовать приказ о его увольнении. Ректор уехал в отпуск, а заместитель ректора — человек новый. Время было удобное и потому, что большей части коллектива факультета в Москве, как всегда летом, не было. Поразмышлявши над своей шахматной доской, Хруст решил, что избавиться от Лопатина можно только в момент его ссоры с Шаровым. Недаром он так тщательно коллекционировал все оттенки их споров и несогласий друг с другом. Фёдор Фёдорович не знал, что тогда ночью Громада пошёл в домик Шарова, разбудил его и безжалостно заявил, что ушёл из лаборатории, потому что его, Шарова, именем всё это время травили профессора Лопатина. А сегодня подписан приказ, который по сути своей был смертным приговором.

Если бы Лопатин знал об этом разговоре, он, может быть, догадался бы, почему Громада и Вера Васильевна всё утро находили для него неотложные вопросы, без решения которых Вера Васильевна никак не могла остаться даже на один день.

А старый толстый Шаров, так и не спавший в ту ночь, протрясся двадцать километров вместе с Надюшей на грузовике, и они уехали самым первым поездом в город, даже раньше студентов. В этот день на факультете и в ректорате увидели человека, которого до сих пор никто и никогда не видел. Фёдор Фёдорович уже не застал приказа — его снимал Хруст. Собственноручно. Хруст, из-за которого на другой день собирали партком.

А Шаров, добравшись до дому, лёг. Его свалила не только физическая усталость, к которой он не привык, не только душевное напряжение, потребовавшее от него всех сил, когда он, всегда до того добрый, лёгкий и улыбчивый, величественно и грозно распахивал двери ректората, парткома, и стоя брезгливо, не глядя на Хруста, высказал ему всё то, что ещё неделю тому назад казалось ему высказать невозможным. Таким его сорок лет назад помнил один Лопатин.

Шаров испытывал сложные чувства: весь сегодняшний день он был таким сильным, каким не был уже много лет.

Теперь наступила усталость. И он боялся, что больше никогда не испытает этого удивительного чувства своей силы. А главное, ему было горько от смешанного ощущения стыда и раскаяния, что за последние годы он потерял локоть Лопатина, сам не замечал того, что где-то и как-то предавал ничтожному карьеристу этого удивительного учёного, учёного нового типа, истинного преобразователя мира.

«Уходи», — сказал он Лопатину потому, что не мог смотреть ему в глаза.

А Лопатин, вместо того чтобы уйти, прочно сел на диван, бесцеремонно облокотившись на усталые ноги Шарова, и закурил.

— Надюша, — сказал он громко, — ваш-то, говорят, сегодня на весь университет дверьми хлопал!

И он вдруг пнул Шарова в бок, как это бывало очень давно, когда они бездомными мальчиками на скамейке в университетском дворе дочитывались до какой-нибудь неожиданной мысли. Так он иногда по утрам будил его у костра где-нибудь в Саянах.

— Надюша, — своим тонким голосом строго сказал Шаров, — туфли…

Первый, кого встретил Фёдор Фёдорович, был крапивник. Он вёл себя странно. Вместо того, чтобы испугаться и улететь, он всячески старался привлечь внимание Фёдора Фёдоровича, перелетал с ветки на ветку, вспархивал из-под самых его ног, что-то покрикивал и дёргал своим перпендикулярным хвостом.

— Слётки, — пробормотал Фёдор Фёдорович.

Действительно, оказались слётки. Отец-крапивник жертвовал жизнью для того, чтобы защитить детей. Он завлекал Фёдора Фёдоровича, уводил его, но тот неумолимо полез в кусты орешника. Крапивник окончательно разволновался. Трогательный, маленький, совершенно беспомощный, он тревожно пищал и шелестел крыльями. Слетков оказалось шесть штук. Они учились летать. По глупости своей они никого не боялись и смотрели на людей весело. Но, услышав предостерегающий голос родителей, стали бочком пробираться на зов.

Дети крапивника очень походили на каштаны — точно такой же величины, цвета. Они во всём подражали отцу: заносчиво вздёргивали редкий хвостик, косили глазом и взлетали широким взмахом крыльев, словно сейчас улетят в поднебесье. Но силёнок не хватало, приходилось застревать на полпути. Впрочем, опускались они на ветку с таким выражением хвоста, словно именно здесь и собирались посидеть и приятно провести время. И клюв открыт тоже вовсе не от усталости — просто захотелось! Родители метались под кустом.

— Ладно, ладно, — добродушно успокоил их Фёдор Фёдорович.

Фёдор Фёдорович так и не успел войти в свой домик. Он уселся на ступеньках, а студенты расположились на траве вокруг него.

Они затормошили его вопросами: что с Шаровым? Отчего уезжал так надолго? И только тут он понял, сколько каждый день слушал вопросов и рассказов потому, что за четыре дня, которые он провёл в Москве, их накопилось на четыре часа. Фёдор Фёдорович, похудевший за эти дни, сидел на ступеньках и всматривался в молодые лица. Они верили ему, он знал это, и поэтому мог говорить им только правду. А ему необходимо было говорить правду обо всём, что он передумал и перечувствовал. Может быть, они, во всяком случае большинство из них, даже не заметили, что происходило за то время, когда ничтожный человек вмешался в дела науки. И он говорил с ними на этот раз не о науке. Он говорил с ними о честности, твёрдости, о самой высокой радости — радоваться удаче своего товарища, гордиться его талантом.

Он говорил с ними о необходимости горячих и упорных споров, но споров о деле, таких спорах, при которых люди берегут и уважают друг друга. Он говорил с болью и горечью, потому что понимал: может быть, самое страшное, что он сделал, это то, что небрежно, наспех, при постороннем человеке, говорил с Шаровым. Ведь он же давно знал о его работе. Он знал веру Шарова в людей, и ему давным-давно надо было следить за теми, кто постепенно окружал этого человека, отгораживал от него, уводил.

Он видел на лицах и понимание и удивление. Он поймал себя на том, что, кажется, впервые в жизни так долго, словно наедине с самим собой, говорит о том, о чём до сих пор не считал нужным говорить. Кто знает, может, не раз уже в своей жизни он проглядел эту угрозу... Почему он считал, что революция начисто уничтожила этих людей — карьеристов, стяжателей, начётчиков и лгунов, людей, которые не только бьются за свою карьеру и попутно выталкивают других, но и берутся учить вот этих, молодых? И он тревожно оглядел все лица: в ком ещё из них сидит маленький Виктор Белевский, в ком Хруст?

Никите казалось, что это именно о нём, о всей его будущей жизни говорит Лопатин. Он не оглядывался на

Аллу, потому что уже где-то, не желая себе признаться в этом, начинал верить тому, что сказал ему Аллин отец: чепуха в голове, тряпки, нахватанные мысли, тщеславие. Но он не судил Аллу. Он судил уже себя. Ведь он тоже верил Белевскому, а он взрослый человек. Он понимал: всё, что произошло между Фёдором Фёдоровичем и Шаровым, не могло бы произойти, если бы оба они меньше верили людям. И в то же время он понимал, что они, так же как и он, всегда будут верить людям, верить в лучшее в них. Не могут иначе. Вдруг он заметил, что Фёдор Фёдорович очень побледнел. Никита понял, что ему надо отдохнуть, отдохнуть сию минуту. Наверное, это же почувствовали и другие потому, что кто-то тихо и словно невзначай сказал:

— А ведь сегодня в «Ручьях» свадьба!

Вот когда весь район понял, наконец, каковы кони в колхозе «Ручьи»!

Дорога от «Ручьёв» в районный центр была прямая, и тройки неслись по ней так, что рожь по краям дороги, как от ветра, расходилась волнами. Кони — сильные, сытые, статные — шли ровно, не сбиваясь с рыси, пригнув к груди гордые головы с прижатыми маленькими ушами. Хвосты, шёлковые, чёсаны, летели по ветру вкось, взвиваясь и полощась. Кони были украшены лентами, и ленты эти тоже взлетали и вились над серыми гривами. Кони не привыкли к лентам — тревожились, нервничали и хорошели ещё больше.

Они влетели в город. Одна тройка… Другая… Третья… Пятая…

На площади уже играл оркестр. Кружились пары. Никто не знал, по какому случаю играет оркестр. Но не всё ли равно почему? Лишь бы играл. И танцевали…

Первая тройка замерла у загса. Кони остановились как вкопанные, горячо дышали, и дрожь пробегала по их гладким, потемневшим от пота спинам.

Оркестр заиграл туш. Первые поднялись на крыльцо Аня и Алёша. Аня видела, как в тумане, коней, ленты, смеющиеся лица, как во сне, слышала музыку.

Она остановилась и, медленно приподняв подол длинного шёлкового голубого платья, стала подниматься по лестнице. Алёша сжал её руку: «Не робей!» Вслед за ними шли Алёшины родители и мать Ани.

Когда все тройки уже подъехали — заняли целую улицу, — появилась Рыбка. В тележке сидели Захар Петрович с женой и Захар Васильевич. Захар Петрович пробовал подгонять Рыбку, но она не желала ускорить шаг и шла позади блистательного поезда не спеша, деловой рысцой, — она лошадь рабочая, она не рысак. Ей за день столько объездить надо… Ей скакать нечего…

Наконец доехали. И Захар Петрович, взяв жену под руку, повёл её на крыльцо, строго оглядывая, всё ли в порядке.

Пока все были здесь, на свадьбе, монтёр Федя устанавливал в комнате молодых громадный приёмник с радиолой — подарок колхоза. На полу постелили ковёр. Ковёр пушистый, весь в маках. Даже в дождь от этого ковра в комнате будет весело, как в солнечный день.

В загсе всё было торжественно, нарядно. Девушка в белой блузке поздравила Аню и Алёшу. Заведующий в чёрном костюме, от которого попахивало нафталином, тоже поздравил Аню и преподнёс ей букет.

С улицы неслась музыка, наполняя комнату, солнце лилось в окна.

Анина мать всхлипывала тихонько: очень уж хорошо выходит замуж дочка!

Потом поехали обратно. Оркестр увезли с собой.

Столы были накрыты в берёзовой роще над рекой. Не было в колхозе такого помещения, чтобы усадить всех гостей. Гости приехали из соседних колхозов, из райцентра, студенты с биостанции… Столы стояли под берёзами, и солнечный свет падал на них сквозь листву, играл на кувшинах с вином, на тарелках, на цветах.

Водки и вина Захар Петрович велел ставить в меру — завтра рабочий день. Гости захмелели чуть-чуть и сами не знали от чего. От вина или от солнечного света и живой, свежей зелени вокруг. Или оттого, что рядом милое лицо? Или от музыки? Или от радости? Или оттого, что

кругом поля шелестят хлебами и свет горит в домах?..
Всё вокруг полно этим хмелем радости. И смех, и песни
звенят, врываясь в берёзовую листву.

Захар Петрович сидит за столом очень важный, тор-
жественный. Фёдор Фёдорович смотрит на председателя. Председатель широкоплечий, в парадном пиджа-
ке. Четыре ордена: два — Трудового Красного Знамени,
два — боевого. В гражданскую войну — первый орден,
в коллективизацию — второй, в Великую Отечествен-
ную войну, когда партизанил, — третий и после войны,
когда за два года председатель поднял на ноги сожжён-
ный колхоз, — четвёртый орден. Четыре награды. Четыре раза народ сказал: «Спасибо тебе, солдат и хлебороб.
Нужно кормить народ — сеешь хлеб, нужно защищать от
врага — воюешь».

А Захар Петрович смотрит на Фёдора Фёдоровича...
Большой учёный. Родной человек. Тоже воин...

Когда стемнело, над поляной зажглись цветные фона-
рики. Листва заиграла под разноцветным огнём, и фей-
ерверки рассыпались в небе, по реке медленно поплыли
лодки — гостей катали.

А на поляне танцевали.

Вон кружатся Аня с Алёшей. Кружатся, держатся за
руки, не глядят по сторонам, только в глаза.

Вон кружится Дуся с молодым врачом из районной
больницы. Молодой врач застенчив. Молчит, только
вздыхает: может быть, запыхался?

А вон танцуют Марина с Громадой. Громада танцу-
ет, молодцевато расправив плечи, кружит так, что захва-
тывает дух, и быстро мелькают перед глазами белые,
нежно окрашенные разноцветным светом стволы берёз.
А Марина смеётся. Она больше не хмурит брови. Они
разметались, как крылья, над храбрыми серыми глазами. Она улыбается, улыбается, ей не страшно! «Смотри,
Иван, как я улыбаюсь! Гляди, какая у меня коса, какие
глаза, гляди! Пропадай, пропадай — влюбляйся! Дер-
жись, Иван!»

Вот пляшут Степан с Катей. Ой, сибиряк, жить тебе
под Курском!

Музыка, смех, музыка и шёпотом, тайком сорвавшееся слово… Как быстро оно унеслось! И не услышать его как следует. Смешалось с вальсом, с шелестом листьев, со смехом… Может быть, его сказал кто-нибудь рядом? А ну-ка, повтори!.. Повтори милое слово!..

А на скамеечке, над прудом, где народ посолиднее, сидят Никита и Варя. Он рассказывает ей о Чувашии. Варя слушает, полуоткрыв рот, кивает светлой головкой. Хорошо! Хорошо у Никиты дома! И отец хороший. Варя чуть притопывает ногой в такт музыке. Жаль, что Никита такой строгий, грустный последнее время и вообще не любит танцевать.

— Хочешь, потанцуем? — вдруг спрашивает Никита.

Они бегут к площадке и просят, чтобы оркестр сыграл русскую — больше Никита ничего не умеет. И они пляшут русскую. Никита идёт легко, уверенно. А Варя… Откуда это — лукавый взгляд, взлетевшая рука с платочком? Плывут по траве маленькие ножки в стареньких туфельках… Откуда это, Варюша, тихая девочка? Так и вьёшься, так и уходишь из-под рук! Так и вспыхивают под светом лёгкие волосы!

Юра смотрит на них. «Разобрал? — шепчет он и лукаво смотрит на Никиту. — Разобрал, дурак, беленькая она или чёрненькая?» Но сразу мрачнеет. Через светлую, смеющуюся Варину голову смотрит Никита. Смотрит внимательно, беспомощно, обречённо. На кого? Конечно, на Аллу. Но вот в стороне грустит девушка. Что это там заиграли? Польку? Юра не умеет танцевать польку. Не беда, спляшем! Зато девушка смеётся — вот и хорошо!

Фёдор Фёдорович смотрит на своих прыгающих «чижиков», и молодые глаза его счастливо смеются. Он оглянулся назад. Поодаль стоят Алла с Зиной. Лицо у Аллы озабоченное и грустное, она похудела. Фёдор Фёдорович часто смотрел на неё недружелюбно, но на этот раз — сочувственно. «Надо бы поближе поглядеть», — подумал он, но перехватил тоскливый взгляд Никиты и досадливо отвернулся.

Захар Петрович стоит под деревом. Он слушает музыку. Захар Васильевич подходит к нему. Тоже вздыхает легко и радостно. И они идут рядом, счастливые, чуть хмельные, и молчат.

Но вдруг Захар Васильевич прерывает молчание.

— А если дождь? — улыбаясь, говорит он.

И Захар Петрович понимает его с полуслова: мал клуб в колхозе «Ручьи». На будущий год, если дождь — свадьбу сыграем в новом клубе, в лесу.

На скамеечке, над рекой, отдыхает Фёдор Фёдорович, и они садятся по обе стороны.

— Загадывай желание, — смеётся секретарь.

И так сбываются. Вот я и стал балованный. Я, знаете, за последние тридцать лет к чему привык? О чём ни подумаю — всё сбывается. Мечтал, чтобы бобры перестали быть вымирающими животными, так и получилось. Мечтал, чтобы соболь стал в неволе приплод давать, добился. Ну вот и привык, мечтаю — и сбывается…

ГЛАВА ДВАДЦАТЬ ПЕРВАЯ

Марина Дымкова пришла к иве невзначай, она и не думала приходить сюда. И Иван Остапович вряд ли придёт. Впрочем, он знает, что это её любимое место. А сегодня последний вечер на биостанции. Да при чём тут Иван Остапович? Просто в последний вечер ей надо посидеть совсем одной и подумать.

Под ивой кто-то вздохнул. Один раз, другой…

— Это ты, Варёк?

Варя подвинулась, чтобы освободить для Марины место.

— Думаю.

— О чём?

— Обо всём.

Помолчали. Марина спросила деловито:

— До чего-нибудь додумалась?

— Ещё нет.

— Опять запуталась?

— Ага.

Марина сказала не очень охотно:

— Обязательно сегодня надо распутывать? Может быть, потом?

— Нет, сегодня.

— Ну, давай.

— Ничего не понимаю ни в науке, ни в людях. Вот… — начала Варя. Марина покорно уселась поудобнее. Было ясно, что этого хватит до утра. — Если такой, как Лопатин, не разглядел Белевского, то как же мы? И на нашу долю какие-нибудь Белевские подрастут. Меньше, конечно, их будет, но ведь будут же!

— Посмотрим! Там видно будет, — неожиданно и как-то между прочим сказала Марина.

— Ты умная! — с тоской протянула Варя.

— Я? Ой, Варька, я такая стала глупая, даже страшно! — Марина не договорила — вслушалась, потом улыбнулась в темноте открыто и нежно.

— Иван Остапович идёт, — сказала Варя.

— Почему ты так думаешь?

— Он и вчера сюда приходил.

— Ну и что?

— Ничего. Просто приходил.

— Ну и что?

— Ничего. Спрашивает: «Одна»? Я говорю: «Одна».

— Ну и что?

— Ничего. Посидел. Помолчал, покурил и пошёл.

— Я в колхозе была, сегодня днём только вернулась.

Громада постучал о веточку чём-то твёрдым, мундштуком, наверное.

— К вам можно?

Марина молчала. Варя пригласила радушно:

— Конечно, Иван Остапович!

Громада сел не очень удобно, на корень, но вздохнул с таким удовлетворением, словно опустился в гамак, закурил. Марина сидела очень тихо. В сущности, не дыша. Варя, вспомнив все свои мучения, опять вздохнула.

— Уезжать жалко. Ведь через три года работать идти, — дрогнувшим голосом сказала Варя. — Разве успеет нас Фёдор Фёдорович всему выучить? Разве мы сможем во всём разобраться сами?

— А ты у него одному учись, — очень серьёзно сказал Громада. — Если научишься этому, никогда не запутаешься. Работай для народа и не думай о себе. Вот и всё. Вот, девочки, какие дела. Да… Через три года разъедемся кто куда. И так мы родную нашу землю перестроим, — продолжал Громада, — в пустынях моря будут, в морях — рыба, по берегам — виноградники. И дети наши всё будут уметь. Каждый человек — инженер ли, доктор ли, рабочий — будет петь или играть на рояле или книжки писать. Спортсмены все будут. Все будут уметь машину водить и самолёт, если надо. И рисовать, и фотографировать, и читать будут много. Очень будут красивые, образованные, сильные и талантливые люди.

— Никита говорит, и правильно говорит, — перебила Варя, — Марина такая, какими люди будут при коммунизме.

— Никита — он вообще молодец. Всё понимает! — горячо поддержал Громада.

— Будет вам… — остановила Марина.

— Деревья зацветут, где мы захотим, птицы полетят, куда мы захотим…

— Вы, как Юрка, стихами начали говорить, — улыбнулась Варя.

Громада смущённо кашлянул, но тут же сказал строго:

— Про это иначе нельзя. Жизнь такая, что самые простые про неё слова — всё равно как стихи.

Листья над их головами стали отчётливее. Видна была уже рябь на середине реки. Светлые гребешки перегоняли друг друга. Варя посмотрела на Громаду, на Марину — увидела их лица. Хотела что-то сказать — побоялась. Хотела встать и уйти — тоже побоялась. Посидела молча, посмотрела на себя со стороны — ужасно! Сидит, дура, и мешает двум хорошим людям. Неужели ей нужно было увидеть их глаза, чтобы понять, какая же она дура!

— Я пойду! — сказала она.

— Посиди, Варюша, — соврал Громада. А так как врать он умел не очень хорошо, то стал деловито раскуривать трубку. Замедленно упала тяжёлая августовская звезда.

Когда Варя подошла к домику, она увидела Никиту. Он шёл с удочками и не заметил её. Нет, хуже: глянул в её сторону — и не узнал. Прошёл мимо, вниз, к реке.

Варя остановилась, прижалась к стволу берёзы. Берёза была тоненькая, как сама Варя. Варя дрожала: то ли от волнения, то ли от утреннего холода. Она стояла долго, не шевелясь. Видела, как Никита уселся на мостках, как, держась за руки, медленно прошли по берегу Иван Остапович и Марина. Услышала, как позади неё на биостанции хлопнули дверью, зазвучали голоса. Завизжала, разворачиваясь, цепь над колодцем.

Стало уже совсем светло. Теперь она отчётливо видела каждый стебель камыша на том берегу реки, потом луг за рекой, потом дымки, поднявшиеся над домами колхоза «Ручьи». Было видно уже далеко-далеко, без конца… И по краю горизонта медленно двигался маленький чёрный поезд. Он шёл в Москву. Завтра он увезёт их.

Над самой её головой на ветке уселся зяблик. Очень отчётливый и тёмный на светлом небе, он сидел так близко от Вари, что она увидела, как во время пения вздрагивает его пушистое горлышко.

А в небе, высоко, так что нельзя было разобрать — какие, летели птицы. Варя встала на цыпочки, чтобы проследить их полёт. Куда они полетят? Как сказал сегодня Громада: «И птицы полетят туда, куда мы захотим. Куда надо людям…»